© *privat*

Melodie Sky ist 1990 geboren, Autorin aus Leidenschaft und lebt in der Nähe von Karlsruhe. Sie schreibt prickelnde Liebesromane mit Thrill, Dark Romance und Reverse Harem. Ihr Debüt feierte sie mit der spannenden Immortal-Kings-Dilogie, die dich in die Welt des mächtigen Kartells der Donatellos entführt.

In Melodies Geschichten wirst du starken, selbstbewussten Charakteren begegnen. Sie liebt Bad Boys, Gefahr und spannungsgeladene Szenen. Biker, verfeindete Familien, ein Kartell oder eine Zwangsehe … Du siehst, es wird nicht nur leidenschaftlich, sondern auch actionreich! Egal, wo sie ist und wie spät es ist, wenn Melodie Sky ein Gedanke für eine Szene, ein Impuls für eine neue Story oder ein Idee für einen einzigartigen Charakter kommt, notiert sie es.

»Mein Ziel ist es, dich ab der ersten Seite für die Story zu begeistern, während des Lesens immer wieder für unvorhersehbare Wendungen zu sorgen und Charaktere zu kreieren, die dich zum Mitfiebern animieren. Meine größte Motivation sind meine Leser und der Wunsch, neue Geschichten zu schreiben, die für ein Wow sorgen.«

MELODIE SKY

Behind Your WORDS

BEHIND YOUR WORDS

Copyright: Melodie Sky, 2023, Deutschland
Bildmaterial: Shutterstock, Freepik
Korrektorat: Hannah Koinig

Bestellung und Vertrieb: Nova MD GmbH, Vachendorf

ISBN: 978-3-98595-961-7

Druckerei Smilkov Print Ltd
Pokrovnishko shose
2700, Blagoevgrad

Federherz Verlag
Süntelstraße 70
31848 Bad Münder
www.federherzshop.de
Instagram: @federherz.verlag

Triggerwarnung
(ACHTUNG SPOILER!)

Ihr wiegt euch in Sicherheit, weil wir euch in Ruhe lassen, seit Alessio nicht mehr da ist und hofft wahrscheinlich sogar, dass es damit vorbei ist. Ihr naiven Vollidioten. Ein Mann wie ich gibt niemals auf und bekommt letztlich alles, was er will und was ihm zusteht. Ich werde Aileen niemals verzeihen, dass sie sich auf die Seite unserer Feinde gestellt hat. Meine Jagd geht so lange weiter, bis ich sie habe und die Dexters vernichtet sind. Gewisse Pläne spielen mir dabei ausgezeichnet in die Karten und ich freue mich, in die nächste Runde des Kampfes zu ziehen.

— HUNTER

Für Aileen beginnt ein neuer Lebensabschnitt. Sie lässt Maddox, ihren Bruder und das Kartell hinter sich, um nach vorn zu schauen und ein glückliches Leben zu führen. Klingt zu gut, um wahr zu sein? Genau, so ist es! Aileen bleibt kaum Zeit zum Durchatmen, bevor die nächsten Katastrophen unaufhaltsam auf sie zukommen und sie in einen Abgrund aus Lügen und Intrigen reißen wollen. Band zwei ist ganz anders als Band eins und doch gibt es viele Themen, die nichts für schwache Nerven sind. Neben feuriger Leidenschaft kommt es zu roher Gewalt, Beleidigungen, Mord, dem Einsatz von Schusswaffen, Flashbacks, die durch Traumata ausgelöst wurden und sehr viel Hass. Wenn du dich von Nervenkitzel, heftigen Adrenalinstößen und glühenden Herzklopfmomenten fernhalten willst, leg dieses Buch wieder schnell beiseite. Fühlst du dich von diesen Dingen angezogen und hast einen Hang zu düsteren Geschichten mit viel Action, in denen du jede Sekunde mit den Protagonisten mitfieberst und das Lesen von expliziten Szenen zu deinem täglichen Geschäft gehört, ist dieses Werk genau das Richtige für dich!

Jetzt lasst uns endlich nach London zurückkehren, um zu erfahren, was die Zukunft für Maddox & Aileen bereithält.

Vorwort

Willkommen zurück in London. Die Dexters und die Morello de Castillos können es kaum erwarten, euch wiederzusehen. Band eins endet mit viel Herzschmerz und ähnelt einer Tragödie. Die Hoffnung, dass in Band zwei alles leichter wird und ihr mit weniger emotionalen Schockmomenten klarkommen müsst, kann ich euch an dieser Stelle direkt nehmen. In diesem Teil der Geschichte von Aileen & Maddox erfahrt ihr, wer wahre Freunde sind und wer ein falsches Spiel treibt ...

Nimm dich in Acht, es war selten so schwer, die Lügen von der Wahrheit zu unterscheiden und sich für eine Seite zu entscheiden.

Hunter

DIE SCHATTEN DER ERINNERUNGEN

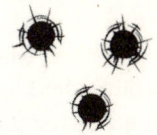

Ich bin schweißgebadet, als ich die Augen öffne und mit Adrenalin vollgepumpt nach der Waffe taste, die auf dem Nachttisch neben mir liegt. Blitzschnell umgreife ich die Glock, entsichere sie und presse sie meinem Angreifer gegen die Stirn. Ein angsterfüllter Schrei ertönt und fast hätte ich abgedrückt.

»Hunter, bist du verrückt?«, dringt es schrill an meine Ohren und ich ziehe meine Waffe zurück. Die Nachttischlampe auf der Bettseite neben mir wird eingeschaltet und ich blinzle heftig. Angespannt drehe ich den Kopf zur Seite und stoße geräuschvoll die Luft aus, da sich die Situation und der dichte Nebel meines Albtraumes langsam klären. Es lauert keine Bedrohung in meinem Bett. Dort liegt immer noch die Nutte, die ich mir heute Nacht bestellt habe, um Spaß zu haben.

»Ach, verpiss dich einfach aus meinem Haus!«, fordere ich sie auf, denn es fuckt mich ab, dass sie mich in einem Moment der Schwäche sieht. So etwas darf nie nach außen dringen. Gerüchte wie: *Hunter Moreno de Castillo wird von Albträumen gequält, die ihn mitten in der Nacht wie ein verficktes Opfer aufschrecken lassen*, wären ein gefundenes Fressen für meine zahllosen

9

Gegner da draußen. Die Zeiten sind hart, seit Alessio von der Bildfläche verschwunden ist. Das lässt uns angreifbar wirken. Die Gerüchteküche brodelt und die Tatsache, dass es meine Schwester war, die Benedetti und einige seiner Männer überwältigt und getötet haben soll, macht es nicht besser. Ihr Handeln hat meinem Ruf sehr geschadet und dafür werden sie sowie der gesamte Dexter-Clan, allen voran dieser Wichser Maddox, bezahlen.

Statt aufzustehen, fängt die Hure an zu heulen und versaut mir meine teure Bettwäsche mit ihrer herunterlaufenden Wimperntusche, die mit ihren Tränen vermischt auf den Stoff tropft. Genervt schlage ich die Decke zurück, verlasse das Bett und stelle mich auffordernd vor sie. Da sie immer noch nichts tut, reißt mir fast der Geduldsfaden. »Entweder du verschwindest sofort oder ich knalle dich wirklich ab«, drohe ich und endlich bewegt sie sich. Zitternd und schluchzend sucht sie ihre Klamotten, die auf dem Boden verteilt sind, zusammen und zieht sich an. Ich lege meine Waffe auf der Kommode ab, greife nach dem Päckchen Zigaretten, das darauf liegt, und ziehe mir eine heraus. Mit dem daneben liegenden Feuerzeug zünde ich mir die Kippe an und beobachte weiter die verängstigte Hure. Mein Schwanz wird hart, denn es turnt mich an, dass sie Todesangst hat. Das ist krank und ich bin ein Psychopath, aber so war ich nicht immer.

Während sie in ihre Sachen schlüpft, drücke ich meine Kippe im Aschenbecher aus und ziehe mir ebenfalls ein frisches Shirt und Boxershorts über. Ich schnappe mir mein Handy, das auf dem Nachtschrank neben meinem Bett liegt, um eingegangene Nachrichten zu checken, sobald ich diesen Ballast von Nutte losgeworden bin. Endlich verlässt sie mein Zimmer und ich folge ihr nach unten. Bevor ich die Tür hinter ihr verriegle, warne ich sie: »Wenn dir dein Leben lieb ist, verlierst du kein Wort über das, was eben passiert ist.« Sie nickt stumm und in ihren Augen sehe ich nichts außer nackte Angst. Gut so, denn ihre Panik vor mir sichert mir ihr Schweigen. Endlich ist sie weg und nicht mehr mein Problem.

Im Wohnbereich liegen einige Kartellmitglieder umgeben von weiteren Nutten und schlafen ihren Rausch aus. Ob sie sich mit Alkohol oder Drogen die Sinne vernebelt haben, interessiert mich einen Scheiß.

In der Küche greife ich mir eine Flasche Whiskey und begebe mich auf die Terrasse. Die Nacht ist sternenklar, wobei mir ein verfluchter Stern besonders hell vorkommt. Es ist der, den ich Aileen früher immer gezeigt habe, wenn sie Albträume hatte und geweint hat. Ich habe ihr dann immer beteuert, dass der Stern mich symbolisiert und er ihr immer wieder den Weg zu mir zurückweisen wird. Solange dieser Stern für sie leuchtet, wird ihr kein Leid widerfahren. *Was für eine Scheiße!* Ich spüle den aufkeimenden Kloß in meinem Hals mit einem großen Schluck Alkohol herunter. Ich will nicht an meine kleine Schwester denken. Sie hat sich mit dem Feind verbrüdert und dafür verachte ich sie. Früher war sie für mich der wichtigste Mensch in meinem Leben. Ich hätte alles getan, um sie zu beschützen und vor Schaden zu bewahren. Heute sehe ich das anders, denn da ist nichts mehr außer glühendem Hass. Meine Wut auf sie ist über die Jahre, in denen sie in ihrem dekadenten Internat in Schottland hockte, zu einer riesigen Seuche geworden, die meine Gedanken beherrscht und mich mürbe gemacht hat. Es war schlichtweg unbegreiflich für mich, warum sie ein sorgloses Leben führen durfte, während ich gezwungen war, bei jedem Geschäft, brutalen Schlägereien und geplanten Morden dabei zu sein. Mit vierzehn Jahren habe ich die erste Kugel auf einen Menschen abgefeuert, um ihm sein Leben zu nehmen. Der Befehl kam von unserem Vater und ich hätte ihm niemals widersprochen. Wer Pablo Moreno de Castillo kannte, wusste warum. Mein Vater war ein Eisberg. Skrupellos und unberechenbar, dazu ein ausgezeichneter Taktiker und hervorragender Geschäftsmann. Er hat mir alles beigebracht, was mich heute ausmacht, und mich zu dem Mann geformt, der mit harter Hand das Kartell anführt, und tötet, ohne mit der Wimper zu zucken. Falls mein Vater jemals in der Lage war, etwas zu fühlen, dann hat er diesen Teil stets vor mir verborgen. So etwas wie Emotionen haben ausschließlich meine Mutter und Aileen hinter verschlossenen Türen von ihm erfahren. Aber sicher nicht ich.

Das Klingeln meines Handys, das ich mit nach draußen genommen habe, reißt mich aus meinen Erinnerungen an längst vergangene Tage. Ich frage mich, wer mich um diese Zeit kontaktiert. Es ist nicht ungewöhnlich, dass ich mitten in der Nacht einen Anruf erhalte, aber meistens handelt es sich dann um keine guten Nachrichten. *Ist etwa ein Drogendeal geplatzt oder gab es eine Auseinandersetzung mit einem anderen Clan? Wurde Aileen aufgegriffen?*

Ich nehme den Anruf entgegen, obwohl mir nur eine unbekannte Nummer auf dem Display anzeigt wird.

»Hunter?«, ertönt es und ich weiß sofort, wer der Anrufer ist.

»Ja?«, frage ich und ein Teil meiner Anspannung löst sich, denn dieser Anrufer wird mir keine schlechten Neuigkeiten überbringen.

»Hast du Lust auf ein Spiel, das ziemlich amüsant für uns wird und bei dem allein wir die Regeln aufstellen?«, fragt er verheißungsvoll und ich runzle die Stirn.

»Wovon redest du?«, will ich wissen, denn mir ist nicht klar, worauf er hinauswill.

»Ich habe heute von einem Plan erfahren, der uns mehr als gelegen kommt und uns unwissentlich in die Karten spielt. Lass uns etwas Spaß haben und die Dexters mit jedem, der dazugehört, vernichten.«

Bei diesen Worten macht sich wie von selbst ein Grinsen auf meinen Lippen breit. Die Dexters quälen und vernichten? Das macht mich neugierig. »Klingt nach einem Vorhaben, das ganz nach meinem Geschmack ist. Lass uns spielen!«, erwidere ich voller Euphorie und genehmige mir einen weiteren Schluck Whiskey, während der Anrufer mich in seinen Plan einweiht.

Zieht euch warm an, meine Freunde. Es nähert sich ein Sturm, dessen Stärke ihr nicht im Ansatz erahnt und der euch unaufhaltsam alles nehmen wird, was euch wichtig ist.

KAPITEL 1

Maddox

bsolut beschissen beschreibt die Zeit, seit Aileen nicht mehr bei uns wohnt, am treffendsten. Während Connor, Finn und Jay die letzten sechs Wochen die Geschäfte am Laufen gehalten und weitere Vorbereitungen für den finalen Showdown gegen Hunter getroffen haben, war ich die meiste Zeit an die verfluchte Couch oder mein Bett gefesselt.

Manchmal frage ich mich, warum Hunter uns nicht schon längst angegriffen und seine Revanche eingefordert hat.

Worauf wartet dieser verfluchte Bastard?

Ich bin zwar froh, dass es in den letzten Wochen keinerlei Aktivitäten seitens der Moreno de Castillos oder der Anhänger von Benedetti gegen uns gab, aber die Ruhe ist trügerisch und mein Instinkt sagt mir, dass Vorsicht und schnelles Handeln geboten sind, sobald ich wieder komplett hergestellt und für einen Kampf bereit bin. Es passt nicht zu Hunter, den Tod seines Freundes und engsten Verbündeten auf sich beruhen zu lassen, deshalb bin ich überzeugt, dass er längst einen perfiden Plan in seinem Anwesen schmiedet und es kaum erwarten kann, ihn auszuführen. Bevor das passiert, müssen wir diesen Wichser und sein treues Gefolge ausschalten.

Ich verlasse mein Bett, laufe zum Kleiderschrank und schnappe mir ein weißes Shirt sowie eine graue Jogginghose für mein Training im Keller. Seit ein paar Tagen belaste ich mich stetig mehr, um wieder fit zu werden. Diese verdammte Attacke von Benedetti hat mich länger außer Gefecht gesetzt, als ich es für möglich gehalten hätte.

Vor allem die gebrochenen Rippen haben mir bis vor einer Woche immer noch Probleme bereitet, mich bei jeder Bewegung eingeschränkt und meine Atmung beeinträchtigt. Hinzu kam die tiefe Schnittverletzung in meinem Oberschenkel und der damit einhergegangene hohe Blutverlust, der mich zusätzlich geschwächt hat. Doch nicht nur die körperlichen Verletzungen haben mir schwer zu schaffen gemacht, auch meine mentale Verfassung ist alles andere als gut, seit Aileen weg ist. Krampfhaft versuche ich trotzdem in mein altes Leben zurückzufinden. Aus unerklärlichen Gründen fällt mir das unbeschreiblich schwer. Ständig plagen mich pochende Kopfschmerzen, grausame Albträume und wechselnde Hitze- und Kälteattacken, die mich tagsüber oder mitten in der Nacht heimsuchen. Mir ist klar, dass etwas nicht stimmt, aber ich rede mit niemandem darüber. Seit Aileen fort ist, habe ich kaum ein richtiges Wort mit den Jungs gewechselt. Ich hatte nichts zu sagen und wollte die meiste Zeit einfach mit meinen Gedanken und dem schwarzen Loch in meiner Brust allein sein.

Das leichte Kraft- und Ausdauertraining hat mir geholfen, für einige Zeit die Dunkelheit aus meinen Gedanken zu vertreiben. Kaum lege ich jedoch die Hanteln beiseite, ist alles wieder da. Sofort tauchen Bilder in meinem Kopf auf. Bilder, die ich nur allzu gern aus meinem Gedächtnis löschen und aus meinem Verstand verbannen würde. Ständig flackert das bildschöne Gesicht von Aileen vor mir auf, ihre grünen Augen, ihre wilden blonden Locken und ihr einnehmendes Lächeln, das jedes Herz erwärmt. Im nächsten Augenblick erlischt ihr Strahlen und ich sehe die Verzweiflung in ihren Augen und durchlebe letztlich immer wieder dieselbe Szene. Den Moment, in dem ich versagt habe und nicht für sie da war. Ich sehe den Keller im Safe-Haus vor mir, der ihrem Schutz dienen sollte und uns letztlich beinahe das Leben gekostet hätte.

Bevor ich mich in dem undurchdringbaren Dschungel meiner Gedanken verliere, verlasse ich den Trainingsraum und begebe mich über die Treppe zurück nach oben. Aus Richtung der Küche dringt mir fröhliches Stimmengewirr entgegen. Ein Teil von mir möchte sich dem Hochgefühl, das im Haus herrscht, gern entziehen, aber meine Neugier siegt. Ich will wissen, was der Grund für die offenkundige Freude meiner engsten Freunde ist. Langsam setze ich einen Fuß vor den anderen und nähere mich dem Ort der fröhlichen Zusammenkunft. Beim Betreten der Küche wird mir schnell klar, woran sich Connor, Jay und Finn erfreuen. Auf der langen Theke der Kücheninsel stehen mehrere Tupperschalen, die augenscheinlich prall gefüllt mit etwas Essbarem sind. Ich bin mir ziemlich sicher, dass es sich bei dem Inhalt um Lasagne handelt. Zumindest sieht es von hier so aus und riecht auch danach.

»Sie ist echt ein Schatz und eine herausragende Köchin dazu«, sagt Jay an Finn und Connor gewandt.

Die drei haben mich noch nicht bemerkt, da sie nebeneinander mit dem Rücken zu mir an der Theke stehen und die befüllten Plastikschalen öffnen.

»Wer hätte gedacht, dass sie uns trotz allem immer noch mit ihren köstlichen Gerichten versorgt ...«, ergänzt Jay und reicht Finn und Connor je eine Gabel.

»Ein Hoch auf unsere kleine Aileen«, stimmt Connor in die fröhliche Stimmung mit ein und ich räuspere mich hinter ihnen, um auf mich aufmerksam zu machen. In mir brodelt es, denn es passt mir nicht, dass sie Kontakt zu ihr haben, während ich sie krampfhaft aus meinem Leben streichen will. Ich fühle mich verraten von ihnen, besonders von Jay, der für meinen Geschmack eindeutig zu euphorisch über Aileen spricht. Es ist unmöglich für mich, zu verhindern, dass sich meine Hände zu Fäusten ballen und mein Körper von einer extremen Anspannung eingenommen wird, die meine Muskeln unangenehm verkrampft. Der Zorn über die Situation ist zu groß und gleichzeitig unerklärlich. Eigentlich gibt es keinen Grund für mich, so wütend zu sein. Ich habe Aileen schließlich fortgeschickt und Connor gebeten, auf sie aufzupassen. Will ich ihnen jetzt echt zum Vorwurf machen, dass sie meinem Wunsch nachgekommen sind?

Gleichzeitig fahren meine Freunde zu mir herum und aus Jays Gesicht weicht jegliche Farbe, als unsere Blicke aufeinandertreffen. Entschlossen trete ich auf ihn zu und baue mich vor ihm auf. Auch wenn ich noch nicht wieder im Vollbesitz meiner Kräfte bin, sollte er mich nicht unterschätzen und sich keinesfalls mit mir anlegen. Etwas in seinem Blick entfacht meine kurze Zündschnur und ich explodiere. »Fickst du sie etwa?«, frage ich geradeheraus und spucke ihm die Wörter förmlich entgegen.

Statt einer Antwort zieht er die Augenbrauen nach oben und presst die Lippen aufeinander.

Ich bin mir nicht sicher, ob seine Mimik Entrüstung oder Spott ausdrücken soll, nur dass mir der Ausdruck in seinem Gesicht und das herausfordernde Funkeln in seinen Augen nicht gefällt. Obwohl ich es bis eben für unmöglich gehalten habe, steigert sich mein Zorn auf ihn weiter und meine brodelnden Emotionen kochen endgültig über. Mein Unmut über seine arrogante Reaktion entlädt sich in einem Knurren. Zusätzlich löse ich meine geballten Fäuste, hebe die Arme und schubse ihn, um meiner Empörung Ausdruck zu verleihen. Meine Attacke trifft ihn unvorbereitet und er stolpert ein Stück zurück. Er stößt mit dem Rücken gegen einen der Barhocker, die an der Kücheninsel stehen und bringt ihn damit gefährlich ins Wanken.

»Verdammt noch mal! Fickst du sie, habe ich dich gefragt!«, schreie ich Jay an und vernichte ihn mit meinem Blick.

Er schnaubt lediglich und schüttelt den Kopf. »Nein. Und dass du mir diese Frage stellst, ist echt traurig. Du weißt, dass ich sie niemals anrühren würde«, erwidert er tonlos und seine Gelassenheit fuckt mich weiter ab.

»Ach ja? Weiß ich das? So wie du eben über sie geredet hast, könnte man meinen, da läuft etwas«, motze ich ihn an und straffe die Schultern.

Doch er geht nicht auf meine zynische Bemerkung ein, sondern starrt mich einfach nur an.

Bevor ich mich vergesse, wende ich mich mit zusammengepresstem Kiefer zum Gehen. Ich weiß, dass es besser ist, eine räumliche Distanz zwischen uns herzustellen, um eine Eskalation zu verhindern.

Jay sieht das aber anscheinend anders. Noch bevor ich den Raum verlassen habe, ertönt seine Stimme hinter mir. »Dex, es ist ein verficktes Wunder, wie die Kleine nach der ganzen Scheiße, die sie durchhat, und nachdem du dich wie das größte Arschloch ihr gegenüber verhalten hast, klarkommt und für ein normales Leben kämpft. Falls du es vergessen hast, dieses Mädchen ist komplett allein auf dieser Erde. Also gönn ihr zumindest die Freundschaft zu uns und sei nicht so ein verdammter Egoist.«

Statt sich zu entschuldigen, greift er mich mit Worten an, sticht damit in die klaffende Wunde in meiner Brust und das ist das Letzte, womit ich aktuell umgehen kann. Die Härte in seinem Ton legt einen Schalter in mir um. Alle guten Vorsätze, die Küche zu verlassen, ohne weitere Gewalt anzuwenden, verpuffen, denn ich ertrage den Gedanken nicht, dass etwas zwischen ihnen sein könnte. Auch wenn er das mit keiner Silbe erwähnt hat, fühlt es sich für mich so an.

Wie er für sie einsteht und kämpft, ist in meinen Augen nicht rein freundschaftlich. Er will sie beschützen, so wie ich es vor wenigen Wochen wollte, und das ertrage ich nicht.

Ich mache auf dem Absatz kehrt und laufe schäumend vor Wut auf Jay zu. Es bedarf des vollen Körpereinsatzes von Connor und Finn, damit ich meinem Freund nicht direkt die Faust ins Gesicht ramme. Sein selbstgefälliges Kopfschütteln macht die Situation nicht besser.

»Schau dich nur an, Dex, wie lange willst du dich noch kaputt machen, weil du zu feige bist, dir deine Gefühle für sie einzugestehen? Ich erkenne dich nicht wieder«, sagt Jay und das ist zu viel.

Es reicht!

Ich reiße mich los und schlage voller Wucht und von grenzenloser Wut getrieben zu. Jay geht sofort zu Boden, denn mein Schlag trifft ihn ungebremst ins Gesicht, trotzdem würde ich sofort noch einmal zuschlagen, würde Connor mich nicht an meinem verschwitzen Shirt zurückzerren.

»Verdammte Scheiße, kommt wieder runter«, fordert

mein bester Freund vehement und hält mich weiterhin an meinem Kragen fest.

»Lass ihn nur«, entgegnet Jay vollkommen gelassen, als hätte ich ihm eben nicht ohne Zurückhaltung mit der Faust die Lippe blutig geschlagen. »Noch ein Fehler, mit dem er leben muss. Nicht wahr, Dex?«, spottet er und wischt sich dabei das Blut mit dem Handrücken von der aufgeplatzten Haut.

Ich habe endgültig genug von dieser Scheiße und will kein weiteres Wort von einem von ihnen hören. Wutentbrannt drehe ich meinen Kopf zur Seite, um Connor in die Augen zu sehen.

»Du solltest mich jetzt besser sofort loslassen«, knurre ich bedrohlich und ernte einen missbilligenden Blick von ihm.

»Dex«, setzt er an und ich hebe sofort die Hand, um ihn zum Schweigen zu bringen.

»Kein Wort. Und jetzt lass mich endlich los.«

Connor kommt meiner Aufforderung widerwillig nach und ich mache auf dem Absatz kehrt. Finn, der im Türrahmen steht und anscheinend alles beobachtet hat, schaut mich mit hochgezogenen Braunen an, macht mir aber schließlich Platz, damit ich hinaus kann.

Unaufhaltsam durchquere ich den Wohnbereich des Hauses und schlage und trete gegen alles, was mir in den Weg kommt. Einige Stühle knallen gegen die Wand, die Glasplatte des Couchtisches zerspringt und hinterlässt nichts außer tausend Scherben auf den Bodenfließen. Exakt so fühle ich mich auch, zersplittert in tausend Einzelteile, die chaotisch am Boden verteilt sind und nie wieder zusammengefügt werden können.

Ich schlucke hart und reiße mich von dem Anblick los. Dann verschwinde ich nach oben und verschanze mich im Badezimmer. Ich drücke mich von innen gegen die Tür, lehne den Hinterkopf dagegen und atme schwer aus. Langsam hebe ich meinen Kopf. Der Mann, der mir im Spiegel entgegenblickt, fuckt mich ab. Ich zerstöre ihn. Meine Faust rast nach vorn, sprengt auch dieses Glas und lässt nur ein verzerrtes und unklares Bild von mir zurück. All das Zerstören verringert den unerträglichen Schmerz in mir nicht im Geringsten. Im Gegenteil. Meine Kehle ist eng, Blut tropft von meiner Hand, mit der ich den Badezimmerspiegel zerstört habe, und ich schlucke unentwegt gegen den riesigen Kloß in meinem Hals an. Um nicht den Verstand zu verlieren, entledige ich mich meiner verschwitzen Sportkleidung und begebe mich unter die Dusche.

Während das eiskalte Wasser auf mich hinabprasselt und meinen Körper hinunterrinnt, versuche ich mich zu beruhigen. Langsam klären sich meine Gedanken wieder und der heiße Sturm in mir verebbt. Seit wann ist es so schlimm geworden, dass ich sogar einen meiner engsten Freunde zu Boden schlage und mein Haus verwüste? Allmählich weiß ich nicht mehr ein und aus und frage mich, ob es jemals wieder anders wird oder ob das ab jetzt der Zustand ist, in dem ich dauerhaft durchs Leben gehe.

Nach schier endlosen Minuten unter dem eisigen Wasser bin ich wieder bei Sinnen und stelle die Dusche aus. Ich trockne mich ab und muss feststellen, dass meine Hand mit Schnitten übersät ist. Im Badezimmerschrank krame ich nach einigen Pflastern und Desinfektionsmittel. Ich reinige die zahlreichen kleinen Schnitte mit der brennenden Flüssigkeit und bedecke schließlich notdürftig die größten Verletzungen. Mein Blick verweilt auf dem zerbrochenen Spiegel und ich erschaudere. Nicht nur meine Gewaltbereitschaft und Tobsucht gegenüber Gegenständen macht mir zu schaffen, sondern auch dieser andauernde Kopfschmerz, der zunehmend unerträglich wird. Um mir Linderung zu verschaffen, schlucke ich zwei Kapseln von den Schmerzmitteln, die ich gleich neben den Pflastern finde. Ich spüle die Pillen mit etwas Wasser hinunter und atme tief durch. Es ist klar, was ich als Nächstes tun muss, um das krampfhafte Magenziehen zu verringern.

Ich verlasse das Bad, durchquere mein Zimmer und ziehe mir wahllos ein paar frische Kleidungsstücke aus dem Schrank. Ein Fluchen kommt mir über die Lippen, als mir beim Überziehen des Hoodies meine verdammten gebrochenen Rippen immer noch Schmerzen bereiten. Keine unerträglichen, aber stark genug, um mich wieder an die Ereignisse, mein Versagen und den Angriff von Alessio zu erinnern. Krampfhaft schiebe ich die quälenden Erinnerungen beiseite und mache mich in frischen Klamotten auf den Weg zu Jay.

Seine Zimmertür ist geöffnet, sodass ich freien Blick in den Raum habe. Er sitzt auf seinem Bett und drückt sich einen Eisbeutel an die Wange. Ich verweile einen Moment im Türrahmen, bis Jay aufblickt und mir zunickt. Ich folge seinem stummen Signal und betrete sein Zimmer. Auf der Couch gegenüber von seinem Bett setze ich mich und reibe mir mit der Hand über die Stirn. »Ich habe keine Ahnung, was da vorhin in mich gefahren ist, mein Freund«, entschuldige ich mich und meine es aufrichtig. Keiner von ihnen kann etwas für meine getroffene Entscheidung, Aileen aus dem Haus zu verbannen. Dennoch tobt in mir ein Sturm. Es missfällt mir, dass sie ihr nahe sind, wenn ich es nicht sein kann, gleichzeitig bin ich trotzdem froh, dass sie es sind. *Ergibt das irgendeinen Sinn?*

Solange meine Freunde Kontakt zu ihr haben, weiß ich sie in Sicherheit, was mich beruhigt.

»Schon gut. Geht es dir jetzt besser?«, entgegnet Jay

und ich lege den Kopf schräg.

»Weil ich dich geschlagen habe?«, frage ich perplex und bin mir nicht sicher, wie heftig meine Faust ihn getroffen hat, dass er mir eine derartige Frage stellt.

Jay verzieht den Mund zu einem Grinsen. »Nein, weil du endlich mal deine Gefühle rausgelassen hast. Seit Wochen ziehst du dich von uns zurück, redest kaum ein Wort und machst alles, was dich beschäftigt, mit dir selbst aus. Ich kenne das nur zu gut, wie du weißt.«

Ich schaue meinem Freund tief in die Augen und erkenne erst jetzt, dass es stimmt. Er hat mit jedem Wort recht. Jay hat sich nach dem Verlust von Mia damals ähnlich verhalten wie ich jetzt und auch daran war ich nicht unschuldig. Der einzige Unterschied zu meiner Situation ist, dass Aileen noch atmet und ich selbst derjenige war, der sie fortgeschickt hat.

»Wieso setzt du dich nicht auf dein Bike oder in deinen Wagen, fährst zu ihr und redest mit ihr?«, fragt er mich, da ich schweige.

Ich schüttle den Kopf, was das dumpfe Pochen darin verschlimmert.

»Warum nicht, Dex? Ich meine, schau dich an. Du gehst zugrunde daran, dass du diese Frau, deine Frau, nicht bei dir hast. Warum erlöst du dich nicht endlich?«

»Weil es so das Beste ist«, entgegne ich knapp, was Jay ein Schnauben entlockt.

Er ist sichtlich unzufrieden mit meiner Antwort und bohrt weiter. »Ach ja und für wen?«

»Für sie«, erwidere ich rau.

»Wie kommst du nur darauf?«, will Jay wissen, wobei sein Ton eindringlich geworden ist.

»Über kurz oder lang würde sie das Leben an meiner Seite zerstören, glaub mir«, verteidige ich meine Entscheidung.

»Bullshit. Wenn Hunter tot ist, gibt es nichts mehr, was sie fürchten muss und Brixton wird wieder ein besserer Ort«, hält Jay dagegen.

Das Gespräch strengt mich an und ich atme geräuschvoll aus.

»So einfach ist diese Rechnung leider nicht, mein Freund. Wenn Hunter nicht mehr ist, kommt irgendein anderer Wichser oder ein neuer Clan, der die Gegend hier mit seinen toxischen Drogen vergiften wird. Wir werden für immer kämpfen. Etwas anderes zu behaupten, ist eine Lüge, und das weißt du.«

Mein Freund schweigt eine ganze Weile, denn ihm ist klar, dass es die bittere Wahrheit ist. Ein Leben an meiner Seite bedeutet auf ewig Gefahr für Aileen und das werde ich ihr auf keinen Fall zumuten. Lieber lasse ich sie in dem Glauben, dass ich ein riesiges Arschloch bin, das nichts außer ihrer Verachtung verdient hat.

»Aus diesem Blickwinkel habe ich das Ganze noch nie betrachtet«, unterbricht Jay schließlich die eingetretene Stille.

»Ich weiß. Lass uns nach unten zu den anderen gehen. Wir müssen schließlich noch einen Clananführer ausschalten«, wechsle ich das Thema, denn ich möchte nicht länger an Aileen denken.

Jay nickt mir zu und wir erheben uns. Nach einem Schulterklopfen und einer brüderlichen Umarmung machen wir uns auf den Weg nach unten und begeben uns ins Wohnzimmer. Ich werde das Gefühl nicht los, dass uns die Zeit dafür, Hunter endgültig von der Bildfläche verschwinden zu lassen, durch die Finger rinnt. Viel zu lange lässt seine Reaktion auf den Tod von Alessio auf sich warten und ich bin mir sicher, dass er etwas Großes und Grausames plant, um seine Macht zu demonstrieren und Rache zu üben.

KAPITEL 2
Aileen

Ich sortiere einige Akten und nehme die letzten Buchungen des heutigen Tages vor, bevor ich in meinen wohlverdienten Feierabend verschwinde. Der Job, den Connor mir in einer großen Steuerkanzlei mit Stammsitz im eleganten Stadtviertel Kensington besorgt hat, macht mir Spaß und ist abwechslungsreich. Ich kann das Wissen aus meinem Studium anwenden, erweitern und verdiene mein eigenes Geld.

Wir sind hier ein kleines Team aus zwölf Leuten und meine Kollegen und Kolleginnen haben mich, ohne zu zögern, integriert und helfen mir, wenn ich Rückfragen habe. Da es mein erster Job nach dem Universitätsabschluss ist, gibt es davon noch ziemlich viele, aber keiner von ihnen hat mir bisher jemals den Eindruck vermittelt, meiner überdrüssig oder genervt von mir zu sein. Das Gehalt ist dazu überdurchschnittlich hoch für eine Berufseinsteigerin und ich bin mir ziemlich sicher, dass Connor auch da seine Finger im Spiel hatte. Alles in allem kann ich behaupten, ich führe so etwas wie ein ganz normales Leben und das, obwohl ich London nicht verlassen habe.

»Hey Aileen, hast du kurz Zeit?«, fragt mich Peter, einer meiner Kollegen. Mir ist nicht entgangen, dass er sich in den Wochen, seit ich in der Kanzlei arbeite, sehr um mich bemüht und stets übertrieben freundlich zu mir ist. Er entspricht dem typischen Bild eines Saubermannes. Glatt gebügelte Hemden, teure Anzüge, gestylte Haare und eine teure Rolex am Handgelenk. Der perfekt gestutzte Bart und das strahlend weiße Lächeln runden seinen Auftritt ab. Es lässt sich auch nicht leugnen, dass er mit seinen Grübchen in den Wangen ein attraktiver und adretter Mann ist, aber er ist nun einmal nicht Maddox. Und der Schaden, den dieser meinem verräterischen Herzen zugefügt hat, ist viel zu präsent und wiegt zu schwer, als dass ich auch nur einen einzigen Gedanken an einen anderen Mann verlieren könnte. Maddox hat mein Herz gestohlen und vollkommen in Besitz genommen, obwohl er es nicht ansatzweise verdient hat.

Ich blinzle mehrmals, um den Gedanken an ihn abzuschütteln. »Klar, was kann ich für dich tun?«, frage ich anschließend freundlich und ringe mir ein Lächeln ab. Mein Bauchgefühl sagt mir, dass mich Peter gleich in Verlegenheit bringen wird.

»Hast du heute nach der Arbeit schon etwas vor?«, will er wissen und bestätigt damit meine Vermutung. Während er geduldig auf meine Antwort wartet, strahlt er mich verheißungsvoll an und mein Blick wandert zu den Grübchen in seinem Gesicht. *Verdammt.* Ich wusste, dass der Tag kommen wird, an dem er mich nach einem Date fragt. Zum Glück habe ich für heute die perfekte Ausrede parat.

»Ja, habe ich. Ich bin mit einem guten Freund zum Essen verabredet«, erwidere ich prompt mit einem breiten Lächeln auf den Lippen.

Enttäuschung tritt in die Augen meines Kollegen und er zieht sich ein Stück von mir zurück. »Ein Freund oder dein Freund?«, bohrt er trotzdem weiter und ich kann nur mit Mühe ein Augenrollen unterdrücken. Muss das jetzt sein?

»Ein Freund. Ich habe keinen Freund, aber momentan auch kein Interesse daran, jemanden kennenzulernen. Nimm mir das bitte nicht übel, Peter«, antworte ich ehrlich, aber bestimmt, was ihn jedoch nicht weiter zu interessieren scheint.

»Vielleicht kein Interesse, irgendjemanden näher kennenzulernen, aber es geht ja speziell um mich.«

Wow! An Selbstvertrauen mangelt es meinem Kollegen auf jeden Fall nicht. Mir klappt der Mund auf. Ist es denn die Möglichkeit, dass ich ständig Männern über den Weg laufe, die dermaßen von sich selbst überzeugt sind, dass der Gedanke, eine Frau könnte kein Interesse an ihnen haben, überhaupt nicht in ihrer Welt existiert?

»Kommst du, Süße? Wir haben Feierabend«, flötet genau in diesem Moment Isabella, eine meiner Kolleginnen, und rettet mich damit aus dieser äußerst unangenehmen Situation. Hastig springe ich von meinem Stuhl auf, fahre schnell meinen PC herunter und unterbreche so den Blickkontakt zu Peter. Isabella tritt entschlossen vor meinen Kollegen, versperrt ihm damit die Sicht auf mich und hält mir ihren Arm hin. Bevor ich mich bei ihr einhake, greife ich schnell noch nach meiner Tasche und streife sie über meine Schulter. Gemeinsam drehen wir uns zu Peter, der allerdings ein Grinsen auf den Lippen hat, das verrät, dass er so schnell nicht aufgeben wird. Auch Isabella scheint dieses Funkeln in seinen Augen nicht zu entgehen, denn sie schenkt ihm einen missbilligenden Blick. In ihrem Fall eher einen Todesblick. Den hat sie wirklich drauf, was mich schon öfter zum Schmunzeln gebracht hat. Dabei bin auch ich schon einmal Opfer dieses Blickes geworden, nämlich direkt bei unserem ersten Zusammentreffen in der Kanzlei.

Ich nicke Peter zur Verabschiedung höflich zu, bevor ich mit meiner Kollegin in Richtung der Aufzüge laufe, um das Büro zu verlassen. Wir steigen in den Fahrstuhl und fahren nach unten.

»Danke, du warst eben echt meine Rettung«, stoße ich aus, als wir an die frische Luft treten und damit sicher sind, dass uns keine der neugierigen Personen, die wir im Fahrstuhl getroffen haben, belauscht.

»Ich weiß. Sei vorsichtig bei Peter, er zieht diese Masche bei jeder neuen Kollegin ab, die er heiß findet«, antwortet Isabella und verdreht die Augen.

»Das glaube ich dir aufs Wort. An ihm schreit schon alles Casanova. Er ist das komplette Gegenteil von Maddox und damit überhaupt nicht mein Typ«, erwidere ich seufzend.

Isabella bleibt stehen, löst sich von mir, tritt vor mich und schaut mir neugierig in die Augen. »Wer ist denn dann dein Typ?«, fragt sie und verzieht den Mund zu einem schelmischen Lächeln.

Ich beiße mir unbehaglich auf die Unterlippe, da ich diese Konversation ungern führen möchte. »Wahrscheinlich das, was man allgemein als Bad Boy bezeichnet«, erwidere ich knapp und Isabellas Augen weiten sich vor Überraschung.

»Ist nicht wahr! So unschuldig wie du mit deinen blonden Locken und in deinem braven Kostüm wirkst, bist du also gar nicht, Aileen«, stellt sie freudestrahlend fest und drückt entzückt meinen Arm. »Aber pass gut auf, an solchen Kerlen verbrennt man sich nur die Finger«, ergänzt sie und ich sehe an ihrem Blick, dass auch sie bereits einige Erfahrungen mit üblen Typen und Herzensbrechern gesammelt hat.

»Ich weiß. Ist schon längst passiert«, seufze ich frustriert.

»Echt? Darüber musst du mir unbedingt einmal alles bei einem Cider oder dem ein oder anderen Cocktail erzählen.«

»Lieber nicht«, wiegle ich ab, da ich Isabella ohnehin nur einen Bruchteil der Kennenlerngeschichte von Maddox und mir berichten könnte und den Rest mit Lügen füllen müsste. Zwar arbeite ich in der Steuerkanzlei, die sich auch um die Finanzangelegenheiten der Dexters kümmert, aber wie weit der Kampf gegen die Clans geht und dass sie Menschenleben auslöschen, ahnt hier sicher niemand. Es ist fast so, als ob in Brixton eine Parallelwelt existiert, von der außerhalb des betroffenen Kreises keiner Kenntnis hat. Alle Augen sind verschlossen vor den schmutzigen Geschäften der Mafia.

»Papperlapapp! Keine Widerrede. Sag mal, wann ist denn eigentlich mal wieder dein heißer Kumpel zu Besuch?«, wechselt sie dankenswerterweise das Thema, was mich erleichtert aufatmen lässt.

»Welchen meinst du?«, stelle ich mich unwissend und zwinkere ihr kokett zu, denn mir ist längst klar, von wem sie spricht.

»Na, ich meine den mit den blonden, etwas längeren Haaren. Connor, glaube ich.«

Ich muss schmunzeln. Seit sie Connor einmal zufällig über den Weg gelaufen ist, als er mich besucht hat, schwärmt Isabella für ihn. Sie hat sich schon mehrmals darüber beschwert, wie unfair es ist, dass alle meine männlichen Freunde so unverschämt heiß sind. Dabei hat sie Maddox noch nicht einmal gesehen. Bei ihm würde ihr wahrscheinlich sofort die Luft wegbleiben. Wie auch mir und jeder anderen Frau auf dieser Welt. Verdammt, ich muss ihn mir endlich aus dem Kopf schlagen und akzeptieren, dass ich nichts außer eine bedeutungslose Bettgeschichte und ein willkommener Zeitvertreib für ihn war. Connor ist glücklicherweise nicht Maddox und ich bin mir sehr sicher, dass er Isabella niemals schlecht behandeln und derart abservieren würde.

»Ich weiß nicht. Du würdest ihn wohl gern mal wiedersehen?«, frage ich, um meine Freundin aus der Reserve zu locken. Ihre Wangen röten sich, was mich verschmitzt grinsen lässt, denn Isabella ist eigentlich eine toughe Braut, die es für gewöhnlich mit jedem aufnimmt. Sobald jedoch Connor ins Spiel kommt, ist es mit ihrer knallharten und unnahbaren Haltung vorbei.

»Unbedingt«, quietscht sie enthusiastisch und drückt dabei meine Hand.

»Weißt du, ich habe eine grandiose Idee. Connor feiert kommendes Wochenende seinen Geburtstag. Ich kann ihn fragen, ob du mitkommen darfst«, schlage ich vor, doch Isabella schüttelt vehement den Kopf.

»O nein, das wäre viel zu offensichtlich.«

»Quatsch«, winke ich ab. »Ich sage ihm, dass ich mich sonst allein fühle und dich als meine Begleitung mitbringen will.«

»Würdest du das echt tun? Denkst du denn, ich bin überhaupt sein Typ?«, fragt sie und strahlt dabei über das ganze Gesicht. Die freudige Aufregung in ihrer Stimme erfüllt mich mit Glück und steckt mich an.

»Und wie du das bist«, erwidere ich und zwinkere dabei verheißungsvoll.

Isabella kichert und streicht sich eine endlos lange Strähne ihres schwarzen Haares zurück. Sie ist eine wunderschöne Latina mit feurigem Temperament. Ihr schmales Gesicht wird von hüftlangen, schwarzen glänzenden Haaren eingerahmt und ihre üppigen Kurven setzt sie mit engen Bleistiftröcken und etwas Ausschnitt immer perfekt in Szene. Zudem sagt sie stets, was sie denkt, und trägt das Herz auf der Zunge. Deshalb mag ich sie und habe sie seit Tag eins, an dem sie mir eine unverblümte Ansage im Büro gemacht hat, inklusive Todesblick, weil ich den letzten Schluck Kaffee getrunken habe, in mein Herz geschlossen. Mit all ihren Eigenschaften verkörpert sie den Traum vieler Männer und ganz besonders den von Connor. Er meinte nach dem Zusammentreffen mit ihr zu mir: ›Wenn es eine Backmischung für meine perfekte Frau gäbe, wäre Isabella das Ergebnis.‹

Vielleicht schaffe ich es ja, die beiden zusammenzubringen und ihnen ihr wahres Glück zu ermöglichen. Wenn ich schon dazu verdammt bin, mit einem großen Loch in der Brust zu leben, wäre es großartig, wenn zumindest meine Freunde glücklich sind.

Isabella wirft einen Blick auf ihre Uhr am Handgelenk und seufzt.

»Ich würde viel lieber noch etwas mit dir über Connor und deinen Hang zu Bad Boys plaudern, aber ich muss los.«

»Kein Problem. Das holen wir nach, versprochen«, erwidere ich und lächle sie an.

»Unbedingt. Ich will alles wissen und damit meine ich jedes schmutzige Detail über dich und deinen Ex-Bad Boy.« Sie zwinkert und mir klappt der Mund auf.

Ich öffne die Lippen, um zu einer Antwort anzusetzen, aber Isabella wedelt mit der Hand, um zu signalisieren, dass sie keine Widerrede duldet. Als ich stumm bleibe, senkt sie den Arm und beugt sich zu mir.

»Wir sehen uns morgen früh«, trällert sie und schenkt mir zur Verabschiedung zwei Küsschen auf die Wange. Dann macht sie sich auf den Weg, während ich noch einen Augenblick vor dem Bürogebäude verharre. Ich schaue ihr hinterher und beobachte mit einem Lächeln auf den Lippen, wie sie beschwingt davonschreitet. Der

Gedanke, bald wieder auf Connor zu treffen, hat sie offensichtlich in absolute Hochstimmung versetzt.

Ich verriegle die Tür zu meinem Apartment hinter mir und entledige mich sofort der unbequemen Pumps und des engen Rocks. Meine Arbeitskleidung tausche ich gegen eine locker sitzende Jeans und ein schlichtes Longsleeve. Die vorgeschriebene, spießige Kleidung ist der einzige Nachteil an meinem Job, aber leider ein Muss.

In der Küche schalte ich als Erstes die Kaffeemaschine an und setzte eine Kanne Kaffee auf. Zusätzlich erhitze ich einen Teil des vorbereiteten Chili con Carne und eine Portion Reis. Den Rest fülle ich wie üblich in zwei große Tupperdosen, die ich in den Kühlschrank stelle. Seit meinem Auszug koche ich immer noch dreimal wöchentlich für die Dexters. Zum einen, um mich für ihre Unterstützung und ihren Schutz zu bedanken, und zum anderen aus purem Egoismus. Dadurch halte ich den Kontakt mit ihnen aufrecht und genieße weiterhin ihre Gesellschaft. Sie machen das, was in den letzten Monaten in meinem Leben passiert ist, real und sind ein wichtiger Teil meines Lebens geworden. Wären sie nicht, würde ich oft an meinem Verstand zweifeln, denn die Ereignisse seit meiner Rückkehr nach Brixton kommen mir oft surreal vor. Ab und zu tauchen sie gemeinsam mit ihren Bikes bei mir auf und wir sitzen quatschend an meinem großen Esstisch zusammen. Nur ein Platz ist seit Wochen unbesetzt, und das ist der von Maddox.

Ich weiß nicht, ob ich ihm irgendwann verzeihen kann, wie weh er mir getan hat. Zumal sein Interesse daran, das Verhältnis mit mir zu kitten, gegen Null zu gehen scheint. Keine einzige Nachricht, kein Anruf, geschweige denn ein Besuch von ihm, seit ich das Haus der Dexters verlassen habe. Nicht einmal eine Entschuldigung habe ich bekommen. Erneut stelle ich fest, dass ich ihn unbedingt vergessen muss. Er hat die zahlreichen schlaflosen, tränenreichen und grüblerischen Stunden und Nächte meinerseits schlichtweg nicht verdient. Viel zu oft beherrscht ausgerechnet der Mann, der mir das Herz aus der Brust gerissen und es brutal zerquetscht hat, meine Gedanken. Selbst heute ertappe ich mich dabei, dass ich Erklärungen, Ausreden und Entschuldigen für sein unmögliches Verhalten mir gegenüber suche. Warum ich das tue? Ich habe keinen blassen Schimmer. Entweder habe ich eine masochistische Veranlagung, von der ich bisher nichts wusste, oder ich bin immer noch durch meine Gefühle verblendet. Dass mein Herz mich derart verrät, ist kaum zu ertragen und dennoch bittere Realität.

Gedankenverloren rühre ich in dem Topf herum und merke dabei kaum, wie mir beim Gedanken an Maddox Tränen über die Wangen rollen.

Das Klingeln an der Tür reißt mich aus meiner Melancholie und Grübelei. Ich lasse den großen Holzlöffel im Topf, beseitige die feuchten Spuren auf meinen Wangen und straffe die Schultern. Genug gequält für heute, lege ich fest und schüttle die letzten Gedanken an Maddox ab.

Mit wild klopfendem Herzen und beschleunigtem Puls mache ich mich auf den Weg zur Wohnungstür. Obwohl ich verabredet bin, bleibt die Angst, es könnte jemand anderes vor der Tür stehen, um mich zu holen oder den Tod von Alessio zu rächen. Dabei fürchte ich gar nicht irgendjemanden, sondern Hunter. Ich bin mir bewusst, dass wir uns eines Tages gegenüberstehen werden.

Nicht mehr als Geschwister, sondern als Feinde. Ein eiskalter Schauer durchfährt mich, als mir erneut das Unausweichliche bewusst wird. Um mich nicht weiter in meiner aufkeimenden Panik zu verlieren, schaue ich durch den Spion der Tür. Der Anblick, der mich hinter der kleinen Öffnung erwartet, lässt mich abrupt frösteln. Ich schlage mir empört die Hände vor den Mund und schüttle den Kopf. Als es erneut klingelt, löse ich mich endlich aus meiner Starre. Ich lasse meine zitternden Hände von meinem Gesicht sinken, entriegle die Schlösser und reiße hastig die Tür auf. Ohne zu zögern, trete ich dicht an meinen Besucher heran und lege ihm vorsichtig eine Hand an die geschwollene und dunkelverfärbte Wange.

»Was ist passiert?«, presse ich atemlos hervor.

»Ach, das ist gar nichts«, erwidert er und streift mit seinen Fingern meinen Handrücken.

»Komm rein«, fordere ich, packe Jays Arm und zerre ihn daran in meine Wohnung. Ich drücke die Tür zu, stelle mich dicht vor ihn und suche seinen Blick. »Geht es dir wirklich gut? Wer war das?«, plappere ich nervös weiter und merke selbst, wie schrill meine Stimme dabei klingt.

Jay umfasst meine Schultern und schaut mir eindringlich in die Augen. »Es ist alles okay. Kleine Meinungsverschiedenheit mit Dex, nichts weiter«, erwidert er langsam und in einem viel zu ruhigen Ton.

Mein Mund wird staubtrocken und meine Kehle eng. »Bitte was? Das war Maddox?«, krächze ich, da ich es nicht fassen kann.

»Jap. Aber alles halb so wild. Ich habe ihn derbe provoziert und er hat reagiert«, antwortet Jay schulterzuckend und behält seinen entspannten Tonfall bei.

Ich reibe mir über die Stirn, während sich Unbehagen in mir ausbreitet. Wie kann Jay es dermaßen gelassen nehmen, dass Maddox ihn geschlagen hat?

»Was gibt es zu essen?«, wechselt er das Thema, löst seine Arme von meinen Schultern, tritt an mir vorbei und durchquert meine Wohnung. Er steuert zielgerichtet die Küche an, die direkt gegenüber dem Eingangsbereich liegt, und lässt sich auf einen der Stühle am Esstisch sinken. Ich folge ihm und beschließe, es gut sein zu lassen, denn anscheinend ist die Angelegenheit für ihn tatsächlich geklärt.

In der Küche angekommen, stelle ich mich an den Herd und greife nach dem bereitgestellten Teller.

»Und? Verrätst du mir jetzt, was es gibt?«, fragt Jay erneut.

Mit dem Teller in der Hand drehe ich mich zu ihm und ringe mir ein Lächeln ab. »Chili mit Reis«, teile ich ihm mit und er reibt sich erwartungsvoll über den trainierten Bauch. Anschließend schweift sein Blick durch die offen geschnittene Wohnung und landet schließlich wieder bei mir. Er lässt einen anerkennenden Pfiff durch die Zähne ertönen.

»Es ist echt bewundernswert, was du aus dem Apartment gemacht hast«, verkündet er und entlockt mir damit ein Grinsen.

»Ohne eure Hilfe und das grenzenlose handwerkliche Talent von Finn hätte ich das niemals geschafft«, antworte ich ehrlich.

»Stimmt schon. Aber die Ideen für die Gestaltung kamen alle von dir. Wir waren lediglich Beiwerk bei der Umsetzung. Wir sind echt schwer beeindruckt, wie du das alles hier meisterst und dir dein Leben aufbaust«, erwidert er und schaut mir dabei unentwegt in die Augen.

Seine warmen Worte berühren mich und verursachen gleichzeitig ein unangenehmes Ziehen in meiner Magengegend.

»Ihr alle?«, erkundige ich mich und schäme mich im selben Augenblick für meine erbärmliche Frage. »Nein, antworte nicht. Du solltest essen, bevor es wieder kalt wird«, ergänze ich hastig abwinkend, ohne Jay zu Wort kommen zu lassen. Nicht nur, um mich selbst zu schützen, sondern auch wegen unserer Vereinbarung.

Nach meinem Umzug haben wir nämlich eine Regel aufgestellt. Wir reden nicht über Maddox. Das macht es für alle leichter. Denn auch wenn Connor, Jay und Finn meine Freunde geworden sind, gilt ihre bedingungslose Loyalität Maddox und das akzeptiere ich. Sie kennen sich bereits ihr halbes Leben und haben so viel gemeinsam erlebt und durchgestanden, dass ich nur einen verschwindend geringen Platz in ihrer Welt einnehme. Außerdem bietet mir die Unwissenheit auch ein Schutzschild. Denn ich möchte keinesfalls erfahren, dass oder ob Maddox sich mit anderen Frauen vergnügt oder sich lustig über meine Liebeserklärung an ihn macht.

Mit dem voll beladenen Teller begebe ich mich zum Esstisch und platziere ihn vor Jay. Anschließend befülle ich mir ebenfalls einen Teller mit Reis, portioniere eine üppige Portion meines vegetarischen Chilis dazu, da ich selbst kein Fleisch esse und setzte mich ihm gegenüber. Er verschlingt schnell einige Bissen, obwohl das Chili bestimmt viel zu heiß ist und seufzt genießerisch. Um meinen Reis noch ein wenig abkühlen zu lassen, stehe ich noch einmal auf, begebe mich zur Küchenzeile und befülle die beiden bereitgestellten Tassen mit dem frisch gebrühten Kaffee, der inzwischen ebenfalls fertig ist. Lächelnd setze ich mich anschließend wieder zu Jay, stelle eine Tasse vor ihm ab und platziere die andere neben meinem Teller.

»Wow, ist das köstlich. Wo hast du eigentlich so gut kochen gelernt?«, will er wissen und führt bereits den nächsten beladenen Löffel zu seinem Mund.

Ich kichere, da man meinen könnte, dass meine Gerichte die einzigen anständigen Mahlzeiten sind, welche die Dexters zu sich nehmen, so gierig wie auch er darauf ist.

»Im Internat. Im Wohnheim haben wir überwiegend selbst gekocht. Da eignet man sich über die Jahre so einige Rezepte an. Denn ausschließlich von Pasta zu leben, ist vielleicht eine Zeit lang fantastisch, aber irgendwann hat man davon genug«, liefere ich ihm die Erklärung für meine Kochkünste. Er nickt und füllt sich den nächsten Löffel. »Wie läuft eigentlich das Training?«, erkundigt er sich neugierig und mit vollem Mund.

Die Dexters haben darauf bestanden, mich bei einem Boxclub anzumelden und dass ich zweimal wöchentlich zum Schießtraining gehe, um die Fähigkeiten, die ich mir durch Maddox im Safe-Haus angeeignet habe, nicht zu verlieren. Connor meinte, das gäbe mir Selbstsicherheit, und er hat recht. Zwar waren die ersten Trainingseinheiten mit einer Waffe die reinste Hölle, da immer wieder die Bilder von Alessio vor mir aufgeflackert sind, mittlerweile komme ich aber ganz gut klar damit und versuche mich auf den Zweck des Trainings zu konzentrieren. Es dient meinem eigenen Schutz, soll mich vor Schaden bewahren und mich in die Lage versetzen, mich selbst verteidigen zu können, sollte das jemals wieder notwendig sein. Denn auch wenn ich es allzu gern verdränge, läuft mein Bruder immer noch da draußen herum und keiner weiß, was für eine furchtbare und grausame Rache er plant.

»Das läuft richtig gut. Die blauen Flecken werden

weniger, was für eine bessere Deckung und Abwehr spricht.«

Kaum habe ich die letzten Worte ausgesprochen, werden meine Unterarme doch von einer Gänsehaut überzogen. Ich weiß nicht, ob der Gedanke daran, dass ich Alessio getötet habe, eines Tages gänzlich verschwinden wird. Auch wenn er grausam war, war er ein Mensch und ich habe sein Leben beendet.

Jay entgeht nicht, dass meine Stimmung kippt und leitet dankenswerterweise ein anderes Thema ein. »Das ist gut, und die Arbeit? Macht es dir noch Spaß in der Kanzlei? Sind alle nett zu dir oder müssen wir jemanden verprügeln?«

Ich bin ihm dankbar für seine flapsige Anmerkung, die mir die Schwere von der Brust nimmt und mich mit neuer Leichtigkeit erfüllt.

»Ja, es ist großartig. Steuern und Finanzen sind total mein Ding und das Team unterstützt mich, um mir den Einstieg zu erleichtern. Manche Kollegen meinen es sogar etwas zu gut mit mir. Erst heute hat mich einer von ihnen nach einem Date gefragt«, platzt es aus mir heraus, ohne dass ich vorher darüber nachdenke.

Jay legt den Kopf schief und betrachtet mich interessiert. »Und weiter?«, fragt er, wobei seine Augen neugierig funkeln.

»Na, nichts. Ich habe Nein gesagt«, erwidere ich und zucke mit den Schultern.

»Wieso? Nicht dein Typ?«, bohrt Jay weiter. Dieses Gespräch entwickelt sich in eine äußerst ungünstige Richtung für mich und meine Wangen werden heiß. Es gefällt mir nicht, ausgerechnet mit einem von Maddox' besten Freunden über Verehrer und Flirtversuche zu sprechen.

»Du weißt genau wieso«, nuschle ich und lege mir

meine kühlen Hände an die Wangen, um die Hitze darin zu minimieren.

Er kneift die Augen zusammen, bis ihm anscheinend ein Licht aufgeht und seine Augen sich wieder weiten. »Moment mal. Immer noch wegen Dex?«, stößt er aus, als ob das die größte Absurdität wäre, die er jemals gehört hat.

»Was heißt denn hier *immer noch*? So lange liegt das zwischen ihm und mir auch noch nicht zurück«, verteidige ich mich und Jay wird ernst.

Er legt seinen Löffel im geleerten Teller ab und sinkt gegen die Lehne seines Stuhls nach hinten. »Ach, Kleine, wenn ich dir einen Rat geben darf, vergiss Dex. Das ist das Beste für dich.«

»Ich versuche es ja, aber es ist alles andere als leicht«, erwidere ich und die Traurigkeit in meiner Stimme ist unüberhörbar.

»Du musst akzeptieren, dass er eine Entscheidung getroffen hat und keine Beziehung mit dir möchte. Wenn du mit ihm abgeschlossen hast, könnt ihr vielleicht eines Tages so etwas wie Freunde werden.«

Mir entschlüpft ein schrilles Kichern. »So etwas wie Freunde?«, wiederhole ich Jays Worte fast andächtig und betrachte dabei meine Finger, die inzwischen auf dem Tisch liegen, um sich von der Hitze meiner glühenden Wangen zu erholen.

Er umschließt eine meiner Hände und drückt sie, bis ich aufblicke und einem freudigen Funkeln in seinen Augen sowie einem breiten Grinsen begegne.

Ich erwidere es zaghaft.

»Gibt es deinerseits eigentlich schon Dekopläne für den Geburtstag von Connor? Ich hatte an Pink und Einhörner gedacht, was meinst du?« Er wackelt übertrieben mit den Augenbrauen und bringt mich damit endgültig zum Lachen.

Ich bin dankbar, dass die drei zu jeder Zeit wissen, wie sich mich aufmuntern und ablenken können, sollte die Traurigkeit über den Verlust von Maddox oder die Sorge bezüglich der drohenden Vergeltung von Hunter einmal übermächtig werden.

»Noch nichts Konkretes, aber eine Piñata in Form eines Einhorns ist tatsächlich keine schlechte Idee. In jedem Fall bringe ich einen Ehrengast mit auf seine Party«, erwidere ich.

»Echt? Wen denn?«, fragt er interessiert und ich grinse.

»Meine Kollegin Isabella, von der er ununterbrochen schwärmt, seit er sie gesehen hat«, erwidere ich mit einem Zwinkern.

»Wenn du sie mitbringst, wird Connor wohl nicht lange auf seiner eigenen Party anwesend sein«, scherzt Jay und ich stimme ihm lachend zu.

Wir plaudern noch ein wenig über die bevorstehende Geburtstagsfeier, bevor sich Jay zum Aufbruch bereit macht.

Ich überreiche ihm die großen Schalen aus dem Kühlschrank, die randvoll mit Reis und Chili gefüllt sind, und begleite ihn zur Tür.

»Es war mir wie immer eine Freude, kleine Aileen«, verabschiedet er sich überschwänglich und drückt mir einen Kuss auf den Scheitel.

»Die Freude war ganz meinerseits, der Herr«, entgegne ich hoheitsvoll und vollführe einen Knicks vor ihm.

Mit einem breiten Grinsen auf den Lippen und einem belustigten Kopfschütteln verschwindet Jay im Flur.

Ich schaue ihm nach und stelle wieder einmal fest,

was Connor und Finn mir schon so häufig gesagt haben. Seit ich in das Leben der Dexters getreten bin, hat sich Jay verändert. Er lacht öfter, spricht mehr und ist nicht mehr so häufig in sich gekehrt. Finn meinte, das liege an diesem Beschützerding, das bei Maddox und Jay extrem ausgeprägt ist, seit sie Mia an Alessio und die Drogen verloren haben. *Alessio*, wiederhole ich seinen Namen in meinem Kopf. Der Mann, der durch meine Hand gestorben ist und der Grund für meine Albträume jede Nacht. Auch wenn ich ihn bis heute aufs Tiefste verabscheue, hat die Begegnung mit ihm doch etwas Gutes hervorgebracht. Ohne die geplante Zwangsehe wäre ich womöglich niemals Maddox in die Arme gelaufen und das wäre, trotz all der Traurigkeit, die auch er in mir verursacht hat, mehr als bedauerlich gewesen. Obwohl ich heute nur Schmerz mit dem Anführer der Dexters verbinde, bleiben die Erinnerungen an die wundervollen Gespräche, die sinnlichen Küsse, seine Berührungen und das Hochgefühl unseres ›Wir‹ auf ewig ein Teil meines Herzens. Es ist selten, dass Menschen in dein Leben treten, die dich derart tief berühren, dass ihre Spuren in dir nachhallen, lange nachdem sie gegangen sind. Maddox ist einer diesen Menschen und wird es für immer sein.

Nachdem ich den Abwasch erledigt habe und im Bad gewesen bin, lese ich noch einige Zeit, lösche dann das Licht der kleinen Lampe neben meinem Bett und schließe die Augen.

KAPITEL 3

Aileen

Die Woche fliegt förmlich an mir vorbei und ehe ich mich versehe, ist schon wieder Donnerstag. Zugegeben, es vergeht kein Tag, an dem meine Gedanken nicht kurzzeitig zu Maddox huschen, aber es wird leichter. Die Ablenkung auf der Arbeit und die positiven Menschen, die mich umgeben, schenken mir Rückhalt und lassen mich optimistisch in die Zukunft blicken.

»Kommst du morgen gegen sechzehn Uhr zu mir? Dann können wir uns noch in Ruhe fertig machen und ein wenig quatschen, bevor die Party los geht«, frage ich Isabella und schenke ihr ein Lächeln.

»O ja. Ich werde da sein, liebste Aileen«, entgegnet sie theatralisch, mit einer Hand auf der Brust und ich frage mich, in welchem Film sie gerade unterwegs ist. Nichtsdestotrotz kichere ich über ihre Bemerkung und drücke ihr einen Kuss auf die Wange, bevor ich mich auf den Weg in Richtung der Fahrstühle mache, um das Büro zu verlassen.

»Ich bin neidisch auf dich«, ruft Isabella mir hinterher und erhält dafür von mir ein zuckersüßes Lächeln und einen Luftkuss. Ihr Neid hat damit zu tun, dass ich morgen einen Tag frei habe und sie nicht. Und ich bin mir sicher, dass ich den Tag ausgiebig zum Entspannen nutzen werde. Mir ist nämlich nicht ganz wohl bei dem Gedanken, dass ich Maddox seit unserer Trennung übermorgen das erste Mal wieder über den Weg laufen werde, aber ich werde über meinen Schatten springen, um meine Freunde zu unterstützen. Die Sorge, dass mich ein Zusammentreffen mit ihm zurückwirft und mich wieder aus dem Gleichgewicht bringt, ist allgegenwärtig, dennoch versuche ich, der bevorstehenden Party positiv entgegenzublicken.

Auch wenn mir etwas mulmig zumute ist, überwiegt die Vorfreude auf einen ausgelassenen Abend. Viel zu selten habe ich die Möglichkeit, ein paar unbeschwerte Stunden zu verbringen. Die Bedrohung durch meinen Bruder ist zu groß und mein Privatleben dadurch eingeschränkt. Es hat mich schon extreme Arbeit gekostet, die Dexters zu überzeugen, dass ich nicht ständig Aufpasser benötige, die mich überwachen. Sie haben meine Entscheidung schließlich zähneknirschend akzeptiert und wir haben einen Kompromiss gefunden. Auf meinem Handy ist eine App installiert, die regelmäßig meinen Standpunkt per GPS an Connor und die anderen übermittelt. Das schafft etwas Sicherheit. In anderen Punkten gab es keinen Spielraum für Diskussionen. Connor meinte, es wäre absolut leichtsinnig, wenn ich mich in Clubs oder Bars herumtreibe, wo in jeder Ecke Gefahren lauern. Das Risiko, dass mich einer von Hunters oder Alessios Männern aufgreift, ist an diesen Orten deutlich größer als auf einer belebten Straße am Tag. Umso mehr freut es mich, dass ich morgen in Sicherheit bin und mich wundervolle Menschen umgeben.

Mit einem Lächeln auf den Lippen mache ich mich auf den Weg, um ein ganz besonderes Geschenk für Connor abzuholen. Nach wenigen Gehminuten erreiche ich die Einkaufspassage und betrete das kleine Geschäft für Bastelbedarf und Geschenkartikel. Ein einziger Blick durch den farbenfrohen und liebevoll dekorierten Laden genügt und mein Herz schlägt höher. In diesem Geschäft und der Liebe zum Detail könnte ich mich sofort verlieren und Stunden beim Stöbern durch die bunt gemischten Artikel verbringen.

Auf dem runzligen Gesicht des älteren Verkäufers bildet sich ein breites Lächeln, als er mich erblickt. »Die junge Lady mit den schönsten Locken in der Stadt«, begrüßt er mich und ich laufe gut gelaunt und mit einem noch herzlicheren Lächeln auf den Lippen auf ihn zu. Kaum treffe ich am Kassenbereich ein, bückt sich der ältere Herr, greift nach unten und hält mir im nächsten Augenblick den Grund meines Besuches vors Gesicht. Ich muss lachen, als er die Piñata, die als buntes und absolut entzückendes Einhorn getarnt ist, schwungvoll vor mir hin und her bewegt.

»Entspricht sie Ihren Vorstellungen, Liebes? Es war gar nicht leicht, an dieses Modell heranzukommen«, sagt er freundlich und begeistert mich mit seiner warmherzigen Art.

»Sie ist perfekt. Ich danke Ihnen«, erwidere ich voller Euphorie.

Er überreicht mir das Tier und ich strahle ihn an.

»In der Tüte sind die Süßigkeiten und Sie wissen schon was, für die Füllung«, verkündet er geheimnisvoll.

Ich kichere erneut. Mit seinem kryptischen ›Sie wissen schon was‹ sind Kondome und anderes kleines Liebesspielzeug gemeint. Schließlich ist die Piñata für Connor. Oberstes Ziel ist es, ihn mit dem Inhalt zum Schmunzeln zu bringen und das wird mir nicht allein mit Süßkram gelingen.

»Vielen Dank. Was schulde ich Ihnen?«, frage ich,

schnappe mir das Papptier und greife nach der prall gefüllten Tüte.

Der nette Verkäufer kassiert mich ab und ich mache mich auf den Heimweg. Das Einhorn klemmt sicher unter meinem Arm und ich werde mit zahlreichen belustigten und amüsierten Blicken von anderen Passanten bedacht. Wenn ich schon wildfremde Menschen mit diesem farbenfrohen Tierchen erfreuen kann, bin ich noch gespannter auf das Gesicht von Connor, wenn ich es ihm überreiche.

Eine Querstraße entfernt von dem Gebäudekomplex, in dem sich meine Wohnung befindet, beschleicht mich plötzlich ein seltsames Gefühl. Ein unerklärliches Kribbeln in meinem Nacken und der Verdacht, dass etwas nicht stimmt, überkommen mich. Ich drehe mich um und sehe einen Schatten, der sich hinter eine Hauswand duckt, um nicht erkannt zu werden. Verdammt, ist es Hunter, der mich gefunden hat? Mein logisch denkender Verstand ermahnt mich, dass das völlig absurd ist, denn mein Bruder würde sich niemals selbst auf den Weg machen, um mich aufzugreifen. Dafür hat er genügend Männer, die ihm loyal zur Seite stehen und alles erledigen, was er ihnen aufträgt, egal, um was für eine Aufgabe es sich handelt. Das Adrenalin, das meinen Körper flutet, schmälert anscheinend mein rationales Denken, mahnt mich aber gleichzeitig zur Vorsicht. Denn auch wenn es abwegig ist, ein Restrisiko bleibt, dass er mich selbst schnappen will, um die Angst in meinen Augen zu sehen.

Ich wende den Blick wieder nach vorn und konzentriere mich auf eine ruhige und gleichmäßige Atmung. Vielleicht ist auch gar nichts und ich bilde mir dieses Gefühl nur ein, aber ich beschließe auf Nummer sicher zu gehen. Noch sind zu viele Menschen auf den Straßen unterwegs und mein Verfolger wird es unmöglich wagen, mich hier anzugreifen. Es gäbe schlichtweg zu viele Zeugen. Ich biege um die nächste Hausecke, wende mich noch einmal nach hinten und sprinte los. Ich renne, so schnell es mir in den verdammten Pumps und mit der Piñata unter dem Arm möglich ist, in Richtung meines Wohnblockes. Wie durch ein Wunder erreiche ich wenig später mein Zuhause, ohne gestützt zu sein oder mir die Beine gebrochen zu haben. Mit zittrigen Fingern gebe ich die Zahlenkombination für die Tür ein und summend öffnet sich das Schloss. Ich rette mich in den Flur des mehrstöckigen Gebäudes, entscheide mich gegen den Fahrstuhl, sondern nehme die Treppe, um möglichst schnell in das fünfte Stockwerk zu gelangen. Völlig außer Atem, mit einem Schweißfilm auf der Stirn und angespannten Muskeln, öffne ich die Tür zu meiner Wohnung und flüchte mich hinein. Mein Herz klopft schnell und dunkle Schatten tanzen vor meinen Augen, da ich mich völlig verausgabt habe. Ich versuche gleichmäßig zu atmen, um nicht zu hyperventilieren, dann entledige ich mich meiner Schuhe und lege die Geschenke für Connor beiseite. Langsam begebe ich mich zu dem großen Fenster im Wohnzimmer, das mir freie Sicht auf die belebte Straße ermöglicht. Im Schutz meiner Wohnung beobachte ich gebannt die Umgebung und scanne jeden Winkel mit meinen Augen ab. Nach kurzer Zeit sehe ich ihn. Einen Mann, der die Kapuze seines schwarzen Pullovers über den Kopf gezogen hat. Ich bin mir sicher, es ist der gleiche, den ich vorhin aus dem Augenwinkel entdeckt habe, und jetzt läuft er auf der Straße vor meinem Wohnhaus auf und ab. Ich beobachte die vermummte Gestalt und überlege fieberhaft, was ich tun soll. Reagiere ich über, weil ich meine, dass die Schatten meiner Vergangenheit mich einholen, oder lauert dort unten tatsächlich eine tödliche Gefahr in Form eines Mafia-

Anhängers, der mich erkannt und womöglich auch meinen Bruder oder Alessios Männer über meinen Aufenthaltsort informiert hat? Um keinen dummen Fehler zu begehen, den ich anschließend bereuen könnte, entschließe ich mich, das zu tun, was Connor mit mir besprochen hat, sollte ich mich in Gefahr befinden. Kurzerhand rufe ich ihn an. Statt des erlösenden Klingelns ertönt die Mailbox. *Schönen Dank auch*, denke ich und probiere es bei Jay. Besetzt.

Kommt schon, Leute, ist es denn die Möglichkeit, dass ihr mich ausgerechnet in so einer Situation hängen lasst?

Mein Herz schlägt sekündlich schneller und ich schicke ein Stoßgebet in den Himmel, als ich Finns Nummer wähle. Es klingelt, aber er geht nicht ran. *Verdammter Mist!* Ich halte einen Moment inne, blicke erneut nach draußen und stelle mit Schrecken fest, dass die dunkle Gestalt immer noch vor dem Eingang herumlungert. Tief seufzend treffe ich eine Entscheidung und schiebe meinen Stolz beiseite. Meine Hände werden feucht, da ich mir nicht sicher bin, was oder ob es etwas in mir auslösen wird, wenn ich seine Stimme höre. Schließlich ist unser letztes Zusammentreffen alles andere als gut verlaufen. *Ob er das Gespräch überhaupt annimmt?* Innerlich wäge ich ab, was schlimmer ist, und entscheide schließlich, dass die Bedrohung, die vor meiner Tür lauert, größer ist als mein Unbehagen, seine Stimme zu hören. Widerwillig wähle ich also die Nummer von Maddox. Im Gegensatz zu den anderen erreiche ich ihn und er nimmt bereits nach einem einzigen Klingeln den Anruf entgegen.

»Aileen?«, fragt er ungläubig und der Klang seiner tiefen, rauen Stimme raubt mir kurzzeitig den Atem und damit auch die Sprache. *Himmel, habe ich diese Stimme vermisst*, wird mir klar, aber für mein unangemessenes Schmachten bleibt jetzt keine Zeit.

»Hi, ich bin mir nicht ganz sicher, ob ich überreagiere ...«, stammle ich los und greife mir an die Stirn.

»Was ist? Bist du in Gefahr?« Maddox' Stimme klingt sofort alarmiert und ich sortiere meine Gedanken, bevor ich wieder unüberlegt darauf losplappere.

»Ich hatte auf dem Weg nach Hause das seltsame Gefühl, verfolgt zu werden, und jetzt lungert ein Mann unten vorm Haus herum. Vielleicht ist auch nichts, aber Connor meinte ...«

Maddox hat anscheinend genug gehört und unterbricht mich.

»Ich mache mich sofort auf den Weg. Ist dieser Typ allein?«, will er wissen.

»Ich glaube schon. Zumindest sehe ich nur den einen«, erwidere ich und schaue wieder aus dem Fenster. Der Mann ist immer noch da.

»Aileen, ich brauche deine Adresse«, sagt Maddox rau und ein Stich durchfährt meine Brust.

Wow. Er hat sich nicht einmal erkundigt, wo ich wohne. Ich muss ihm tatsächlich vollkommen egal sein und er macht sich sicher nur aus reinem Pflichtbewusstsein zu mir auf den Weg. Auch wenn es wehtut, hilft mir diese Erkenntnis hoffentlich dabei, dieses Kapitel endgültig abzuschließen. Ich teile ihm meine Adresse mit und höre, wie er sich mit schnellen Schritten durch sein Haus bewegt. Auch wenn es dämlich ist, sind Trotz und Wut in mir aufgestiegen, weil er sich anscheinend wirklich nicht einmal für meinen Aufenthaltsort interessiert hat, wohingegen er alles für mich war und immer noch ist. Mir kommt es plötzlich noch falscher vor, ihn um Hilfe gebeten zu haben.

»Du musst nicht selbst kommen, sondern kannst auch

Connor oder einen von den anderen vorbeischicken, ich habe nur keinen von ihnen erreicht«, stoße ich deshalb hervor und höre, wie Maddox in den Hörer seines Handys schnaubt.

»Nein, ich komme«, entgegnet er knapp und legt auf.

Nachdem er mich nicht hat ausreden lassen, schicke ich ihm meine Adresse und die Zahlenkombination für den Türcode per Nachricht. Als die Dexters mir die Wohnung besorgt haben, haben sie bei der Auswahl darauf geachtet, dass ich in einen Gebäudekomplex ziehe, der über diese Sicherheitsvorkehrungen verfügt und sie alle kennen den Code. Sie alle, außer Maddox.

Angespannt und auf den Nägeln kauend beobachte ich die dunkle Gestalt, die jetzt telefoniert, die Straße überquert, sich die Kapuze vom Kopf schiebt und kurz darauf einer Frau die Arme um den Hals schlingt. Fassungslos beobachte ich, wie sich die beiden innig begrüßen und leidenschaftlich küssen. Ich muss mir wohl oder übel eingestehen, dass mein Verfolgungswahn neue Ausmaße angenommen hat und ich mich zu keiner Zeit in Gefahr befunden habe. Peinlich berührt tippe ich mir mit dem Zeigefinger gegen die Nasenspitze und reflektiere kurz die Ereignisse. Unweit meines Wohnhauses befindet sich der Zugang zu einem schönen Park, in dem man verweilen kann und der täglich zahlreiche Besucher und verliebte Paare anlockt. Wahrscheinlich ist genau dieser ihr Ziel, denn ich beobachte, wie sie eben in die Straße einbiegen, die direkt zu der Grünanlage führt.

Beschämt trete ich vom Fenster zurück, denn in diesem Fall bin ich die Verrückte, die ein wildfremdes Paar beobachtet und Gespenster sieht. Ich schüttle den Kopf über mich selbst und probiere Maddox zu erreichen, um ihm mitzuteilen, dass alles okay ist. Meine Stoßgebete, der peinlichen Begegnung mit ihm zu entrinnen, werden vom Universum ignoriert und ich erreiche ihn nicht. Logisch, denn er ist bestimmt längst auf dem Weg zu mir.

Frustriert stapfe ich in mein Schlafzimmer, öffne meinen Dutt und tausche die enge Arbeitskleidung gegen ein bequemes Joggingoutfit. Ich gebe zu, dass ich eine Millisekunde mit dem Gedanken gespielt habe, mich etwas herauszuputzen, um Maddox zu demonstrieren, was er verloren hat, aber was sollte das nützen? Ich bin ihm scheißegal, also würde die Aktion rein gar nichts bringen, außer dass ich mich lächerlich mache.

Frisch eingekleidet schleiche ich durch meine Wohnung und weiß nicht so recht, wohin mit mir. Hoffentlich glaubt Maddox nicht, dass ich mir das Ganze nur ausgedacht habe, um ihn zu sehen. Mir wird ganz flau im Magen bei dem Gedanken, dass er sich womöglich lustig über mich macht, weil er vermutet, dass es eine Lüge meinerseits war, da offensichtlich gar keine Gefahr vor meinem Haus lauert. Ich schüttle den Kopf und halte in meiner Bewegung inne. Grüble ich ernsthaft darüber nach, was Maddox Dexter denken könnte? Sollte mir das nicht vollkommen egal sein? *Er* ist der Oberarsch des Jahrtausends und wird an der unnötigen Fahrt zu mir schließlich kaum zugrunde gehen. Das Klingeln an der Tür erlöst mich und ich vergewissere mich durch den Spion, dass es Maddox ist, der vor der Tür steht.

Ich ergänze: Er ist der gottverdammt heißeste Oberarsch des Jahrtausends und dafür hasse ich ihn noch ein klein wenig mehr. Mein dummes Herz gerät völlig aus dem Takt und ich verfluche mich dafür, dass *er* und sein Anblick nach all den Wochen immer noch eine derart intensive Wirkung auf mich haben. Mit schwitzigen Fingern öffne ich die Tür einen Spalt, bleibe aber bestimmt im Türrahmen stehen.

»Es war nichts. Ich habe mich geirrt. Es tut mir leid, dass du dich meinetwegen auf den Weg gemacht hast«, plappere ich, ohne Luft zu holen und ohne ihm die Chance zu lassen, einen Ton von sich zu geben.

Als meine Worte verklingen, schaue ich in seine eisblauen Augen, verliere mich für Sekunden darin und erkenne die unterschiedlichsten Emotionen. Freude, Erleichterung, Wut, Unglaube und Kälte. Letzteres beschert mir eine Gänsehaut. Wann ist das passiert, dass wir uns verloren haben und er diese Distanz und unüberwindbare Mauer aufgebaut hat?

Bestimmt legt er eine Hand gegen das Türblatt, drückt dagegen, sodass es mir entgleitet und schiebt sich an mir vorbei ins Innere meiner Wohnung. Ich schließe die Tür, drehe mich um, verschränke die Arme und beobachte ihn. Er durchsucht jedes Zimmer, öffnet meine Schränke, schaut unter das Bett und setzt sich anschließend wie selbstverständlich an meinen Esstisch.

»Redest du jetzt nicht einmal mehr mit mir? Haben wir noch ein neues Level erreicht, Maddox?«, frage ich spöttisch, da er nichts tut, außer mich unverhohlen anzustarren. Er erwidert nichts und ich verdrehe die Augen. »Kannst du wieder gehen, bitte? Ich will deine Zeit nicht länger beanspruchen«, sage ich eindringlich und ernte ein kaum wahrnehmbares Kopfschütteln.

»Setz dich«, fordert er, zeigt auf den Stuhl an der gegenüberliegenden Seite des Tisches und ich gehorche ohne Widerworte. Warum, kann ich mir selbst nicht erklären. Möglicherweise, weil meine Knie zittern und sich meine Beine wackelig anfühlen oder weil seine Tonlage in diesem Augenblick der Inbegriff von Eindringlichkeit ist. Seine Wirkung auf mich lasse ich mir nicht anmerken. Zumindest hoffe ich das. So tough und cool, wie ich mich nach außen vor ihm gebe, bin ich nicht im Geringsten. In mir tobt ein wilder Sturm und ich habe unendlich viele Fragen an ihn. Um nicht unbedacht loszuplappern, presse ich fest die Lippen aufeinander und gehe auf sein stummes Blickduell ein.

»Gibt es einen anderen Mann in deinem Leben?«, unterbricht er schließlich die Stille und mein Mund klappt auf. Mit vielem hätte ich gerechnet, aber nicht damit, dass das seine erste Frage sein würde. Sie ist völlig absurd.

»Wie bitte?« Ich muss mich zusammenreißen, um nicht laut loszulachen.

»Du hast mich schon verstanden«, erwidert er und die Kälte in seiner Stimme schürt wieder die Wut in mir.

»Warum willst du das wissen?«, frage ich barsch und straffe die Schultern.

»Mach doch nicht alles immer so schrecklich kompliziert. Gibt es jemanden, ja oder nein?«

Ich kann es nicht fassen, dass er auf diese Art mit mir redet. Nach allem, was er mir angetan hat, und allem, was zwischen uns war, versetzt mir sein unnahbares Verhalten tausend Nadelstiche und reißt die schlecht geflickten Wunden in meinem Herzen wieder auf.

»Was bringt es dir, wenn du das weißt?«, halte ich weiter dagegen und schlucke gegen die aufsteigenden Tränen an. Das Beben in meiner Stimme lässt sich nicht verbergen, aber ich werde diesem Idioten nicht die Genugtuung geben, vor ihm zu weinen. Nicht schon wieder.

»Ich will wissen, dass du weitermachst und nicht an etwas festhältst, das nur in deiner Fantasie existiert hat.«

Der Treffer sitzt und seine vergifteten Worte verfehlen ihr Ziel nicht. Fast hätte ich ausgeholt und ihm ins Gesicht geschlagen, aber diese gewalttätige Version von mir finde ich unerträglich und will sie keinesfalls bei Maddox hervorbringen, auch wenn er für diesen Satz eine

Ohrfeige verdient hätte. Reicht es ihm denn nicht, wie sehr er mich bereits verletzt hat? Muss er dem Ganzen jetzt auch noch die Krone aufsetzten und mich derart demütigen und als naives Kind hinstellen, das sich die Intimität und Anziehung nur eingebildet hat?

»Ich denke, es ist wirklich besser, wenn du jetzt gehst«, entgegne ich, wobei meine Stimme verräterisch zittert. Der Kloß in meinen Hals wird größer und nur mit allergrößter Mühe gelingt es mir, die Tränen zurückzuhalten und nicht laut zu schluchzen.

Doch meine Bitte scheint an ihm anzuprallen, denn er bleibt weiterhin sitzen. »Aileen, wir hätten uns nie aufeinander einlassen sollen. Es war dumm und falsch.« Er spricht diese Worte auf eine Art aus, als würde er über das Wetter berichten. Da ist nichts. Keine Emotionen, nichts, das darauf hindeutet, dass wir uns jemals nahe waren.

Ich habe endgültig genug von seiner Demütigung. Diese ganze Szene ist unfair und an Dreistigkeit nicht mehr zu überbieten. Kein Mensch sollte mich so herablassend behandeln, auch kein Maddox Dexter.

Ich schnelle von meinem Stuhl hoch und wische mir mit dem Ärmel meines Hoodies übers Gesicht, da sich einige Tränen der Wut doch ihren Weg aus meinen Augenwinkeln gebahnt haben. »Geh, verdammt. Ich will dich hier nicht haben. Ich habe verstanden, dass es für dich alles ein großer Fehler war und du nur deinen Spaß mit mir wolltest. Keine Sorge, ich werde dich nie wieder kontaktieren. Nicht einmal, wenn mein Leben davon abhängt«, presse ich unter Tränen hervor und beobachte, wie Maddox sich ebenfalls langsam erhebt.

Er tritt einen Schritt auf mich zu und streckt die Hand nach mir aus. Sofort weiche ich zurück.

»Princess ...«, beginnt er rau und ich verfluche ihn.

Abwehrend hebe ich meine Hand, um eine zusätzliche Barriere zwischen uns zu schaffen. »Nenn mich nie wieder so! Ich komme morgen Connor zuliebe noch ein Mal in euer Haus, danach musst du mich nie mehr ertragen«, feuere ich ihm entgegen und verschränke schließlich die Arme vor der Brust, um meine Ablehnung weiter zu verdeutlichen.

Maddox ballt die Hände zu Fäusten, wendet sich von mir ab und stürmt sichtlich aufgebracht aus meiner Wohnung.

Mich lässt er dabei als nervliches Wrack und vollkommen aufgelöst zurück. Ich bin mir sicher, dass das der Schlussstrich war, den ich gebraucht habe, um endlich mit ihm abzuschließen und die Gedanken an ihn aus meinem Leben auszuradieren. Das Kapitel Maddox Dexter endet heute für mich.

KAPITEL 4

Aileen

»Und dein Ex ist gestern einfach hier aufgetaucht und hat dir dann eine Szene gemacht?«, empört sich Isabella, während sie das gefühlt hundertste Outfit für den heutigen Abend anprobiert.

»Na ja, ganz so würde ich das nicht sagen. Er war wegen des Geburtstages hier und musste mir unbedingt noch einmal mitteilen, wie egal ich ihm bin und was für ein Fehler das mit uns war.« Da ich Isabella unmöglich den wahren Grund mitteilen kann, warum ich Maddox gestern kontaktiert habe, greife ich zu dieser kleinen Notlüge mit Connors Geburtstag. Doch mit dem Rest habe ich mich an die Wahrheit gehalten. Zwar bin ich niemand, der gerne lästert oder andere durch den Dreck zieht, aber Maddox hat es nach seinem Auftritt gestern nicht anders verdient. Die Wut auf ihn hilft mir, ihn endlich loszulassen und aus meinem Herzen zu verbannen.

»Wie auch immer. Wir werden dich so was von aufbrezeln, dass jedem Typen auf Connors Geburtstag die Augen herausfallen und dein Ex zu weinen anfängt, weil er dich nicht mehr haben kann.« Isabella zwinkert entschlossen und dreht sich vor mir im Kreis. »Was meinst du? Steht mir das?«

Ich strahle sie an, denn das hauteng weiße Kleid mit Wasserfallausschnitt und einem Beinschlitz steht ihr übertrieben gut und setzt ihre Kurven perfekt in Szene.

»Du siehst atemberaubend aus. Connor wird dir komplett verfallen, wenn er dich so sieht«, erwidere ich mit einem breiten Grinsen.

»Meinst du, er ist auch so ein Mistkerl wie dein Ex-Freund?«, fragt Isabella und ich kann es ihr nach meiner Wuttirade über Maddox nicht verübeln.

Ich schüttle den Kopf. »Nein, auf keinen Fall. Connor mag ein Kindskopf sein und dadurch manchmal etwas über die Stränge schlagen, aber er ist keinesfalls ein Herzensbrecher wie Maddox. Er sagt stets, was er denkt, und leidet auch nicht unter derben Stimmungsschwankungen.«

Meine Freundin kichert und wickelt eine weitere Strähne ihrer langen schwarzen Haare auf den Lockenstab.

»Du bist wirklich schwer traumatisiert worden«, stellt sie fest und dem kann ich nicht widersprechen.

»O ja, das kannst du laut sagen«, stimme ich daher seufzend zu und fahre mir mit den Händen über die Wangen.

Eine halbe Stunde später sind wir fertig gestylt und betrachten uns zufrieden im Spiegel. Isabella hat ganze Arbeit geleistet und einen Teil meiner Locken geflochten und nach hinten gesteckt. Dadurch fällt mir eine Hälfte meiner Haare über die Schulter und lässt die andere Seite frei. Die Frisur passt hervorragend zu dem asymmetrisch geschnittenen Top, das ebenfalls eine Schulter zeigt. Ich trage dazu knappe Shorts, die verboten gehören, da man die Hälfte meiner Pobacken sieht und Chucks. All das gute Zureden und Flehen von Isabella haben nichts daran geändert, dass ich mich gegen ihre Pumps und ein Cocktailkleid entschieden habe. Ich will heute Abend Spaß haben, tanzen und die Party genießen. Da kann ich schmerzende Füße und Atemnot in einem zu engen Kleid absolut nicht gebrauchen. Als es klingelt, grinsen wir uns an. Ich schnappe mir die Sachen für die Party und wir machen uns auf den Weg zum bestellten Taxi, das uns zu den Dexters bringen wird.

Am Haus angekommen werde ich doch nervös, denn ich war seit Wochen nicht mehr hier. Und die unschöne Begegnung mit Maddox am Vortag macht die Angelegenheit nicht besser. Finn begrüßt uns am Eingang, nimmt uns unsere Jacken und die Piñata ab, um sie im Garten anzubringen und vorzubereiten. Im Inneren des Hauses herrscht ein buntes Treiben und ein wildes Durcheinander. Die Stimmung ist ausgelassen und löst meine Anspannung sofort.

Connor kommt strahlend auf uns zu. »Ladys, wie schön euch hier zu sehen«, begrüßt er uns und gibt Isabella einen Handkuss, bevor er ihr seine Lippen auf die Wange drückt.

Sie schnappt nach Luft und ich muss mein Kichern mühevoll unterdrücken. Die zwei wären ein wundervolles Paar. Connor löst sich von ihr und ich schließe ihn in eine herzliche Umarmung.

»Ich wünsche dir alles Glück der Welt, Connor. Du bist ein fantastischer Mensch und ein großartiger Freund. Danke, dass ich Teil deines Lebens sein darf«, wispere ich ihm in sein Ohr und sein Griff um mich festigt sich.

»Danke«, ist alles, was er mit belegter Stimme hervorbringt, und ich bin mir ziemlich sicher, dass ein verräterischer Glanz in seinen Augen liegt, als er von mir zurücktritt.

»Wollt ihr etwas trinken?«, fragt er schließlich und Isabella nickt entzückt.

»Geht ihr schon mal. Ich begrüße die anderen«, erwidere ich und zwinkere Isabella verschwörerisch zu. Sollen die zwei ruhig etwas Zeit allein miteinander bekommen. Außerdem sind viele Gäste anwesend, die ich bei Jays Party bereits kennengelernt habe. Einige von ihnen erinnern sich an mich und begrüßen mich herzlich. Es verblüfft mich immer wieder aufs Neue, dass sie, obwohl mittlerweile jeder weiß, dass ich eine Moreno bin, keinen Groll mir gegenüber hegen. In einer Ecke im Wohnzimmer sehe ich Maddox, der Kate bei sich hat und sie in seinem Arm hält. Unsere Blicke treffen aufeinander und ein Stromschlag durchzuckt mich. Schon wieder schaut er mich an, als ob *ich* einen Fehler gemacht hätte. Ich bin nur noch genervt von ihm und dankbar, als Jay in mein Blickfeld tritt. Er schaut mich an und lässt seinen Blick an mir hinabwandern. Er wirkt irgendwie anders, neugieriger und aufmerksamer als sonst. Vielleicht bilde ich mir das aber auch nur ein.

»Hey«, begrüßt er mich mit rauer Stimme.

»Hey«, erwidere ich und lehne mich in seine feste Umarmung.

»Du siehst wunderschön aus«, sagt er, während er sein Gesicht in meiner Halsbeuge vergräbt. Ich will mich ein Stück von ihm lösen, denn ich habe das Gefühl, dass etwas nicht stimmt. Daraufhin hält er mich noch fester.

»Nein, bitte schenk mir noch diesen kurzen Augenblick.«

»Ist alles in Ordnung?«, frage ich leise und merke, dass er leicht den Kopf schüttelt.

»Manchmal wünschte ich, wir wären uns unter anderen Umständen begegnet und dass ich es gewesen wäre, der dein Herz erobert hätte.«

Seine Worte berühren, verwirren und überrumpeln mich. Hat er mir gerade gestanden, dass er etwas für mich empfindet oder war das absolut freundschaftlich gemeint, weil es ihm leidtut, wie Maddox zu mir ist?

»Jay, du bist betrunken«, sage ich leise, aber eindringlich.

Er löst sich ein Stück von mir und streicht mir eine verirrte Locke aus dem Gesicht. In seinen bernsteinfarbenen Augen tanzen Schatten und ich bin völlig verunsichert.

»Wahrscheinlich hast du recht. Entschuldige«, presst er hervor und dreht sich abrupt um, um zu gehen.

»Jay, warte ...«, beginne ich, aber er ignoriert mich. Ein Frösteln schüttelt mich und ich bekomme eine unangenehme Gänsehaut. Ist er wirklich betrunken oder war das, was er eben gesagt hat, die Wahrheit? Das wäre ein Problem. Denn auch wenn ich Jay sehr mag und er ein unglaublich attraktiver Mann ist, gehört mein Herz immer noch Maddox. Nie im Leben wäre ich so egoistisch, mich auf einen anderen der Dexters einzulassen und damit ihre Freundschaft zu gefährden.

Etwas reißt grob an meinem Arm und zerrt mich in Richtung Besenkammer. Der Blick auf meinen Arm zeigt mir, dass es Maddox' Hand ist, die mich fest umklammert. Er schubst mich in den kleinen Raum, drängt mich gegen ein Regal und nimmt mich zwischen seinen Armen gefangen.

Großartig, er wird mir jetzt gleich wieder eine Szene machen, genau das brauche ich jetzt. Genervt verdrehe ich die Augen und spüre Wut wie eine heiße Welle durch mich hindurch fegen. »Na los, sag deinen Text auf und lass es uns schnell hinter uns bringen«, fauche ich ihn an.

Überraschung huscht über sein Gesicht, bevor sich eine tiefe Traurigkeit in seine Augen legt, die ich längst verloren geglaubt habe. Denn sie gibt etwas preis, das Maddox sehr lange vor mir verborgen hat – Emotionen. *Bin ich ihm doch nicht so egal, wie er behauptet?*

»Muss es ausgerechnet einer meiner besten Freunde sein, Aileen?«, fragt er und der Klang seiner tiefen Stimme und die Erinnerung, wie nahe wir uns einst in dieser Besenkammer waren, lässt mich erschaudern und jagt ein unangemessenes, heißes Prickeln durch meinen Körper. Trotzdem reiße ich mich zusammen und versuche sachlich zu bleiben.

»Ob du es glaubst oder nicht, zwischen Jay und mir ist nichts«, entgegne ich und bin stolz auf mich, dass meine Stimme fest und selbstsicher klingt.

»Ach ja? Das sah eben anders aus. Wie er dich ansieht, dir durch dein Haar streicht und dich beobachtet.« Er hält kurz inne und schluckt hart. »Er hat Gefühle für dich. Ich kenne diese Blicke«, fügt er hinzu und entlockt mir damit ein verächtliches Schnauben.

»Wirklich? Woher solltest du diese Art von Blicken denn kennen? Du, mit deinem eiskalten und verdorbenen Herzen.«

Er erwidert nichts auf meinen Seitenhieb, sondern betrachtet einen Moment meine Lippen, ehe er mir wieder in die Augen schaut.

»Weil ich dich genauso ansehe«, wispert er kaum hörbar.

»Wie bitte?«, frage ich ungläubig, denn ich muss mich verhört haben.

Seine Hand hebt sich und er fährt sich durch sein

Haar. »Ach, Princess, wenn ich könnte, würde ich alles anders machen, aber es geht nicht.«

»Maddox, das muss aufhören. Deine kryptischen Aussagen und deine Stimmungsschwankungen verletzen mich und tragen nicht unbedingt dazu bei, dass ich dich vergesse«, erwidere ich und merke, wie meine steinharte Fassade bröckelt. Die Intensität, mit der er mich ansieht und die Verletzlichkeit, die sich mir in seinen Augen offenbart, weicht meinen inneren Widerstand viel zu schnell auf. Obwohl ich mit aller Macht dagegen ankämpfe und stark sein will, machen mich meine Gefühle für ihn weich.

»Vielleicht will ich das ja auch gar nicht«, wispert er und eine Woge der Hoffnung flutet ungewollt meinen Körper, die ich so schnell wie möglich abschüttle.

»Hast du nicht gestern noch genau das von mir verlangt? Dass ich akzeptiere, dass alles nur eine Lüge und Mittel zum Zweck war?«, frage ich ihn, da sein Hin und Her mich verwirrt und meine Welt wieder einmal aus dem Gleichgewicht bringt.

Er wirkt enttäuscht und lässt die Arme sinken. »Glaubst du das wirklich?«

Ich zucke mit den Schultern. »Mir bleibt ehrlich keine andere Wahl, wenn ich nicht daran zugrunde gehen will.« Meine Worte sind nicht mehr als ein Flüstern, das von Schmerz erfüllt ist.

»Verdammt, Aileen«, raunt er und streichelt mit seinem Daumen über meine leicht geöffneten Lippen.

Mir wird heiß und kalt zugleich und ich fühle mich, als wurde ich unter Strom gesetzt. Mein Verstand schreit mich an und fleht, die Annäherung zu unterbinden, denn sie ist schlichtweg falsch. Wie oft will ich mich dieser emotionalen Folter noch aussetzen, die Maddox mir antut?

Dabei ist die Dynamik so klar. Wir geben uns der Anziehung hin, werden von Emotionen überwältigt und fühlen uns leicht und schwerelos. Im nächsten Augenblick findet Maddox wieder diesen unsichtbaren Schalter in sich und zack, nach nur einem Wimpernschlag ist alles anders und er ein Eisklotz. Und obwohl ich dieses vertraute Szenario kenne, weiche ich nicht vor ihm zurück. Noch schlimmer, ich schließe die Augen und genieße den sanften Druck seines Daumens auf meinen Lippen.

Die Stimme von Finn erklingt von draußen durch ein Mikrofon und ist meine Rettung. Seine Worte lösen mich aus meiner Trance und ich mache einen Schritt zur Seite, um die Nähe zu Maddox aufzulösen. Dieser runzelt die Stirn und wirkt für einige Sekunden irritiert über mein Verhalten. Und schließlich tritt das Unvermeidbare ein. Noch während Finn über das Mikrofon eine Überraschung ankündigt und alle Gäste nach draußen in den Garten bittet, passiert es. Unser intimer Moment ist endgültig vorüber. Maddox' Miene wird steinhart und verschlossen. Schon ist er wieder in den altbekannten Eiszeitmodus versetzt und betrachtet mich, als ob ich ein Verbrechen begangen hätte.

»Lass uns nach draußen gehen«, bestimmt er und ich folge ihm wortlos und verwirrt.

Im Garten haben sich bereits die meisten Gäste versammelt und die niedliche Einhornpiñata, die Finn an einem Baum aufgehängt hat, sorgt für schallendes Gelächter bei den Bikern. Maddox ist in der Menge untergegangen, zumindest sehe ich ihn nicht mehr.

Isabella dagegen strahlt mich an und ich stelle mich zu ihr. Sie legt ihren Kopf auf meiner Schulter ab und seufzt glückselig. »Sieh ihn dir an. Er ist perfekt. Ich glaube, ich habe mich verliebt«, schwärmt sie, während ihr Blick ununterbrochen auf Connor verweilt.

Mir wird warm ums Herz bei ihren Worten, denn ich wünsche mir für die beiden, dass es funktioniert und sie glücklich werden.

Mit lautem Klatschen und Grölen feuern wir Connor an, der mit verbundenen Augen probiert, die Piñata zu zerschlagen. Nach einer Weile gelingen ihm zwei ausgezeichnete Treffer und der Applaus wird lauter. Connor zieht sich daraufhin die Binde vom Kopf, sammelt einen Teil des Inhalts, der am Boden verstreut ist, ein und hält breit grinsend eine Packung Kondome in die Luft. Sein Blick schweift durch die Menge und landet auf Isabella. Sie wird rot neben mir und ich muss kichern.

»Meine Herren, ihr entschuldigt mich. Ich habe etwas zu erledigen«, verkündet Connor laut und für alle hörbar, bevor er mit schnellen Schritten auf uns zu hält. Ohne Vorwarnung packt er meine Freundin und wirft sie sich über die Schulter. Sie quietscht vor Überraschung und ihr legendärer Abgang wird von schrillen Pfiffen begleitet.

Ich schüttle nur belustigt den Kopf.

Langsam lichtet sich das Getümmel im Garten und die Gäste verteilen sich wieder im Haus. Maddox und Jay kann ich nirgendwo ausmachen, was mir ein unangenehmes Ziehen in der Magengegend beschert. Ich kann es mir nicht erklären, aber meine Intuition sagt mir, dass etwas nicht stimmt. Mir bleibt keine Zeit, länger zu grübeln, denn ein lauter Pfiff, gefolgt vom Ruf meines Namens, erregt meine Aufmerksamkeit. Ich hebe den Kopf und lasse den Blick in Richtung des Pfiffes gleiten. Schnell bestätigt sich, was ich bereits beim Klang der Stimme vermutet habe: Es war Finn. Unverhohlen zeigt er mit dem Finger auf mich, während er mit vier anderen Partygästen, die ich nicht kenne, auf mich zusteuert. Finn schwankt und ist offensichtlich sehr betrunken. Bei mir angekommen, legt er mir einen Arm um die Schulter und stützt sich auf mir ab. »Habe ich euch eigentlich schon erzählt, dass eine Profitänzerin unter uns ist?«, erläutert er und mir schießt Hitze in die Wangen.

»Finn, das ist nicht wahr«, widerspreche ich kläglich, aber ernte nur ein Kopfschütteln von ihm.

»Keine Widerworte. Du bist eine verdammte Tanzgöttin. Komm, wir zeigen es den anderen.« Schon zieht er mich hinter sich her.

Da mir Widerstand zwecklos erscheint und ich nach den seltsamen Begegnungen mit Jay und Maddox dringend etwas Ablenkung brauche, folge ich ihm bereitwillig nach drinnen. Die improvisierte Tanzfläche ist gut gefüllt und ich bin tatsächlich sofort in meinem Element. Die harmonischen Beats und dumpfen Bässe bescheren mir Leichtigkeit und lenken mich ab.

Finn ist, trotz seines angetrunkenen Zustandes, ein guter Partner und wirbelt mit mir über die Tanzfläche. Die Stimmung ist ausgelassen und meine Anspannung verfliegt zunehmend. Die Gedanken an Maddox und Jay werden leiser und ich genieße den Abend in vollen Zügen. Mit dem gestiegenen Alkoholpegel der meisten Gäste und mit fortschreitender Zeit lichtet sich die Tanzfläche. Die Musik wechselt zu Songs, bei denen sich die anwesenden Biker in den Armen liegen und schief mitsingen. Auch wenn ich ihren Zusammenhalt schätze, ist das mein Zeichen, die Tanzfläche zu verlassen.

In der Küche genehmige ich mir erst mal einen großen Schluck Wasser, da ich ordentlich geschwitzt habe und lasse meinen Blick umherschweifen. Weiterhin keine Spur von Maddox oder Jay. Ich spüle das unerklärliche Unbehagen darüber mit einem weiteren Schluck Wasser hinunter und mache mich auf den Weg zur Garderobe. Auf dem Weg dorthin verabschiede ich mich von allen, denen ich begegne, und ziehe mir schließlich meine Jeansjacke über. Die Uhr an meinem Handgelenk zeigt, dass es bereits weit nach zwei Uhr und damit ein guter Zeitpunkt zum Gehen ist. Ich zücke mein Handy und suche in meinen Kontakten die Nummer der Taxizentrale. Mein Finger verharrt über dem Anrufbutton, denn eigentlich sollte ich Isabella mit nach Hause nehmen. Sie und Connor haben sein Zimmer seit ihrem unvergesslichen Abgang im Garten nicht mehr verlassen, und ich entscheide, dass meine Freundin bei ihm in guten Händen ist.

Bevor ich die Nummer anwählen kann, eilt eine fremde junge Frau auf mich zu.

Sie ist völlig aufgelöst und tränenüberströmt. »Bist du Aileen?«, presst sie atemlos hervor.

»Ja, was ist los?«, frage ich alarmiert und drücke leicht ihren Arm.

»Maddox und Jay ...«, setzt sie an und ich ahne nichts Schlimmes. Die meisten Gäste sind schon dermaßen betrunken, dass ich von ihnen keinerlei Hilfe erwarten kann, egal was los ist.

»Wo sind sie?«, frage ich die junge Frau, die daraufhin in Richtung Garten zeigt.

Ohne nachzudenken oder Zeit zu verlieren, sprinte ich nach draußen. Der Anblick, der sich mir bietet, lässt mein Herz rasen. Ineinander verkeilt wälzen sie sich über den Boden und prügeln währenddessen aufeinander ein. Ich stürme auf sie zu und zerre an Maddox, der wie in einem Rausch zu sein scheint. »Maddox, verdammt, beruhige dich, was soll das denn?«, brülle ich auf ihn ein, aber er ignoriert mich. Meine Bemühungen scheinen zwecklos. Also trete ich einen Schritt zurück, gehe kurz in mich und überdenke meine Möglichkeiten, während ich nervös meine Haare von der einen zur anderen Seite schiebe.

Viele bleiben mir nicht. Also werfe ich mich auf Maddox'
Rücken, weiche dabei geschickt seinem Ellenbogen aus
und klammere mich anschließend an ihm fest.

»Babe, bitte hör auf. Das bist nicht du«, flehe ich
immer wieder an seinem Ohr, bis er endlich seine Prü-
gelattacke unterbricht. Er lässt abrupt von Jay ab und erhebt sich, sodass ich seinen Rücken hinabrutsche und mit
dem Hintern im Gras lande.

Fassungslos starrt er auf seine Hände und schaut
dann mich an. »Ich ...«, beginnt er, stoppt aber sofort
wieder und presst die Lippen aufeinander.

»Geh bitte einfach in dein Zimmer. Ich komme gleich
nach, ja?«, sage ich mit fester Stimme und bin überrascht,
dass ich so ruhig klinge. Langsam richte ich mich auf.

Maddox folgt währenddessen meiner Aufforderung
ohne den geringsten Widerstand, worüber ich mehr als
dankbar bin.

Als er verschwunden ist, hocke ich mich zu Jay. Sein
Gesicht ist übel zugerichtet und ich frage mich, was nur
in sie gefahren ist.

»Jay, geht es? Soll ich dich in ein Krankenhaus bringen?«, frage ich und merke, wie sich Tränen in meinen
Augenwinkeln sammeln. Habe ich das verursacht? Bin
ich schuld daran, dass aus der unzertrennlichen Einheit
plötzlich sich prügelnde Feinde geworden sind? Ich
streiche vorsichtig über seine aufgeschürfte Wange und
er schaut mich verzweifelt an.

»Nein, ich werde gehen und komme nicht zurück.«
Jay fasst nach meiner Hand, umschließt sie mit seiner
und legt sie sich auf die Brust.

»Was? Ich verstehe nicht. Willst du in ein Hotel oder
soll ich uns ein Taxi rufen und dich mit zu mir nehmen?«,
plappere ich drauflos, doch meine Stimme zittert.

Ein bittersüßes Lächeln huscht über seine Lippen.

»Das würdest du für mich tun? Mich mit zu dir nehmen?«

»Natürlich, ohne nachzudenken«, erwidere ich prompt, denn es ist wahr. Ich werde niemals vergessen, was die Dexters für meinen Schutz getan und auf sich genommen haben und würde für jeden von ihnen das Gleiche tun.

Es breitet sich eine Traurigkeit in seinen Augen aus, die sich auf mich überträgt und meinem geschundenen Herzen einen weiteren Stich versetzt.

»Egal was passiert, vergiss bitte niemals, als was für einen Menschen du mich kennengelernt hast«, bittet er mich und ich lege die Stirn in Falten.

»Was redest du da? Komm, ich bring dich weg von hier.« Mein Tonfall ist flehend, denn ich mache mir unbeschreiblich große Sorgen um ihn. Seine geheimnisvollen Worte machen mir Angst.

Jay setzt sich auf und umfasst mein Gesicht. »Ich habe so viel falsch gemacht, dass ich die Zahl meiner Fehler nie wieder gutmachen kann. Aber neben all den Lügen ist eines vollkommen wahr. Ich liebe dich. Du hast etwas in mir hervorgebracht, was ich nie für möglich gehalten hätte.«

»Jay, du bist verwirrt ...«, beginne ich, aber er unterbricht mich, indem er zwei Finger auf meine Lippen drückt und sie damit versiegelt.

»Du musst nichts sagen. Ich weiß, dass dein Herz Maddox gehört. Geh zu ihm und werdet glücklich.« Er lehnt sich nach vorne und drückt mir einen langen Kuss auf die Stirn, in dem so viel Schmerz liegt, dass mein Herz ein weiteres Mal zerbricht. Jay rappelt sich auf und wischt sich mit seinem Shirt das Blut aus dem Gesicht.

Ich starre ihn eine Weile an und brauche viel zu lange, um auf die Beine zu kommen. Ich bin überfordert und komplett aufgelöst. Die Fragen in meinem Kopf überschlagen sich. Was ist zwischen Maddox und ihm passiert und hat er das eben ernst gemeint? Er liebt mich? Wann ist das denn passiert? Ja, wir haben in den letzten Wochen viel Zeit zusammen verbracht, aber ich habe ihn nie anders als Finn oder Connor behandelt, oder doch? Langsam habe ich das Gefühl, dass ich die Ursache für alles Schlechte auf der Welt bin. Haben meine Naivität und meine unbedachten Gesten eben ein Leben zerstört? Während ich noch meine Gedanken sortiere, entfernt sich Jay und verschwindet schließlich durch das Haus. Mir ist es nicht möglich, ihm hinterherzurufen oder ihn aufzuhalten, denn dafür fehlt mir schlichtweg die Kraft. Um die Situation aufzuklären und Antworten auf die zahllosen Fragen in meinem Kopf zu bekommen, mache ich mich nach einer Weile auf den Weg nach drinnen. Ich muss Maddox zur Rede stellen und herausfinden, was zwischen ihm und Jay passiert ist und wieso sie derart aneinandergeraten sind.

KAPITEL 5

Maddox

Ich starre entsetzt auf meine Hände und meine aufgeplatzten Fingerknöchel, als es zaghaft an der Tür klopft und kurz darauf Aileen eintritt. Zu meiner eigenen Verwunderung schaut sie mich nicht voller Verachtung, sondern mit grenzenloser Sorge an. Sie setzt sich so dicht neben mich auf mein Bett, dass sich unsere Schultern berühren und streicht sanft über meine geschundenen Finger.

»Was ist passiert?«, fragt sie kaum hörbar und ich räuspere mich. Mein Blick trifft auf ihren und ich verliere mich in dem unergründlichen Grün ihrer Augen.

»Ganz ehrlich, ich habe keine Ahnung.«

»Wie meinst du das?« Die Besorgnis in ihren Worten ist greifbar und erfüllt die Luft im Raum.

»Ich weiß nur noch, dass ich im Garten auf Jay getroffen bin und wir diskutiert haben. Davor und danach ist alles weg.«

»Wie weg? Ein Filmriss? Hast du so viel getrunken?«, fragt Aileen und ich schüttle ratlos den Kopf.

»Nein, nur zwei Bier. Ich kann es mir selbst nicht erklären.«

Eine unerträgliche Stille tritt ein, die ich nach einiger

Zeit nicht mehr aushalte.

»Princess, ich habe Angst, mich zu verlieren«, sage ich und lasse sie damit an dem undefinierbaren schlechten Gefühl, das mich seit Wochen quält und innerlich zerfrisst, teilhaben. Aileen umfasst meine Hand fester und rutscht beinahe auf meinen Schoß. In mir regt sich etwas, das ich längst verloren geglaubt habe.

»Das wird nicht passieren. Wieso denkst du das?«, fragt sie so sanft, dass ich ihre Worte tief in mir spüre. Sie ist der einzige Mensch auf diesem Planeten, der es schafft, diese Stelle in mir zu berühren.

»Ich weiß nicht. Seit Wochen geht es nur noch bergab und ich erkenne mich nicht wieder. Immer öfter entgleitet mir die Kontrolle und ich raste aus. Ich war schon immer impulsiv, aber das hier ist eine neue Ebene.«

»Hast du mich deshalb fortgeschickt, weil du Angst hattest, dass du mir wehtun könntest?«

Ich schüttle den Kopf, denn ich bin es leid, zu lügen und schaffe es nicht länger, diese falsche Fassade aufrechtzuerhalten. Das Zusammentreffen in ihrer Wohnung hat alles wieder hochgeholt. Die Wärme, das unbeschreibliche Gefühl in ihrer Nähe und die Ruhe, die sie mir gibt, fehlen mir viel zu sehr. Es ist an der Zeit, mir einzugestehen, dass ich Aileen brauche, um nicht komplett durchzudrehen. Feststeht, seit sie weg ist, geht es mir zunehmend schlechter. »Nein, ich habe dich weggeschickt, um dir ein normales Leben zu ermöglichen. Ohne Gewalt, Angst und die ganze Scheiße«, breche ich mein Schweigen, das bereits viel zu lange andauert.

»All die grausamen Dinge, die du zu mir gesagt hast, sind nicht wahr?«, wispert sie und sieht dabei so zerbrechlich aus, dass ich erschaudere.

Was habe ich ihr mit meinem Arschlochverhalten angetan? Bin ich etwa noch abscheulicher, als Alessio oder

Hunter es jemals sein könnten oder in der Vergangenheit waren? Ich muss dem ein Ende bereiten.

»Nichts davon. Du bist alles für mich und ich habe uns zerstört.«

Aileen löst ihre zarten Finger abrupt von meinen und ich kann verstehen, wenn sie jetzt aufsteht und geht. Nichts anderes hätte ich verdient. Sie erhebt sich bereits leicht von der Matratze, schwingt dann aber ein Bein über meinen Schoß und setzt sich rittlings auf mich. Ich schaue sie verblüfft an, während sie ihre Hände in meinem Nacken verschränkt und darüber streichelt. *Womit habe ich diese Frau verdient?*, rauscht es mir durch den Kopf. Dass sie nach alldem, was ich getan habe, für mich da ist, ist schon unbegreiflich. Aber ihr Verhalten jetzt raubt mir den Atem. Sofort keimt die Frage wieder in mir auf, die mir in der Vergangenheit zahlreiche schlaflose Nächte bereitet hat: Was sieht sie in mir? Hofft sie innerlich noch immer, dass ich einer der Guten bin? Ihr Prinz, der sie auf Händen trägt und ihr die Welt zu Füßen legt? Auch wenn ich das gern wäre, existiert diese Version von mir nur in ihrer Fantasie. In Wahrheit bin ich ein Mann, der sich nicht im Griff hat, zu Gewalt neigt und in dem ein niemals endender Krieg tobt. Ein Mann, der alles, was sich zu gut anfühlt, mit aller Macht zerstören muss. Warum das so ist, kann ich nicht erklären, aber ich tue es immer wieder. Mein widerwärtiges und egoistisches Verhalten gegenüber Aileen liefert den besten Beweis dafür.

Ihre sanfte Stimme erlöst mich aus meinem Gedankenkarussell.

»Bist du jetzt gerade, in diesem Augenblick, ehrlich zu mir?«, fragt sie mich und durchdringt mich mit ihren grünen Augen.

»Ja«, stoße ich aus und umfasse ihre Taille mit

meinen Händen. Mein Griff ist fest, um sie bei mir zu behalten und mir ins Gedächtnis zu rufen, dass sie real ist. Sie ist die, die mich erdet, mein Rettungsanker, wenn sich alles um mich herum auflöst und meine Welt im Chaos versinkt.

»Also bereust du nicht, was zwischen uns war, und hast mich nicht nur als Zeitvertreib genutzt?«

Es schmerzt, das so aus ihrem Mund zu hören. »Nein, verdammt. Du bist das Beste und Wertvollste in meinem Leben«, beantworte ich ihre Frage ehrlich und schaue ihr dabei unentwegt in die Augen, um sie von meiner Aufrichtigkeit zu überzeugen.

Eine Träne löst sich aus ihrem Augenwinkel, rollt über ihre Wange und ich streiche sie sanft weg. Meine Finger gleiten weiter zu ihrem Kinn, ihren Hals entlang bis zu ihrem Schlüsselbein und nach oben in ihren Nacken. Meine Hand findet in ihr Haar und ich ziehe sie dicht vor meine Lippen. »Willst du das noch, Princess? Willst du mich noch immer, auch wenn ich mich wie das größte Arschloch der Welt verhalten habe?« Statt mir zu antworten, küsst sie mich und ich stöhne tief, als unsere Lippen aufeinandertreffen. Dieser Kuss fühlt sich wie Erlösung und Sünde zugleich an. Ein Knurren entweicht meiner Kehle, während ich ihre Lippen teile und meine Zunge tief in sie hineinschiebe.

Ihr Mund, ihr Körper, ihre Seele und ihr Herz gehören immer noch mir. Das zeigt sie mir deutlich mit ihrer intensiven Reaktion und ich kann kaum fassen, dass ich noch eine Chance mit ihr oder eher von ihr erhalte. Ich bin mir nicht sicher, ob ich das verdient habe und ob ich es nicht wieder zerstören werde, aber ich muss es versuchen. Nicht nur um ihretwillen, sondern auch für mich.

Unser Kuss verwandelt sich schnell, gleicht einem

reißenden Fluss, der uns mit sich zieht. Ich packe Aileen an der Hüfte, bette sie auf die Matratze und nehme sie unter mir gefangen. Ihr Herz schlägt schnell und ihr Atem kommt stoßweise, während ich meine Hand langsam in ihre verboten kurzen Shorts schiebe. Mir steht nicht der Sinn nach einem langen, liebevollen Vorspiel. Ich will sie ficken und das so schnell wie möglich. Sechs Wochen habe ich keine andere Frau angerührt. Zum einen, weil mein körperlicher Zustand das nicht zugelassen hätte und zum anderen, weil immer nur *sie* in meinem Kopf war. Unter diesen Umständen hatte ich absolut keinen Bock auf Sex mit einer anderen. Aus diesem Grund packt mich jetzt die Ungeduld und mein Denken wird nur noch von einer einzigen Sache beherrscht: Sie in Besitz zu nehmen, meinen Schwanz tief in ihrer Pussy zu versenken und sie endlich wieder zu fühlen.

Aileen spreizt die Schenkel, während meine Hand in Richtung ihrer Mitte gleitet. Die Hitze, die ich dort spüre und die feuchte Stelle auf ihrem Slip turnen mich unnormal an. Ich schiebe den Stoff beiseite und gleite problemlos mit zwei Fingern in die Nässe zwischen ihren Beinen. Sie stöhnt voller Lust und mein Schwanz zuckt als Antwort in meiner Hose. Ich stoße schnell und tief in sie hinein und küsse sie parallel immer drängender, bis sie nach Atem ringt. Der Stoff zwischen uns ist viel zu viel und ich will endlich Erlösung finden und meinen harten Schwanz in sie rammen. Hastig öffne ich den Gürtel meiner Jeans, löse mich kurzzeitig von Aileen und streife die Hose samt meiner Boxershorts ab. Sofort bin ich wieder über ihr und zerre an ihren Shorts. Den ganzen Abend habe ich sie darin aus verborgenen Ecken, aus dem Hintergrund beobachtet, auf ihren perfekten Arsch, der rund wie ein Pfirsich ist, gestarrt und mir vorgestellt, wie ich ihre Pobacken knete und ihr einen Klaps verpasse, der einen rötlichen Abdruck auf ihrer zarten Haut hinterlässt.

Bereitwillig hebt sie die Hüften und lässt sich von mir ausziehen. Jetzt, wo sie so entblößt vor mir liegt, halte ich es keine Sekunde länger aus. Langsam sinke ich auf sie und bedecke ihren Hals mit Küssen.

»Vertraust du mir, Princess?«, frage ich rau.

»Ja«, wispert sie leise und dieses *Ja* bedeutet mir alles. Obwohl ich sie in den vergangenen Wochen wie Dreck behandelt habe, gibt sie mir eine neue Chance und lässt sich wieder auf mich ein. Ich schiebe ihre Beine weiter auseinander und kreise mit meiner Spitze an ihrer tropfnassen Pussy.

»Was hast du vor?«

»Entspann dich, Princess.« Geduldig dehne ich sie weiter und schiebe meinen Schwanz ein Stück in sie. Ich genieße das Gefühl ihrer engen und feuchten Wände um meinen Schaft und stöhne laut, als mir bewusst wird, dass ich sie das erste Mal ohne Gummi spüre. Mit einem harten Stoß versenke ich mich bis zur Wurzel in ihr und küsse sie stürmisch, während ich sie immer wilder ficke und sie mir dabei entgegenkommt.

»Du fühlst dich so verdammt gut an, Princess.«

»Du auch. Ich habe dich vermisst«, stöhnt sie und steigert mein Verlangen damit ins Unermessliche.

»Mich oder meinen Schwanz?«, frage ich herausfordernd und sie schenkt mir ein bezauberndes Lächeln, während ich sie vollkommen einnehme.

»Beides«, keucht sie unter einem weiteren meiner Stöße und entlockt mir damit ein zufriedenes Grollen.

Während ich sie weiter tief nehme und meine Härte in sie stoße, gleitet eine meiner Hände über ihre Brust zu ihrem Hals. Mit dem anderen Arm stütze ich mich auf dem Bett ab, damit ich ihr tief in die Augen blicken kann und mir keine ihrer Regungen entgeht. Kurz wirkt sie irritiert und ihre Augen weiten sich, als ich meine Hand um ihren Hals schließe und langsam zudrücke. Ich beobachte Aileen genau und spüre, wie sie sich nach einigen Sekunden unter meinem Druck entspannt. Ich festige meinen Griff und sie presst mir ihr Becken entgegen. Ihr Stöhnen liefert mir eine weitere Bestätigung dafür, dass es ihr gefällt. Uns umgibt der Dunst von Leidenschaft und die Luft ist mit dem Geruch nach Sex geschwängert, was mich ziemlich geil macht. Unsere Körper prallen immer wieder aufeinander und ich genieße jeden Zusammenstoß in vollen Zügen. Fuck, habe ich ihre enge Pussy vermisst. Wie konnte ich Aileen nur fortschicken?

Sie sieht so wunderschön aus, mit den geröteten Wangen, ihren blonden Locken, die völlig durcheinandergeraten sind und ihren leicht geöffneten Lippen. Gott, ihre Lippen. Ich versiegle sie mit meinen und nehme mir alles von ihr, was ich will und brauche. Mit diesem Sex gebe ich ihr alles von mir und nehme so viel von ihr, wie sie bereit ist, zu geben. Mit dem nächsten tiefen Stoß kommt sie für mich, stöhnt in meinen Mund und ich muss mich zusammenreißen, nicht ebenfalls abzuspritzen. Ich weiß, dass es ein Risiko ist, sie ohne Gummi zu vögeln, aber es fühlt sich so verdammt gut an. Bereuen kann ich später, jetzt folge ich meinem Instinkt und tue das, was mir viel zu lange gefehlt hat. Nicht einmal meine schmerzenden Rippen und die Probleme beim Luftholen hindern mich daran, sie weiter zu nehmen. Ihr Orgasmus gehört nur mir. Sie stöhnt meinen Namen so laut, dass es von den Wänden meines Zimmers widerhallt und mich an die Grenzen meiner Selbstbeherrschung bringt. Während das Beben in ihr langsam abebbt, ziehe ich mich aus ihr zurück und bedecke ihre Haut mit Küssen. Mit meiner Zunge gleite ich ihren Hals hinab, liebkose ihre

Brüste, umspiele ihre Brustwarzen und sauge daran. Stück für Stück erkunde ich jeden Zentimeter ihres Körpers und genieße das Gefühl, das ihre samtige Haut in mir auslöst. Aileen windet sich unter meinem Spiel der Sinnlichkeit und Lust. Bei ihrem Venushügel angekommen, umfasse ich ihre Beine, spreize sie und schiebe meine Zungenspitze zwischen ihre Schamlippen. Ich umspiele sanft ihre Klit und lasse meine Zunge in ihre Pussy gleiten. Sie schmeckt so gut, dass es mir enorme Lust bereitet, sie zu lecken.

»Ich bin süchtig nach deinem Geschmack, Princess«, raune ich und mein Atem trifft dabei auf ihre Mitte. Als Reaktion krallt sie ihre Fingernägel in meine Schultern, was mich zusätzlich erregt. Ich sauge an ihrer Klit, ficke sie mit meiner Zunge und genieße das Gefühl, wie ich sie in alle Einzelteile zerlege, nur um sie in einem weiteren Höhepunkt wieder zusammenzusetzen. Das zweite Beben durchzuckt ihren zierlichen Körper noch heftiger und turnt mich fast unmenschlich an. Ich löse mich ein Stück von ihr und werfe sie auf dem Bett herum. Ihre prallen und perfekt geformten Pobacken liegen vor mir und ich verpasse ihrer zarten Haut zwei kräftige Schläge. Meine Vorstellung von heute Abend wird Realität und ich bin schwerelos. Ich fühle mich in diesem intimen Moment mit ihr so leicht wie ewig nicht mehr. Ihre Nähe lässt mich fliegen, trägt mich an einen anderen Ort, hoch in der Luft, wo alles gut ist und es keinen Raum für Sorgen, innere Kriege, Geister der Vergangenheit und den Drang nach Selbstzerstörung gibt. Umso größer wiegt die Gefahr, den Absturz und Aufprall durch einen möglichen Verlust ihrer Zuneigung nicht zu überleben. Das lustvolle Stöhnen von Aileen rettet mich aus dem dunklen Strudel meiner Gedanken, bevor der Sog übermächtig wird und die Kraft entwickelt, den Zauber des

Moments zu zerstören. In einer fließenden Bewegung verpasse ich ihr noch einen weiteren Klaps auf den Arsch, sinke im nächsten Moment auf sie und nähere mich ihrem Ohr. »Willst du das?«, raune ich ihr zu.

»Ja«, haucht sie mit dem Kopf auf dem Kissen. Ihr Gesicht ist zur Seite gedreht und ich schwöre bei meinem Leben, ich habe noch nie eine Frau gesehen, die so verdammt schön ist wie sie in diesem Augenblick.

»Dir gefällt es, wenn ich das tue?«, frage ich rau und sie verkrampft sich bei dieser konkreten Frage. Habe ich sie etwa verschreckt? Ich warte geduldig und spüre förmlich, wie sie mit sich hadert. Logisch, diese Erfahrung ist neu für sie und sie ficht möglicherweise einen inneren Krampf mit sich aus. Was richtig und was falsch ist beim Sex, unterliegt nicht den gesellschaftlichen Normen, zumindest für mich nicht. Die Grenzen setzen allein wir beide und so lange sich das, was wir tun, für uns gut und richtig anfühlt, ist es mir scheißegal, was jemand darüber denken könnte.

Aileen entspannt sich langsam und schluckt schwer.

Ich bin mir sicher, dass sie eine Entscheidung getroffen hat.

»Ja, es gefällt mir«, wispert sie schließlich und ich merke, dass eine Last von mir abfällt und ein Lächeln in meinem Gesicht entsteht. Ich löse mich von ihr, setze mich auf und streiche ihr ehrfürchtig über die gerötete Haut an ihrem Knackarsch. Sie erzittert unter der sanften Berührung und dieses Bild ist einfach unglaublich. Es ist vollkommen und sie dadurch in meinen Augen noch unwiderstehlicher. Ich weiß nicht, ob ich schon jemals so angeturnt von einer Frau war. Meine rechte Hand klatscht noch einmal auf ihren Hintern, sodass Aileen aufkeucht. Und ich halte es nicht mehr länger aus. Mit der freien Hand öffne ich die Schublade meines Nachttisches, hole ein Kondom aus der Schublade und öffne die Verpackung. Ich streife es über meinen Schwanz und gleite schließlich wieder in meine Princess hinein. Sie von hinten zu nehmen und mich an ihren heißen Pobacken vorbei in ihre enge und nasse Pussy zu zwängen, definiert den Begriff *geil* vollkommen neu. Obwohl ich bereits in ihr war, gebe ich ihr Zeit, sich an die intensive Reibung in dieser Position zu gewöhnen, bis sie sich vollends entspannt hat. Ich wickle mir einige ihrer Locken um die Hand und zwinge ihren Kopf in den Nacken, um sie zu küssen, während mein Schwanz tief in ihr steckt. Dann löse ich den Kuss und beschleunige das Tempo meiner Stöße. Aileens Atem kommt stoßweise und sie stöhnt hemmungslos.

»Hör auf, dich zurückzuhalten«, fordert sie schließlich und entfesselt damit etwas in mir, das ich bisher immer vor ihr verborgen und kontrolliert habe. Mein Griff in ihrem Haar wird fester und meine Stöße heftiger. Ich ficke sie ohne Rücksicht und registriere dabei gleichzeitig jede noch so kleine Regung in ihrem hübschen Gesicht. Ihr leichter Körper wird im Takt meiner Hüfte von der Matratze gehoben, nur um im nächsten Moment wieder auf die Laken abzusinken. Das ist geil, zu geil, und ich komme. Spritze ab, pumpe mich vollkommen leer und breche erschöpft über ihr zusammen. Mein Schwanz pulsiert noch einige Male nach und ich genieße es. Ich speichere das Gefühl dieser Verbundenheit in mir, gebe uns Zeit, diesen unnormal guten Sex zu verarbeiten und ziehe mich schließlich ermattet aus ihr zurück.

Wir liegen uns gegenüber und ich schließe Aileen in meine Arme. Ihr Kopf ruht an meiner Brust und ich streichle gedankenverloren durch ihr Haar. Endlich ist sie wieder bei mir. Mein Mädchen, das wie geschaffen für mich ist und mich mit all meinen Fehlern akzeptiert.

»Versprichst du mir, dass morgen nicht wieder alles anders ist und du mich zum Teufel jagst?«, nuschelt Aileen müde gegen meine Brust.

»Versprochen. Ab jetzt lasse ich dich nicht mehr gehen«, erwidere ich und küsse ihre Stirn, obwohl ich mir im Klaren darüber bin, dass es erneut eine Lüge sein könnte. Denn wer weiß, was für Gedanken mich morgen quälen und mich mein Handeln überdenken lassen. Im Hier und Jetzt sind die Worte wahr und nur das zählt für mich.

Ich wache auf und werde von hämmernden Kopfschmerzen begrüßt. Es ist mir nicht klar, woher sie kommen, weil ich am Vorabend nur zwei Bier auf der Party hatte. Zumindest ist das das, woran ich mich erinnere. Mein Blick wandert neben mich und sofort wird das unnachgiebige Pochen hinter meinen Schläfen weniger. Ich habe meine Princess bei mir und sie hat sich eng an mich geschmiegt. Mein Arm ist um ihre Mitte geschlungen und ich ziehe sie noch näher an mich, um ihren Körper der ganzen Länge nachzuspüren.

Sie öffnet die Augen und blinzelt mich verschlafen an. Ihre Locken fallen ihr wild ins Gesicht und ich frage mich, wie jemand direkt nach dem Aufwachen so verdammt sexy aussehen kann.

»Guten Morgen, Princess«, raune ich und stehle mir einen Kuss von ihren vollen Lippen.

»Guten Morgen, schöner Mann«, erwidert sie und streichelt über meine Wange.

»Lust auf Frühstück?«, frage ich und Aileen nickt lächelnd.

»Ist das real?«, fragt sie schlaftrunken und ich kneife sie sanft in ihren Po, um ihr zu zeigen, wie real das Ganze ist. Sie gibt einen schrillen, undefinierbaren Laut von sich, der mich zum Lachen bringt und kurz darauf verlieren wir uns in einem leidenschaftlichen Kuss.

Trotz des Dröhnens und immer lauter werdenden Summens in meinem Kopf hält das Hochgefühl, das sie mir gibt, an und schenkt mir Leichtigkeit.

Bevor wir nach unten gehen, genehmigen wir uns eine wohltuende Dusche. Im Anschluss schlucke ich zwei Schmerztabletten und warte dann in meinem Zimmer, während Aileen sich noch im Bad fertig macht.

Kurz flackert der Gedanke an die Auseinandersetzung mit Jay in der letzten Nacht in mir auf. Die Abschürfungen an meinen Fingerknöcheln, die bereits unter dem warmen Wasserstrahl der Dusche gebrannt haben und auf die ich eben herabblicke, erinnern mich daran. Der Rest der Auseinandersetzung ist weg. Verloren im Labyrinth meines Kopfes. Egal, wie sehr ich mich bemühe, ich kann die Geschehnisse nicht rekonstruieren. Keine Ahnung, wieso wir in Streit geraten sind und wie es passieren konnte, dass ich wie von Sinnen auf einen meiner engsten Freunde eingeprügelt habe. Der Filmriss endet damit, dass Aileens sanfte Stimme an meine Ohren drang. Ab diesem Zeitpunkt erinnere ich mich wieder an alles. Jeden Blick, jede Berührung. An das unbeschreibliche Gefühl, in ihr zu sein, und an das gemeinsame Einschlafen. Zugegeben, ich bin froh, dass dieser Teil noch da ist. Aber dass mein Streit mit Jay wie ausgelöscht ist, macht mir ehrlich gesagt eine Scheißangst. Bevor ich mich jedoch damit auseinandersetzte, gönne ich mir noch Ruhe und genieße den zerbrechlichen Frieden, den Aileens Nähe mir beschert. Nach unserem Frühstück bleibt immer noch Zeit, Jay zu kontaktieren und mich zu entschuldigen. Das hoffe ich zumindest.

KAPITEL 6

Aileen

Der Dunst der warmen Dusche hat sich auf dem Spiegel niedergeschlagen und ich wische ihn mit einem Handtuch weg, sodass ich mein Gesicht erblicke. Meine Augen strahlen und meine Lippen wirken noch immer geschwollen. Alles, was vergangene Nacht passiert ist, war kein Traum. Ich lag nackt in den Armen von Maddox, habe seine Körperwärme und seinen angenehm warmen Atem kitzelnd in meinem Nacken gespürt. Der Gedanke an unseren Sex schickt eine glühende Welle aus heißer Lava durch meinen Körper. Es war das erste Mal, dass wir weiter gegangen sind, Maddox seine Hand um meinen Hals geschlossen und mich anschließend gespankt hat. Es überrascht mich selbst, dass es mich so sehr angeturnt hat, vor allem nach meinen Erfahrungen mit Alessio. Mit Maddox ist das etwas vollkommen anderes. Er hat auf jede meiner Regungen geachtet, ich fühle mich sicher bei ihm und weiß, dass er sofort aufhören würde, wenn es mir zu viel werden würde. Wenn es abläuft wie letzte Nacht, muss ich mir eingestehen, dass es genau das ist, was ich mir wünsche und was mich von Anfang an zu ihm gezogen hat. Seine Dominanz, die er perfekt zu dosieren weiß, lässt mich verglühen und mein Herz flattern. Auch wenn es verdorben ist, möchte ich, dass er mir noch viel mehr dieser Dinge zeigt, mich in eine Welt aus dunklen und düsteren, sexuellen Fantasien entführt und sie real macht.

Mein naives Herz hat Maddox längst und viel zu schnell verziehen, aber mein Verstand fordert inzwischen Antworten. Und zwar viele. Er muss mir später erklären, warum er all diese verletzenden Worte zu mir gesagt hat, warum er sich mit Jay geprügelt hat, was ihn umtreibt, welche Geister ihn quälen, warum er mich von sich fortgestoßen hat, einfach alles.

Jay, wiederhole ich in meinen Gedanken. Hätte ich ihm gestern folgen sollen? Schließlich war er in der Vergangenheit immer für mich da, wenn es mir schlecht ging. Aber wie hätte ich anders entscheiden sollen, wenn der Mann, dem mein Herz gehört, mich ebenfalls gebraucht hat? Ich war und bin überfordert mit der verwirrenden Situation. Das unerwartete Liebesgeständnis von Jay macht es nicht leichter. Egal wie schwierig es in den vergangenen Wochen mit Maddox war, ich habe nie in Erwägung gezogen, mich einem seiner Freunde anzunähern. Deshalb ist mir auch komplett entgangen, dass Jay tieferes Interesse an mir entwickelt hat. Rückblickend war das absolut dämlich und rücksichtslos von mir. Seine häufigen Besuche, die Fragen nach Dates mit anderen, sein verändertes Wesen, das viele Lachen und letztlich die zahlreichen flüchtigen Berührungen und häufigen Umarmungen, hätten mich längst stutzig machen sollen. Da ich aber mit Finn und Connor ebenfalls ein sehr inniges Verhältnis aufgebaut habe, habe ich alle Anzeichen und Hinweise übersehen. Das tut mir im Nachhinein schrecklich leid. Wenn ich auch nur geahnt hätte, dass Jay etwas für mich empfindet, hätte ich sofort mit offenen Karten gespielt. Nichts liegt mir ferner, als einen von ihnen jemals wieder zu verletzen.

Ich höre, wie Maddox seinen Schrank im Nebenraum öffnet und das Geräusch reißt mich aus meiner Grübelei. Ich sollte mich fertig machen und etwas essen, denn feststeht, vor mir liegen einige anstrengende und intensive Gespräche, die sicherlich viel Kraft kosten werden. Trotzdem kribbelt es beim Gedanken an Maddox in meinem Bauch und ich werde von einer herrlichen Wärme eingehüllt. Ein Lächeln entsteht unwillkürlich auf meinem Gesicht und ich sehe so glücklich aus wie seit Wochen nicht mehr.

Als ich mit Maddox nach unten komme, präsentiert sich das Haus noch in komplettem Chaos, doch Finn und Connor sitzen bereits an der gedeckten Tafel und grinsen uns wissend und verschmitzt an.

Connor reibt sich mit den Fäusten die Augen und betrachtet mich dann eingehend. »Dass ich das noch erleben darf!«, stößt er aus. Ich verdrehe belustigt die Augen.

»Wo hast du Isabella gelassen?« Ich ignoriere seine Bemerkung und wechsle gekonnt das Thema.

Sein Grinsen reicht von einem Ohr zum anderen. »Sie schläft noch in meinem Bett. War eine harte Nacht, wenn du verstehst, was ich meine.« Er zwinkert frech und ich muss lachen.

Ich setze mich neben Finn, der mir direkt einen Arm um die Schulter legt und mir einen flüchtigen Kuss auf die Wange drückt.

»Wird aber auch Zeit, dass du wieder da bist«, sagt er und ich schenke ihm ein Lächeln.

»Ja, Finn, wir haben sie alle vermisst. Wärst du

trotzdem so freundlich und würdest deine Finger von meiner Frau lassen?«, stößt Maddox wütend aus.

Finn zieht sich sofort von mir zurück und schüttelt den Kopf. »Alter, seit wann bist du so verdammt empfindlich geworden? Wir alle wissen, dass Aileen zu dir gehört. Sie ist aber nun mal auch unsere Freundin.«

Maddox springt von seinem Stuhl auf, verschwindet in die Küche und bleibt Finn eine Antwort schuldig.

Ich schaue ihm ratlos nach und wende mich schließlich Finn und Connor zu. »Was ist mit ihm?«, frage ich sie leise, da ich seine Eifersucht und heftige Reaktion nicht nachvollziehen kann. Außer vielleicht, Jay hätte ihm gestern seine Gefühle für mich gestanden und Maddox würde seinen Freunden deshalb nicht länger trauen, was mich betrifft. Aber selbst dann ...

Finn zuckt mit den Schultern. »Keine Ahnung. Er ist schon seit Wochen komisch drauf. Eigentlich seitdem du weg bist. Deshalb hoffen wir alle sehr, dass es jetzt wieder besser wird.«

Ich nicke, erwidere aber nichts, da Maddox bereits mit einem großen Glas Wasser in der Hand und einer Packung Schmerztabletten zurück an den Tisch kommt und sich auf der anderen Seite neben mich setzt.

Hat er nicht bereits im Badezimmer zwei Tabletten geschluckt?

Er drückt sich drei weitere Pillen aus der Verpackung und erntet einen sehr skeptischen Blick von Connor.

»Schon wieder, Dex? Du solltest vielleicht mal zum Doc, so häufig wie du dir diese Dinger in letzter Zeit einwirfst.«

»Bist du meine verdammte Mutter, Connor? Ich habe Kopfschmerzen«, erwidert Maddox gereizt.

»Das glaube ich dir und ich habe bestimmt nicht im Sinn, dir etwas vorzuschreiben. Dennoch solltest du diese

Tabletten nicht einwerfen, als ob es Traubenzucker wäre«, antwortet Connor, und ich verstehe, dass er es gut meint.

»Danke für diese lebensnotwendige Information«, murrt Maddox lediglich neben mir und ich merke, wie meine Kehle eng wird. Irgendetwas stimmt hier nicht, aber ich habe keinen blassen Schimmer, was es ist. Außerdem beschäftigt mich eine andere Frage viel zu sehr, um jetzt auf dieses Thema mit den Kopfschmerzen und den damit verbundenen Schmerzmittelkonsum von Maddox einzugehen.

»Wollen wir Jay anrufen und fragen, ob es ihm gut geht?«, platzt es schließlich aus mir heraus. Meine Frage führt zu verblüfften Gesichtern bei allen Anwesenden. Leiden sie unter kollektiven Gedächtnisverlust?

»Wieso sollten wir? Er pennt sicher noch, da er gestern ziemlich tief ins Glas geschaut hat«, erwidert Finn gelassen.

Doch ich schüttle den Kopf. »Möglicherweise schläft er noch, aber ganz sicher nicht hier«, entgegne ich ihm schärfer als beabsichtigt.

»Wieso? Was ist los?«, fragt mich Maddox und ich schaue ihn fassungslos an. Hat er einen kompletten Filmriss? So betrunken hat er gar nicht auf mich gewirkt. Weiß er überhaupt noch, dass wir letzte Nacht miteinander geschlafen haben?

»Aileen?« Seine tiefe Stimme holt mich zurück ins Hier und Jetzt und ich räuspere mich.

»Nun ja, ihr habt euch gestern ziemlich heftig geprügelt und Jay ist nach eurem Streit gegangen, falls du es vergessen hast. Habt ihr das alle nicht mitbekommen?«, frage ich in die Runde und ernte kollektives Kopfschütteln.

»Ihr habt euch schon wieder geschlagen, Dex? Ernsthaft? Ihr solltet echt mal ein ausführliches Gespräch führen«, mahnt Connor, während Maddox sich angespannt über die Stirn reibt.

»Ich weiß noch, dass wir aneinandergeraten sind und du, Aileen, uns getrennt hast. Dass Jay abgehauen ist und warum wir uns geprügelt haben, weiß ich ehrlich nicht mehr«, sagt er schließlich und Finn grunzt neben mir.

»Wie viel hast du denn gesoffen?«

Dass er diese Situation lustig findet, entlockt mir ein frustriertes Stöhnen. Ist es etwa an der Tagesordnung, sich in Männerfreundschaften die Köpfe einzuschlagen? Sollte die Antwort auf diese Frage Ja lauten, wundert mich nichts mehr.

»Okay, also, ich probiere ihn jetzt zu erreichen, er war ziemlich neben der Spur, als er gegangen ist«, entgegne ich und will nach oben, um mein Handy zu holen.

Maddox packt mich jedoch grob am Arm, hält mich zurück und schaut mich durchdringend an. »Weißt du, warum wir gestritten haben?«

Sein eindringlicher Blick verschafft mir eine Gänsehaut und ich befürchte, dass er ahnt, dass ich mehr weiß, als ich zugeben will.

»Nein, nicht genau. Eine junge Frau kam zu mir und hat mir aufgelöst mitgeteilt, dass ihr euch prügelt. Ich bin nach draußen gerannt und habe euch auseinandergezerrt. Den Rest der Geschichte kennst du. Hoffe ich zumindest«, murmle ich kleinlaut hinterher.

»War es schlimm?«, fragt er weiter und ich lege die Stirn in Falten.

»Ja. Jay sah echt übel aus, wohingegen du offensichtlich nicht einmal einen Kratzer hast, außer an deinen Händen. Wie auch immer, ich rufe ihn an.«

Maddox lässt mich los und ich eile nach oben. Mich

beschleicht ein ungutes Gefühl. Ich weiß nicht, was es ist, aber irgendetwas läuft hier komplett falsch.

Statt des erlösenden Klingelns springt sofort die Mailbox an und ich spreche darauf. Nur um auf Nummer sicher zu gehen, schaue ich auf dem Weg zurück nach unten in sein Zimmer, aber er ist nicht hier, der Raum ist leer und sein Bett unberührt.

»Nur die Mailbox«, verkünde ich, als ich wieder unten eintreffe.

»Mach dir keinen Kopf, kleine Lady. Der taucht wieder auf. Lass ihn seinen Rausch ausschlafen und später sprechen Maddox und er sich endlich mal aus, damit das aufhört«, sagt Connor gelassen, was mich nicht ansatzweise beruhigt.

Ich sehe deutlich, dass Maddox etwas sagen will, aber nicht dazu kommt, da Isabella in diesem Augenblick schüchtern das Esszimmer betritt. Sie schaut mich mit einer Mischung aus Missbilligung, Irrglauben und Überraschung an und ich kann es ihr nicht verübeln. Habe ich doch in den letzten Wochen nichts anderes getan, als zu beteuern, dass ich nichts mehr mit meinem Ex zu tun haben will. Nun habe ich offensichtlich die Nacht mit ihm verbracht. Ich freue mich bereits jetzt auf das Klärungsgespräch und die Rechtfertigung meinerseits. Sarkasmus Ende.

»Hey, komm her, Babe«, fordert Connor und Isabella rutscht wie selbstverständlich auf seinen Schoß. Er vergräbt sofort sein Gesicht in ihren langen schwarzen Haaren, küsst sich ihre Halsbeuge entlang und entlockt ihr damit ein Quietschen.

»Großartig, lauter verliebte Paare um mich herum. Wie unfair«, beschwert sich Finn und bringt mich damit zum Kichern.

Wir frühstücken und plaudern währenddessen über die Party. Mir gelingt es aber nicht, die Gedanken an Jay vollkommen zu verdrängen, egal, wie sehr ich es versuche.

Maddox hat eine Hand auf meinem Oberschenkel platziert und streichelt mein Bein mit einem angenehmen Druck. Sonst wirkt er abwesend, nimmt nicht an dem angeregten Tischgespräch teil und scheint völlig in Gedanken versunken. Sein Verhalten löst auf jeden Fall Besorgnis in mir aus, weil ich deutlich spüre, dass ihn etwas umtreibt und er nicht hier bei uns ist.

»Ich gehe nach oben und leg mich noch einmal hin, Princess. Mein Kopf hämmert immer noch«, raunt er nach einer Weile in mein Ohr und küsst mich sanft auf die Wange. Ohne eine Reaktion von mir abzuwarten, steht er auf und verlässt den Raum. Damit versetzt er mir unbewusst schon wieder einen Stich in meine Brust. Wieso zieht sich Maddox immer wieder vor mir zurück? Wollten wir das nicht hinter uns lassen? Hat er mir genau das nicht letzte Nacht versprochen?

Finn bemerkt, dass ich unruhig geworden bin, und deutet mir mit einer unwirschen Kopfbewegung, ihm in die Küche zu folgen. Wir lassen Isabella und Connor zurück, die ohnehin wieder in ihre Turtelei vertieft sind.

Finn stellt sich an die Küchentheke und nimmt einen Schluck von seinem Kaffee. »Redest du später mit ihm?«, fragt er mich geradeheraus und in seiner Stimme schwingt Sorge mit.

Ich nicke. »Ja, ich muss noch so einiges mit ihm besprechen und habe etliche Fragen, die ich loswerden muss. Sonst kann ich nicht noch einmal mit ihm von vorn beginnen.«

Finn nickt. »Was war letzte Nacht wirklich los zwischen Jay und Maddox? Du hast vorhin angespannt gewirkt, als du davon berichtet hast.«

»Jay hat mir gestern gestanden, dass er in mich verliebt ist, und vielleicht hat er dasselbe zu Maddox gesagt«, platzt es aus mir heraus und ich verfluche mich im selben Moment für meine unbedachten Worte. Musste ich Jay unbedingt bloßstellen?

Finn zieht scharf die Luft ein, wirkt aber nicht sonderlich überrascht. »Okay, unter diesen Umständen muss ich zugeben, dass ich Dex verstehen kann. Nicht dass du denkst, ich finde es gut, einen Freund zu schlagen, denn das tue ich nicht. Aber um ehrlich zu sein, wenn du mein Mädchen wärst, und einer meiner engsten Freunde die Frechheit besäße, mir zu sagen, dass er Gefühle für dich hat, würde ich genauso handeln.«

»Das mag ja alles sein, Finn. Aber wieso kann sich Maddox an nichts mehr erinnern? Er meinte zu mir, er hat nur zwei Bier getrunken. Das ist doch nicht normal. Außerdem hat er Jay nicht bloß eine Ohrfeige verpasst, er hat wahllos auf ihn eingeprügelt.«

Finn zuckt nur leicht mit den Schultern.

Ich kann kaum fassen, dass das seine einzige Reaktion sein soll. Wie kann er dermaßen gelassen bleiben, wohingegen ich kurz vorm Durchdrehen bin?

»Vielleicht erinnert er sich nur noch an die ersten zwei Flaschen, hat aber in Wirklichkeit deutlich mehr getrunken. Ich mache mich jetzt auf den Weg und fahre die typischen Plätze ab, an denen Jay Zuflucht sucht, sollte es beschissen laufen. Denn wenn er Maddox wirklich gestanden hat, dass du ihm etwas bedeutest, wird ein Gespräch zwischen den beiden nicht reichen.«

»Wie meinst du das?«, frage ich alarmiert.

»Aileen, du kennst uns erst ein paar Monate und weißt noch nicht annähernd, wie verkorkst wir sind. Jay wird sich hassen und verfluchen, dass er sich ausgerechnet in dich verliebt hat. Das heißt im Umkehrschluss, er wird sich von uns entfernen. Ich kann auf keinen Fall zulassen, dass er noch einmal in so einen Abgrund stürzt wie nach dem Tod von Mia damals.«

»Ich verstehe. Aber ... ich wollte das alles nicht«, beteure ich und Finn lächelt mir aufmunternd zu.

»Das hat nichts mit dir zu tun, also nicht direkt. Mach dir keinen Kopf, Kleine, ich finde ihn und kläre das.«

»Danke«, hauche ich.

Finn leert seine Tasse und stellt sie in die Spüle, dann gehen wir zurück ins Wohnzimmer und er winkt Connor zu sich. Ich bin mir sicher, dass er ihn über die aktuelle Situation in Kenntnis setzten möchte.

»Hey, wollen wir erst mal nach Hause?«, frage ich Isabella matt und ringe mir ein Lächeln ab.

»Ja, unbedingt. Du musst mir einiges erklären«, antwortet meine Freundin und ich ergebe mich meinem Schicksal.

Da Maddox tief schläft, als ich mich von ihm verabschieden möchte, hinterlasse ich ihm eine Nachricht, dass er später, wenn er sich besser fühlt, bei mir vorbeikommen kann, um zu reden.

KAPITEL 7

Maddox

Stunden später werde ich wach und will nicht wahrhaben, dass mein Schädel immer noch brummt. Seit Wochen wechseln sich sengende Kopfschmerzen mit übertriebenem Tatendrang und unkontrollierbaren Emotionen ab. Einen Filmriss wie gestern hatte ich aber bisher noch nie.

Die letzten Wochen habe ich die Symptome immer auf die Einnahme der Schmerzmittel geschoben, die ich wegen der gebrochenen Rippen und meiner Verletzung am Bein verschrieben bekommen habe. Mittlerweile habe ich aber die Dosis reduziert und kann mir nicht erklären, was mit mir los ist. Sollte ich zum Arzt, um es abklären zu lassen oder sind das noch die Nachwirkungen davon, dass Aileen so lange nicht bei mir war?

Ein Zettel liegt auf der Kommode neben meinem Bett. Er ist von meiner Princess, die mich zu sich einlädt, um zu reden. Ja, verdammt, das ist ihr gutes Recht. Wir sollten unbedingt miteinander sprechen. Über letzte Nacht, die vergangenen Wochen und den Vorfall mit Jay, den ich mir nicht erklären kann. Eigentlich waren die Fronten zwischen uns geklärt, seit er mir beteuert hat, dass nichts zwischen ihm und Aileen läuft. Was also soll der Grund dafür gewesen sein, dass ich ihn zusammenge-schlagen habe? Kopfschüttelnd und etwas fahrig ziehe ich mir einen Hoodie und meine Jeans an und mache mich auf den Weg nach unten. Im Haus ist es still, Connor und Finn sind anscheinend unterwegs. Sie haben sogar das Chaos der Party beseitigt und die Möbel alle wieder an Ort und Stelle gerückt.

Mein Kopf hämmert unnachgiebig und ich laufe ziel-gerichtet in die Küche zum Medizinschrank. Ich hole die Dose mit den Schmerzmitteln aus dem Fach, lege zwei Kapseln in meine Hand und halte kurz inne. Heute Morgen habe ich direkt zwei Tabletten geschluckt und kurz darauf noch drei weitere beim Frühstück. Die emp-fohlene Tagesdosis ist damit bereits überschritten, aber der Kopfschmerz ist unerträglich. Ich entscheide mich für die Einnahme der Tabletten und gegen die Vernunft. Das bevorstehende Gespräch mit Aileen werde ich mit dem lauten Summen in meinem Kopf nicht überstehen. Mir ist klar, dass es kein leichtes Gespräch wird, nach al-lem, was vorgefallen ist. Zwar hatten wir gestern unbe-schreiblich guten Sex, aber ohne Aileen die ganze Wahrheit über meinen inneren Kampf zu erklären, wird uns kein echter Neuanfang gelingen. Dafür ist sie viel zu empathisch und bei Gott, dafür liebe ich sie. Ich will ver-suchen, ihr bestmöglich zu erklären, welche Geister der Vergangenheit und Sorgen mich quälen und warum ich mich ihr gegenüber wie der letzte Vollidiot verhalten habe.

Nach einem großen Schluck Wasser wird das Häm-mern in meinem Kopf etwas leiser. Ob es jemals wieder ganz aufhört, weiß ich nicht. Obwohl ich mich ein wenig besser fühle, entscheide ich mich gegen das Bike und greife stattdessen meinen Autoschlüssel von der Kom-mode im Flur. Während der Autofahrt jagen mir tausend

Gedanken durch den Kopf. Kann ich das? Will ich das und bin ich der Richtige für sie?

Es ist nicht so, dass ich Probleme mit meinem Selbstbewusstsein habe. Denn ich weiß, dass mich viele Frauen wollen, aber nicht auf die Art, auf die Aileen mich will. Die meisten stehen auf den Bad Boy, den verwegenen Biker, der ihnen den Arsch versohlt und sie in der ein oder anderen Nacht hart fickt, bis sie vor Lust wimmern und erschöpft einschlafen. Diese Version von mir beherrsche ich, ohne groß darüber nachzudenken, vielleicht weil ich genau das bin. Ein emotionales Wrack, das mit Frauen vögelt und sie am kommenden Tag wieder vergessen hat.

Aileen will etwas anderes von mir. Sie sucht nach Liebe, Schutz, einem Ort, der ihr Zuflucht bietet, und einem Mann, der bedingungslos für sie da ist, wenn sie ihn braucht. Sie hat alles davon und noch unendlich viel mehr verdient. Dieser wundervollen Frau gehört die Welt und sie soll nichts als Glück empfinden. Ob ausgerechnet ich derjenige bin, der ihr all diese Dinge schenken kann, weiß ich nicht. Das können wir nur herausfinden, wenn wir ins kalte Wasser springen und sie mir meine Fehler verzeiht.

Wie in Trance bringe ich die Strecke zu ihr hinter mich und treffe vor dem Haus ein. Ich parke meinen Wagen am Straßenrand und nehme den Fahrstuhl, um in ihre Etage zu gelangen. Vor ihrer Tür verharre ich einen Augenblick, schließe die Augen, atme tief durch und wappne mich für alle ihre Fragen, egal wie unangenehm sie werden. Ich drücke die Klingel und es dauert nur einen Wimpernschlag, bis Aileen die Tür förmlich aufreißt. Sie fällt mir stürmisch um den Hals und ich bin durchaus überrascht, dass sie mich so euphorisch begrüßt.

»Du bist wirklich gekommen«, seufzt sie erleichtert und ich drücke sie noch etwas fester an meine Brust.

»Logisch, Princess. Ich lasse dich jetzt nicht mehr allein. Diesmal meine ich es ernst«, beteure ich und hoffe innerlich, dass es zur Wahrheit wird, wenn ich es nur oft genug ausspreche. Ich bedecke ihre Stirn mit federleichten Küssen und dirigiere sie nach drinnen. Die Tür fällt hinter uns ins Schloss und ich bekomme eine ordentliche Führung durch die kleine Wohnung. Bei meinem letzten Besuch war ich angespannt und die Stimmung zwischen uns so schlecht, dass ich überhaupt nicht auf die Einrichtung und Gestaltung des Apartments geachtet habe.

»Du hast es wirklich schön hier«, sage ich und wir setzten uns zusammen auf ihre Couch. Aileen legt ihre Beine wie selbstverständlich über meinen Schoß und ich streichle ihre nackte und makellose Haut.

»Danke. Das habe ich überwiegend Connor, Finn und Jay zu verdanken. Sie haben mir unglaublich viel geholfen in letzter Zeit.«

»Als ich nicht für dich da war, hmm?«, ergänze ich die unausgesprochenen Worte, die ohnehin schwer in der Luft hängen.

»Ich bin nicht mehr sauer auf dich. Mir ist es nur wichtig, alles zu verstehen«, bittet sie und ich schaue ihr tief in die Augen.

»Was willst du wissen?«, frage ich rau, woraufhin sich Aileen aufsetzt, mir ihre schlanken Beine entzieht, sich im Schneidersitz neben mich setzt und mich eindringlich mustert.

»Wieso hast du all diese schrecklichen Dinge zu mir gesagt und warum wolltest du, dass ich aus deinem Leben verschwinde?«

Auf diese Fragen war ich vorbereitet und sie überraschen mich nicht. »Auch wenn das für dich schwer nachzuvollziehen ist, mit meinem Verhalten wollte ich dich beschützen.«

»Aber wovor?« Ihre Stimme ist nur ein Hauchen.

»Vor der Welt, die mich umgibt und in der Krieg, Gewalt, Tod und Rache immer existieren werden.«

»Hast du nicht selbst zu mir gesagt, dass es mit dem Tod von Hunter endet?«, fragt sie und ich schüttle frustriert den Kopf. Bewundernswert, dass sie nach allem, was sie in den vergangenen Monaten erlebt hat, immer noch an ein Happy End glaubt.

»Nein, Princess. Die Wahrheit ist, das alles endet niemals. Der Kampf gegen die Mafia und ihre verfickten Drogen- und Waffengeschäfte wird mich mein gesamtes Leben begleiten. Deshalb wollte ich, dass du gehst, um ein glückliches und normales Leben ohne diesen ganzen Scheiß zu führen.«

»Wieso hast du mir nicht die Wahrheit gesagt, sondern mir eingeredet, dass alles ein Fehler war und ich dir egal bin?« Die Traurigkeit in ihrer Stimme zerfetzt mein Herz. Ich beuge mich zu ihr und umfasse ihr schmales Gesicht mit meinen Händen.

»Wärst du dann gegangen?«, entgegne ich, während ich ihr tief in die Augen schaue. Aileen schweigt. Das ist Antwort genug. Ich musste das größte Arschloch auf diesem Planeten sein, damit es ihr leichter fällt, zu gehen und nicht mehr zurückzublicken.

»Ich verstehe dich und deine Beweggründe und gleichzeitig finde ich es unfair, dass du diese Entscheidung allein getroffen hast, ganz ohne mich mit einzubeziehen«, antwortet sie nach einer Zeit der Stille.

Ich schlucke schwer, denn auch diese Worte treffen mitten ins Schwarze und lösen ein unangenehmes Gefühl in mir aus.

»Das stimmt. Verzeihst du mir trotzdem?«

Sie nickt, greift nach einer meine Hände an ihrem Gesicht, löst sie, um sie mit ihrer zu umfassen und liebevoll zu drücken. »Jetzt zu der Sache mit Jay. Kannst du dich mittlerweile erinnern?«

Ich schüttle den Kopf. »Nein, ich habe absolut keine Ahnung, was gestern zwischen ihm und mir gelaufen ist. Wir müssen wohl warten, bis er wieder auftaucht, um das zu klären.«

»Okay, ich glaube dir. Vorerst habe ich noch eine letzte Frage.« Sie zögert und wendet den Blick ab. »Was bin ich für dich?«, wispert sie kaum hörbar.

Was sie für mich ist? Meint sie diese absurde Frage ernst? Sie ist mein Sonnenschein und mein Nachthimmel, mein Licht, das mir den Weg aus der Dunkelheit zeigt und mein Dschungel, der endlos und unergründlich ist und in dessen Schönheit ich mich vollkommen verloren habe.

Ich lege meine Finger unter ihr Kinn und dirigiere ihren Kopf mir zu. »Mein Leben. Mein Sein, die Gegenwart und die Zukunft. Also alles«, beschreibe ich ihr, was ich für sie empfinde.

Aileen hört mir aufmerksam zu, dann löst sie ihren Schneidersitz und rutscht stürmisch auf meinen Schoß. »Ich liebe dich«, haucht sie gegen meine Lippen und ich erstarre für einen Moment. Diese drei Worte haben verdammt viel Gewicht und sie noch einmal von ihr zu hören, bedeutet mir alles. Als sie die Worte das erste Mal ausgesprochen hat, war ich im Delirium durch die Schmerzmittel und meine Verletzungen und mir deshalb nicht zu hundert Prozent sicher, dass ich sie richtig verstanden habe. Jetzt gibt es keinen Zweifel mehr. All das, was sie für mich ist, bin ich im Gegenzug für sie.

»Und ich liebe dich«, erwidere ich deshalb und spüre

kurz darauf ihre sanften Lippen auf meinen. Meine Hand vergräbt sich in ihrem Haar und ich erobere ihren Mund mit meiner Zunge. Ich dringe tief in sie ein und drücke sie zurück auf die Couch. Zwar dröhnt mir immer noch der Schädel, aber in ihrer Nähe und bei ihrem Anblick wird alles andere nebensächlich. Sie öffnet bereitwillig ihre Beine, damit ich mich zwischen sie schieben und auf sie sinken kann. Ich küsse sie drängend und umfasse ihre Brust durch den Stoff ihres Shirts. Sie stöhnt wohlig und ich genieße, wie ihre Nippel unter meinen Berührungen steinhart werden. Meine Finger öffnen den Knopf ihrer kurzen Hose und schieben sich hinein. Ehe ich zwischen ihre Schenkel gleiten kann, ertönt ein ohrenbetäubender Knall. Ich ziehe meine Hand zurück und bin blitzschnell auf den Beinen. Zu meiner großen Überraschung betritt nicht Hunter den Raum, sondern ein schwerbewaffnetes Sondereinsatzkommando. Angeführt von Detective Bone, einem unserer Verbündeten.

Aileen hat sich inzwischen ebenfalls aufgerappelt, umfasst meinen Arm, um Halt zu finden, und starrt zwischen den Cops und mir hin und her.

»Maddox Dexter, ich verhafte Sie hiermit wegen Drogenbesitzes und dem Mord an Hunter Moreno de Castillo sowie vier weiteren Menschen.«

Ungläubig starre ich Bone an. »Du verarschst mich, oder?«, frage ich fassungslos, aber der Detective wirkt nicht so, als ob er scherzen würde.

»Kommst du freiwillig mit oder muss ich dir Handschellen anlegen und eine unschöne Szene vor deiner Freundin machen?«, fragt er trocken und ich spüre, wie ernst es ihm ist.

»Egal was hier gerade läuft, ich habe nichts damit zu tun«, halte ich dennoch dagegen, weil seine Anschuldigungen der größte Bullshit sind.

»Maddox, es gibt einen Zeugen, der dich identifiziert hat und zahlreiche Beweise am Tatort. Ich nehme dich in Gewahrsam. Du kannst vom Revier aus deinen Anwalt kontaktieren, aber vorerst gibt es keine Option, außer der, dass ich dich festnehme.«

Mir läuft ein kalter Schauer den Rücken hinunter. Irgendjemand hat mich gelinkt. Das würde auch diesen verfickten Filmriss erklären. Wie praktisch für den Täter, mein Gedächtnis komplett zu vernebeln, um mir dann diese Tat anzuhängen.

Natürlich hat Hunter den Tod verdient und ich hätte es in naher Zukunft selbst erledigt, aber ohne Spuren zu hinterlassen. Denn auch wenn zwischen den Gangs das Gesetz der Straße gilt und sich die Cops weitestgehend heraushalten, müssen sie eingreifen, sobald Beweise für ein Verbrechen vorliegen.

Ich nicke Bone zu, denn ich weiß, dass er nur seinen Job macht und mir nicht schaden will. Danach drehe ich mich zu Aileen. Ihr ist jegliche Farbe aus dem Gesicht gewichen und ich kann nicht fassen, dass ich sie schon wieder enttäusche und mit einem riesigen Scherbenhaufen allein lasse. Sie wäre so viel besser dran ohne mich.

»Aileen, ich gehe jetzt mit diesen Polizisten mit. Tust du mir einen Gefallen?«, frage ich sie ruhig und sie hebt den Kopf. Ihre wunderschönen grünen Augen treffen auf meine und ich atme vor Erleichterung auf, denn ich sehe darin, dass sie kein Wort von diesem Bullshit glaubt.

»Alles«, erwidert sie atemlos.

»Ruf Connor und Finn an und findet Jay. Ihr müsst herausfinden, was letzte Nacht los war. Ich komme zurück zu dir.«

Sie umarmt mich, fängt an bitterlich zu weinen und laut zu schluchzen.

Ich küsse sie das letzte Mal, für wer weiß wie lange. Dann drehe ich mich zu Bone und seinen Leuten und folge ihnen ohne Gegenwehr.

Aileen bricht hinter mir zusammen und es kostet mich meine gesamte Kraft, mich nicht umzudrehen, zu ihr zu rennen und ihr zu sagen, dass alles gut wird. Denn das kann ich nicht. Da ich kaum Erinnerungen an letzte Nacht habe, wird es schwer, in dieser Sache souverän aufzutreten und mich wieder herauszuboxen. Wer immer mir schaden will, hat seinen Job gründlich und sehr gut gemacht. Jetzt kann ich nur auf die Loyalität und den Kampfgeist meiner Freunde hoffen, um diese Sache zu überstehen.

KAPITEL 8

Aileen

Meine Welt bricht zusammen, schon wieder, und ich frage mich allmählich wirklich, womit ich dieses ganze Leid verdient habe. Schreiend und hemmungslos schluchzend sacke ich auf dem Boden meiner Wohnung zusammen und trommle mit den Fäusten sinnlos auf dem Parkett herum. Ich bin verwirrt, überfordert, sprachlos und vor allem wütend. Wütend auf diese unfaire Welt, in der unbegreifliche Dinge passieren und sich Ereignisse aneinanderreihen, die nicht zusammenpassen und vollkommen irrational sind. Manchmal fühlt sich mein Leben an wie ein nie enden wollender Albtraum, dann wieder vollkommen perfekt, und nur einen Wimpernschlag danach drohe ich schon wieder alles zu verlieren und befinde mich in einem Actionfilm, dessen Regisseur eindeutig grausame Pläne mit seinen Darstellern verfolgt.

Ich weiß nicht genau, wie lange ich in der Position am Boden verharre, bevor ich die Kraft finde, wieder auf die Beine zu kommen und mich zur Tür bewege. Großartig, da sie von der Polizei eingetreten wurde, kann ich das Schloss nicht mehr gebrauchen und frage mich, wer für diesen Schaden aufkommt. Hätten sie nicht klingeln oder klopfen können? Als ob Maddox aus dem vierten Stockwerk gesprungen wäre, lächerlich! Frustriert und immer noch auf wackeligen Knien und mit zittrigen Fingern, rufe ich Connor an. Glücklicherweise geht er ran.

»Hey, kleine Lady, was gibt es?«, begrüßt er mich fröhlich und mir verschlägt es für einen Moment die Sprache. Irgendwie hatte ich gehofft, dass sie bereits von der Verhaftung erfahren haben und mir dieses Gespräch erspart bleibt. Mühselig schlucke ich den großen Kloß in meinem Hals herunter und kämpfe schon wieder mit neuen Tränen. »Sie haben Maddox mitgenommen«, presse ich schließlich hervor und höre, wie Connor scharf die Luft einzieht.

»Was? Wo bist du?«, fragt er ungläubig und ich kann es ihm nicht verübeln.

»Bei mir«, stoße ich hervor, wobei meine Stimme immer brüchiger klingt. Alles beginnt sich zu drehen und ich setze mich schnell auf meine Couch, bevor ich noch zu Boden gehe.

»Wir sind gleich bei dir. Rühr dich nicht vom Fleck.«

Ich hätte gern noch etwas erwidert, aber bringe keinen Ton, geschweige denn noch ein weiteres Wort über die Lippen.

Keine Ahnung wie viel Zeit zwischen dem Anruf und dem Eintreffen der Dexters vergangen ist, nur eins ist klar: Ich umklammere immer noch mein Handy, als Connor mich auf die Beine zieht. Finn und auch Jay begleiten ihn, wie ich bemerke.

»Geht es dir gut?«, fragt Connor mich voller Sorge und ich schüttle den Kopf.

»Nichts ist gut. Sie haben ihn mitgenommen.«

»Wer?«, fragt er in sanftem Ton, aber auch das kann mich in diesem Augenblick nicht beruhigen.

»Die Cops«, wispere ich und vollkommene Fassungslosigkeit zeichnet sich auf Connors Gesicht ab.

»Aber wieso? Was werfen sie ihm vor?«

»Er soll letzte Nacht meinen Bruder und vier weitere Menschen ermordet haben. Ein Zeuge hat ihn identifiziert.«

Finn schnaubt und tritt näher an uns heran. »Unmöglich! Maddox war die ganze Zeit auf der Party bei dir, oder?«, fragt er mich und egal wie gern ich ihm zustimmen würde, ich kann es nicht.

Keine Ahnung, wo er in der Zeit zwischen unserem Zusammentreffen und dem Streit mit Jay gewesen ist. *Jay*. Ich blicke auf und schaue in seine bernsteinfarbenen Augen, die vollkommen klar wirken. Er trägt üble Blessuren im Gesicht. Kurzerhand mache ich einen Schritt auf ihn zu und drücke seine Hand.

»Weshalb hast du dich mit Maddox gestritten?«

»Es ging um dich«, entgegnet er selbstbewusst und mit klappt der Mund auf.

»Hast du ihm etwa gesagt, dass ...«

Jay unterbricht mich mit einer Handbewegung. »Nein, ich war nach unserem Gespräch im Garten mit einer Flasche Whiskey und irgendwann ist Maddox aufgetaucht. Ich gebe zu, ich habe ihn angepöbelt, dass er endlich aufhören soll, dich so schlecht zu behandeln und dass du etwas Besseres verdient hast. Daraufhin ist er komplett ausgeflippt. Dex ist schon immer impulsiv gewesen, aber wie gestern habe ich ihn noch nie erlebt. Obwohl ich mich nicht gewehrt, sondern nur seine Schläge abgewehrt habe, ist er in eine Art Rausch verfallen«, erläutert Jay die Ereignisse der letzten Nacht aus seiner Sicht.

Ich starre ihn ratlos und hilflos an.

Connor tritt wieder in mein Sichtfeld und umfasst meine Schultern. »Mir wäre es lieber, du packst ein paar Sachen und kommst vorübergehend wieder mit zu uns. Irgendetwas stimmt hier ganz und gar nicht. Solange wir nicht wissen, wer Dex diese Scheiße anhängen will, bist du hier nicht sicher. Außerdem muss das Türschloss so oder so ausgetauscht werden.«

Ohne etwas zu erwidern, laufe ich in mein Schlafzimmer, ziehe meinen Koffer hervor und werfe wahllos einige Kleidungsstücke und Schuhe hinein. Alles passiert wie in Trance, denn ich bin heillos überfordert mit der Situation. Passiert das gerade alles wirklich?

Finn hockt sich zu mir auf den Boden, da ich es in meinem Zustand nicht auf die Reihe bekomme, den dämlichen Koffer zu schließen. Er greift nach meiner zittrigen Hand und umfasst sie. »Hey, ist es wegen des Todes deines Bruders?«, fragt er und in seiner Stimme schwingt so viel Wärme mit, dass es mir sofort neue Tränen in die Augen treibt.

Ich zucke mit den Schultern. Es ist alles, beschreibt es besser. Das Universum hat sich gegen mich verschworen und nimmt mir jeden, der mir lieb und teuer ist. Ich wusste, dass es eines Tages so kommen würde und Hunters Tod unausweichlich war, damit ich in Frieden leben kann. Dennoch reißt die Nachricht über seinen Tod ein großes Loch in meine Brust. Es gab noch so vieles, was ich ihm sagen und ihn fragen wollte. Sein Verhalten mir gegenüber war grausam, aber er ist — war — mein Bruder und das habe ich, trotz allem, niemals anders gesehen. Ihn zu verlieren, hätte ich verkraftet, wenn ich Maddox als Rückhalt gehabt hätte. Nun wurde auch er mir genommen. Ich bin verwirrt und fühle mich verloren. Egal wie tief ich in mich hineinhöre, ich spüre nichts. Ich bin eine leere Hülle meiner selbst und drohe unter all der Last zu zerbrechen. *Was ist letzte Nacht nur passiert?*

Ich schniefe und blicke in Finns Augen. »Nein, nicht nur. Auch wegen Maddox«, erwidere ich und neue Tränen fluten meine Augen.

Finn setzt sich und zieht mich an seine Brust. Seine Hand streichelt beruhigend durch mein Haar und über meinen Rücken, während ich hemmungslos schluchze. »Es wird alles wieder gut werden. Wir klären das auf.«

Während Finn mich hält, packen Connor und Jay, die inzwischen ebenfalls das Zimmer betreten haben, weitere Sachen in meinen Koffer.

Nach einer gefühlten Ewigkeit löse ich mich von Finn und stehe auf. Nachdem er noch notdürftig das Schloss meiner Wohnungstür repariert hat, machen wir uns geschlossen auf den Weg zum Haus der Dexters.

Dort angekommen ziehe ich mich zunächst in das Gästezimmer zurück, das sich seit meinem Auszug kaum verändert hat. Ich lasse mich auf das Bett fallen und starre an die Zimmerdecke. In Gedanken lasse ich den vergangenen Abend noch einmal Revue passieren. Es ist unmöglich, dass Maddox diese Tat begangen hat. Zwar habe ich ihn zwischen unserem ersten Zusammentreffen und der Prügelei mit Jay ungefähr drei Stunden nicht gesehen, aber wie hätte er es anstellen sollen, fünf Menschen umzubringen, ohne davon auch nur einen Kratzer zu tragen und danach mit mir zu schlafen, als ob nichts gewesen wäre. Das ist schlichtweg unmöglich, oder?

Und warum hätte Maddox diesen Alleingang wagen sollen, wenn seine Freunde ihn bei dem Vorhaben, Hunter zu erledigen, jederzeit unterstützt hätten? Das passt alles nicht zusammen.

Kurz darauf drohe ich wegen meiner andauernden Grübelei durchzudrehen und mache mich auf den Weg nach unten. Dort treffe ich auf die anderen und schaue in drei leichenblasse Gesichter. Mit schnellen Schritten eile ich zum Tisch. »Was ist los?«, frage ich atemlos und Connor hebt in Zeitlupe den Kopf.

»Ich habe eben mit Bone telefoniert.«

»Wer ist das?«

»Unser Kontaktmann bei Scotland Yard und der Mann, der Maddox vorhin verhaftet hat.«

»Und, was hat er gesagt?«, bohre ich ungeduldig weiter.

»Setz dich dafür lieber hin«, entgegnet Connor und ich ziehe die Brauen nach oben, bewege mich sonst aber nicht.

»Dann eben so. Maddox hat nicht Hunter und vier seiner Männer getötet. Sondern Hunter, zwei Männer aus dem Kartell und zwei unbeteiligte Frauen.«

Ich schüttle unentwegt den Kopf. »Niemals, Maddox würde nie ...«, beginne ich, aber Connor unterbricht mich.

»Sie haben Reste von synthetischen Drogen in seinem Blut gefunden, was auch den Filmriss erklären würde.«

Mein Herz gerät aus dem Takt. Das ist nicht real. Maddox verabscheut Drogen und er würde nie, niemals unschuldige Frauen töten. So ist er nicht. Das muss eine üble Falle sein, die ihm gestellt wurde.

»Ihr wisst, dass das nicht wahr ist, oder?«, frage ich, da sie alle die Blicke gesenkt haben.

Finn deutet auf zwei durchsichtige Packungen auf dem Tisch. In dem einen Tütchen sind Pillen und in dem anderen weißes Pulver. »Das habe ich in seinem Zimmer gefunden«, sagt er tonlos.

»Was ist das?«, frage ich unnötigerweise, obwohl ich bereits ahne, was sich in den Plastiktüten befindet.

»Synthetische Drogen«, erwidert Finn und ich lache freudlos auf.

»Bullshit! Ihr könnt doch unmöglich glauben, dass er das getan hat? Was stimmt denn nicht mit euch? Ihr kennt Maddox sein gesamtes Leben und traut ihm diese grausame Tat ernsthaft zu? Ich fasse es nicht«, schimpfe ich und zittere vor Wut am ganzen Körper.

»Dex hat sich stark verändert in den letzten Wochen, hatte extreme Stimmungsschwankungen und ständig Kopfschmerzen. Auf enormen Tatendrang folgte unendlich viel Schlaf. Auch wenn es hart klingt, das passt alles mit dem Konsum dieser verfickten Substanzen zusammen«, erklärt mir Connor nüchtern und ich würde sie gern alle heftig durchschütteln, um sie aufzuwecken und zur Vernunft zu bringen.

»Maddox hasst und verabscheut Drogen zutiefst, falls ihr es vergessen habt. Wieso zur Hölle sollte er sich dieses Zeug plötzlich selbst einwerfen?«, hinterfrage ich nachdrücklich und raufe mir die Haare.

Finn hebt den Kopf und verzieht schmerzerfüllt den Mund. »Um zu vergessen. Vielleicht war der Schmerz über deinen Verlust zu groß und er wollte nichts mehr fühlen.«

Mir wird eiskalt. »Soll das jetzt heißen, ich bin schuld?«, frage ich tonlos.

Sofort springt Connor von seinem Stuhl auf und umfasst mein Gesicht. »Nein, Aileen, das darfst du nicht einmal denken! Noch wissen wir nicht, was genau passiert ist. Aktuell darf keiner von uns zu Maddox, weil wir alle eine Aussage machen müssen, aber unser Anwalt ist schon auf dem Weg zu ihm. Danach wissen wir mehr.«

»Connor, er war das nicht«, beschwöre ich ihn und

erwarte ein ›Ich weiß‹ oder ›Natürlich nicht‹, aber es kommt nichts. Er drückt mir einen Kuss auf den Scheitel und will mich in seine Arme ziehen, doch ich reiße mich los. Ich bedenke sie alle mit einem fassungslosen und entsetzten Blick, bevor ich zurück nach oben sprinte und die Tür hinter mir zuknalle. Sind sie so leicht zu manipulieren und haben Maddox bereits aufgegeben? Auch wenn die Indizien auf ihn deuten und Drogen in seinem Zimmer waren, bin ich überzeugt, dass er es nicht war. Niemals! Mein Maddox, der Mann, der letzte Nacht so liebevoll zu mir war, ist keinesfalls ein Junkie und skrupelloser Frauenmörder. Ob mit oder ohne die anderen, ich werde für ihn kämpfen, die Tat aufklären und beweisen, dass er unschuldig ist.

KAPITEL 9

Jay

Ich klopfe an die Tür und warte geduldig, bis Aileen mich hereinbittet. Sie liegt auf dem Bett und schaut mich frustriert an. Um sie zu besänftigen, halte ich die zwei Kaffeetassen in die Höhe und schenke ihr ein Lächeln. »Ich komme mit einem Friedensangebot, darf ich?«, frage ich und deute auf die freie Stelle auf ihrem Bett. Sie nickt, wirkt aber immer noch angespannt. Ich setze mich zu ihr, überreiche ihr eine Tasse und überkreuze die ausgestreckten Beine. »Das ist vorhin alles ziemlich blöd rübergekommen. Natürlich glauben wir nicht, dass Dex das getan hat. Wir waren selbst alle etwas überrumpelt von der Situation.«

Aileen nippt an ihrem Kaffee und schaut mir dann direkt in die Augen. Sofort versinke ich in den unendlich vielen Facetten ihrer grünen Iriden und wäre ihr gern noch um einiges näher.

»Schon gut. Ich bin selbst vollkommen überfordert und habe keine Ahnung, wie es jetzt weitergehen soll. Das alles ähnelt einem furchtbaren Albtraum, der niemals endet.«

»Ich weiß. Wir finden sicher einen Weg, um die Unschuld von Dex zu beweisen. Wenn unser Anwalt später

113

vorbeikommt, wissen wir mehr«, erwidere ich und rutsche noch etwas näher an sie heran, bis unsere Schultern sich berühren.

»Hast du eine Idee, wer ihm das anhängen möchte?«, fragt Aileen und ich stelle meinen Kaffee auf dem kleinen Nachtschrank beiseite. Sie tut es mir gleich und ich lege meinen Arm um ihre Schulter. »Bis jetzt noch nicht, denn unsere größten Feinde sind alle tot. Aber wir finden es heraus, das verspreche ich dir.«

Sie lehnt sich in meine Umarmung und ich genieße, wie sich ihr zarter, zerbrechlicher Körper an mich schmiegt, atme den blumigen und unschuldigen Duft ihrer Locken ein. Mein Schwanz regt sich in meiner Hose und ich versuche mich krampfhaft auf etwas anders zu konzentrieren, denn das ist keinesfalls der richtige Moment dafür.

»Maddox würde niemals Frauen ermorden, oder?«, wispert Aileen gegen meine Brust und ich festige meinen Griff um ihre Schulter. Ganz langsam streichle ich ihren Arm auf und ab und registriere sofort die Gänsehaut, die sich bildet. Ihr Körper reagiert auf mich und ich bin mir sicher, dass es nur eine Frage der Zeit ist, jetzt, wo Dex endlich weg ist, bis sie zu mir gehört. Seine Princess wird mein.

Sie hebt den Kopf und schaut mir wieder tief in die Augen. »Ist es überhaupt okay für dich, wenn ich dir so nahe bin? Ich will dich nicht verletzen«, wispert sie und ich fühle mich ihr verbunden wie noch nie.

Ihre Empathie ist eine der Eigenschaften, mit der sie mich in ihren Bann gezogen hat und die mich fesselt. Statt etwas zu erwidern, schenke ich ihr ein Lächeln, ziehe sie wieder fest an meinen Körper und küsse ihre Stirn. Sie legt eine Hand an meine Brust und ich erschaudere. Ich will diese Frau seit Wochen so sehr, dass ich es kaum erwarten kann, sie endlich für mich zu gewinnen und ihr Herz zu erobern. »Es ist alles gut, wie es ist. Mach dir keine Gedanken«, nuschle ich in ihr Haar und sie entspannt sich allmählich.

Wir liegen eine Ewigkeit so da und ich bleibe so lange bei ihr, bis sie eingeschlafen ist. Ich beobachte sie noch eine Weile, decke sie zu und ziehe mich anschließend in mein Zimmer zurück.

Dort angekommen setze ich mich nach draußen auf meinen Balkon und zünde mir eine Kippe an. Ein zufriedenes Grinsen stiehlt sich auf meine Lippen, denn endlich nimmt meine Rache Fahrt auf. Maddox wird für all das büßen, was ich seinetwegen durchgemacht habe, und am Ende gehe ich als großer Gewinner aus dieser Sache hervor. Bis heute denkt dieser Vollidiot, ich hätte ihm verziehen, was die Sache mit Mia betrifft. Das ist einer seiner größten Fehler. Er glaubt Menschen zu schnell und sieht das Gute in ihnen, obwohl da nichts außer Verdorbenheit und Hass ist.

Maddox war damals gegen die Beziehung zwischen seiner Schwester und mir und hat mich nach ihrem Tod verantwortlich dafür gemacht, dass ich sie nicht habe halten können und nicht vor dem Absturz bewahrt habe. Dabei habe ich alles in meiner Macht Stehende getan, um sie zu retten und aus dem Drogensumpf von Alessio zu befreien. Trotzdem musste alles so kommen. Hätte Maddox mich damals nicht in dieses tiefe, dunkle Loch aus Selbsthass und Verachtung gestoßen, hätte ich niemals Benedettis Dealer getötet und wäre heute nicht der starke Mann, der ich bin.

Und Dex vertraute mir viel zu schnell wieder und sah nur das, was er sehen will. Nie hat er mich gefragt, wie es mir gelungen ist, mich aus den Fängen und der Folter von Alvaro Benedetti zu befreien, obwohl dieser noch viel skrupelloser als Pablo Moreno de Castillo war und niemals zweite Chancen vergeben hat. Wer sich mit ihm angelegt oder sich in seine Geschäfte eingemischt hat, war ein toter Mann. Mich aber hat er gehen lassen, weil ich mir während meiner Gefangenschaft seinen Respekt verdient habe. Er meinte damals zu mir, er würde niemals sein eigenes Fleisch und Blut anrühren, aber wenn er könnte, wäre ich ihm als Sohn tausendmal lieber als Alessio. Daraufhin ließ er mich gehen. Auch wenn ich unerträgliche Qualen während der Folter bei Benedetti aushalten musste, war mir immer klar, dass die eigentliche Ursache dafür Maddox war. Hätte er mich nicht permanent für den Tod von Mia verantwortlich gemacht, wäre ich niemals abgestürzt und mir wäre viel Leid erspart geblieben. Am letzten Tag meiner Gefangenschaft, als Alvaro Benedetti mir sagte, dass ich der stärkste Mann bin, der ihm jemals begegnet sei, formte sich ein Plan in meinem Kopf.

Seit diesem Tag verfolge ich ein Ziel. Die Clans vernichten, mich an Maddox rächen, selbst die Spitze erobern und ein Anführer sein. All die Jahre waren nötig, um Kontakte zu knüpfen, ein Netzwerk aufzubauen und wichtige Strukturen zu durchschauen. Jetzt ist es endlich so weit und meine Falle schnappt zu. Niemand schöpft Verdacht, dass ich derjenige bin, der das alles geplant hat, was nun Maddox angelastet wird. Es war so leicht, ihm die Drogen unterzujubeln.

In den vergangenen Wochen habe ich ständig seine Schmerzmittel durch andere Substanzen ersetzt. Aber das alles war erst der Anfang. Mir reicht es nicht, ihn im Knast verrotten zu lassen, nein, er soll alles verlieren und ich will ihn brechen. Dazu werde ich im nächsten Schritt Aileen für mich gewinnen und ihm damit seine Luft zum Atmen und seine Hoffnung nehmen. Mit ihr an meiner

Seite werde ich die Kartelle neu aufbauen und gemeinsam werden wir das mächtigste Paar in London. Aileen ist schließlich immer noch eine Moreno und führt nach dem Tod von Hunter nicht nur als Einzige diesen mächtigen Namen, sondern erbt auch ein unfassbar großes Vermögen, das meiner Sache sehr dienlich sein wird. Sie ist äußerst beeinflussbar und wenn ich ihr stetig vortäusche, dass ich alles tue, um Maddox' Unschuld zu beweisen, wird sie mir schon sehr bald um den Hals fallen und mir ihr Herz schenken. Zum Abschluss kommt der finale Schlag gegen die Dexters. Finn und Connor sind Kollateralschäden, die ich am Ende beseitigen muss. Sie sind die Einzigen, die klug genug sind, um mein Spiel zu durchschauen und auf Ungereimtheiten zu stoßen. Deshalb werden auch sie in naher Zukunft aufhören zu atmen. So fügt sich alles und es bewahrheitet sich mal wieder das Zitat: *Nicht das Beginnen wird belohnt, sondern einzig und allein das Durchhalten.*

All die Jahre habe ich niemals aufgehört an meine Rache zu glauben und bin meinem Ziel nun so nah wie nie zuvor. Die Dexters werden fallen und ich werde eine neue Geschichte schreiben. Eine, in der ich den Schatten und die Unsichtbarkeit gegen die Bühne und den Applaus aller tausche. *Ich gewinne, Maddox verliert!*

KAPITEL 10

Maddox

Nach einem Atemalkoholtest, einer Blutabnahme, der körperlicher Durchsuchung und nachdem mir alle meine persönlichen Gegenstände abgenommen wurden, hat mich ein Cop in einen Verhörraum geführt. In diesem kleinen, düsteren und schäbigen Loch sitze ich nun bereits seit Stunden. So kommt es mir zumindest vor und die Warterei macht mich mürbe. Die Handschellen, die mir zum Betreten des Reviers vorschriftsmäßig angelegt wurden, hat man mir vorübergehend wieder abgenommen, was ich wahrscheinlich dem Kontakt zu Bone zu verdanken habe. Der Geruch von Schweiß und Desinfektionsmittel liegt penetrant in der Luft und der harte, unbequeme Stuhl unter mir rundet die verheerende Situation ab. Unentwegt grüble ich darüber, wie ich hier gelandet bin. Wer hat mich verraten und will mir etwas anhängen? Alessio und Hunter sind meines Wissens die Einzigen, die imstande wären, so etwas zu planen und zu inszenieren, aber beide sind tot. Bei Benedettis Tod war ich selbst anwesend und über Hunters Ableben hat mich Bone bei meiner Verhaftung informiert.

Die Tür schwingt auf und ebendieser betritt den

Raum. In seiner Hand hält er eine Akte und zwei weitere Cops begleiten ihn. Unsere Blicke kreuzen sich und er hält in seiner Bewegung inne.

»Brauchen wir meine Kollegen und Handschellen, oder geht es ohne?«, fragt er mich und ich lege den Kopf schief.

»Natürlich geht es ohne. Du kennst mich«, erwidere ich und ignoriere sein genuscheltes »Da bin ich mir seit heute nicht mehr sicher.«

An seine Kollegen gerichtet, sagt er: »Ihr könnt gehen. Die Kamera läuft. Sollte es Probleme geben, kommt ihr dazu.« Woraufhin sie sich abwenden, den Raum verlassen und die Tür hinter sich schließen.

Bone setzt sich auf den Stuhl mir gegenüber, legt die Akte vor sich nieder und mustert mich. Sein Blick ist herausfordernd und zugleich ungläubig, was mich aus der Ruhe bringt.

»Bone, klär mich auf, was soll der Scheiß?«, platzt es schließlich aus mir heraus, als ich das stumme Blickduell nicht mehr aushalte.

Der Cop, der seit Jahren mit uns zusammenarbeitet, legt die Stirn in Falten und atmet tief durch. Er trommelt mit den Fingern auf der Akte, in der sich vermutlich die angeblichen Beweise gegen mich befinden, herum, zündet sich eine Kippe an und schiebt das Päckchen über den Tisch. Um runterzukommen, nehme ich mir ebenfalls eine und entzünde sie an der Flamme des Feuerzeugs, das Bone mir reicht. Dass im Revier Rauchverbot herrscht und dieser Raum keine Fenster zum Lüften besitzt, scheint ihn nicht zu stören.

»Erzähl mir, was letzte Nacht passiert ist, Maddox«, fordert er mich auf und zieht an seiner Kippe.

»Wir haben mit einigen Freunden Connors Geburtstag gefeiert. Später hatte ich eine kleine Auseinandersetzung mit Jay und habe danach die Nacht mit meinem Mädchen verbracht.«

»Mit Aileen Moreno de Castillo?«, fragt er unnötigerweise, denn schließlich hat er mich aus ihrer Wohnung geholt.

»Ja«, antworte ich knapp, da mir die gesamte Szenerie, in der ich mich gerade befinde, absurd erscheint. Nach einem weiteren Zug von der Kippe drücke ich sie auf der Schachtel, die noch auf dem Tisch liegt, aus und verschränke die Arme. Mir passt es nicht, dass Bone mich anschaut, als glaube er mir nicht.

Er drückt seine Zigarette ebenfalls aus und reibt sich im Anschluss mit den Fingern über die Stirn. »Du musst mir mehr geben, Maddox. Mit diesen spärlichen Informationen kann ich nichts anfangen. Ich kläre dich jetzt über deine Rechte auf und schalte das Tongerät ein, um deine Aussage aufzunehmen. So weit klar?«

»Ist das dein Ernst, Bone? Du kennst mich seit Jahren und ziehst jetzt diese Nummer ab?«, empöre ich mich und ernte ein Kopfschütteln.

»Das hier ist kein Spaß, Maddox. Wenn wahr ist, was dir zur Last gelegt wird, wirst du das Gefängnis nie wieder verlassen.«

Die Resignation in seiner Stimme macht mich nervös und ich wippe unter dem Tisch mit den Beinen, um meine Anspannung loszuwerden.

»Was wird mir denn genau vorgeworfen?«, frage ich und merke, dass sich alles in mir zusammenzieht. Es fuckt mich ab, dass ich einen Filmriss habe und nicht weiß, was in den Stunden zwischen dem Zerschlagen der Piñata und der Prügelei mit Jay passiert ist. Meine lückenhaften Erinnerungen machen mich angreifbar, das ist klar. Wer auch immer mir diese Sache anhängen will, hat seinen Job gut gemacht. »Habt ihr etwas in meinem Blut gefun-

121

den?«, platzt es zusätzlich aus mir heraus und Bone sinkt resigniert in seinem Stuhl zurück. Ich hoffe, dass darin irgendetwas zu finden war, das meinen Filmriss erklärt und uns dem wahren Täter näher bringt.

»Stellst du mir diese Frage wirklich?«, erkundigt sich Bone und ich kneife die Augen zusammen.

»Sieht ganz danach aus.«

Er seufzt.

Ich balle die Hände unter dem Tisch zu Fäusten und atme tief durch, um nichts Unüberlegtes von mir zu geben. Wut brodelt in mir wie siedend heiße Lava und will sich in einem lauten Brüllen entladen. Das ist es, was ich in diesem Moment am liebsten tun würde, Bone anbrüllen und ihm mitteilen, wie lächerlich diese ganze Scheiße ist. Aber ich besinne mich auf das, was ich mir in den letzten Jahren antrainiert habe. Zeige deinem Gegenüber niemals, was wirklich in dir vorgeht, denn das macht dich schwach und angreifbar.

»Gut. Bevor ich dir die Ergebnisse mitteile, möchte ich dich darauf hinweisen, dass du ein Recht auf einen Anwalt hast und alles, was du sagst, vor Gericht gegen dich verwendet werden kann. Hast du deine Rechte verstanden?«

Bone hat den Recorder eingeschaltet und mir wird klar, dass ich gefickt bin. Wenn sich der Cop, der mich seit Jahren kennt und weiß, wofür wir Dexters stehen und kämpfen, derart unterkühlt mir gegenüber verhält, will ich gar nicht wissen, wie es bei jemand anderem wäre. Die Indizien müssen erdrückend sein.

»Ja, klar und deutlich verstanden. Also, was hat die Blutuntersuchung ergeben und was wird mir zur Last gelegt?«, erkundige ich mich erneut selbstbewusst und gebe ihm damit zu verstehen, dass seine unterkühlte Art mich nicht einschüchtert.

»Du bist sicher, dass du nicht auf deinen Anwalt warten willst?«

»Ganz sicher. Ich bin bei klarem Verstand.« Meine Antwort kommt prompt und ebenso schnell legt Bone die Stirn in Falten. Er seufzt und schlägt die Akte auf. Ich erhasche einen flüchtigen Blick auf die erste Seite und erkenne sofort, dass es sich um einen Laborbefund handelt.

»Beweisstück A, Blutuntersuchung Maddox Dexter im Fall Y271«, spricht Bone in Richtung des Recorders und schiebt mir schließlich das Papier über den Tisch entgegen.

»Wie du sehen kannst, wurden neben einem geringen Restwert Alkohol Spuren von Schmerzmitteln und synthetischen Drogen in deinem Blut gefunden.«

Ich schnaube, denn bei diesem Dokument kann es sich unmöglich um die Ergebnisse *meiner* Blutuntersuchung handeln. »Das ist ein Scherz, oder?«, frage ich, obwohl Bones ernste Miene keinen Zweifel daran lässt, dass es sein voller Ernst ist.

»Seit wann konsumierst du diese Substanzen?«, ignoriert er meine Frage und die Wut in mir droht überzuschäumen. Nur unter Aufbringung meiner gesamten inneren Willenskraft schaffe ich es, nicht auszuflippen. Es fehlt nicht mehr viel und ich explodiere, egal wie gut ich darin trainiert bin, meine Gefühle zu verbergen. Denn hier geht es um etwas anderes. Bone droht mir meine Freiheit, meine Existenz und vor allem meine Zukunft mit Aileen zu nehmen und das nagt an meiner Selbstbeherrschung. Trotzdem atme ich tief durch. »Der Alkohol stammt von der Party, die Schmerzmittel nehme ich seit ungefähr sechs Wochen. Die anderen Substanzen, wie du es nennst, würde ich niemals freiwillig in meinen Blutkreislauf lassen.«

»Was ist der Grund für die Einnahme der Medikamente?«, bohrt er weiter und ich kann es nicht fassen.

Ich weiß nicht, ob er im Bilde darüber ist, wie Alessio zu Tode gekommen ist, und ob die Benedettis oder Morenos damals die Spuren an unserem Safe-Haus bereinigt haben. Keiner von uns ist seitdem dort gewesen. Das Risiko, in einen Hinterhalt zu geraten, war schlichtweg zu groß.

»Wegen einer Sportverletzung«, lüge ich und Bone zieht die dichten Augenbrauen zusammen.

»Muss ja eine heftige Sportverletzung gewesen sein, wenn du deswegen seit sechs Wochen auf Schmerzmitteln bist.«

Der Sarkasmus in seiner Stimme entgeht mir nicht, dennoch presse ich die Lippen aufeinander und erwidere nichts.

»Dass du gestern weitere Substanzen konsumiert hast, leugnest du?«

Ich schüttle den Kopf. »Ich leugne es nicht nur, ich schwöre dir, das nicht getan zu haben. Du kennst die ganze Geschichte von meiner kleinen Schwester und den Drogen. Als ob ich diesen verfickten Scheiß selbst nehmen würde, der Mia abhängig gemacht und in den Tod getrieben hat.«

Bone zieht scharf die Luft ein, denn er kennt ihr grausames Ende nur zu gut. Er war einer der ersten Cops vor Ort nach ihrem Suizid. Ich kenne den Anblick eines menschlichen Kopfes, der von einer Kugel durchbohrt wurde, ebenfalls und würde gern auf diese Erinnerung verzichten. Bone scheint es durch meine Ausführungen ähnlich zu gehen, denn er wirkt einen Moment abwesend, als ob er an den Fall meiner Schwester zurückdenkt. Er räuspert sich und zieht anschließend weitere Dokumente aus der Akte und breitet sie vor mir aus. Es handelt sich überwiegend um Fotos, bei deren Anblick mein Puls zu rasen beginnt und mein Herzschlag aus dem Takt gerät. Ich schlucke gegen die aufsteigende Übelkeit an und unterdrücke meine Emotionen.

»Maddox, das ist es, was dir zur Last gelegt wird. Die Ermordung von fünf Menschen, darunter Hunter Moreno de Castillo, zwei seiner Kartellmitglieder und deren Frauen. Gibst du zu, dass du für den Tod dieser Menschen verantwortlich bist?«

Ich reibe mir mit den Händen übers Gesicht und wende den Blick von den Fotos ab. Ich habe wirklich schon richtig viel krassen Scheiß in meinem Leben getan, gesehen und miterlebt. Aber das, was hier vor mir liegt, ist eine andere Liga. Die Opfer sind bis zur Unkenntlichkeit verprügelt, die Gesichter nicht mehr erkennbar und ihre Körper von Blutlachen umgeben. Auch wenn ich Hunter und sein gesamtes Kartell verachte, wäre ich niemals imstande, so eine Tat zu begehen. Die Brutalität, mit der gegen die Opfer vorgegangen wurde, ist nicht mit Worten zu beschreiben.

Davon abgesehen habe ich eine Regel in meinem Leben, die ich unter keinen Umständen brechen würde. Frauen und Kinder sind außen vor. Selbst, wenn sie absolut loyal zum Kartell stehen, rühre ich sie nicht an, außer sie würden eine Waffe auf mich richten und mein Leben bedrohen.

Ich zwinge mich, den Blick wieder auf die grausamen Bilder zu richten und komme ins Grübeln. Mein Blick gleitet zu Bone, der mich mit Argusaugen beobachtet.

»Wie hätte ich unbemerkt in das Haus von Hunter gelangen und ihn plus zwei weitere Männer im Alleingang ausschalten sollen? Das gleicht einem Himmelfahrtskommando, findest du nicht?«

Bone legt den Kopf schief, zieht eine weitere Kippe

aus seinem Päckchen und zündet sie an. Diesmal bietet er mir keine an.

»Tja, als Außenstehender und rational denkender Mensch, sieht das so aus. Aber unter Drogeneinfluss und mit dem Hintergrund, dass Moreno mit seinen Gästen diniert hat, formt sich der Tathergang schnell zu einer Szenerie, die Sinn ergibt und im Rahmen des Möglichen liegt.«

»Im Rahmen des Möglichen? Das ist doch absoluter Bullshit.« Die Worte brechen aus mir heraus, da ich die Anschuldigungen dieser ungeheuren Tat kaum mehr ertragen kann.

»Es gibt einen Zeugen, der dich eindeutig identifiziert hat«, verkündet Bone sachlich und ich schnaube.

»Ach ja? Den würde ich nur allzu gern kennenlernen«, erwidere ich und verschränke die Arme vor der Brust.

»Maddox«, seufzt Bone, »auf diese Art kommen wir nicht weiter. Wenn du mir nichts zu sagen hast, werde ich es vorziehen, mit den Gästen von der Party zu sprechen, um dein Alibi zu prüfen. Du beteuerst, das Grundstück nicht verlassen zu haben?«

»Ja, verdammt! Ich war den ganzen Abend dort.«

Bone nickt und drückt die Reste seiner Zigarette aus. »Du kommst in Gewahrsam, bis der Haftrichter entscheidet, wie es weitergeht und ob eine Kaution festgesetzt werden kann. Ich werde sehen, was sich machen lässt, damit du vorübergehend eine Einzelzelle bekommst. Du hast viele Feinde im Knast, Maddox. Zum einen die Mafia, gegen die ihr seit Jahren kämpft, und zusätzlich all diejenigen, die Frauenmörder verachten. Da ich dich bisher immer geschätzt habe, setze ich mich für dich ein, aber versprechen kann ich nichts.«

Bei seinen Worten durchfährt mich ein eiskalter

Schauer. Bone hat recht. Sollte ich tatsächlich im Knast landen, wird das sehr unschön für mich werden. Meine Kehle wird eng und ich entscheide mich gegen eine verbale Antwort. Stattdessen nicke ich stumm und folge Bone aus dem Verhörraum.

»Bringt Mr Dexter vorerst in eine Ausnüchterungszelle. Bis wir eine konkrete Info vom Haftrichter haben, möchte ich, dass er dort in Einzelhaft ist.«

»Geht klar, Bone«, erwidert der junge, rothaarige Cop zu seiner Rechten. Anschließend zieht er seine Handschellen aus dem Gürtel und präsentiert sie mir. Ich komme der stummen Aufforderung nach und strecke ihm meine Handgelenke entgegen. Die Fesseln rasten ein, der Cop nickt mir zu und wir setzen uns in Bewegung. Sein Kollege läuft hinter mir, während Bone beim Verhörraum zurückbleibt.

Auf dem Weg zu den Zellen rauschen mir die verschiedensten Gedanken durch den Kopf. Wer hasst mich so sehr, dass ihm mein Tod nicht genügt, sondern er mich lebenslang in einer Zelle verrotten lassen will? Wer hat etwas davon, wenn ich von der Bildfläche verschwinde? Wer hat die Mittel und ist brutal genug, um zwei unschuldige Frauen zu töten? Egal, wie ich es drehe, mir kommt kein Name in den Sinn. Es handelt sich um niemanden, der mir nahesteht, beziehungsweise mit dem wir in letzter Zeit aneinandergeraten sind. Die Stimme des Rothaarigen vor mir holt mich aus meiner Grübelei.

»Da wären wir. In der Zelle nehme ich die Handschellen ab«, verkündet der Beamte und ich nicke ihm zu. Ich schaue mich um, und mich ereilt der Gedanke: ›Wow, von einem Loch ins Nächste‹.

»Wie geht es jetzt weiter?«, frage ich den Polizisten, der sich bereits auf den Weg zur Zellentür gemacht hat.

Er hält kurz inne und dreht sich zu mir. »Vorerst

musst du warten. Wenn dein Anwalt da ist oder es Neuigkeiten vom Haftrichter gibt, erfährst du es.« Er schaut mich mit einem Bedauern im Blick an, das mich stutzig macht.

Ich lege den Kopf schief und ziehe ratlos die Stirn in Falten. »Kennen wir uns?«, frage ich und seine Augen weiten sich für einen Moment, dann schüttelt er den Kopf.

»Nein, sicher nicht. Es ist nur ...« Doch er kommt nicht dazu, diesen Satz zu vollenden, da sein Kollege ihn nach draußen beordert.

»Hör auf mit den Verdächtigen herumzualbern, Bill. Wir müssen unsere Runde drehen.«

Der rothaarige, junge Cop verzieht den Mund, nickt mir zu und geht.

War das eben schräg, oder verliere ich meinen Verstand?

Das Schloss der Tür rastet ein und die Tatsache, dass ich inhaftiert bin, wird real. Die Ausnüchterungszelle macht ihrem Namen alle Ehre. Sie ist ein Drecksloch. Der Gestank nach Schweiß ist hier noch stärker als im Verhörraum. Hinzu gesellt sich eine Mischung aus dem Geruch nach Urin, Erbrochenem und Chlorreiniger. Die Kombination hat es in sich und dreht mir fast den Magen um. In der Ecke steht eine Pritsche und es gibt eine Toilette. Da ich nicht wissen will, wer schon alles auf diesem widerwärtigen Bett gelegen hat, entscheide ich mich, stehenzubleiben. Ich lehne mich gegen die Wand und schließe die Augen. Sofort flackern Bilder von Aileen in mir auf und mein Herz beginnt zu rasen. Wird sie zu mir halten oder den Lügen glauben, wenn man sie lange genug manipuliert und auf sie einredet? Nach allem, was ich ihr in den vergangenen Monaten angetan und wie sehr ich sie verletzt habe, bin ich mir nicht sicher, wie sie sich verhalten wird. Um ehrlich zu sein, würde ich es ihr nicht einmal verübeln, wenn sie sich von mir abwendet. Ich habe mich wie das größte Arschloch verhalten und ihre Loyalität nicht verdient. Ich stoße mich von der Mauer hinter mir ab, laufe ziellos in der Zelle umher, lehne mich schließlich wieder gegen die Wand und versuche zu begreifen, was hier gerade passiert.

Keine Ahnung, wie lange ich bereits an diesem widerwärtigen Ort bin, als ich höre, dass sich Schritte nähern. Die Zellentür wird entriegelt und geöffnet.

Der Kollege des rothaarigen Cops tritt ein und schaut mich an. »Du hast Besuch«, sagt er knapp und holt seine Handschellen hervor.

Ich stoße mich erneut von der Wand ab und trete auf ihn zu. »Wer ist es?«, frage ich, während er das Metall um meine Handgelenke festzieht.

»Dein Anwalt, wer sonst? Andere Besucher darfst du aktuell nicht empfangen«, erwidert er trocken und seine Antipathie mir gegenüber ist allgegenwärtig und verdichtet die Luft. Darüber mache ich mir aber keine allzu großen Gedanken, denn wenn Cooper hier ist, gibt es vielleicht Hoffnung, hier schnell wieder herauszukommen. Zumindest bedeutet sein Eintreffen, dass Aileen die Dexters informiert hat. Das ist gut. Andrew Cooper ist seit Jahren unser Anwalt und ein ausgezeichneter Strafverteidiger. Wenn es einer schafft, meine Unschuld zu beweisen und mich aus dieser Sache herauszuholen, dann er.

Ich folge dem Cop durch die Gänge, bis wir einen Besucherraum erreichen. An einem Tisch in dem kleinen Zimmer sitzt mein Anwalt und ich laufe geradewegs auf ihn zu. Sein großer Aktenkoffer steht neben ihm und vor ihm liegt eine Mappe mit Papieren. Ich vermute, dass es sich um die angeblichen Beweise gegen mich handelt. Er hebt den Blick, als ich mich zu ihm setze. Wir schauen uns in die Augen und ich sehe etwas in seinen blauen Iriden, das mir eine Scheißangst macht. *Hoffnungslosigkeit.* Wenn selbst Cooper so schaut, bin ich gefickt und komplett am Arsch.

KAPITEL 11

Aileen

Mein Herz hämmert schmerzhaft gegen meine Rippen, meine Schläfen pulsieren, mein Körper zittert, ist schweißgebadet und ich schlage um mich. »Nein, nein, bitte nicht, lass mich los«, schreie ich immer wieder und kämpfe verzweifelt gegen meine Angreifer an. Meine Arme werden fixiert und eine schwere Last drückt auf meinen Körper.

Ich reiße panisch die Augen auf, blinzle hastig und versuche durch den Schleier von Tränen zu erkennen, was hier passiert.

»Bitte nicht«, wimmere ich abermals, aber der Mann über mir lässt mich nicht los. Im Gegenteil. Sein Griff festigt sich und schließlich dringt der Klang seiner rauen Stimme an mein Ohr.

»Es ist alles gut. Du bist in Sicherheit. Dir wird niemand etwas antun. Verstehst du mich, Aileen? Bitte komm zu dir.«

Er wiederholt die Worte fortwährend, bis sich meine verkrampften Muskeln allmählich lockern und ich das Um-mich-Treten mit den Beinen und den Kampf mit meinen Armen aufgebe.

»Jay?«, schluchze ich und bemühe mich etwas durch meine tränenverhangenen Wimpern zu erkennen.

»Ja, ich bin hier. Es ist alles okay. Dir tut niemand weh.« Langsam löst er den Griff um meine Handgelenke, steigt von mir herunter und setzt sich neben mich. Er lehnt den Hinterkopf gegen das gepolsterte Kopfteil des Bettes, verschränkt die Arme vor der Brust und betrachtet mich. Sorge spiegelt sich in seinen Augen und zeichnet sich in seinem Gesicht in Form einer gerunzelten Stirn ab. »Möchtest du darüber reden?«, fragt er und ich wende mich einen Augenblick von ihm ab, um einen Blick auf die digitale Uhr auf meinem Nachtschrank zu werfen.

Wow, ich erschrecke regelrecht beim Blick auf die Anzeige, denn Maddox wurde am helllichten Tag abgeführt und jetzt ist es bereits weit nach Mitternacht. Wie konnte ich nur so lange schlafen, während er unschuldig im Gefängnis sitzt? Wie es ihm wohl geht? Ob es schon Neuigkeiten gibt?

Ich werde rastlos und würde am liebsten aus dem Bett aufspringen, bin mir aber unsicher, ob das mein Körper aktuell mitmachen würde. Ich fühle mich gebeutelt und ausgelaugt durch den grausamen Albtraum, der mich eben ereilt und viel zu lange festgehalten hat.

»Aileen?«, erklingt Jays Stimme, da ich ihm noch nicht geantwortet habe.

Ich drehe mich ihm wieder zu und ziehe mir gleichzeitig die Decke bis zum Hals. Will ich das tun? Will ich ausgerechnet mit ihm meine schlimmsten Albträume teilen? Mit dem Mann, der gefoltert wurde, grausames Leid ertragen und mir seine Gefühle offenbart hat? Ist das nicht schrecklich egoistisch von mir?

Jay löst seine verschränkten Arme und tippt mir sanft mit dem Zeigefinger gegen die Stirn. »Was geht darin gerade vor, hmm?« Sein Tonfall ist so warm, dass er es damit schafft, einen Teil der eisigen Kälte, die meinen Körper im Moment erfüllt, durch ein Gefühl von Geborgenheit zu ersetzen.

»Ich bin mir nicht sicher, ob du der Richtige für dieses Gespräch bist«, flüstere ich schließlich ehrlich und Jay legt seine Hand an meine Wange.

»Wieso? Glaubst du, nur weil ich in dich verliebt bin, kann ich nicht mehr für dich da sein? Ich habe verstanden, dass dein Herz Maddox gehört und akzeptiere es. An unserer Freundschaft hat das für mich nichts geändert.«

Ich blicke auf, um in seine Augen zu sehen, die durch den hereinstrahlenden Mond erhellt werden und erkenne darin keine Lüge, sodass ich beschließe zu reden. Vielleicht hilft es mir, wenn ich endlich aufhöre dieses Thema zu verschweigen. Bisher habe ich die Taktik verfolgt: Wenn ich nicht darüber rede und es lange genug verdränge, ist es niemals passiert und nicht wahr. Leider funktioniert diese Verdrängung nur bedingt. Am Tag ist es ganz okay, aber nachts überwältigt es mich häufig mit voller Wucht. Unerwartet reißt es mir den Boden unter den Füßen weg, übernimmt die Kontrolle und trifft mich wie ein Hammerschlag.

»Es ist wegen Alessio«, wispere ich und Jay spannt sich augenblicklich neben mir an.

»Machst du dir Vorwürfe, weil du ihn erschossen hast?«, fragt er und ich schüttle den Kopf.

»Das ist es nicht, was mich ständig in meinen Träumen verfolgt.«

»Was ist es dann, das dich derart ängstigt?«

Ich rutsche in meinem Bett nach oben und lehne den Kopf ebenfalls gegen das Polster.

»Es sind die Dinge, die er mir angetan hat.« Meine

Worte verlassen meine Lippen so leise, dass ich fürchte, sie wiederholen zu müssen, aber Jay hat verstanden.

Vorsichtig legt er einen Arm um meine Schulter und streichelt beruhigend über meinen Oberarm. Er gibt mir damit Halt und ermutigt mich weiterzusprechen. »Während ich bei ihm war, hat er mich gezwungen, Dinge zu tun, die sich tief in mein Gedächtnis eingebrannt haben und mich immer wieder heimsuchen.«

Jay neben mir schluckt schwer und festigt seinen Griff um meine Schulter.

»Was für Dinge?«, haucht er und meine Kehle schnürt sich zu.

»Er hat mich gezwungen, ihn zu berühren, mich bedrängt, angefasst, grob geküsst und gezwungen, ihn mit der Hand zu befriedigen.« Ich habe die Worte kaum ausgesprochen, da springt Jay auf, läuft geradewegs auf meine Zimmertür zu und schlägt heftig mit der Faust dagegen. Dreimal wiederholt er das Ganze und ich fürchte, dass die Gewalt seiner Schläge das Holz zerbersten lässt. Glücklicherweise hält es seinem Ausbruch aber stand.

Jay verharrt einen Moment vor der Tür, die Hände noch immer zu Fäusten geballt und schwer atmend. Schließlich rauft er sich die Haare und dreht sich wieder zu mir. Flammen der Wut flackern in seinen bernsteinfarbenen Augen und sein Gesichtsausdruck ist schmerzerfüllt. »Wenn dieser Wichser nicht längst unter der Erde wäre, würde ich das jetzt erledigen«, sagt er und kommt wieder zurück zu mir. Er setzt sich an den Bettrand und legt eine Hand auf meine Beine, die von der Decke eingehüllt sind. »Du bist wirklich die stärkste Frau, die ich kenne, Aileen.«

»Ach, Quatsch«, widerspreche ich und ziehe die Knie an die Brust, sodass seine Hand herabrutscht.

»Das ist mein Ernst. Wie schaffst du es, nach alldem so positiv zu bleiben?«

Seine Frage verblüfft mich und ich denke einen Augenblick nach, bevor ich antworte. »Ich sage mir jeden Tag, dass es die herrschende Situation nicht ändert, wenn ich trübsinnig bin. Meine Strategie ist es, immer nach dem kleinen Funken Licht zu suchen, der mir Hoffnung gibt. Groteskerweise hat mir diese Methode einst mein Bruder beigebracht. Hunter hat mir damals den Polarstern gezeigt, wann immer ich Albträume hatte und mir gesagt, dass es immer Licht gibt, selbst in der tiefsten Nacht.« Ich lächle beim Gedanken an diese längst vergangene Zeit und diese wundervolle Erinnerung mit meinem Bruder.

»Das ist bewundernswert«, erwidert Jay und ich lege den Kopf auf meinen angezogenen Knien ab.

»Du tust doch seit Jahren das Gleiche. Nach allem, was dir widerfahren ist und was du aushalten musstest, bist du hier und kämpfst an der Seite deiner Freunde.«

Ein bittersüßes Lächeln umspielt seine Mundwinkel und ich frage mich, ob Maddox recht hatte und dieser Kampf niemals endet oder ob wir eines Tages Frieden finden und ein unbeschwertes Leben führen können.

Ein angenehmes Schweigen erfüllt den Raum und ich merke, wie mir langsam wieder die Augen zufallen. Ich gähne und Jay räuspert sich. Es wirkt fast so, als wäre er in Gedanken eben an einem anderen Ort weit weg gewesen und kehre erst durch mein geräuschvolles Gähnen in mein Zimmer und die Gegenwart zurück.

»Ich gehe dann mal wieder rüber und hau mich aufs Ohr«, verkündet er und steht im gleichen Atemzug auf. Mit wenigen Schritten ist er bei der Tür und mich überkommt ein ungutes Gefühl bei dem Gedanken, gleich wieder allein zu sein. Ich hadere mit mir, ob ich gerade dabei bin, eine Grenze zu überschreiten, plappere aber schließlich drauflos.

»Kannst du bleiben?«

Jay dreht sich abrupt zu mir. »Wie bitte?«, fragt er und legt den Kopf schief.

»Würdest du bleiben? Ich fühle mich nicht wohl damit, heute allein zu sein. Der Albtraum, die Verhaftung von Maddox. Es ist alles zu viel«, presse ich hervor und fürchte, zu weit gegangen zu sein.

Doch Jay nickt. »Klar. Rutsch rüber«, antwortet er und ich mache ihm bereitwillig Platz in meinem Bett.

Ist das ein Fehler?, frage ich mich, hülle mich jedoch in Schweigen. Mit dem größtmöglichen Abstand liegen Jay und ich nebeneinander in meinem Bett. Er ohne Decke auf dem Rücken und ich von ihm wegdreht, eingewickelt wie in einen warmen Kokon.

»Gute Nacht«, sagt er noch und ich schlafe schnell ein.

Ein lautes Klopfen an der Tür weckt mich und ich blinzle die Müdigkeit aus meinen Augen. Etwas Schweres liegt auf meiner Taille. Ehe ich richtig wach bin und Zeit habe, die Situation zu analysieren, betritt Connor den Raum. Er hat sein Handy in der Hand und schaut auf das Display.

»Bone hat gerade angeruf...« Er beendet den Satz nicht, denn er blickt auf und muss damit zwangsläufig Jay entdecken, der in meinem Bett liegt. Wie ich außerdem feststelle, ist das eben gespürte Gewicht auf meinem Körper dessen Arm. Connor reißt die Augen auf, stürmt auf mein Bett zu und zerrt an Jay, der einen unglaublich und beneidenswert tiefen Schlaf hat und nur langsam zu sich kommt.

»Ist das euer verfickter Ernst?«, flucht Connor wüst, während er Jay auf den Boden knallen lässt und mich mit seinen blauen Augen fixiert.

Ich streiche mir meine wirren Locken aus dem Gesicht und halte Connors Blick stand. »Ich hatte einen schrecklichen Albtraum, der Jay geweckt hat. Er war für mich da.«

»Und dann muss er direkt die Nacht bei dir verbringen?« Connor wirkt weiterhin angespannt, auch wenn seine Gesichtszüge sich wenigstens etwas entspannen.

»Er musste nicht, aber ich habe ihn darum gebeten, weil der Traum so schrecklich war. Connor, du weißt, wie viel Maddox mir bedeutet und dass ich ihn niemals hintergehen würde. Vor allem nicht jetzt, wo er mich so dringend braucht«, beteuere ich und Connor nickt.

Er streckt Jay, der sich auf dem Boden aufgesetzt und unseren Dialog verfolgt hat, eine Hand entgegen. Jay ergreift diese und kommt auf die Beine. Connor klopft ihm brüderlich auf den Rücken und lächelt besänftigend. »Sorry, Mann, aber ich habe gerade echt rotgesehen. Du weißt, dass Maddox mein bester Freund ist.«

»Ich weiß, schon okay. Warum bist du hier?«

Connor reibt sich mit der Hand über die Stirn. Etwas an der Reaktion von Jay stört ihn anscheinend. Ich komme aber nicht darauf, was es ist.

»Bone hat gesagt, wir sollen umgehend aufs Revier kommen.«

»Ist etwas mit Maddox?«, frage ich panisch, schlage die Decke beiseite und bin mit einem Mal hellwach.

»Nein. Wir müssen alle eine Aussage machen, über meine Party. Wer, wann, wie mit Maddox gesprochen hat, ob er den ganzen Abend hier war und so weiter.«

Ich schlucke schwer, da sich ein großer Kloß in meinem Hals gebildet hat. »Wir sagen, dass er den ganzen Abend hier war, richtig?«, frage ich, woraufhin Connor scharf die Luft einzieht.

»Aileen, ich werde dir nicht vorschreiben, ob du die Wahrheit sagst oder lügst. Ich will nur, dass du dir über die Konsequenzen im Klaren bist. Bone hat mich mehrmals eindringlich darauf hingewiesen, dass es einen sehr glaubhaften Zeugen gibt, der Maddox eindeutig am Tatort identifiziert hat.«

Ich kralle die Hände in mein Laken, denn die Situation ist unerträglich. »Was heißt das konkret?«, presse ich hervor und Connor mustert mich intensiv.

»Meine Entscheidung und mein Weg sind klar. Maddox ist mein Bruder im Herzen und ich würde für ihn durch die Hölle gehen. Das heißt im Umkehrschluss, ich werde aussagen, dass er hier war und ich ihn immer wieder gesehen habe. Gleichzeitig bin ich mir der Konsequenzen bewusst. Fliegt uns die Sache um die Ohren, wandere ich im schlimmsten Fall auch für einige Monate in den Knast. Ich möchte nur, dass du das weißt, bevor du deine Aussage machst.«

»Was wäre ich für ein schrecklicher Mensch, wenn ich nicht für Maddox aussagen würde?« Die Frage ist mehr an mich selbst gerichtet und erntet dennoch eine Reaktion von Connor.

»Du wärst kein schrecklicher Mensch, lediglich klug. Es sieht aktuell nicht gut für Maddox aus, was es wahrscheinlich macht, dass mir die Falschaussage zum Verhängnis wird. Versteh mich nicht falsch, kleine Lady, aber der Knast ist kein Ort für dich. Du hast ein reines Herz und ein gutes Leben verdient, ohne diesen ganzen Scheiß. Außerdem musst du dich hier draußen um die Werkstatt und unsere Geschäfte kümmern, wenn wir alle für Maddox in den Bau wandern. Hinzu kommt Isabella. Sie braucht dich, wenn ich für einige Monate wegge-

sperrt werde. Entscheide selbst, was sich gut für dich anfühlt. Keiner von uns wird jemals an deiner Loyalität
zweifeln, selbst wenn du nicht für Maddox lügst.«

Aus einem Impuls heraus verlasse ich mein Bett,
renne auf Connor zu und falle ihm um den Hals. Er
drückt mich fest an sich und ich löse mich in meinen
Tränen auf. Drohe ich wirklich sie alle zu verlieren? Die
Menschen, die seit meiner Rückkehr aus dem Internat in
mein Leben getreten und meine Familie geworden sind?
Ich kann und werde nicht akzeptieren, dass es dazu
kommt. Dafür brauche ich sie zu sehr. Dennoch bin ich
Connor unglaublich dankbar für seine Worte und dass er
mir die Wahl lässt. Kein Druck, keine Erwartungen an
mich. Nur Aufrichtigkeit und Wärme.

»Danke«, nuschle ich gegen seine Brust und er wu-
schelt durch meine Locken. Langsam löse ich mich von
ihm und drehe mich zu Jay. Meine Augen brennen von
den Tränen, aber ich fühle mich bereit für die Aussage
und für Maddox in den Kampf zu ziehen.

»Was machst du, Jay?«, will ich wissen und er runzelt
die Stirn.

»Die Frage stellt sich nicht. Ich bin da voll bei Connor«, antwortet er und verblüfft mich damit. Statt einen
Groll auf Maddox zu hegen, weil er es ist, dem mein Herz
gehört, steht er zu ihm, was ein weiteres Mal zeigt, was
für ein starker Mann er ist.

»Genug jetzt davon. Zieht euch an, damit wir loskön-
nen. Finn ist bereits informiert und direkt von der Werkstatt aus zum Revier gefahren.«

»Gib mir zehn Minuten«, bitte ich, woraufhin
Connor einen Blick auf seine Uhr am Handgelenk wirft
und mir zunickt.

»Zehn Minuten, dann wird es ernst.«

Jay und Connor verlassen mein Zimmer und ich verschwinde im angrenzenden Bad. In Lichtgeschwindigkeit erfrische ich mich, putze meine Zähne und mache mich bereit, den Cops gegenüberzutreten. Mein Spiegelbild strahlt eine Entschlossenheit aus, die ich gut gebrauchen kann und die mir Zuversicht schenkt. Am Ende wird alles gut, sage ich mir, bevor ich die Schultern straffe, in frische Kleidung schlüpfe und nach unten eile.

KAPITEL 12

Connor

Ich richte den Blick zur Zimmerdecke. Eines der kühlen Neonlichter ist defekt, flackert und zieht damit meine Aufmerksamkeit auf sich. *Defekt*, so fühle ich mich seit der Verhaftung meines besten Freundes. Mich quälen die Gedanken, ob es ihm gutgeht, denn wir Dexters haben eine Menge Feinde im Knast. Ich habe aufgehört zu zählen, wie viele Drogen- und Waffendeals in der Vergangenheit unseretwegen geplatzt sind. Bisher haben wir immer mit den Cops zusammengearbeitet, doch heute ist es anders. Maddox ist der Angeklagte einer Tat, die an Brutalität kaum zu übertreffen ist. Zumindest ist es das, was Bone und auch Cooper, unser Anwalt, zu mir gesagt haben. Am meisten belasten mich jedoch zwei andere Dinge. Zum einen, dass ich gestern für einige Sekunden an Maddox' Unschuld gezweifelt habe und zum anderen, dass ich mir keinen Reim auf die Sache machen kann. Unsere Erzfeinde sind beide tot und ich habe keinen blassen Schimmer, wer Dex das anhängen will. Es muss jemand sein, der ihn abgrundtief hasst und das lange Zeit geplant hat. Einen Mord in den Kreisen der Mafia zu begehen und dann im Schatten der Anonymität zu verschwinden, ist das eine. Die Tat so darzustellen, dass es konkrete Beweise gegen einen anderen und einen angeblichen Zeugen gibt, etwas völlig anderes. Für gewöhnlich redet niemand, der mit den Kartellen in Verbindung steht. Der Zeuge muss jemand Außenstehendes sein, obwohl auch das keinen Sinn ergibt.

Noch in meinen Gedanken versunken, entgeht mir fast, dass Bone den Raum betritt. Erst als er sich mir gegenübersetzt, eine Packung Zigaretten, eine Metalldose und eine dicke Akte vor sich ablegt, nehme ich seine Gestalt wahr und seine Umrisse formen ein klares Bild.

»Connor«, begrüßt er mich mit einem knappen Nicken. Ich erwidere die Geste, bleibe aber still. Bone hat mich mehr als deutlich während unseres Telefonats heute Morgen darauf hingewiesen, dass ich mir auf keinen Fall anmerken lassen darf, wie nahe wir uns stehen. Logisch, auf dem Revier ist bekannt, dass wir zahlreiche Deals der Mafia in Kooperation mit den Cops vereitelt haben. Aber niemand weiß, dass Bone uns im Gegenzug oft mit Informationen versorgt und Auskünfte erteilt hat, die für den ein oder anderen Gangster tödlich geendet haben. Manchmal hatten wir keine Wahl und mussten die Sache auf unsere Art regeln.

»Also, Connor, es geht um den Abend deines Geburtstages. Schildere mir doch bitte den Verlauf und ob Maddox bei der Feier anwesend war.«

Ich bin in der Vergangenheit bereits häufig befragt worden, aber noch nie hat es zu einem Knoten in meinem Magen geführt. Bevor der Gedanke, dass falsche Worte von mir für Dex ein Nachteil sein könnten, übermächtig wird, beginne ich zu reden. »Es war eine ausgelassene Party, mit knapp vierzig Gästen, Alkohol, einem DJ und jeder Menge Spaß«, beginne ich möglichst unverfänglich und nicht allzu aussagekräftig.

»Wurden auf der Party, neben Alkohol, weitere Substanzen verteilt und konsumiert?«

Bones Frage entlockt mir ein Schnauben, denn er weiß, dass wir Drogen verachten. Glaubt er ernsthaft, wir kämpfen seit Jahren gegen die Kartelle und schmeißen uns den Scheiß nebenbei selbst rein?

»Nicht, dass ich wüsste. In unseren Kreisen hat der Konsum von Drogen keinen Platz. Wir müssen bei klarem Verstand sein, wenn wir überleben wollen, Detective«, erwidere ich spitz, woraufhin Bone scharf die Luft einzieht. Ich weiß, dass er uns nichts Böses will und bisher immer loyal zu uns stand, dennoch hat er Maddox verhaftet und uns in diese Lage gebracht.

»Und was war mit Maddox? War er den ganzen Abend vor Ort?«, fragt Bone kühl, ohne auf meine Bemerkung einzugehen.

»Ich habe ihn immer mal wieder gesehen. Natürlich stand er nicht die gesamte Zeit neben mir wie ein Hund, aber wann immer ich den Blick schweifen ließ, habe ich ihn gesehen«, erläutere ich schwammig und in einem sachlichen Ton, um Bone zu überzeugen. Dieser senkt den Blick, blättert durch die Akte, die vor ihm liegt, überfliegt ein paar Seiten und tippt schließlich mit seinem Kugelschreiber auf eine bestimmte Stelle. Er hebt den Kopf und unsere Blicke kreuzen sich.

»Du meinst wahrscheinlich, du hast Maddox gesehen, bevor du mit Miss Isabella Grey in deinem Zimmer verschwunden bist und dort die gesamte Nacht verbracht hast?«

Scheiße! Isabella, an sie habe ich überhaupt nicht gedacht und sie nicht gebrieft. Bone war klug genug und hat sie anscheinend vor uns befragt. Fuck! Mein Mund wird staubtrocken, denn an diesem Punkt scheitert mein Plan, dass ich ein Teil von Maddox' Alibi bin.

»Connor?«, dringt Bones tiefe Stimme an meine Ohren, da ich nichts erwidere. Ich räuspere mich, denn die Aussage von Isabella werden auch andere bestätigen. Schnell wird mir klar, dass ich überhaupt nicht darüber nachgedacht habe, dass ich raus bin, was die Aussage für Dex betrifft.

»Ja, richtig. Aber davor habe ich ihn immer wieder gesehen«, antworte ich nach einer Ewigkeit und diese Worte fühlen sich wie Verrat an.

»Erzähl mir doch ein wenig über den aktuellen Zustand von Maddox.«

»Was?«, platzt es forsch aus mir heraus, da ich keine Ahnung habe, was Bone von mir hören will.

Er reibt sich mit den Fingern über die Stirn, greift im Anschluss zu seinem Päckchen Zigaretten, das auf dem Tisch vor ihm liegt und hält es mir entgegen. Ich ziehe mir eine Kippe heraus, stecke sie mir zwischen die Lippen und nehme das Feuer von Bone an. Er zündet sich ebenfalls eine an, nimmt mehrere kräftige Züge und blättert mit der freien Hand durch die Papiere der Akte. Hin und wieder verharrt er einen Moment an gewissen Stellen, bevor er weiterblättert. Das Schweigen zwischen uns fühlt sich wie die Unendlichkeit an und ich frage mich, was Bone bezweckt. Will er mich mürbe machen und treibt Spielchen? Oder sucht er in den Dokumenten nach etwas Unverfänglichem, zu dem er mich befragen kann, ohne dass ich Maddox belasten muss?

Schließlich verharrt er an einer bestimmten Seite, räuspert sich und beginnt laut vorzulesen:

»Bei der körperlichen Untersuchung von Maddox Dexter, 29 Jahre alt, wohnhaft und so weiter, wurden zahlreiche Abschürfungen an seinen Ellenbogen, Fingerknöcheln und Knien gefunden. Hinzu kommen eine verheilte Schnittverletzung an seinem rechten

Oberschenkel, die höchstwahrscheinlich von einer zehn bis zwölf Zentimeter langen, gezackten Klinge stammt, und Hinweise auf fast ausgeheilte Rippenbrüche. Der Heilungsgrad der Narbe am Bein lässt darauf schließen, dass die Verletzung ungefähr sechs bis acht Wochen zurückliegt. Aufgrund der Größe des verheilten Schnitts wird die Wunde zu einem starken Blutverlust geführt haben, der medizinisch versorgt werden musste. Auch die gut verheilte Naht lässt vermuten, dass eine Behandlung durch einen Arzt erfolgt ist.« Bone beendet seine Lesestunde, will an seiner Kippe ziehen, bemerkt aber, dass sie bereits verglüht ist und zündet sich eine neue an.

In mir tobt das reinste Chaos und ich wappne mich für Bones Fragen. Langsam beschleicht mich das ungute Gefühl, dass wir nicht mehr auf derselben Seite stehen. Gleichzeitig wäge ich meine Optionen ab. Egal, wozu ich Stellung beziehen soll, ich bin verpflichtet, zu antworten. Ich habe keine Ahnung, was Maddox zu diesen Dingen gesagt hat. Ob die Cops die Wahrheit über die Ursache seiner ausgeheilten Verletzungen kennen. Mir bleibt nur eine Möglichkeit, das herauszufinden: Ich muss taktisch vorgehen und mein bestes Pokerface aufsetzen.

Bone fixiert mich mit seinen dunklen Augen und legt den Kopf schief. »Kannst du mir etwas zu den Verletzungen von Maddox sagen? Ich meine, ich habe in jedem Krankenhaus der Stadt angerufen, ob er vor einigen Wochen medizinisch versorgt wurde. Da ist nichts. Keine Behandlung, keine Medikamente, einfach nichts.«

Ich schlucke schwer, bevor ich zu meiner Antwort ansetze.

»Tja, ist bei einem Boxkampf passiert, der unfair geendet hat«, halte ich mich bedeckt und forme die Geschichte der Lüge weiter in meinem Kopf.

»Ein Boxkampf? Mit Messern?«, fragt Bone skeptisch

und ich greife über den Tisch nach seinen Kippen und ziehe mir eine weitere heraus, kurz nachdem ich die erste in der kleinen Metalldose, die Bone zu einem Aschenbecher umfunktioniert hat, ausgedrückt habe. Er beobachtet mich und scheiße, auch wenn mich das Verlangen nach Nikotin nervös wirken lässt, kann ich nicht anders. Ich brauche das jetzt, um nicht durchzudrehen. Er reicht mir das Feuer und ich genehmige mir kurz darauf einige tiefe Züge des toxischen Rauchs.

»Wie ich bereits sagte, der Kampf hat unfair geendet«, erwidere ich kühl und entlocke Bone damit ein Schnauben.

»Wer war der Gegner?«, will er wissen und ich entwickle langsam Mordgedanken gegen ihn. Muss er das tun?

»Kann ich dir nicht sagen. Ich war nicht dabei.«

»Aha, und wer hat sich um die Wunden von Maddox gekümmert? Er hatte ja nicht nur einen Kratzer.« Der Zynismus in seinen Worten entgeht mir nicht, aber ich bewahre meinen gleichgültigen Gesichtsausdruck. Ich bin nicht Maddox. Mich lockt niemand aus der Reserve, auch kein Cop, der sich plötzlich als Feind entpuppt.

»Wir haben ihn versorgt«, entgegne ich und Bone platzt der Kragen. Er hebt die Faust und lässt sie kurz darauf auf die Tischplatte knallen. Auch wenn die Reaktion unerwartet kam, zucke ich nicht einmal mit der Wimper. Er wendet sich gegen uns? Kann er haben.

»Connor, dir ist klar, dass eine Falschaussage eine Straftat ist?«, fragt er und spricht weiter, ohne eine Antwort abzuwarten. »Mir ist bewusst, dass Maddox dein Freund ist und ihr euch seit vielen Jahren kennt und unzertrennlich seid, aber das hier ist etwas anderes. Glaub mir, mit der Tat, die er begangen haben soll, willst du nicht in Verbindung gebracht werden. Das könnte dein gesamtes Leben ruinieren.«

»Bist du fertig?«, frage ich ihn, drücke die halbgerauchte Kippe an der Unterseite des Tisches aus, verschränke die Arme vor der Brust und sinke gegen die Lehne des Stuhls. Das brauche ich jetzt, eine Moralpredigt von Bone.

»Also bleibst du dabei, dass die Verletzungen von einem Boxkampf stammen?«

Ich nicke und bekräftige damit mein ausgesprochenes ›Ja‹.

»Hast du eine Ahnung, woher die frischen Verletzungen und Schürfwunden stammen?«, wechselt er das Thema und ich nicke.

»Ich war nicht dabei, aber habe gehört, dass er mit Jay aneinandergeraten ist. Nichts Wildes, nur eine Auseinandersetzung unter Freunden«, liefere ich ihm die erste ehrliche Antwort des Tages.

»Weißt du, worum es bei dieser Auseinandersetzung ging?«, bohrt er weiter und ich bin nur noch genervt von ihm.

»Wie ich bereits sagte, ich war nicht dabei, habe aber gehört, dass es um Aileen ging.«

»Aileen Moreno de Castillo?«, erkundigt er sich unnötigerweise und ich verdrehe die Augen.

»Ja.«

»Wieso geraten Jay und Maddox über sie in Streit? Ist sie nicht die Freundin von Maddox?«

Ich atme geräuschvoll aus. Ganz ehrlich, ich revidiere meine Gedanken von eben. Mich kann man doch durchaus aus der Ruhe bringen. Bones Fragen wühlen mich auf und ich verspüre den Drang, ihn zu schlagen, obwohl er einfach nur seinen Job macht. »Das solltest du die beiden persönlich fragen. Ich halte mich grundsätzlich aus solchen Angelegenheiten heraus«, erwidere ich und Bone gibt seine angespannte Haltung auf und sinkt ebenfalls in seinem Stuhl zurück. Ich bin verwundert über seine Reaktion und hoffe, dass wir zeitnah die Gelegenheit bekommen, über diese Vernehmung zu sprechen, ohne Kameras im Nacken und einem eingeschalteten Tongerät.

»Das wäre es fürs Erste. Halte dich für weitere Fragen bereit.«

Bone erhebt sich und ich tue es ihm gleich. Er klemmt sich die Akte unter den Arm und schiebt sich die Zigarettenpackung zusammen mit der verschlossenen Metalldose in die Hosentasche. Dann öffnet er die Tür und ich trete an ihm vorbei nach draußen. Finn sitzt im Flur und tauscht den Platz mit mir. Vor dem gegenüberliegenden Befragungsraum wartet Aileen. Ein Cop, den ich noch nie zuvor gesehen habe, öffnet die Tür und fordert sie gerade auf, ihm zu folgen. Sie erhebt sich, ist leichenblass und ich befürchte, dass sie gleich zusammenbricht. Unsere Blicke treffen für einen winzigen Augenblick aufeinander und ich würde mich am liebsten vor sie schmeißen, um sie vor der bevorstehenden Befragung zu bewahren. Mir gefällt es nicht, dass sie ein fremder Inspector vernimmt. Ich fand es selbst bei Bone unangenehm und wer weiß, wie es dann erst bei jemand anderem ist. Ehe ich ihr noch ein aufmunterndes Lächeln schenken kann, unterbricht sie den Blickkontakt und folgt dem Cop in das Zimmer. Die Tür wird geschlossen, ich stehe wie ein Trottel im Gang und habe keine Ahnung, wie es weitergeht und wie wir das überstehen sollen.

KAPITEL 13

Aileen

Ich stehe neben dem Stuhl im Verhörraum des Polizeireviers und kämpfe mit meiner Übelkeit.

Der Cop, der mich aufgerufen und mit in dieses Zimmer begleitet hat, steht an der gegenüberliegenden Seite des Tisches und legt den Kopf schief. »Ist alles in Ordnung?«, fragt er mit einer rauen Stimme und ich schlucke gegen den bitteren Geschmack in meinem Hals an.

»Nicht wirklich«, nuschle ich und der Cop zieht die Brauen nach oben.

»Miss Moreno?«, spricht er mich an und ich hebe den Kopf. Ich begegne seinen grünen Iriden, die mich ins Visier nehmen. »Ja?«, krächze ich und alles beginnt sich zu drehen.

Der Cop reagiert blitzschnell, ist mit zwei Schritten bei mir, umfasst meine Taille mit einem Arm und stützt mich. Mit der freien Hand zieht er den Stuhl zurück und dirigiert mich mit sanftem Druck, damit ich mich hinsetze.

Ich folge seinen stummen Anweisungen, gleite auf den Stuhl und sehe, dass meine Finger zittern. Mir ist eiskalt und meine Unterarme sind mit einer Gänsehaut überzogen. Der Polizist hockt sich neben mich und sucht meinen Blick. Ich schaue ihn an, auch wenn es mir schwerfällt, da mich dieses intensive Grün in seinen Augen unglaublich verunsichert.

»Miss Moreno, ich hole ihn eine Coke und einen Schokoriegel am Automaten. Kann ich sie einen Moment allein lassen?« Er scheint besorgt, gleichzeitig ist da eine Kälte in seiner Stimme, die meine Anspannung weiter steigert. Was passiert hier mit mir? Habe ich so etwas wie eine Panikattacke?

»Ja, ich komme zurecht, es geht mir gut«, presse ich hervor und entlocke dem Cop damit ein Schmunzeln.

»Das sehe ich. Ich bin gleich wieder da, dann legen wir los«, verkündet er und verlässt den Raum.

Ich reibe meine Hände aneinander und atme tief und kontrolliert ein und aus, um den Nebel in meinem Kopf zu lichten und mich zu beruhigen. Es funktioniert und ich spüre, wie mit jedem kräftigen Atemzug wieder mehr Sauerstoff in meine Lungen gelangt und sich mein Verstand dadurch klärt.

Die Tür schwingt auf und der Cop betritt erneut den Raum. Er setzt sich mir gegenüber, legt eine Akte auf dem Tisch ab, stellt eine Coke vor mich und lässt eine breite Auswahl an Süßigkeiten auf die Tischplatte fallen.

»Bedienen sie sich, Miss Moreno«, sagt er und ich nehme meinen Mut zusammen.

»Ist es okay, wenn sie mich Aileen nennen?«, frage ich ihn und er kneift die Augen zusammen.

»Wieso? Stimmt etwas nicht mit Ihrem Namen?«, will er wissen und ich greife nach den Maryland Cookies und reiße das Papier auf.

»Nein, mit meinem Namen ist alles okay. Ich bin nur

nicht stolz darauf, eine Moreno zu sein«, erwidere ich ehrlich und stopfe mir kurz darauf schnell ein Stück des Kekses in den Mund. Ist es mein Ernst, dass ich diesem Cop gerade gesagt habe, dass ich es hasse, eine Moreno zu sein? Vielleicht leide ich doch noch unter Sauerstoffmangel in meinem Gehirn.

Der Cop erwidert nichts, sondern beobachtet aufmerksam, wie ich die Kekse mit Schokostückchen vertilge. Der Zucker tut gut und ich merke, wie langsam wieder Energie in meinen Körper gelangt. Ich greife nach der Coke, öffne die Dose mit einem Zischen und trinke einen großen Schluck. Dabei entgeht mir nicht, wie eindringlich mich der Detective immer noch mustert. Etwas an ihm schüchtert mich extrem ein und ich kann mir nicht erklären, was es ist. Vielleicht liegt es an seiner Optik, die mich ein wenig zu sehr an die Männer erinnert, vor denen ich davongelaufen bin. Denn mit seinem schwarzen, etwas längerem und zurückgelegtem Haar, dem dunklen Bart, den grünen Augen und der sonnengeküssten Haut passt er rein gar nicht in mein Bild von einem Beamten in London. Außerdem ist er recht jung für den Dienstgrad, den die Marke an seinem Gürtel zeigt. Wenn ich mich nicht täusche, zeichnet das Abzeichen ihn als Inspector aus. Ich schätze ihn Anfang dreißig, also muss er eine steile Karriere hingelegt haben.

»Wer sind Sie?«, platzt es nach meiner Musterung aus mir heraus, ohne dass ich es verhindern kann.

Er legt den Kopf schief und seine Mundwinkel zucken. Okay, ich leide eindeutig noch unter Sauerstoffmangel. »Normalerweise bin ich derjenige, der die Fragen stellt, Aileen«, erwidert er mit einem Grinsen im Gesicht.

Mir schießt die Hitze in die Wangen, denn mit dieser Reaktion habe ich nicht gerechnet.

»Aber wenn es Sie interessiert. Ich bin Inspector Samuel Díaz, der leitende Ermittler in diesem Verfahren.«

»Díaz? Haben Sie lateinamerikanische Wurzeln?«, frage ich ihn und er lacht.

»Genug der Fragen an mich, Aileen. Wir sind nicht meinetwegen, sondern wegen Maddox Dexter hier.«

Ich begegne dem Blick des Inspectors und sehe, dass sich etwas an ihm verändert hat. Das amüsierte Funkeln in seinen grünen Iriden ist verschwunden und seine Miene ernst und undurchdringlich. Für eine Weile bleibe ich trotzdem an dem Namen Díaz hängen. Ich weiß nicht, warum es mich stört, aber die Tatsache, dass er offensichtlich lateinamerikanische Wurzeln hat, beunruhigt mich. Nicht wegen seiner Herkunft an sich, sondern wegen möglichen Verbindungen zu meiner Familie.

»Sind Sie bereit?«, fragt er mich und ich straffe die Schultern.

Was für absurde Gedanken. Auch wenn mein Leben einem Actionstreifen ähnelt, heißt das noch lange nicht, dass alle Cops mit einem lateinamerikanischen Background in Korruption verwickelt sind und in Verbindung mit einem Kartell stehen.

»Ich denke schon«, erwidere ich wahrheitsgemäß und Díaz nickt mir zu.

»Gut, legen wir los. Wie geht es Ihnen mit dem Tod Ihres Bruders?«

Wow, mir entweicht hörbar die Luft, denn ich habe mit wirklich jeder Frage gerechnet, aber nicht mit dieser. Mir ist es zu keinem Zeitpunkt in den Sinn gekommen, dass man mich dazu befragen könnte. Rückblickend ist das dämlich, denn schließlich ist das die Tat, die Maddox vorgeworfen wird.

»Nicht gut, aber ich bin auch nicht so tieftraurig darüber, wie es vielleicht bei Geschwistern üblich ist«, antworte ich und fasse mir im nächsten Augenblick so unauffällig wie möglich an die Stirn. Habe ich Fieber? Wieso zum Teufel gebe ich ihm meine Gedanken so einfach preis? Warum mime ich nicht einfach die trauernde Schwester? Etwas in seinen Augen drängt mich dazu, ihm die Wahrheit zu sagen, und das macht mir Angst. Aber mir bleibt keine andere Wahl, als seinem intensiven Blick standzuhalten. Wende ich den Blick ab, wirkt das verdächtig, schaue ich ihn an, sprudeln die Worte unbedacht aus mir heraus. Ich muss mich zusammenreißen. Es geht um Maddox' Freiheit, unsere Zukunft und unser Leben.

»Wie meinen Sie das? Standen Ihr Bruder und Sie sich nicht nahe?«

Ich ziehe die Brauen nach oben, denn die Antwort auf diese Frage sollte ihm längst bekannt sein. »Nun ja, ich hatte in den vergangenen Jahren kaum Kontakt zu ihm. Wir haben uns nur ab und zu in den Ferien in Puerto Rico gesehen oder wenn er mich in Schottland besucht hat. Ich bin erst seit Kurzem wieder hier in der Stadt.«

Er nickt und streicht sich mit einer Hand durch das Haar.

»Ich weiß schon, die verlorene Tochter ist plötzlich wieder aufgetaucht. So lauten zumindest die Gerüchte in den Kreisen der Mafia«, erläutert er und mir wird eiskalt.

»Verlorene Tochter? Das ist nicht richtig. Meine Eltern und auch Hunter wussten immer, wo ich bin.«

»Ist das so, Aileen?« Etwas Herausforderndes blitzt in seinen Augen auf und entfesselt Wut in mir.

»Ja, meine Eltern waren diejenigen, die mich nach Schottland geschickt haben. Also kannten sie meinen Aufenthaltsort bis zu ihrem Tod vor fünf Jahren.«

»Und Hunter?« Sein Ton ist eindringlich bei dieser Frage.

»Wir hatten nach meiner Rückkehr unsere Differenzen und haben uns überworfen. Seitdem hatten wir keinen Kontakt mehr«, liefere ich ihm eine unverfängliche Antwort, die zu Bruchteilen die Wahrheit ist und gleichzeitig nicht ansatzweise beschreibt, was zwischen uns vorgefallen ist.

»Was war der Grund für das Zerwürfnis?«, bohrt er weiter und ich bin mir sekündlich mehr meiner ausweglosen Situation bewusst. Das hier ist eine Befragung, das reale Leben und nichts, wovor ich davonlaufen kann. Auch wenn die Fragen unangenehm sind, muss ich sie beantworten und Stellung beziehen. Vorher wird dieser Cop mich ganz sicher nicht gehen lassen. Ich sehe es in seinen Augen, dass er so lange bei mir nach Antworten graben wird, bis er hat, was er will, und das macht mir eine verdammte Angst. Davon lasse ich mir aber rein gar nichts anmerken. Meine Panikattacke von vorhin ist abgewendet und ich fokussiere mich auf mein oberstes Ziel: die Unschuld von Maddox zu beweisen. Wenn es dafür nötig ist, die Abgründe meiner Familie oder zumindest Teile davon preiszugeben, werde ich das tun.

»Mein Bruder hatte andere Vorstellungen für meine Zukunft, als ich«, antworte ich knapp und Díaz legt den Kopf schief.

»Was für Vorstellungen?«

Ich muss mit Mühe ein Augenrollen unterdrücken, da ich mir sicher bin, dass er zu dem Sachverhalt der geplanten Zwangsehe mit Alessio bestens informiert ist, aber was solls. »Er wollte mich mit einem seiner Freunde verheiraten und ich sollte in die Geschäfte der Familie einsteigen. Das entspricht aber nicht meiner Vorstellung vom Leben.«

»Hmm«, erwidert er mit gesenktem Kopf, durchblättert die Akte und tippt schließlich auf eine bestimmte Stelle.

»Ihre Vorstellung vom Leben ist die Arbeit bei der angesehen Steuerkanzlei Kensey und Partner?«

»Das ist richtig«, erwidere ich und halte seinem intensiven Blick stand.

»Nobel. Schwer, dort direkt nach dem Abschluss eine Stelle zu bekommen.«

Jetzt stoße ich gewollt laut die Luft aus, um ihm zu zeigen, was ich von dieser versnobten Antwort halte. Zwar hat er recht und ich habe die Stelle nur wegen des langjährigen Kontakts der Inhaber mit den Dexters bekommen, aber das werde ich vor Díaz nicht zugeben. Mir ist es wichtig, dass er mich anders sieht, denn im Moment habe ich das Gefühl, dass er mich für schwach hält, und das bin ich nicht.

»Mein ausgezeichneter Abschluss und mein Auftreten haben eben überzeugt«, erwidere ich daher selbstbewusst und recke trotzig das Kinn.

Díaz' Mundwinkel zuckt und es nervt mich, dass er mich nicht ernst nimmt. Mit Männern von seinem Kaliber hatte ich in den vergangenen Monaten bereits ausreichend Kontakt. Das Kontingent an arroganten, selbstverliebten und überheblichen Machos ist bis zum Rest meines Lebens gefüllt.

»Was haben Sie jetzt vor?«, wechselt er abrupt das Thema und ich kann ihm nicht folgen.

»Wie bitte?«

»Nun ja, Sie erben ein beachtliches Vermögen, mehrere Häuser, Firmen und so weiter. Viel Verantwortung für eine junge Frau wie Sie, oder?«

»Eine junge Frau wie mich oder speziell für Frauen?« Es ist mir unmöglich, eine zynische Antwort zu unterdrücken, denn dieser Inspector nervt mich mittlerweile richtig.

Kurz zeichnet sich Überraschung in seinem Gesicht ab, aber der Moment währt nicht lange. Der Ausdruck weicht einem breiten Grinsen, das in einem lauten Lachen endet.

Ich lehne mich etwas nach vorn und funkle den Cop wütend an. »Finden Sie das witzig?«, frage ich ihn empört und er hält abrupt in seinem Lachen inne.

Es ist fast so, als verfüge er über denselben unsichtbaren Schalter, den auch Maddox besitzt und der von einer Sekunde zur anderen einen völlig anderen Menschen zum Vorschein bringt. Aus dem eben lachenden Díaz ist nun ein Mann mit einer versteinerten Miene geworden, der mich mit seinem intensiven Blick versengt. Es scheint fast so, als ob ihm selbst eben erst klar geworden ist, wer ich bin und wo wir uns befinden. Er fährt sich erneut durch das längere schwarze Haar und atmet hörbar aus. »Nein, das hier ist sehr ernst. Also, wie lauten Ihre Pläne, Aileen?«

Ich zucke mit den Schultern, denn darüber habe ich noch keine Sekunde nachgedacht. Hunter ist gerade einmal einen Tag tot und mir liegt nichts ferner, als die Geschäfte der Familie weiterzuführen. »Ich weiß es nicht«, erwidere ich deshalb ehrlich.

»Das reicht mir nicht. Ich brauche etwas mehr«, fordert Díaz und ich ziehe die Brauen nach oben.

»Tja, mehr kann ich Ihnen aktuell aber nicht liefern, denn ich habe noch nicht darüber nachgedacht.«

»Haben Sie schon jemals in Betracht gezogen, was für ein guter Fang Sie für die Dexters sind?«, wechselt er erneut das Thema und verwirrt mich damit total. Wenn es seine Absicht ist, mich durcheinanderzubringen, gelingt ihm das außerordentlich gut.

»Das denke ich nicht«, antworte ich kühl und lasse mir rein gar nichts von meiner Verunsicherung anmerken.

Erstaunt legt er den Kopf schief. »Wieso nicht?«

»Falls Sie es noch nicht mitbekommen haben, halten sich die Dexters für gewöhnlich von der Mafia fern.«

»Ist das so? Zählen Sie sich denn zur Mafia, Aileen? Denn wenn Sie in kriminelle Geschäfte verwickelt sind, muss ich Sie vielleicht bald als Angeklagte und nicht nur als Zeugin vernehmen.«

Wow, der Typ ist echt gut, und klug. Seine Rechnung hat er aber ohne mich gemacht. Ich bin nicht die naive, verunsicherte junge Frau, für die er mich möglicherweise hält.

»Das habe ich nie gesagt, Mr Díaz. Wie ich bereits erwähnt habe, bin ich nicht bei meiner Familie aufgewachsen, hege keinerlei Sympathie für das Kartell und bin auch in keine Geschäfte der Morenos verwickelt.«

Er wirkt beeindruckt und legt sich den Daumen auf die Lippen, während er den Blick gedankenverloren durch den Raum schweifen lässt. »Okay genug davon. Beginnen wir damit, über Maddox Dexter und die Party zu reden. Wie ist Ihr aktuelles Verhältnis zu dem Verdächtigten?« Díaz spuckt mir die Worte voller Verachtung entgegen und löst damit ein unangenehmes Ziehen in meiner Magengegend aus.

Hat er ein persönliches Problem mit Maddox oder beurteile ich die Sachlage falsch, weil ich besorgt bin und das hier eine völlig neue Situation für mich ist?

»Er ist mein Freund«, erwidere ich schließlich ehrlich.

»Ihr Freund oder meinen Sie Ihr fester Lebenspartner?«

»Er ist mein fester Freund.«

»Hmm, eigenartig. Die anderen Partygäste haben in ihrer Zeugenaussage berichtet, dass Maddox und Sie in den vergangenen Wochen keinen Kontakt miteinander hatten. Ist das richtig oder lügen seine Freunde?«

Dieser Typ bringt mich echt auf die Palme und ich frage mich sekündlich mehr, ob jede Befragung so läuft.

»Nein, das ist richtig.«

»Das verstehe ich nicht. Eben behaupten Sie, Maddox ist Ihr fester Freund, und jetzt geben Sie zu, dass Sie in den vergangenen Wochen keinen Kontakt zu ihm hatten. Das ist sehr widersprüchlich, finden Sie nicht?«

Ich reibe mir mit den Händen über die Unterarme, auf denen sich eine Gänsehaut ausgebreitet hat, denn die Erklärungen, die er möglicherweise von mir hören möchte, kann ich ihm unmöglich liefern. Warum ist alles so kompliziert und dieser Cop so verdammt neugierig? Ist es normal, dass er mich über diese persönlichen Dinge ausfragt und mir jedes Wort im Mund umdreht?

»Es ist kompliziert. Wir hatten in den letzten Wochen eine schwierige Phase, haben uns aber auf dem Geburtstag von Connor ausgesprochen und wieder zueinander gefunden«, erläutere ich ihm schließlich meine Aussage.

»Das ist interessant. Schon seltsam, dass Sie ausgerechnet an dem Abend, an dem Maddox diese grausame Tat begangen und Ihren Bruder sowie einige weitere Kartellmitglieder ermordet haben soll, wieder zueinander finden. Könnte es nicht vielmehr sein, dass Maddox Sie manipuliert und zwingt für ihn auszusagen, Aileen?«

»Wollen Sie mir damit unterstellen, dass ich lüge?«, verteidige ich meinen Standpunkt. Langsam wird mir die Luft knapp und meine Kehle sekündlich enger, denn Díaz macht mich nervös. Seine Fragen verunsichern mich auf eine Art, die ich mir selbst nicht wirklich erklären kann.

»Ich unterstelle Ihnen gar nichts, Aileen. Ich mache hier nur meinen Job und frage mich, wer ein falsches Spiel spielt, wer die Wahrheit spricht und wer lügt. Das ist meine Aufgabe und vielleicht ist Maddox Dexter nicht der Mann, für den Sie ihn gehalten haben. Ich meine, wie lange kennen Sie ihn eigentlich?«

»Seit einigen Monaten. Wir sind uns direkt nach meiner Rückkehr nach London begegnet und haben seitdem sehr viel gemeinsam durchgestanden und Zeit miteinander verbracht. Er ist mir wichtig und ich würde behaupten, ich kenne ihn gut genug, um sagen zu können, dass er niemals zu einer Tat wie der, die ihm zur Last gelegt wird, fähig wäre.«

»Das ist Ihre Sicht der Dinge. Sie sind verliebt und dadurch ist Ihre Wahrnehmung nicht objektiv. Denn aus meinem Blickwinkel betrachtet, hat der Verdächtige kein wasserdichtes Alibi für die Tatzeit und ein Motiv. Die Aussagen für ihn stammen von besoffenen Bikern und seiner Freundin. War er denn den ganzen Abend in Ihrer Nähe, Aileen?«

Bei dieser Frage wird sein Blick auf mich so intensiv, dass sich meine Nackenhärchen aufstellen und ich erschaudere. Obwohl ich es mir fest vorgenommen habe, kommt mir die Lüge, dass Maddox den ganzen Abend bei mir gewesen ist, nicht über die Lippen. Ich schaffe es nicht, diesen stechend grünen Augen nicht die Wahrheit zu sagen, und verachte mich für meine Schwäche. Dafür, dass ich Maddox in dieser ausweglosen Situation nicht beiseitestehe und ihn ins offene Messer laufen lasse.

Aber etwas an Díaz macht mir so große Angst, dass ich nicht in der Lage bin, zu lügen.

»Nein, er war nicht den ganzen Abend an meiner

Seite, aber ich habe ihn hin und wieder auf der Party gesehen«, beantworte ich die Frage und bete innerlich, dass Díaz es darauf beruhen lässt.

Aber diesen Gefallen tut er mir nicht. »Lassen Sie mich konkreter werden, Aileen. Eine Falschaussage ist eine Straftat. Deshalb bitte ich Sie noch einmal gründlich über Ihre Worte nachzudenken, denn Ihre Aussage deckt sich nicht mit denen von anderen Zeugen.«

»Wie bitte?«, krächze ich und spüre, dass meine Wangen heiß werden und meine Unsicherheit verraten.

»Sie haben mich schon verstanden. Ist es wirklich so gewesen, dass Sie Maddox über den ganzen Abend hinweg auf der Party immer wieder in der Menge gesehen haben?« Díaz' tiefe Stimme erfüllt den Raum und die unterschwellige Drohung in seinen Worten verunsichert mich noch mehr. Ist das noch ein normales Verhör?

Ich schlucke schwer und hadere damit, was ich sagen soll. Maddox bedeutet mir so unsagbar viel, aber ich habe auch schreckliche Angst, dass ich ins Gefängnis muss. Ich weiß nicht, ob ich das aushalten würde.

»Es ist so gewesen, dass ich ihm zu Beginn der Party öfter über den Weg gelaufen bin. Später war ich auf der Tanzfläche und habe dementsprechend nicht auf ihn geachtet. Weit nach Mitternacht bin ich im Garten auf Maddox und Jay getroffen, die eine kleine Auseinandersetzung hatten«, teile ich ihm die Wahrheit mit und fühle mich in dem Augenblick, in dem die Worte meine Lippen verlassen, erbärmlich und schäme mich für den Verrat.

Díaz scheint zufrieden und lässt sich nach hinten gegen die Lehne seines Stuhls sinken.

Shit! Habe ich ihm eben genau die Informationen geliefert, die er benötigt, und das gesagt, was er hören wollte, und damit Maddox weiter belastet? Ich drohe durchzudrehen und würde am liebsten von meinem Stuhl aufspringen und durch den Raum laufen, aber das tue ich nicht. Ich bleibe ruhig sitzen, erwidere den eindringlichen Blick von Díaz und hoffe, dass er mich bald in Ruhe lässt.

»Von dem Streit zwischen Maddox und seinem Freund Jay habe ich gehört. Wissen Sie, wie es dazu gekommen ist und worum es dabei ging?«

Vollidiot, denke ich mir. Als ob er nicht längst wüsste, dass es bei dem Streit um mich ging. Mit Sicherheit haben ihn die Biker auch darüber in Kenntnis gesetzt.

»Sie sind meinetwegen aneinandergeraten«, halte ich mich bedeckt, um ihm nicht zu viele Informationen zu liefern.

»Ihretwegen? Aileen, machen Sie es uns nicht schwerer als nötig. Umso knapper Sie Ihre Antworten halten, desto mehr Rückfragen stelle ich Ihnen und umso länger dauert die Befragung. Sie kommen nicht drumherum, mit mir zu sprechen. Dafür ist es zu spät und Sie sind zu sehr in die Sache involviert, verstehen Sie?«

»Klar und deutlich«, erwidere ich prompt, denn ich bin restlos genervt von diesem Typen. Die Arroganz in seiner Stimme und das herausfordernde Funkeln in seinen Augen machen mich wahnsinnig.

Díaz möchte gerade wieder das Wort erheben, da schwingt die Tür zum Verhörraum auf und ein anderer Cop betritt den Raum. Es ist der, den ich gesehen habe, als Díaz mich zur Befragung mitgenommen hat. Er hat das Verhör mit Connor geführt und auch Finn zu sich gerufen.

»Inspector Díaz, kann ich einen Moment mit Ihnen reden?«, fragt der Detective mit fester Stimme und gestrafften Schultern.

Díaz schaut erst mich und dann seinen Kollegen an.

Er wirkt wenig begeistert, dass dieser unsere Befragung unterbricht. »Muss das ausgerechnet jetzt sein, Bone? Ich bin mitten im Gespräch mit Miss Moreno, wie du siehst.«

»Ja, es ist wichtig und steht in unmittelbarem Zusammenhang mit dem aktuellen Fall. Es gibt neue Erkenntnisse, die ich gern mit dir teilen würde, bevor du die Befragung mit Miss Moreno fortsetzt.«

Bei den Worten von Bone, dessen Name bereits heute Morgen im Haus der Dexters gefallen ist und der ihnen laut Connor, Maddox und den anderen wohlgesonnen gegenübersteht, läuft mir ein eiskalter Schauer den Rücken hinunter. Von was für neuen Erkenntnissen redet er? Gibt es möglicherweise Beweise, die Maddox entlasten und für seine Unschuld sprechen oder ist gar das Gegenteil der Fall?

»Ich bin gleich wieder bei Ihnen, Miss Moreno. Dann machen wir dort weiter, wo wir eben unterbrochen wurden«, legt Díaz fest, bevor er die Akte, die sich vor ihm befindet, ergreift, sich unter den Arm klemmt und gemeinsam mit Bone den Raum verlässt.

Letzterer schenkt mir einen fast mitleidigen Blick, bevor er sich von mir abwendet und dem Inspector folgt.

Tief durchatmend streiche ich mir mit den Händen über das Gesicht. Ich kann nicht fassen, dass ich mich wirklich in dieser Situation befinde. Das alles hier ist völlig surreal. Während ich auf die Rückkehr von Díaz warte, versuche ich seine nächsten Fragen vorherzusehen und mir einige schlüssige Antworten in meinen Gedanken zurechtzulegen, um später nicht ins Stocken zu geraten.

Eine Ewigkeit vergeht, aber der Cop kommt einfach nicht zurück. Innerlich wünsche ich mir, dass sich alles auf wundersame Weise aufgeklärt hat und Maddox frei ist. Oder, dass Díaz mich schlichtweg vergessen hat. Ich weiß, dass diese Gedanken absurd sind, dennoch keimen sie als kleiner Hoffnungsschimmer in mir auf. Da ich mich ausgelaugt von den Ereignissen der letzten Tage fühle, stütze ich das Kinn auf den Händen ab und schließe die Augen.

KAPITEL 14

Jay

Mit einem heißen Kaffee in der Hand setze ich mich auf einen der Stühle, die sich vor dem Verhörraum befinden. Connor und Finn holen sich gerade ebenfalls eine Tasse des schwarzen Lebenselixiers, denn sie haben ihre Befragung schon hinter sich, doch ich muss immer noch warten. Ich nehme einen weiteren Schluck von der schwarzen, bitteren Flüssigkeit und im nächsten Augenblick schwingt die mir gegenüberliegende Tür auf und Bone steht vor mir. Ich will bereits aufstehen, um ihm in den Verhörraum zu folgen, da ich vermute, dass er jetzt bereit ist, auch mich zu vernehmen. Doch er fuchtelt mit der Hand herum, als er auf mich zukommt, und signalisiert mir damit, dass ich sitzen bleiben kann. Dicht auf dem Fuß folgt ihm ein weiterer Beamter. Bone sieht äußerst beunruhigt aus, was sich automatisch auf mich überträgt und hält sein Diensthandy in der Hand, hat es fest umklammert. Ich frage mich, was er gerade für eine Nachricht erhalten hat. Es können keine guten Neuigkeiten sein, so wie er aussieht. Statt dem Drängen meiner inneren Stimme nachzugeben und zu fragen, was los ist, atme ich tief durch und straffe die Schultern. In Gedanken schwöre ich mich darauf ein, dass niemand hier ahnt, dass ich etwas mit der Verhaftung von Maddox zu tun habe. Das ist unmöglich.

Der andere Beamte schließt die Tür hinter sich und er und Bone treten ein gutes Stück beiseite. Ich beobachte sie mit Argusaugen, denn die beiden stehen sich gegenüber wie zwei kampflustige Wölfe, die jeden Augenblick aufeinander losgehen, um den jeweils anderen zu töten. Sie stehen so weit entfernt, dass ich meine ganze Konzentration aufwenden muss, um ihrem Gespräch zu folgen.

»Ich dulde es nicht, dass du mich aus einer Befragung mit einer Zeugin herausholst, Bone! Es gibt hoffentlich einen sehr triftigen Grund dafür«, zischt der mir unbekannte Cop und der Angesprochene verschränkt die Arme vor der Brust.

Ich lasse meinen Blick für einen unauffälligen Augenblick zu ihnen schweifen und sehe deutlich, dass Bone richtig angepisst ist. Ich verstehe ihn. Schließlich ist der andere zehn Jahre jünger als er und will ihm jetzt erzählen, wie die Sache läuft. Aber so ist das nun einmal. Dienstgrade definieren, wer ganz oben in der Rangordnung steht und da scheint Bone eindeutig den Kürzeren zu ziehen. Wer es nicht so weit gebracht hat, muss eben Befehle entgegennehmen und sich dem Willen seines Vorgesetzten beugen.

Genauer betrachtet trifft diese Tatsache auch auf das reale Leben zu. Man wählt selbst, ob man ein Opfer oder ein Gewinner ist. Ich habe mich dafür entschieden, ein Gewinner zu sein, ein Kämpfer, und alle anderen zu Opfern zu degradieren. Trotzdem läuft es gerade nicht nach Plan, denn einen weiteren Cop, der die Befragungen durchführt und anscheinend für die Ermittlungen verantwortlich ist, hatte ich tatsächlich nicht einkalkuliert.

»Ich habe nicht vor, deine Position zu untergraben,

Díaz. Es geht mir einzig und allein darum, dass es vielleicht geschickter wäre, wenn ich die junge Moreno vernehme«, erläutert Bone in einem sachlichen, unterkühlten Tonfall.

Díaz schnappt nach Luft und legt herausfordernd den Kopf schief. »Ach ja, und wieso sollte es deiner Meinung nach besser sein, wenn du die Kleine befragst? Kannst du mir eine plausible Erklärung für deinen Gedankengang liefern?«

»Tja, du bist nicht unbedingt für dein Einfühlungsvermögen bekannt, ich hingegen schon. Vielleicht gelingt es mir durch meine warmherzige Art, mehr Informationen aus der jungen Moreno herauszuholen als du«, erwidert Bone und ich beobachte das Schauspiel aufmerksam. Die glühende Anspannung, die zwischen den beiden herrscht, nimmt sekündlich zu und erfüllt mittlerweile den gesamten Gang. Ich bin mir sicher, würden wir uns in einer anderen Umgebung und nicht unbedingt auf dem Revier befinden, würde einer von ihnen zum Faustschlag ausholen, um sich Luft zu machen.

Traut Bone seinem Kollegen etwa nicht? Ich bin innerlich zerrissen, ob ich es gutheißen oder es mich beunruhigen sollte, dass er die Befragung von Aileen selbst vornehmen will. Ich entscheide mich für Option eins. Obwohl, wenn dieser Díaz sie in die Ecke drängen und intensiv befragen würde, sie womöglich ungewollt Informationen teilt, die Maddox weiter belasten. Das würde mir durchaus in die Karten spielen und meinen Plan schneller voranbringen, aber der Gedanke, dass sie jemand bedrängt und sie in eine ausweglose Situation bringt, sodass sie zusammenbricht, wühlt mich zu sehr auf. Ich will wieder dieses zauberhafte Leuchten in ihren Augen sehen und das ansteckende Strahlen auf ihren

Lippen. Aileen soll glücklich sein, aber eben an meiner Seite anstatt der von Maddox. Von dem Kampf, der in meinen Gedanken tobt, bekommen die beiden nichts mit. Zum einen, weil ich es verberge und mich gelassen gegen die Rückenlehne des Stuhls sinken lasse und zum anderen, weil sie in ihrer eigenen Anspannung gefangen sind.

Díaz tritt einen Schritt näher an Bone heran. Er ist ihm jetzt so nahe, dass kaum mehr ein Blatt Papier zwischen sie passt. Er ist fast einen Kopf größer als Bone und schaut auf ihn herab. Alles an seiner Haltung ist aggressiv und herausfordernd.

»Weißt du, Bone, jemand, der Interna an irgendwelche Gangmitglieder weitergegeben hat, sollte besonders vorsichtig sein mit dem, was er gegenüber einem Inspector äußert. Meine Befragungsmethoden sind ausgezeichnet, sonst wäre ich nicht in der Position, in der ich mich befinde. Du bist mir unterstellt und hast in dieser Angelegenheit überhaupt nichts zu melden. Wenn du ein Problem damit oder mit meiner Arbeitsweise hast oder nicht damit klarkommst, dass wir deine verdammten Freunde vernehmen, dann geh mir aus den Augen und ich lasse dich sofort von diesem Fall abziehen. Andernfalls hältst du jetzt deinen verdammten Mund, lässt mich weiter meiner Arbeit nachgehen und verschwindest.«

Ich schlucke schwer. Wenn an die Oberfläche gedrungen ist, dass Bone uns all die Jahre mit Hinweisen versorgt hat, die wir niemals hätten haben dürfen, bedeutet das, jemand in diesem Revier spielt ein falsches Spiel und ist ein Maulwurf. Um meinen Rachefeldzug, der bereits jetzt alles andere als planmäßig läuft, durchziehen zu können, muss ich dringend herausfinden, mit wem ich es zu tun habe. Zumindest ist jetzt auch klar, warum nicht Bone, sondern dieser Emporkömmling die

Ermittlungen leitet und ich bin froh, dass ich außer ihm noch weitere Informationsquellen habe.

Mein Blick haftet weiter auf den beiden Cops und ich konnte gerade genau beobachten, wie Díaz Bone mit jedem einzelnen Wort, das er von sich gibt, vernichtet. Er hat sich immer weiter vor ihm aufgebaut, wohingegen Bone inzwischen die Schultern etwas hängen lässt. Langsam bekomme ich einen Eindruck davon, was dieser Inspector für ein Typ ist. Er scheint ein eiskalter Hund zu sein und ich kann mir zunehmend besser vorstellen, dass Díaz ein Grenzgänger ist.

»Es war nur ein Vorschlag, Díaz, und auch wenn du laut Dienstgrad über mir stehst, solltest du dich in manchen Dingen, zum Beispiel im Bereich Selbstbeherrschung, üben. Du magst der leitende Inspector in diesem Ermittlungsverfahren sein, aber du bist nicht der leitende Chief in diesem Polizeidezernat, vergiss das nicht. Mir sind hier deutlich mehr Leute wohlgesonnen als dir. Du bist der neue, junge Cop, das aufstrebende Talent, das die Position von langjährigen Kollegen angreift. So etwas macht dich nicht unbedingt beliebter. Leg dich also besser nicht mit mir an.«

Wow! Ich bin echt verblüfft, dass Bone die Eier hat, einem leitenden Inspector so eine Ansage zu machen. Andererseits verstehe ich ihn total. Denn ich hätte es genauso getan.

Díaz tritt einen Schritt zurück und legt herausfordernd den Kopf schief. »War das eben eine Drohung gegen mich?«

Bone schüttelt den Kopf. »Nein, das war keine Drohung. Ich habe dir lediglich die Fakten dargelegt und erläutert, wie es hier auf diesem Revier läuft. Wir sind eine Familie und halten zusammen. Das ist keine große Wache, verstehst du? Du bist der Neue und wenn du für Unruhe sorgst und uns aufmischt, wirst du Probleme bekommen.«

Díaz lauscht Bones Worten aufmerksam und verzieht den Mund schließlich zu einem höhnischen Grinsen, bevor er zu einer Antwort ansetzt. »Weißt du, ich sehe das etwas anders. Ich habe Informationen darüber, dass es einige Umstrukturierungen hier auf dem Revier geben soll. Vor allem, nachdem vertrauliche Informationen, die zu prekären Ereignissen geführt haben, nach außen gedrungen sind. Überleg dir deine nächsten Worte also genau, andernfalls könntest du vielleicht schon morgen deinen Arbeitsplatz verlieren, wenn ich dich in den vorzeitigen Ruhestand schicke. Willst du das? Zuhause rumsitzen? Obwohl, Pension kommt noch gar nicht in Betracht für dich, oder? So alt bist du ja noch gar nicht. Du wirkst nur so verbraucht und verbittert, weil dich deine Frau vor Kurzem verlassen hat, nicht wahr? Ist es nicht so, dass sie mit einem Jüngeren durchgebrannt ist? Muss hart für dein Ego sein. Erst macht deine Frau mit einem anderen Mann die Fliege und jetzt kommt ein Inspector, der Anfang dreißig ist, dich an den Eiern packt und dir zeigt, wo dein Platz ist. Nämlich unter mir.«

Fuck, was für eine krasse Ansage, denke ich und stoße einen Schwall Luft aus. Denn unwillkürlich hatte ich während der an Bone gerichteten Ansprache von Díaz den Atem angehalten. Was mir mit jedem weiteren Wort von ihm unmissverständlich klar wird, ist, dass dieser Mann wirklich mit Vorsicht zu genießen ist. Ich werde einige meiner Kontakte mobilisieren müssen, um brauchbare Informationen über ihn zu beschaffen. Andernfalls könnte Díaz zu einer echten Bedrohung für mein Vorhaben werden und das muss ich unbedingt verhindern.

Statt durchzudrehen, diesen Typen zu packen und ihm eine in die Fresse zu schlagen, tritt Bone einen

Schritt zurück und grinst breit. *Immer wieder für eine Überraschung gut*, denke ich und unterdrücke ein Grinsen. Ich sehe deutlich, wie sehr es Díaz abfuckt, dass Bone nicht ausflippt. Mit Sicherheit hat er eine andere Reaktion erwartet oder sich zumindest erhofft. Für ihn wäre ein Angriff von Bone die optimale Gelegenheit gewesen, ihn aus dem Weg zu räumen, aber den Gefallen tut er ihm nicht.

»Ach, weißt du, ich denke, wir haben für heute genug gesagt und uns ausgiebig unterhalten. Ein kluger Mann weiß, wann es Zeit ist, zu gehen, und dieser Moment ist jetzt für mich gekommen. Kennst du das Sprichwort: Wer hoch fliegt, kann tief fallen? Sei vorsichtig.« Mit diesen Worten wendet sich Bone ab und verschwindet im nächsten Augenblick um die Ecke.

Um nicht preiszugeben, dass ich das gesamte Gespräch aufmerksam belauscht habe, führe ich hastig den Kaffeebecher an meine Lippen und schütte mir dabei einen Schluck der schwarzen Brühe auf mein Shirt. »Fuck!«, fluche ich und nehme im nächsten Moment einen Schatten vor mir wahr. Es ist Díaz, der an mich herangetreten ist und auf mich hinabschaut.

»Sie sind Jay Wilson?«, fragt er mich und ich schaue zu ihm auf.

»Ja, der bin ich«, erwidere ich knapp.

»Okay. Es dauert nicht mehr lange. Ich beende die Befragung von Miss Moreno und im Anschluss unterhalten wir beide uns.«

»Kein Problem. Ich warte hier.«

Díaz greift nach der Türklinke des Verhörraums, drückt sie nach unten, hält aber inne, bevor er die Tür öffnet und schaut mich noch einmal an.

»Sagen Sie, Mr Wilson, wie viel von dem Gespräch

zwischen meinem Kollegen und mir haben Sie eben mitbekommen?«

»Nicht viel. Ihre angespannte Haltung hat mir aber verraten, dass es scheinbar Unstimmigkeiten zwischen ihnen gibt. Glauben Sie mir, damit kenne ich mich gut aus und das ist nichts Ungewöhnliches unter Freunden«, antworte ich völlig gelassen und deute bei meinem letzten Satz auf meine Blessuren im Gesicht.

»Ja, unter Freunden kommt so etwas ab und an schon einmal vor.« Die Art, wie Díaz diesen Satz ausspricht, ändert alles.

Ich weiß nicht, was es ist, aber irgendetwas in seinem Tonfall verrät mir, dass etwas mit ihm nicht stimmt. Was es ist, weiß ich nicht, aber ich werde es herausfinden.

Díaz verschwindet im Verhörraum, schließt die Tür und ich lehne meinen Kopf gegen die Wand hinter mir. Mit geschlossenen Augen bereite ich mich mental auf das bevorstehende Gespräch vor und lasse die Ereignisse von eben Revue passieren.

Als ich sie wieder öffne, sehe ich Finn und Connor den Gang betreten. »Hey, wollt ihr dann los? Oder warten wir alle auf Aileen?«, frage ich und führe gleich darauf erneut den Kaffeebecher an meine Lippen.

»Wird sie immer noch befragt? Ich habe vorhin mitbekommen, dass ein anderer Cop und nicht Bone es ist, der ihre Aussage aufnimmt.«

Connor klingt beunruhigt und ich kann es ihm nicht verübeln. Zwar ist Bone nicht der einzige Detective auf der Police Station, der uns wohlgesonnen ist, aber er ist der Einfühlsamste von allen. Dieser Díaz dagegen macht einen deutlich anderen Eindruck. Auch ich hätte mir ehrlich gesagt für Aileen gewünscht, dass Bone es ist, der sie befragt.

»Ich habe diesen neuen Inspector vorher noch nie gesehen. Lateinamerikaner, würde ich der Optik nach vermuten«, schaltet sich Finn ein.

»Ja, ich bin ihm gerade begegnet und wie es aussieht, wird er auch mich vernehmen. Ich warte also auf Aileen und bringe meine Aussage noch hinter mich«, informiere ich die beiden. Zwar wäre auch Bone nicht meine erste Wahl für die Befragung gewesen, aber einem Fremden in dieser Sache gegenüberzutreten, beunruhigt mich nun doch. Wie muss es dann Aileen da drin nur gehen?

Connor und Finn blicken sich an und nicken schließlich.

»Wir fahren schon mal zur Werkstatt. Wir müssen die Geschäfte weiterführen. Auch wenn die Situation beschissen ist, können wir nicht zusehen, wie alles andere den Bach runtergeht. Egal wer Maddox diese Tat unterjubeln will, er könnte genau das bezwecken wollen. Lassen wir jetzt unsere Geschäfte, die Werkstatt und Pubs schleifen, sinkt unser Einfluss und wir werden täglich mehr geschwächt. Das dürfen wir auf keinen Fall zulassen«, erläutert Finn und überrascht mich mit seiner ausgezeichneten Analyse und Spitzfindigkeit.

Ich sehe es nämlich genauso wie er. »Okay, klingt gut. Ich muss nach der Vernehmung noch etwas erledigen, bringe Aileen aber davor nach Hause. Oder soll ich sie zu euch in die Werkstatt fahren?«

Connor legt die Stirn in Falten und ich sehe die deutliche Missbilligung in seinen Augen. »Was hast du denn bitte heute zu erledigen, Jay? Maddox sitzt in Gewahrsam, falls es dir entgangen ist. Wir müssen uns etwas überlegen, um ihn hier rauszuholen, einen Plan mit Cooper schmieden, Bone auf unsere Seite ziehen und herausfinden, wer der Drahtzieher in dieser Sache ist. Es gibt also mehr als genug zu tun und ausgerechnet heute willst du irgendwelche privaten Angelegenheiten regeln?«

Connor redet sich in Rage, wohingegen ich vollkommen gelassen bleibe.

»Habe ich jemals gesagt, dass es bei der Angelegenheit *nicht* um Maddox geht?«

Finn tritt einen Schritt nach vorn und stellt sich damit zwischen Connor und mich. Er schaut mich eindringlich an und ich habe so eine Vermutung, was gleich kommen wird.

»Jay, was hast du vor?«

In Finns Worten schwingt wahre Sorge mit und ich bin immer wieder erstaunt, dass sie wirklich nicht einmal ansatzweise ahnen, wie sehr ich sie und vor allem Maddox verachte. Sie alle haben damals nichts unternommen, um mich nach dem Tod von Mia von meinem Himmelfahrtskommando gegen die Benedettis abzuhalten. Damit sind sie in meinen Augen mitverantwortlich für all das, was mir damals angetan wurde. Das liegt lange zurück und dennoch werde ich ihnen niemals verzeihen.

»Ich habe in der Zwischenzeit ein paar alte Kontakte ausfindig gemacht und versucht jemanden zum Reden zu bringen«, halte ich mich bedeckt und ahne bereits, dass weder Connor noch Finn sich mit dieser knappen Antwort zufriedengeben werden.

»Von was für Kontakten sprichst du hier?«, will Connor wissen und ich ziehe die Brauen nach oben.

»Es ist besser, wenn ihr nichts darüber wisst, glaub mir. Es sind Leute aus meiner Vergangenheit, mit denen ich zu tun hatte, als ich ganz unten am Boden war. Ihr wisst, dass ich nicht stolz darauf bin, dass ich mich in diesen Kreisen herumgetrieben habe nach Mias Tod, aber jetzt könnten sie uns nützlich sein. Vielleicht bekomme ich im Untergrund Informationen darüber, wer in die Sache involviert ist und was genau letzte Nacht passiert ist. Ich weiß nicht, wie viel Cooper uns berichten wird, wenn wir ihn später treffen, und aktuell können wir über jeden noch so kleinen Hinweis dankbar sein«, erkläre ich.

»Bau einfach keinen Scheiß, Jay. Es reicht schon, dass Dex in Gewahrsam sitzt und wir keinen blassen Schimmer haben, wer dahintersteckt. Wir brauchen jetzt nicht noch einen Freund, der sich unnötig in Gefahr begibt und schlafende Hunde weckt.«

Connors Einwand nervt mich gewaltig und ich frage mich, was Maddox, Finn und ihn ständig dazu bringt, mich zu unterschätzen. Sie haben bis heute nicht verstanden, dass ich der Intelligenteste von ihnen bin. Außerdem ist Connor nicht meine Mutter und hat mir nicht zu sagen, mit wem ich mich treffe und mit wem nicht. »Tja, Connor, wenn du es für unnötig hältst, dass ich mich in den Untergrund begebe, um Informationen zu besorgen, die Maddox möglicherweise entlasten können, ist das deine Sicht der Dinge. Ich betrachte das Ganze aus einem anderen Blickwinkel«, entgegne ich barsch, um die unnötige Diskussion zu beenden. Ich habe meine Entscheidung ohnehin schon längst getroffen und werde mich von niemandem aufhalten lassen. Zumal diese Trottel nicht annähernd erahnen, wen ich wirklich treffe und was alles im Hintergrund läuft.

»So war das nicht gemeint, Jay. Ich will nur, dass du auf dich aufpasst, ok?«, rudert Connor zurück und stimmt einen deutlichen versöhnlicheren Tonfall an.

»Das werde ich. Und jetzt macht euch auf den Weg zur Arbeit. Ich sorge dafür, dass Aileen später sicher nach Hause kommt.«

»Bring Sie lieber zu uns in die Werkstatt. Ich fühl mich aktuell nicht wohl dabei, wenn sie alleine ist. Das ist nicht gut für sie«, erläutert Finn und ich nicke ihm zu.

»Wir sehen uns später und melde dich, wenn irgendetwas ist oder du unsere Unterstützung brauchst«, sagt Connor im Gehen.

Ich schaue den beiden nach, bis sie um die nächste Ecke und damit aus meinem Sichtfeld verschwinden.

Wenn ich es mir recht überlege, ist es wahrscheinlich sogar gut, dass ich diesem Díaz gegenübersitzen werde und gleich ein Gefühl dafür bekomme, was für ein Typ er ist. Er scheint ein ausgezeichneter Ermittler zu sein, klug und er geht anscheinend taktisch ausgezeichnet vor. Immerhin kann er maximal Mitte dreißig sein und ist schon jetzt leitender Inspector. Wenn man sich das überlegt, weiß man, wie gut er in seinem Job ist. Ich kann mir gut vorstellen, dass er über Leichen geht oder sich zumindest häufiger hart an der Grenze bewegt.

Außerdem muss ich unbedingt noch in Erfahrung bringen, was Bone dermaßen belastet. Es ist kaum vorstellbar, dass allein die Tatsache, dass durchgesickert ist, dass er interne Informationen geteilt hat, ihn dermaßen aus der Fassung bringt. Die Vermutung liegt nahe, dass da noch etwas anderes ist.

KAPITEL 15

Aileen

»Jay, das wäre es dann fürs Erste. Sie können gehen und den restlichen Tag genießen.«

Ich sitze auf dem Stuhl vor dem Verhörraum, in dem eben Jay befragt wurde. Dass Díaz ihn derart überschwänglich verabschiedet, ihm die Hand reicht und ihm lächelnd zunickt, verwundert mich. Für mich war die Befragung durch ihn die reinste Folter. Auch nach seiner Rückkehr nach der Unterbrechung ist es nicht besser geworden. Im Gegenteil, die Fragen zu meiner Beziehung zu Maddox und zum Kartell, zu meinem Bruder, einfach zu allem, haben mich völlig aufgewühlt und durcheinandergebracht. Am Ende wusste ich teilweise selbst nicht mehr, was richtig war und was nicht. Dieser Cop strahlt pure Dominanz und Gefahr aus, und ich bin mir ziemlich sicher, dass man sich lieber nicht mit ihm anlegen sollte. Etwas in seinen Augen verleitet mich dazu, zu vermuten, dass er uns allen einen Schritt voraus ist und ein Ass im Ärmel hat.

»Aileen, wir können gehen. Ich bring dich in die Werkstatt zu den Jungs«, verkündet Jay und ich erhebe mich von dem unbequemen Stuhl.

Ich nicke ihm zu und merke, dass mich Díaz unentwegt und so intensiv von der Seite anstarrt, dass mein Nacken beginnt zu kribbeln. Auch wenn er ein Inspector ist und ich mich zusammenreißen sollte, halte ich seine Art keine Sekunde länger aus. Dieser eindringliche Blick, mit dem er mich ansieht, löst etwas in mir aus, das feurige Wut entfesselt. Ich kann mir selbst nicht recht erklären, woher diese abgrundtiefe Abneigung und der plötzliche Energieschub kommen, aber beides ist auf einmal da. Meine Vermutung ist, dass er in meinem Unterbewusstsein etwas triggert, das ich vehement zu verdrängen versuche. Die Aura, die ihn umgibt, und seine Haltung erinnern mich zu sehr an meinen Bruder und Alessio. Aus diesem Grund fahre ich unüberlegt zu ihm herum, ziehe herausfordernd die Brauen nach oben und funkle ihn aus meinen grünen Augen an. »Gibt es irgendein Problem, Inspector Díaz?«, platzt es barsch aus mir heraus, aber ich bereue es nicht.

Er grinst, legt den Kopf schief und ich atme tief durch. Mir ist klar, dass es keine gute Idee ist, sich ausgerechnet mit dem leitenden Ermittler im Verfahren gegen den Mann, den ich liebe, anzulegen, dennoch koche ich vor Wut.

»Nein, Miss Moreno. Es ist alles bestens.«

»Waren wir nicht schon so weit, dass sie mich mit dem Vornamen ansprechen?«, zetere ich.

Sein Grinsen wird breiter und er verschränkt die Arme vor der Brust. »Stimmt, Aileen. Halten Sie sich für weitere Fragen bereit. Es sind noch einige Dinge offen, die ich dringend mit Ihnen klären möchte.« Sein Tonfall ist komplett gelassen, was mich noch weiter auf die Palme bringt.

Jay spürt anscheinend, dass ich kurz davor bin, eine Dummheit zu begehen, und tritt einen Schritt nach vorn.

Er steht nun direkt neben mir und schaut Díaz in die Augen.

»Gilt das für uns alle oder speziell für Aileen?«

»Das gilt grundsätzlich für sie alle. Es kann jederzeit dazu kommen, dass wir weitere Fragen an sie haben, sobald sich neue Erkenntnisse ergeben. Aber im Fall von Aileen verhält es sich etwas spezieller. Wir werden noch weitere Dinge mit ihr besprechen müssen, die den Tod ihres Bruders und natürlich auch den Fall von Maddox Dexter betreffen«, erläutert Díaz in nüchternem Tonfall.

»Ach ja, und wieso bin ausgerechnet ich diejenige, die sie weiter mit ihren Fragen quälen wollen?« Meine Worte sind herausfordernd, denn ich bin restlos genervt von diesem Typen und seiner Arroganz.

»Aileen, mir scheint, als haben Sie immer noch nicht verstanden, dass ich hier lediglich meinem Job und meiner Pflicht nachgehe. Sie selbst waren diejenige, die mir eben berichtet hat, dass Sie ein intimes Verhältnis zu dem Verdächtigen hatten oder haben. Damit sind Sie eine der nahestehenden Personen in seinem Leben. Möglicherweise hat er Ihnen seinen Plan anvertraut. Dementsprechend sind Sie eine wichtige Zeugin.«

»Okay, wir haben es verstanden. Lass uns jetzt gehen«, fordert Jay bestimmt, nickt dem Cop noch einmal zu und wir wenden uns gleichzeitig zum Gehen.

Auf dem Weg nach draußen möchte ich ansetzen und meiner Wut Luft machen, aber Jay unterbricht mich mit einem Kopfschütteln. »Nicht hier. Warte, bis wir draußen sind, dort können wir über alles reden«, raunt er und ich verstumme.

Der Weg durch die Police Station kommt mir endlos vor und mir entgehen die intensiven Blicke der Beamten, die uns auf unserem Weg nach draußen begegnen, nicht. Ich frage mich, woran es liegt, dass sie mich derart anstarren. Fast fühle ich mich, als wäre ich eine Schwerverbrecherin, die keine Sekunde aus den Augen gelassen werden darf.

Wir treten nach draußen und ich habe das Gefühl, endlich wieder richtig atmen zu können. Nach Stunden in diesem Verhörraum fühlt es sich an, als ob die frische Luft meinen Körper und meine Seele mit neuem Leben füllt.

»Kannst du mir erklären, wieso dieser unmögliche Inspector der leitende Ermittler ist und wieso er nach dem Verhör so überaus freundlich zu dir war?«, wende ich mich an Jay. Die Empörung in meiner Stimme klingt in jedem Wort mit, aber ich bemühe mich auch nicht, meine Emotionen zu unterdrücken. Das habe ich die letzten Stunden zur Genüge getan und vor Jay muss ich mich nicht verstellen.

»Tja, Aileen, wie du schon mitbekommen hast, ist dieser Díaz ein kluger Kopf und handelt taktisch. Während des gesamten Verhörs war er eiskalt zu mir, und ich würde nicht gerade behaupten, dass wir uns gut verstanden haben. Diese überschwängliche Verabschiedung sollte bestimmt einen Zwist zwischen uns schüren. Und scheinbar geht sein Plan auf, oder?«

Ich reibe mir mit den Handinnenflächen über die Stirn und schüttle gleichzeitig den Kopf. »Ich halte das alles nicht mehr aus, Jay. Wieso ist alles so furchtbar kompliziert und verworren und jetzt ist da auch noch dieser unsympathische Cop, der meint, er müsste sich als Obermacho aufspielen«, seufze ich frustriert und lasse die Hände resigniert wieder sinken.

»Ich weiß. Ich würde dir gern sagen, dass alles leichter wird, aber das dauert wohl noch eine ganze Weile. Vorerst bleibt uns nichts anderes übrig, als durchzuhalten. Ich bringe dich jetzt erst mal zu Finn und

Connor in die Werkstatt. Ich muss noch etwas erledigen, stoße aber später zu euch. Und Cooper hat heute noch einen weiteren Termin mit Maddox. Danach kommt er zu uns und wird uns auch beraten, wie wir vorgehen sollen, was den Tod deines Bruders, dein Erbe und alles Weitere betrifft.«

Ich höre Jay aufmerksam zu und trotzdem klingen seine Worte wie unverständliches Rauschen in meinen Ohren. Die einzelnen Silben vermischen sich miteinander und überfordern mich. Die Flut an Ereignissen und Informationen, die seit Tagen auf mich einprasselt, ist zu viel. Es fällt mir schwer, mich noch zu konzentrieren, zu sprechen oder etwas zu fühlen. In mir herrscht eine beunruhigende Leere und mein Körper fühlt sich taub an. Hinzu kommen dieser große Kloß in meinem Hals und der Knoten in meinem Magen. Ich fühle mich elend und bin am Ende meiner Kräfte. Selbst der Gedanke daran, Tränen zu vergießen, scheint abwegig, denn auch das Weinen strengt an. Ich schlucke mehrfach, schaffe es aber nicht, eine Erwiderung zu formulieren. Stattdessen nicke ich stumm.

Jay legt mir beide Hände auf die Schultern und sucht meinen Blick. Ich hebe den Kopf und schaue ihm in die Augen. Seine bernsteinfarbenen Iriden sind matt und haben in diesen Sekunden jeglichen Glanz verloren. »Halte noch ein wenig durch, Aileen. Ich weiß, dass die gesamte Situation für dich unerträglich ist, und glaub mir, wenn ich könnte, würde ich sofort tauschen mit Maddox, damit es für dich leichter ist und es dir besser geht.« Er löst seine Hände von meinen Schultern und schließt mich in seine Arme.

Ich lehne mich ihm entgegen, denn er gibt mir Halt und den brauche ich gerade jetzt so dringend. »Ach Jay, so etwas darfst du nie wieder sagen. Wenn du an Maddox' Stelle wärst, wäre es nicht weniger schlimm für mich.«

Während der letzte Satz verklingt, drückt mich Jay noch ein wenig fester an seine Brust, bevor er sich schließlich von mir löst und einen Schritt zurück macht. »Wir sollten jetzt echt los«, sagt er und betrachtet mich dabei unentwegt. Etwas in seinem Ausdruck hat sich verändert, ich weiß nur nicht, was es ist.

»Was hast du denn eigentlich noch Dringendes zu erledigen?«, greife ich das Thema von vorhin auf und möchte in Erfahrung bringen, was Jay vorhat, nachdem er mich zu Connor und Finn in die Werkstatt gebracht hat. Zwar sehne ich mich schon wieder nach einer Couch oder einem Bett, aber gleichzeitig erscheint mir die Vorstellung, allein mit meinen kreisenden Gedanken zu sein, wie eine Bestrafung. Deshalb kam mir der Vorschlag, dass er mich statt ins Haus zu den anderen in die Werkstatt bringt, mehr als gelegen.

»Ich versuche an Informationen zu gelangen«, drückt sich Jay vage aus und ein Kribbeln durchfährt meinen Körper. Es ist kein angenehmes, sondern eines von der Sorte, das man bekommt, wenn man eine böse Vorahnung im Bauch hat und weiß, dass etwas nicht stimmt.

»Was für Informationen willst du beschaffen?«, frage ich ganz leise, da ich mir selbst nicht sicher bin, ob ich die Antwort auf diese Frage hören möchte.

»Umso weniger du weißt, desto besser. Connor weiß, was ich vorhabe und es ist alles okay. Du musst dir keine Sorgen machen.«

»Keine Sorgen? Maddox wird womöglich wegen Mordes angeklagt, mein Bruder ist tot, ich soll irgendein verdammtes Familienerbe antreten, mit dem ich nichts zu tun haben möchte, einer meiner besten Freunde will auf eigene Faust Ermittlungen starten und du sagst, ich soll mir keine Sorgen machen? Ist das dein Ernst, Jay?« Die Worte sprudeln nur so aus mir heraus.

Doch er legt nur den Kopf schief und seine Mundwinkel zucken. »Wenn man es so betrachtet und ausspricht, wie du es sagst, klingt es natürlich ganz anders. Du darfst nicht anfangen, dich nur auf die negativen Dinge zu konzentrieren, Aileen. Auch wenn gerade alles düster aussieht, werden wir gemeinsam einen Weg aus dieser Situation finden und in ein paar Monaten lachen wir über den ganzen Scheiß.«

»Deinen Optimismus hätte ich gern. Meiner ist irgendwo zwischen Connors Geburtstagsparty und der Verhaftung von Maddox auf der Strecke geblieben«, entgegne ich matt und lasse die Schultern hängen.

»Keine Sorge. Wir finden deinen Optimismus wieder, und jetzt komm, ich muss wirklich los. Ich will meinen Kontakt nicht unnötig warten lassen.«

Ich folge Jay zu seinem Wagen und wir machen uns gemeinsam auf den Weg zur Werkstatt der Dexters. Während der gesamten Fahrt sprechen wir kein Wort miteinander, sondern lauschen der Rockmusik im Radio. Ich richte den Blick nach draußen, stütze den Kopf auf eine Hand am Fenster und betrachte die vorbeiziehenden Häuser. Dabei schwelge ich in schönen Erinnerungen und schnell wird mir klar, dass es in den letzten Monaten nicht viele davon gab. Die wenigen Momente, in denen ich wahrhaftes Glück verspürt habe, hängen jedoch alle mit Maddox oder den Dexters zusammen.

Nach der zirka dreißigminütigen Fahrt treffen wir an der Werkstatt ein und ich löse meinen Gurt.

Jay lässt den Motor laufen und sucht meinen Blick. »Ich komme später direkt zum Haus und versuche, das Treffen mit Cooper nicht zu verpassen.«

Ich nicke ihm zu, denn ich sehe in seinen Augen, dass

jedes weitere Wort des Appells an seine Vernunft unnötig ist und ich ihn keinesfalls von seinem Vorhaben abbringen kann. »Bis später. Pass auf dich auf, Jay«, hauche ich ihm stattdessen entgegen, bevor ich vom Sitz rutschte, die Tür öffne und den Wagen verlasse. Ich laufe in Richtung der großen Halle und Jay fährt vom Platz.

»Hey, da bist du ja. Hast du alles gut überstanden?«, erkundigt sich Connor, der gerade aus der Halle heraustritt und auf mich zuläuft, wahrscheinlich weil er meine Ankunft bemerkt hat.

»Mehr oder weniger. Um ehrlich zu sein, herrscht in meinem Kopf das reinste Chaos. Ich habe das Gefühl, durchzudrehen, weil ich mich so machtlos fühle und nicht richtig weiß, was ich tun kann, um zu helfen«, erkläre ich Connor, so gut ich kann, meine aktuelle Gefühlslage.

Er legt eine ölverschmierte Hand auf meine Schulter und drückt sie aufmunternd. »Vielleicht ist es das Beste, wenn du ab morgen wieder arbeiten gehst. Ein geregelter Alltag hilft, damit man nicht die ganze Zeit darüber nachdenkt, verstehst du?«

»Vielleicht hast du recht. Ich möchte es mir auch in der Kanzlei nicht verscherzen. Weder mit meinen Kollegen noch möchte ich die Gutmütigkeit meines Chefs ausnutzen. Es ist schon genug, dass er mir heute diesen zusätzlichen freien Tag eingeräumt hat. Ich frage mich sowieso, wie er mir gegenübertreten wird.«

»Wegen Kensey musst du dir keine Sorgen machen. Er weiß, dass Maddox verhaftet wurde und ist auf unserer Seite. Er kennt uns lange genug und ihm ist klar, dass die Tat, die ihm vorgeworfen wird, absoluter Bullshit ist.«

»Das ist schön zu hören. Und du hast vollkommen

recht. Es ist keine Lösung, mein komplettes Leben aufzugeben und auf Anrufe von der Polizei zu warten. Ich kann ohnehin nichts tun, ob ich nun auf der Arbeit bin oder hier bei euch herumlungere ... das ändert nichts, oder?«

»Aktuell nicht. Wir müssen warten, was Cooper uns heute Abend für Neuigkeiten überbringt, danach können wir besser planen«, erwidert Connor und versucht sich an einem Lächeln.

Ich weiß es zu schätzen, dass er sich derart bemüht, mich aufzubauen, und mir zuhört. »Hast du eine Ahnung, wer dieser Inspector Díaz ist? Kennst du ihn?«, wechsle ich das Thema.

Connor schüttelt den Kopf und löst seine Hand von meiner Schulter. Ich bemerke, dass er dadurch einen Ölfleck auf meinem Shirt hinterlässt.

»Nein, ich kenne ihn nicht und es beunruhigt mich, dass er der leitende Ermittler im Verfahren gegen Maddox ist. Mir wäre wohler dabei gewesen, wenn Bone diese Sache übernommen hätte. Obwohl ich zugeben muss, dass auch dieser mich beim Verhör ziemlich hart rangenommen hat.«

»Das scheint wohl Normalität zu sein. Meine eigene Befragung habe ich auch alles andere als angenehm empfunden. Er wollte alle möglichen Dinge, die meine Vergangenheit, meine Familie, mein Verhältnis zu Hunter und die Beziehung zu Maddox betreffen, in Erfahrung bringen«, gebe ich zusammenfassend wieder, was Díaz von mir wissen wollte.

Connor nickt. »Ich weiß, das ist hart und unangenehm, aber das sind die normalen Fragen. Die Cops versuchen Zusammenhänge zu finden und greifen nach jedem Strohhalm. Das ist zumindest meine Theorie. Hätten sie wirklich handfeste Beweise, wie sie behaupten, hätten sie uns ganz andere Fragen gestellt. Verstehst du, was ich dir damit sagen will, Aileen?«

»Ich denke schon«, stoße ich aus und spüre, wie sich ein kleiner Funke Hoffnung in mir bildet.

»Wir können Maddox da rausholen. Ich bin gespannt, was Jay noch durch seine Kontakte im Untergrund herausfindet. Heute Abend besprechen wir alles und schmieden einen Plan.«

Der energische und motivierende Ton, den Connor mit seinen Worten anschlägt, beflügelt mich und schenkt mir neue Energie. Ich spüre, wie sich Tatendrang in mir breitmacht und wippe mit den Füßen. »Gibt es irgendetwas, das ich hier für euch erledigen kann, um nicht komplett durchzudrehen?«, platzt es schließlich aus mir heraus, als das Bedürfnis, nicht nur nutzlos herumzustehen und in die Gegend zu starren, übermächtig wird.

»Klar. Du kannst dich um unsere Papiere und die chaotische Ablage kümmern«, scherzt Finn, der gerade ebenfalls aus der Halle auf uns zugelaufen gekommen ist und unsere letzten Gesprächsfetzen aufgeschnappt haben muss.

Ich lächle ihn an, denn ich bin dankbar, wenn ich für die kommenden Stunden beschäftigt bin.

»Komm mit. Ich zeige dir alles im Büro, dann kannst du dich beschäftigen, während wir die nächsten Bikes reparieren«, verkündet er mit einem Zwinkern.

Ich folge ihm und wir laufen gemeinsam mit Connor in die Werkstatthalle. Dann durchqueren wir das große Gebäude bis wir die Büroräume erreichen.

»Himmel! Ihr müsst wirklich mal lüften und aufräumen. Was ist das für ein Chaos?«, platzt es aus mir heraus, als Finn die Tür zu dem kleinen Raum öffnet und wir das Büro, auch wenn dieser Ort des Grauens diesen Namen meiner Meinung nach keinesfalls verdient hat, betreten. Es sieht im wahrsten Sinne des Wortes so aus, als ob ein Tornado durch das Zimmer gefegt wäre. Überall befinden sich lose Zettel, Papiere liegen am Boden und auf dem Schreibtisch. Geöffnete Ordner sind im gesamten Raum verstreut. Prall gefüllte Aschenbecher, deren Geruch nach kaltem Rauch die Luft schwängert, runden das Chaos ab. Diesen Gestank habe ich noch nie leiden können. Ich hasse diese kalte Schwere, die dadurch in der Luft liegt, und seltsame Erinnerungen an meine frühe Kindheit in mir wachruft. Zielstrebig laufe ich auf die beiden Fenster zu und reiße sie auf, ohne darüber nachzudenken. Natürlich wirbeln in dem Moment, in dem der Wind in das Zimmer fährt, Papiere durch die Gegend, aber das spielt bei diesem Wirrwarr auch keine große Rolle mehr. Ich wende mich Finn zu, der mich breit und verschmitzt angrinst und mit den Schultern zuckt.

»Tja, dieses Chaos hat Scotland Yard nach der Durchsuchung hinterlassen. Im Haus sah es ja ganz ähnlich aus, wie du weißt. Hier sind wir noch nicht dazu gekommen, wieder für Ordnung zu sorgen. Vielleicht ist das jetzt gar nicht so schlecht, denn so gibt es für dich ausreichend zu tun und du kannst dich bestimmt wunderbar ablenken.« Er zwinkert erneut frech und ich muss tatsächlich kichern. Finn hat immer diese Leichtigkeit an sich, die in angespannten Situationen wie diesen wirklich Gold wert ist. Denn obwohl der Gedanke an die Durchsuchung im Haus der Dexters, in deren Pubs und in der Werkstatt, alles andere als gute Gefühle in mir auslöst, hat Finn recht. Das hinterlassende Durcheinander wird mich die nächsten Stunden auf Trab halten und vor meinen kreisenden Gedanken bewahren.

»Alles klar. Ich gebe mein Bestes und werde versuchen etwas Ordnung in diesen Saustall zu bringen. Eine andere Bezeichnung verdient diese Kammer des Schreckens nicht«, tadle ich und er lacht. Er wendet sich bereits zum Gehen, da kommt mir noch ein Gedanke, der keinen Aufschub duldet. »Finn?«

Er dreht sich wieder zu mir und schaut mir in die Augen. »Ja?«

»Hast du eine Ahnung, wie ich das alles regeln soll mit dem Kartell, den Häusern, den Firmen, die meiner Familie gehören? Ich meine ...«

Finn hebt die Hände, um mich zu stoppen, und tritt einen Schritt näher an mich heran. »Mach dir jetzt keine Gedanken darüber, Aileen. Wir können später mit Cooper über diese Dinge reden. In seiner Kanzlei arbeiten Anwälte, die sich damit auskennen, wenn es um Nachlassverwaltung und den Antritt eines ungewollten Erbes geht. Wir finden mit Sicherheit für alles eine Lösung. Es wäre unklug, voreilig zu handeln, ohne alle Optionen geprüft und genau abgewägt zu haben, was das Beste ist. Wir sprechen später mit ihm, okay?«

»Okay. Das klingt nach einem Plan.« Ich nicke. »Mach du dich mal wieder an die Arbeit und ich kümmere mich währenddessen um euren Papierkram.«

Finn verlässt daraufhin das Büro und lässt mich in dem Haufen aus Dokumenten zurück. Ich vollführe eine Drehung und muss kurz auflachen, denn irgendwie spiegelt dieses Büro zu gut wider, wie es aktuell in mir aussieht und wie sich mein Leben anfühlt. Wie ein wildes Durcheinander aus zahlreichen kleinen Schnipseln, losen Zetteln, Fragmenten, die nicht recht zusammenpassen wollen und deren Reihenfolge nicht mehr klar zu erkennen ist. Höchste Zeit, Ordnung zu schaffen, denke ich mir. Und dieser Vorsatz gilt nicht nur für das Büro der Dexters.

KAPITEL 16

Jay

Ich stelle den Motor meines Wagens ab, greife nach meinem Päckchen Zigaretten, das sich in der Mittelkonsole befindet, und vergewissere mich, dass in der Umgebung alles ruhig ist. Erst nachdem ich mir vollkommen sicher bin, dass niemand außer uns auf dem Gelände ist, löse ich meinen Gurt, öffne die Tür und verlasse meinen Wagen. Ich atme noch einmal tief durch, denn die Anspannung in mir ist grenzenlos. Gleich werde ich erfahren, was in der Nacht von Connors Geburtstag wirklich passiert ist, und was schiefgelaufen ist.

Ich öffne die Wagentür und gleite auf den schwarzen Ledersitz. Dann begrüße ich meinen Informanten mit einem Kopfnicken, entzünde meine Kippe und lasse die Autotür einen Spalt breit geöffnet, damit der Rauch nach draußen entweichen kann. Ich nehme einen tiefen Zug und warte auf die beruhigende Wirkung. Vergeblich. »Was für eine Scheiße läuft hier eigentlich?«, presse ich zwischen meinen Zähnen hervor. »Ich will verstehen, wie es dazu gekommen ist, dass anstatt Hunter noch vier weitere Menschen, darunter zwei Frauen, getötet worden sind. Kannst du mir das erklären, verdammt?«

Mein Gegenüber wirkt äußerst nervös.

Der Plan ist zwar alles andere als gut gelaufen, dennoch verfehlt er nicht seinen Zweck. Schließlich war es mein Ziel, dass Maddox im Knast landet und alle Hinweise und Spuren zu ihm führen. Dass dafür unschuldige Frauen ihr Leben verloren haben, war hingegen nie meine Absicht. Aber nun ist es so und ich muss mit den Konsequenzen meiner Entscheidungen leben.

»Tja, Jay, was soll ich dir sagen? Wer Geschäfte mit dem Teufel macht und ins offene Feuer läuft, der verbrennt sich ab und zu, nicht wahr?«, erwidert mein Gegenüber süffisant.

»Was meinst du damit? Was soll diese dämliche Bemerkung? Feuer? Teufel? Hatten wir nicht einen klaren Plan?«

»Ja, den gab es. Ich habe ihn weitergegeben, bezahlt und unser Mann hat seine Aufgabe erledigt. Dass es andere Opfer als die geplanten gab, ist nicht unser Ding. Du hast, was du wolltest. Denn, soweit ich weiß, sitzt Maddox in Gewahrsam, wird bald dem Haftrichter vorgeführt, mit hoher Wahrscheinlichkeit verurteilt werden und für den Rest seines Lebens im Knast verrotten. Das war es doch, was du um jeden Preis wolltest.«

»Ja, das stimmt wohl«, nuschle ich nach einem weiteren Zug an meiner Kippe, denn jeder Widerspruch wäre eine Lüge. »Ist für unseren Mann damit alles erledigt?«, füge ich bestimmt und deutlich hinzu.

»Er hat seine Zahlungen entgegengenommen und wird uns nie wieder kontaktieren. Den sehen wir nicht wieder, keine Sorge«, antwortet mein Gegenüber und löst damit zumindest einen Teil der in mir herrschenden Anspannung auf. Denn der Auftragskiller ist, neben meinem Kontaktmann, die einzige Verbindung, die bei sehr tiefem Graben zurück zu mir führen könnte.

»Ausgezeichnet!« Ich nicke und mustere meinen Informanten. »Mich interessiert noch etwas anderes. Kannst du mir etwas über einen gewissen Inspector Samuel Díaz berichten?«

Mein Gegenüber lässt den Kopf nach hinten gegen den Sitz sinken, richtet den Blick nach draußen und fixiert irgendeinen Punkt in der Ferne. »Mit Díaz ist das so eine Sache. Es sind Gerüchte im Umlauf, er pflege Kontakte zur Mafia und stehe nicht besonders loyal zu Scotland Yard. Andere behaupten, dass diese Gerüchte lediglich von Neidern gestreut wurden, da sie Díaz seinen Erfolg nicht gönnen und er hart, aber mehr als gesetzestreu agiert. Tja, so oder so, er ist der leitende Ermittler im Verfahren gegen Maddox. Ich denke nicht, dass dir das zum Nachteil sein wird, Jay. Denn so oder so ist er ein harter Hund.«

»Mich interessiert nicht, was für Gerüchte über ihn kursieren und ob ich möglicherweise Probleme mit ihm bekomme. Was ist deine konkrete Meinung zu diesem Typen?«, hake ich genervt nach. Denn haltlose Mutmaßungen bringen mich nicht weiter.

»Meine Meinung?«, schnaubt er. »Ich weiß, dass Díaz mit Vorsicht zu genießen ist. Er würde mit Leichtigkeit einen Grund finden, eine Kugel auf dich oder jeden anderen, der ihm in die Quere kommt, abzufeuern.«

»Wieso wurde er ausgerechnet für diesen Fall in die Police Station nach Brixton beordert? Gibt es eine Erklärung dafür?«, bohre ich weiter.

»Nicht wirklich. Ich weiß, dass es schlecht aussieht für Bone und er seine nächsten Schritte genau abwägen muss, um seinen Job nicht zu verlieren. Ein unbekannter Kontaktmann hat den Commander informiert, dass Bone ab und an Informationen nach außen getragen hat, die nicht für die Öffentlichkeit bestimmt waren und für Probleme gesorgt haben.«

»Ich verstehe«, erwidere ich knapp.

»Über unseren Plan wollte ich sowieso noch mit dir reden, Jay.«

Mein Gegenüber hält einen Moment inne und ich ahne bereits, dass mir seine nächsten Worte nicht gefallen werden.

»Weißt du, ich bin raus.«

»Ist das alles? Du bist raus? Und das nach allem, was die Kartelle deiner Familie angetan haben und nachdem wir so weit gekommen sind?«

»Sieht so aus. Mir wächst das alles langsam über den Kopf. Ständig aufpassen zu müssen, wem ich was erzähle, und dieses Doppelleben, machen mich müde.«

»Was meinst du mit Doppelleben? Alex, stehen wir etwa nicht mehr auf derselben Seite?«

Als ich seinen Namen laut ausspreche, zuckt er sichtlich zusammen. Hat er ernsthaft Sorge, dass ich dieses Gespräch hier aufzeichne und ihn ans Messer liefern würde?

»Mach es mir nicht so schwer, Jay. Du weißt, dass ich seit Jahren diese Zerrissenheit in mir spüre. Ständig im Untergrund zu leben und sich mit dem miesesten Abschaum zu umgeben, um an Informationen zu gelangen, die ich im Anschluss gegen andere Informationen bei den Cops tausche, um sie mit dir oder anderen Auftraggebern zu teilen, ist alles andere als leicht. Jeder noch so kleine Fehler könnte mich meinen Kopf kosten und ich bin nicht mehr bereit, dieses Risiko einzugehen.«

»Und unsere Vision interessiert dich plötzlich nicht mehr? Wir haben alle Opfer gebracht, um unsere Ziele zu erreichen.

Überleg doch mal. Wir sind kurz davor, alle Strukturen zu überwerfen, das vorhandene Kapital der Morenos für etwas Gutes einzusetzen, neue Unternehmen aufzubauen, legale Unternehmen. Die Leute aus den Kartellen hätten endlich eine Perspektive und wir können die Mafia in Brixton zerschlagen. Verdammt! Mit dem Erbe von Aileen haben wir Möglichkeiten, die wir uns heute nicht einmal ausmalen können. Erklär es mir. Ich verstehe nicht, dass du das nicht mehr willst.«

»Hast du eine Kippe für mich?«, fragt Alex vollkommen ruhig und ich reiche ihm mein Päckchen. Er zieht sich eine Zigarette heraus und zündet sie an. Während er den Rauch inhaliert, schließt er die Augen.

Ich betrachte ihn unentwegt und frage mich, was vorgefallen ist, das ihn dazu bewegt, ausgerechnet jetzt einen Rückzieher zu machen. So kurz vor dem Ziel. Schon seit Jahren arbeiten wir Hand in Hand. Er war mein Zugang zum Untergrund und mein Mittelsmann bei den Cops. Er hat mir Türen geöffnet, Kontakte geknüpft und Möglichkeiten geschaffen, um mich in diversen Kreise zu etablieren.

Er schweigt so lange, dass ich ihn fast erneut auffordern will, weiterzusprechen.

»Mir ist klar geworden, dass unsere Vision nicht real ist. Es wird nie so sein, dass die Mafia komplett von hier verschwindet. Dafür hat sich diese Seuche längst viel zu weit ausgebreitet und ist zu einem festen Bestandteil in Brixton geworden.«

Seine Worte rauben mir den Atem und machen mich einen Moment sprachlos. Das liegt zum einen daran, dass ich nicht fassen kann, dass er mich hängen lässt, und zum anderen erinnert es mich an Maddox, der erst vor Kurzem ganz ähnliche Worte formuliert hat.

»Und das ist deine Lösung dafür? Du ziehst feige den Schwanz ein und ergibst dich den Kartellen?«

Alex zuckt mit den Schultern, öffnet die Scheibe des Wagens und schnippt die Reste seiner Kippe nach draußen. »Sieht wohl ganz danach aus, Jay. Ich werde für eine Weile untertauchen, meine Gedanken sortieren und überlegen, ob es noch eine Zukunft für mich in Brixton gibt oder ob ich das alles hier hinter mir lasse.«

Ich unterdrücke ein Schnauben, denn ich will mir unter keinen Umständen anmerken lassen, wie sehr es mich enttäuscht, dass er sich von mir abwendet. Von unserer Sache abwendet. Schließlich ist er einer der wenigen Menschen auf diesem Planeten, denen ich bis zum heutigen Tag vertraut habe und der die Gründe für mein Handeln kennt.

»Deine Entscheidung. Ich werde dich nicht aufhalten«, sage ich nüchtern und öffne die Tür weiter, damit ich aussteigen kann.

»Eins noch, Jay. Kontaktier mich nie wieder«, stößt er aus.

Mit diesen Worten verlasse ich seinen Wagen, knalle die Tür zu und begrabe den Gedanken, dass so etwas wie wahre Freundschaft und Loyalität existieren, endgültig.

KAPITEL 17
Aileen

Wir sitzen alle gemeinsam rund um den großen Esstisch und Cooper in unserer Mitte hat zahlreiche Dokumente vor sich ausgebreitet. Seine Miene ist ernst und ich kann nicht wirklich darin lesen.

»Wollen wir noch auf Jay warten?«, erkundigt er sich, woraufhin Finn und Connor einen Blick wechseln.

»Ja, er müsste jeden Augenblick hier sein«, erwidert Connor und kaum hat er die Worte ausgesprochen, ertönen Schritte im Flur. Kurz darauf gesellt sich Jay zu uns.

Ich schaue zu ihm auf, erhasche aber keinen Blick in seine Augen. Fast beschleicht mich das Gefühl, dass er meinem Blick ausweicht, aber wieso sollte er das tun?

»Habe ich etwas verpasst oder komme ich genau im richtigen Moment?«, fragt Jay und in seiner Stimme schwingt Wut mit, wenn ich mich nicht irre.

»Du kommst genau richtig. Ich wollte euch gerade über den aktuellen Stand der Dinge informieren«, erwidert Cooper sachlich.

»Dann spann uns nicht länger auf die Folter und weih uns ein. Was ist nötig, damit wir Maddox da raus-

holen können? Wurde eine Kautionssumme festgelegt?«
Die Fragen sprudeln förmlich aus Connor heraus und er
teilt damit dieselbe Ungeduld, die ich in mir spüre.

»Eins nach dem anderen. Habt ihr einen Schluck
Wasser für mich?«, bittet Cooper und lockert gleichzeitig
seine Krawatte. Wunderbar, wenn selbst der Anwalt
nervös ist, wegen dem, was er uns gleich mitteilen
möchte, obwohl er laut Aussagen der Dexters ein absolut
ausgezeichneter und abgebrühter Strafverteidiger ist,
wird mir übel.

»Ja, natürlich, ich hole Ihnen ein Glas«, erwidere ich,
erhebe mich von meinem Stuhl und laufe mit wackligen
Knien in die Küche.

Gemurmel dringt an meine Ohren, aber ich kann keinerlei Wortfetzen aufschnappen. Die Männer am Tisch
tuscheln offensichtlich und ich frage mich, warum sie das
tun. Gibt es etwas, das sie vor mir verheimlichen wollen,
oder bin ich mittlerweile vollkommen paranoid und vermute hinter allem etwas Schlechtes und sehe
Gespenster?

Ich befülle ein Glas mit Wasser und stelle es kurz
darauf vor Cooper auf den Tisch. Er nickt mir zu und ich
nehme wieder Platz.

»Womit wollen wir anfangen? Mit meinem Gespräch
mit Maddox oder damit, was den Stand der Ermittlungen
betrifft?« Während Cooper seine Fragen ausspricht, lässt
er den Blick durch unsere Runde schweifen und erntet
als Antwort nur kollektives Schweigen. »Gut. Wenn es
euch egal ist, dann entscheide ich, wie wir vorgehen. Ich
war bis eben bei Maddox und habe mit ihm gesprochen.«

»Geht es ihm gut?«, platzt es aus mir heraus und ich
ernte dafür eine hochgezogene Augenbraue von Cooper.

»Miss Moreno«, beginnt Cooper und ich unterbreche
ihn.

»Nur Aileen, bitte.«

Er nickt, aber ich sehe deutliche Missbilligung in seinen Augen.

Ich weiß selbst nicht, warum es mir so wichtig ist, dass mich keiner mit meinem Nachnamen anspricht. Wahrscheinlich verbinde ich damit alles Schlechte auf dieser Welt und will ihn deshalb nicht hören.

»Also gut, Aileen. Die Frage erübrigt sich, wenn man darüber nachdenkt, in was für einer Situation sich Maddox aktuell befindet, oder?«

Er hat recht und dennoch ärgere ich mich über seine herablassende Antwort. Mir ist klar, dass Maddox keinen Freudentanz aufführt, weil er wegen Mordverdachts in Gewahrsam sitzt. Mir geht es vielmehr darum, wie sein Befinden ist. Ob er klarkommt oder durchdreht. Da ich das Gefühl habe, dass keiner hier im Raum meinen Gedankengang versteht, schweige ich aber, lehne mich zurück und verschränkte die Arme vor der Brust.

»Zunächst einmal wird aufgrund der Schwere der Tat keine Kautionszahlung möglich sein. Maddox wird während der gesamten Ermittlungen in Haft bleiben. Aktuell darf niemand von euch zu ihm. Das ist eine Anordnung von Inspector Díaz. Er möchte zunächst alle Zeugenaussagen auswerten und miteinander abgleichen. Er befürchtet, dass Absprachen möglich wären, wenn ihr euch jetzt mit Maddox trefft. Ungünstigerweise wurde durch Ablehnung der möglichen Kaution automatisch festgelegt, dass Maddox ab heute vom Gewahrsam in einen normalen Zellentrakt im Gefängnis verlegt wird. Das heißt, er ist ein Inhaftierter wie alle anderen. Ihr wisst selbst nur zu gut, wie viele Feinde ihr in Wandsworth Prison habt. Ich habe heute alles mir Mögliche getan, um eine Verlegung zu erwirken, aber es besteht keine Chance. Niemand sieht die Notwendigkeit, die ich sehe.

Wenn ich euch einen Rat geben darf, als Freund, nicht als Anwalt, dann mobilisiert alle Kontaktmänner, die ihr kennt, um Maddox in der Vollzugsanstalt zu unterstützen. Ich bin mir nicht sicher, wie lange er dort unbeschadet überleben wird, wenn ich ehrlich bin.«

Ich springe von meinem Stuhl auf, denn die Worte, die Cooper uns so sachlich vorträgt, als würde er über das Wetter oder einen bevorstehenden Urlaub berichten, machen mich wahnsinnig. Wie kann er diese grausamen Dinge so ruhig und ohne jegliche Emotion sagen? Maddox schwebt in Lebensgefahr und er unternimmt nichts.

»Sie müssen etwas dagegen tun. Sie dürfen unmöglich zulassen, dass Maddox etwas zustößt. Er ist unschuldig und hat diese Tat nicht begangen. Wenn ich mir nur vorstelle, dass er allein im Gefängnis sitzt und möglicherweise brutalen Angriffen schutzlos ausgeliefert ist ...«
Ich komme nicht dazu weiterzusprechen, denn Jay erhebt sich neben mir, legt mir eine Hand auf die Schulter, drückt sie und bringt mich dazu, mich wieder auf meinen Stuhl zu setzen. Er schaut mich eindringlich an und sein Blick sagt mir, dass jetzt nicht der richtige Zeitpunkt ist, mich über die Situation aufzuregen.

»Cooper ist auf unserer Seite, Aileen, und tut sein Bestes. Es gibt keinen Grund, so darauf zu reagieren, dass er die bittere Wahrheit mit uns teilt. Es würde uns nichts bringen, wenn er die Sachen beschönigen würde. Sondern es ist wichtig, dass er uns unmissverständlich mitteilt, wie er die aktuelle Situation einschätzt«, mischt sich Connor ein und ich funkle ihn wütend an. Auch wenn er meinen Groll nicht verdient hat, kann ich in diesem Moment nicht anders.

Was stimmt denn nicht mit ihnen? Maddox schwebt in Lebensgefahr und sie nehmen diese Nachrichten hin, als wäre das nichts besonders Tragisches.

»Ist es okay für Sie, wenn ich jetzt fortfahre, Aileen?«, fragt Cooper spitz.

Ich presse die Lippen aufeinander und schenke ihm ein knappes Nicken. Zwar fühle ich ganz anders, aber mir scheint, dass ich keine andere Wahl habe, als mich mit der gelassenen Stimmung der anderen abzufinden, zumindest für den Moment.

»Ich will ganz ehrlich zu euch sein. Wie ich die Lage aktuell einschätze, sieht es richtig beschissen aus für Maddox. Es gibt Indizien, die gegen ihn sprechen, und dann wäre da noch dieser Zeuge.«

»Aber Indizien sind keine Beweise, oder?«, erkundigt sich Connor und ich bin sehr froh über seinen Einwand.

»Nun ja, das ist richtig, grundsätzlich zumindest, aber wie es aktuell aussieht, sind es so viele Indizien, die gegen Maddox sprechen, dass es schwer wird, diese zu entkräften und seine Unschuld zu beweisen. Am meisten belastet ihn jedoch die Zeugenaussage der Person, die ihn eindeutig am Tatort identifiziert hat.«

»Und wer ist diese geheimnisvolle Person? Ich möchte endlich wissen, wer so einen Hass auf Maddox hat, dass er solche Geschütze auffährt«, fragt Connor eindringlich.

Cooper reibt sich über die Stirn und schaut bedrückt drein.

Ich ahne bereits, dass seine nächsten Worte keinem von uns gefallen werden.

»Ich kenne die Identität des Zeugen noch nicht. Inspector Díaz hält sie vorerst geheim, da zu große Gefahr besteht, dass dem Zeugen etwas zustoßen könnte.«

»Na klar. Es ist so was von offensichtlich, dass hier ein ganz abgekartetes Spiel läuft. Was meinst du, wann kann ich das erste Mal mit Maddox reden, um ihm Unterstützung im Knast zu liefern?«, möchte Connor wissen, der zunehmend ungeduldig wirkt. Seine Stimmung hat sich inzwischen völlig verändert. Da ist nichts mehr von der Gelassenheit von eben. Mittlerweile ist auch er angespannt und aufgebracht, genau wie ich. »Das kann ich aktuell noch nicht sagen. Ich werde euch über jeden Schritt informieren und auf dem Laufenden halten. Sobald es neue Erkenntnisse gibt, melde ich mich. Vorerst bleibt uns nicht viel anderes übrig, als abzuwarten, bis Díaz mit den Zeugenaussagen zufrieden ist und endlich weitere Informationen liefert.«

»Und weiter? Was ist da noch, Cooper? Ich spüre ganz deutlich, dass dir etwas unter den Nägeln brennt. Raus damit«, platzt es aus Jay heraus und ich bin überrascht. Zwar habe auch ich das leise Gefühl, dass der Anwalt irgendeinen Teil vor uns verbirgt, hätte aber nie gewagt, es laut auszusprechen, erst recht nicht nach meinem Ausbruch von vorhin.

»Du liegst richtig, Jay. Versteht mich bitte nicht falsch, aber ich muss euch diese Frage stellen. Seid ihr euch absolut sicher, dass Maddox nichts mit der Sache zu tun hat? Ich meine, ich kenne euch schon lange und weiß, dass ihr normalerweise für die richtige Sache kämpft, aber unter Drogenkonsum verändern sich Menschen und werden unberechenbar. Die Substanzen, die Maddox laut Blutbild seit Wochen konsumiert, verändern das Wesen, führen zu Wutausbrüchen, machen depressiv, steigern das Verlangen nach Gewalt und verringern Hemmungen.«

Connor hebt den Kopf, beugt sich ein wenig über den Tisch in Coopers Richtung und schaut ihn eindringlich an. »Wir sind uns absolut sicher, dass Maddox nichts damit zu tun hat und wie auch immer es seinem Feind gelungen ist, ihm diese Drogen unterzujubeln, er hat sie niemals freiwillig konsumiert. Dex verachtet Drogen mehr als jeder andere von uns hier in diesem Raum und würde sie niemals zu sich nehmen. Dafür lege ich meine Hand ins Feuer und schwöre auf alles, was mir teuer ist.«

Cooper nickt und scheint zufrieden mit Connors Ausführungen.

»Gut zu wissen, dass ihr loyal zu ihm steht. Maddox kann euren Rückhalt in der aktuellen Situation gut gebrauchen. Er hat vorhin resigniert gewirkt, fast so, als hätte er die Hoffnung bereits aufgegeben.«

Die Erläuterungen von Cooper bescheren mir eine Gänsehaut am ganzen Körper. Sogar die kleinen Härchen in meinem Nacken stellen sich auf, denn ich ertrage das alles nicht mehr. Wenn es möglich wäre, würde ich augenblicklich in Maddox' Wagen steigen, zu ihm ins Gefängnis fahren, ihn in die Arme schließen und nie wieder loslassen. Ich würde ihm zu gern Hoffnung geben, ihm sagen, dass wir das schaffen, ich bedingungslos an seiner Seite stehe, keine Sekunde an ihm zweifle und alles dafür tun werde, um ihn da rauszuholen.

»Kann ich Ihnen einen Brief für Maddox mitgeben?«, sprudeln meine Gedanken aus mir heraus und Cooper legt den Kopf schief.

»Dagegen spricht grundsätzlich nichts. Ihnen muss aber klar sein, dass der Brief im Gefängnis durch mehrere Hände geht und gelesen wird. Wenn Sie keine versteckten Botschaften oder Absprachen darin verstecken, sollte es allerdings kein Problem sein«, antwortet Cooper und ich atme erleichtert auf.

»Perfekt. Kann ich Ihnen den Brief morgen, bevor ich zur Arbeit gehe, im Büro vorbeibringen?«, erkundige ich mich, denn die angesehene Kanzlei von Cooper liegt unweit meiner Arbeitsstelle.

»Ja, tun Sie das. Ich bin ab acht Uhr im Büro. Bis dahin unterhalte ich mich auch mit einem der Kollegen, der sich mit Erbrecht befasst, um Ihnen auch in diesem Punkt weiterhelfen und Antworten auf mögliche Fragen geben zu können.« Er nickt mir noch einmal zu und blickt dann in die Runde, bis schließlich Connor wieder das Wort ergreift.

»Gut. Danke für deine Bemühungen und egal welche Uhrzeit es ist oder wie gering deine neuen Erkenntnisse wären, du kannst mich jederzeit anrufen. Ich denke, ich spreche damit für uns alle hier in diesem Raum. Für heute sind wir jetzt erst mal auf dem neuesten Stand. Der nächste Schritt muss sein, dass wir einige Leute anrufen, um für Maddox' Schutz im Knast zu sorgen«, erläutert er wieder deutlich ruhiger.

Cooper nickt, packt seine Dokumente zurück in den Aktenkoffer, da seine Arbeit erledigt ist, verschließt diesen und erhebt sich. Wir anderen verharren regungslos am Tisch und er lässt den Blick über unsere trübsinnige Runde schweifen.

»Kopf hoch. Fangt ihr nicht auch noch an aufzugeben. Wir kämpfen für Maddox. Noch haben wir nicht verloren. Auch wenn im Moment alles düster aussieht, werde ich wirklich alles tun, um seine Unschuld zu beweisen.«

»Wir wissen deinen Einsatz zu schätzen. Meinst du, es ist sinnvoll, dass wir parallel zu den Ermittlungen von Scotland Yard einen Privatdetektiv beauftragen?«, erkundigt sich Connor.

Cooper zieht die Stirn in Falten und denkt einen Augenblick nach. »Wieso eigentlich nicht. Alles, was uns helfen kann an Informationen zu gelangen, die Maddox entlasten, ist hilfreich. Habt ihr denn Kontakt zu jemandem, der in dieser Branche tätig ist?«

Kurz erfüllt Schweigen den Raum, bis Jay sich schließlich räuspert und das Wort ergreift.

»Ich kenne jemanden, der als privater Ermittler tätig ist. Ich setze mich später mit ihm in Verbindung und erteile ihm den Auftrag.«

Finn und Connor tauschen einen Blick, den ich nicht richtig deuten kann, denn ich bin froh, dass Jay anscheinend vielseitige Kontakte hat.

Cooper schaut noch einmal in unsere Runde und nickt uns aufmunternd zu.

»Ich bring dich noch zur Tür«, verkündet Jay, erhebt sich ebenfalls und die beiden bewegen sich in Richtung Ausgang.

Ich schaue zu Finn und sehe in seinem Gesicht grenzenlose Sorge. Sein Ausdruck beunruhigt mich so sehr, dass sich mein Magen unangenehm zusammenkrampft und ich mir aus Reflex die Hand auf den Bauch lege, um dieses unangenehme Druckgefühl auszuhalten. »Finn, was ist los?« Meine Stimme ist nur ein Hauchen und zittert hörbar, denn so wie er schaut, treiben ihn sehr düstere Gedanken um.

»Ich will dir keine Angst machen, Aileen, aber wenn es so etwas gibt wie den Worst Case, ist dieser jetzt eingetreten. Wir haben uns in den letzten Jahren wirklich viele Feinde im Knast gemacht, beziehungsweise hatten Feinde hier draußen, die wir in den Knast gebracht haben und die dort bis zu ihrem Lebensende verrotten. Und genau von diesen Pennern ist Maddox jetzt umgeben. Vielleicht sollte ich einfach auch richtig Mist bauen, um verhaftet zu werden. Irgendein Delikt begehen, das mich hinter Gitter bringt, aber mit dem ich auch wieder rauskomme irgendwann. Dann könnte ich ...«

»Stopp!«, brüllt Connor empört und schlägt mit der Faust auf den Tisch.

Finn hält sofort in seinen Ausführungen inne.

»Hör sofort auf so etwas zu sagen oder zu denken. Ich

brauch dich hier draußen, verdammt noch mal! Kannst du mir sagen, wie wir das alles schaffen sollen, wenn noch einer vom Inner Circle fehlt? Es wird so schon hart genug, die Lücke, die Maddox aktuell hinterlässt, abzufangen. Das gilt für alle Bereiche in unserem Leben.«

»Sorry, ich habe nicht nachgedacht. Es ist nur ...«

Connor macht eine Handbewegung und unterbricht Finn damit erneut. »Ich weiß. Wir wollen ihn alle da rausholen. Auch in mir haben sich schon die seltsamsten Gedanken gebildet, glaub mir, aber wir dürfen auf keinen Fall den Fehler machen und kopflos handeln. Wir sollten bedacht vorgehen, unsere Kontakte und Verbündeten mobilisieren. Oberstes Ziel muss aktuell sein, Maddox vor Angriffen im Gefängnis zu schützen und gleichzeitig zu recherchieren, wer ein Motiv für diese Tat hatte, wer dieser Zeuge sein könnte und wer hinter dieser ganzen Scheiße steckt.«

Jay tritt zurück in den Raum und betrachtet uns mit ernster Miene. »Jetzt, wo Cooper weg ist, müssen wir dringend über ein paar Dinge reden«, verkündet er und tritt näher an den Tisch heran.

Finn, Connor und ich schauen gebannt zu Jay auf und warten, was seine Recherchen im Untergrund ergeben haben.

KAPITEL 18

Maddox

»**M**addox Dexter, dass ich das noch erleben darf«, höhnt der Cop, den ich noch nie zuvor in meinem Leben gesehen habe.

»Verraten Sie mir, wer Sie sind? Anscheinend kennen Sie mich oder nehmen es zumindest an. Damit haben Sie mir etwas voraus, denn ich habe keinen blassen Schimmer, wer Sie sind«, reagiere ich auf seine spitze Begrüßung.

»Wie unhöflich von mir. Natürlich wissen Sie nicht, wer ich bin. Mein Name ist Samuel Díaz und ich bin der leitende Ermittler im Mordverfahren gegen Sie.«

Ich mustere den Cop eindringlich und grüble darüber nach, ob ich ihn schon jemals zuvor in meinem Leben gesehen habe, beziehungsweise ob ich ihn irgendwie zuordnen kann. Mit seinem Aussehen, den dunklen zurückgelegten Haaren und einem Teint, als würde er gerade aus dem Urlaub kommen, könnte er genauso gut einem der verhassten Kartelle angehören, gegen die ich seit Jahren kämpfe. Zusammen mit seinem Namen schürt diese Tatsache mein schlechtes Bauchgefühl.

»Schön, Inspector Díaz. Und warum übernehmen

Sie diesen Fall und nicht Detective Bone? Was wollen Sie von mir?« Ich setze mein bestes Pokerface auf und versuche mir nichts davon anmerken zu lassen, dass es mich insgeheim verunsichert, dass ein anderer Officer das Verfahren übernimmt. Selbst Bone schien bei meiner Befragung nicht komplett auf meiner Seite zu stehen. Wie es sich bei einem wildfremden Cop verhält, mag ich mir gar nicht ausmalen.

Der Inspector grinst und in seinen Augen liegt ein herausforderndes Funkeln.

Ich frage mich, was sein verdammtes Problem mit mir ist, lasse mir aber nichts anmerken.

»Amüsant. Man merkt, dass Aileen sehr viel Zeit mit Ihnen verbracht hat, Mr Dexter.«

Da er nach diesen Worten nicht weiterspricht, lege ich den Kopf schief und ziehe fragend die Brauen nach oben. Wenn er glaubt, er könne Psychospiele mit mir treiben, hat er sich getäuscht. Mit Männern seines Kalibers habe ich bereits mein gesamtes Leben zu tun. Zuletzt war es Alessio Benedetti, der genau auf diese Art versucht hat mich und meine Psyche zu brechen. Und auch er ist gescheitert.

»Ich meine«, fährt er schließlich fort, »es ist interessant, dass auch Sie mir Rückfragen stellen, obwohl Sie nicht in der Position dazu sind. Genau so war es auch bei Ihrer hübschen Freundin. Sie wollte alles Mögliche über mich wissen. Wo ich herkomme, wer ich bin, was ich hier mache ... Sie wissen schon.«

Er hält kurz inne, um mich mit Argusaugen zu beobachten. *Was für ein dummer Wichser*, denke ich mir, unterdrücke aber weiterhin die aufkeimende Wut. Denn sind wir mal ehrlich, genau darauf zielt sein Verhalten ab. Er will mich herausfordern, mich triggern und greift dafür zu echt erbärmlichen Mitteln. Glaubt er ernsthaft, ich falle auf seine Scharade, dass Aileen Interesse an ihm haben könnte, herein? Wenn er das auch nur eine Sekunde in Erwägung gezogen hat, ist er dümmer, als ich ihn im ersten Moment eingeschätzt habe.

»Ja, meine Freundin ist extrem klug und möchte stets wissen, mit wem sie es zu tun hat. Sie lässt sich nicht leichtfertig um den Finger wickeln und auf irgendwelche Männer ein. Auch nicht, wenn sie zur Polizei gehören und sich hinter ihrer Dienstmarke verstecken.« Meine Antwort scheint zu sitzen, denn für den Bruchteil einer Sekunde entgleisen Díaz' Gesichtszüge. Ich muss ein Schmunzeln unterdrücken, denn so leicht wendet sich das Blatt. Schnell fängt er sich jedoch wieder und räuspert sich.

»Ich sehe das komplett anders als Sie. Aileen scheint sich sehr leichtfertig auf alle möglichen Männer einzulassen. Laut Zeugenaussagen hat sie sich Hals über Kopf in ein Leben an Ihrer Seite gestürzt. Ist es nicht so gewesen, dass sie kurz nach ihrer Rückkehr nach Brixton direkt bei Ihnen eingezogen ist? Jetzt stellt sich für mich die Frage: Kannten Sie sich bereits davor oder hat sie diese Entscheidung aus dem Bauch heraus getroffen?«

»Ihr Einzug bei mir hatte triftige Gründe und nichts mit unserer Beziehung zueinander zu tun. Am Anfang waren wir nichts weiter als Freunde. Unsere Verbindung hat sich erst über Wochen beziehungsweise Monate entwickelt und ich würde nicht behaupten, dass Aileen zu irgendeinem Zeitpunkt, seitdem ich sie kenne, eine einzige unbedachte Entscheidung getroffen hat.« Ich bin selbst überrascht, dass ich ihm derart ruhig und sachlich antworten kann, obwohl in mir ein tosender Sturm tobt, der nur allzu gern nach draußen dringen würde. Mich nervt es zunehmend, dass dieser Inspector anscheinend über sehr detaillierte Informationen verfügt, was mein

Verhältnis zu Aileen betrifft. Das Ganze gefällt mir ganz und gar nicht. Ich bin mir nämlich aktuell nicht sicher, wieviel er wirklich in Erfahrung gebracht hat und was lediglich seine Vermutungen sind. Hat er eine Ahnung von unserer Flucht vor Benedetti, weiß er von unserem Safe-Haus und was dort passiert ist? Ist Aileen womöglich in Gefahr? Könnte herauskommen, dass sie etwas mit dem Ableben von Alessio zu tun hat? Sollte das der Fall sein, werde ich alles mir Menschenmögliche tun, um das zu verhindern. Auch wenn das bedeutet, dass ich diesen Ort nie wieder verlasse. Aileen darf nichts passieren, schließlich hat sie in Notwehr gehandelt, um uns beide und unser Leben zu retten. Ich werde sie für immer beschützen, auch wenn es von diesem Ort aus sehr schwierig ist.

»Nehmen wir einmal an, Aileen hat diese Entscheidungen wirklich alle nicht überstürzt getroffen und sich nicht von einem Tag auf den anderen auf Sie eingelassen, sondern überlegt gehandelt. Dann stellt sich für mich die Frage: Was hat diese junge Frau, die aus einer sehr mächtigen Familie stammt, womöglich der mächtigsten und einflussreichsten in ganz Brixton, dazu bewegt, kurz nach ihrer Rückkehr mit ihrem Bruder zu brechen? Haben Sie eine Erklärung dafür?«

Damn! Dieser Inspector will es aber ganz genau wissen. Ich bin mir sicher, dass er die Wahrheit, was diesen Punkt betrifft, längst kennt. Denn wie er aussieht, liegt die Vermutung nahe, dass er gute Kontakte hat und es ein Leichtes für ihn ist, an Informationen zu gelangen, die die Mafia und die Clans in Brixton und ganz London betreffen. Ich kann es mir also sparen, mir etwas auszudenken, aber trotzdem werde ich ihm nicht viel liefern. »Sie und ihr Bruder hatten vollkommen unterschiedliche Ansichten, was ihre Zukunft betrifft. Aileen möchte ein Leben fernab der Kartelle führen und einem ganz normalen Job nachgehen. Ihr Bruder hatte andere Pläne für sie«, erläutere ich ihm schließlich sachlich.

Inspector Díaz legt den Kopf schief und es fuckt mich komplett ab, dass er dieses unterdrückte Grinsen auf den Lippen und dieses herausfordernde Funkeln in seinen Augen hat. Zu gern würde ich ihn fragen, was sein verficktes Problem ist, aber ich schlucke meinen wachsenden Zorn herunter.

»Und was für Pläne hatte Hunter Moreno de Castillo für seine Schwester?«

»Sollten Sie diese Fragen nicht Aileen anstatt mir stellen?«, entgegne ich und entlocke Díaz damit ein Schnauben. Er beugt sich weiter über den Tisch und schaut mich eindringlich an.

»Jetzt frage ich dich, Maddox. Diese Fakten gehören für mich unmittelbar zum Ermittlungsverfahren. Also, was für Pläne hatte Hunter Moreno für seine jüngere Schwester?«

Ich halte einen Moment inne und denke gut über meine nächsten Worte nach. Wäre es klüger, nach Cooper zu verlangen? Ich bin mir nicht sicher, was dieser Cop mit dieser erneuten Befragung bezwecken will und wieso seine Fragen dermaßen auf Aileen abzielen.

Oder doch.

Noch während ich darüber nachdenke, fügen sich alle kleinen Puzzleteile in meinem Kopf zusammen und ergeben plötzlich ein Bild, das Sinn ergibt. Die Suche nach einem Motiv für die Tat, ist das, was hinter seinen Fragen steckt. Er will, dass ich ihm die Gründe meiner angeblichen Tat selbst auf dem Silbertablett präsentiere. Wahrscheinlich hat er sich zusammengereimt, dass es ganz wunderbar passt, dass ich mit Aileen eine Beziehung führe, die von ihrem Bruder drangsaliert wurde und die ich um jeden Preis vor ihm schützen oder sogar seine Taten an ihr mit seinem Tod rächen wollte. Perfektes Motiv. Ich räume ihren Bruder aus dem Weg, um sie zu retten.

»Er hat verlangt, dass sie in das Familiengeschäft einsteigt«, halte ich mich komplett bedeckt und lasse mit keiner Silbe den Namen Alessio Benedetti erklingen. Wenn Díaz über diesen Fakt etwas wissen will, muss er mir konkrete Fragen stellen.

Das ist etwas, das ich in all den Jahren, in denen wir mit der Polizei zusammengearbeitet haben, gelernt habe. Gib niemals mehr preis, als gefordert wird. Jedes einzelne Wort kann umgedreht und letztlich gegen dich verwendet werden, da hilft dir auch nicht diese Tonaufnahme, welche die ganze Zeit mitläuft.

»Und das ist alles?«, fragt er, setzt sich wieder aufrecht in seinen Stuhl und verschränkt die Arme. »Hunter Moreno wollte, dass Aileen in das Familiengeschäft einsteigt und deshalb läuft sie vor ihrem Bruder, der ihr einziger Bezugspunkt in Brixton ist, weg und flüchtet sich in die Arme einer Horde Biker?« Díaz hat die Stimme mit jedem Wort weiter erhoben und ich sehe, dass er komplett unzufrieden ist mit dem, was ich ihm liefere.

»Sieht so aus, Inspector Díaz.«

Der Cop fegt mit einer Hand die vor ihm liegende Akte vom Tisch, springt von seinem Stuhl auf und hebt drohend seinen Zeigefinger.

Ich blicke zu ihm auf und feiere den kleinen Triumph, dass nicht ich es bin, der die Kontrolle verloren hat, obwohl mir das in den vergangenen Wochen nur allzu oft passiert ist.

»Ich weiß, dass du lügst. Glaub mir, ich werde die ganze Wahrheit aufdecken und ans Licht bringen, deine komplette Bande hochnehmen und zerstören. Und sollte ich während meiner Ermittlungen auf Hinweise stoßen, dass Aileen in diese ganze Angelegenheit involviert ist, werde ich keine Sekunde zögern, sie zu verhaften und für den Rest ihres Lebens einzusperren.«

Die Drohung gegen Aileen versetzt mir einen Stich ins Herz und führt zu einem unangenehmen Ziehen in meiner Magengegend, dennoch bleibe ich ruhig und schaue Díaz fest in die Augen. »Tun Sie das. Decken Sie alle Karten auf und lösen Sie das Rätsel um den Tod und die Ermordung von Hunter Moreno. Damit tun Sie uns allen einen großen Gefallen. Nicht nur, dass Sie Ihrem Job nachgehen, nein, Sie würden in diesem Fall auch feststellen, dass ich unschuldig bin und nichts mit dieser Tat zu tun habe.«

Díaz fährt sich mit den Händen durch sein schwarzes Haar und verzieht den Mund zu einem Grinsen.

Ich bin überrascht, wie wankelmütig er ist. In der einen Sekunde hat er einen cholerischen Ausbruch und jetzt ist er wieder vollkommen ruhig und grinst.

»Das werde ich tun. Ich werde jedes noch so kleine Detail durchforsten und die Wahrheit ans Licht bringen. Bis es so weit ist, werden Sie in den normalen Zellentrakt nach Wandsworth verlegt. Aufgrund der Schwere der Tat ist keine Kautionszahlung möglich. Besuche sind vorerst untersagt, bis ich mir sicher bin, dass es zu keinen Absprachen kommt.«

Bei den Worten Verlegung und Zellentrakt steigt mir bittere Galle in die Kehle. Ich wusste, dass es so kommen würde, da das Cooper bei unserem Gespräch vorhin bereits angedeutet hat. Dennoch hatte ich die Möglichkeit bis eben verdrängt. Jetzt wird es real. Ich bin kein Feigling und fürchte mich nicht, aber in diesem Gefängnis sitzen sehr viele Männer, die meinetwegen verurteilt worden sind. Mir bleibt nichts anderes übrig, als das

Beste zu hoffen und Zeit zu gewinnen. So schnell wie möglich muss es mir gelingen, Verbündete im Knast zu finden, die auf meiner Seite stehen. Andernfalls werde ich dort nicht lange überleben können.

Da das eingetretene Schweigen bereits mehrere Sekunden andauert und zunehmend unangenehm wird, unterbreche ich es. »Gibt es weitere Fragen, die Sie mir stellen möchten, oder sind wir hier fertig?«

Ein Schatten huscht über Díaz' Gesicht und ich sehe die Verachtung, die in seinen Augen funkelt.

Bevor er antwortet, räuspert er sich und ich bin mir sicher, dass er sich innerlich auch dazu anhält, Ruhe zu bewahren und nicht noch einmal so die Kontrolle zu verlieren wie eben. Denn Schwäche zu zeigen, macht angreifbar, das weiß ich selbst nur zu gut und versuche es, wann immer es möglich ist und mir gelingt, zu verhindern. Umso mehr beschäftigt und verfolgt mich der Gedanke daran, dass ich in den letzten Wochen mehrfach vollkommen die Kontrolle über mein Handeln verloren und einen meiner engsten Freunde übel zusammengeschlagen habe. *Jay* kommt es mir in den Sinn und ich verspüre den unbändigen Drang, mit ihm zu reden. Sobald es mir gestattet ist, Besucher zu empfangen, werde ich ihn durch Cooper informieren, dass wir reden müssen. Ich bin es ihm schuldig, mein Verhalten bestmöglich zu erklären, denn er verdient die Wahrheit. Mein Freund hat meiner Meinung nach genug gelitten in den vergangenen Jahren. Erst habe ich es ihm nicht leicht gemacht, als er mit Mia zusammengekommen ist. Sie war nun einmal meine kleine Schwester und ich wollte sie vor allem und jedem beschützen. Keiner war in meinen Augen gut genug für sie, auch nicht einer meiner engsten Freunde. Als dann auch noch Alessio ins Spiel gekommen und Mia immer weiter auf die schiefe Bahn geraten ist und es Jay nicht geschafft hat, sie aus dieser ganzen Scheiße herauszuziehen, habe ich ihn zum Großteil dafür verantwortlich gemacht. Nach ihrem Selbstmord habe ich so viele unschöne und unwiderrufbare Dinge zu ihm gesagt, dass es fast an ein Wunder grenzt, dass wir bis heute gemeinsam in einem Haus wohnen, am selben Tisch sitzen, zusammen lachen und wieder zueinander gefunden haben. Denn wenn ich darüber nachdenke, bin ich maßgeblich dafür verantwortlich, dass er nach ihrem Tod dermaßen abgerutscht ist und unbedingt Vergeltung wollte. Möglicherweise wäre alles anders verlaufen und ihm die qualvolle Folter bei den Benedetti erspart geblieben, wenn ich ihm damals nicht den Tod gewünscht und ihn einen Versager genannt hätte. All diese Dinge kann ich heute nicht mehr rückgängig machen. Sie sind gesagt, ausgesprochene Worte. Umso wichtiger ist es heute, klüger zu handeln und nicht emotional oder impulsiv zu reagieren.

»Vorerst sind wir hier fertig. Wir werden uns aber schon sehr bald wiedersehen. Es gibt noch so viel zu besprechen und so viele offene Fragen, die ich geklärt haben möchte. Die kleinen Bruchstücke dieser Nacht setzen sich langsam zu immer größeren Fragmenten zusammen und werden letztlich ein Gesamtbild ergeben, das die Wahrheit ans Licht bringt.«

Mit diesen Worten bückt sich Díaz und hebt seelenruhig die auf dem Boden verteilten Papiere und die Aktenmappe auf. Er steckt sie sich unter den Arm, geht die wenigen Schritte bis zur Tür, öffnet diese und befiehlt den beiden davor stehenden Polizisten, mich ins Gefängnis zu überführen.

Mir ist übel und wenn ich ehrlich bin, würde ich am liebsten hier auf diesem Stuhl verharren und noch Stunden einem Verhör mit diesem unangenehmen Inspector ausgesetzt sein, anstatt meinen Zellengenossen ausgeliefert zu werden. Eine Millisekunde huschen meine Gedanken zu Aileen. Sie ist mein einziger Hoffnungsschimmer. Die Gedanken an sie schenken mir die Kraft, das hier durchzustehen. Irgendwie muss ich es schaffen, die Zeit im Gefängnis zu überleben und meine Unschuld zu beweisen, damit ich sie eines Tages wieder in meine Arme schließen kann. Ich will unbedingt noch einmal in ihre wunderschönen grünen Augen schauen, über ihre Wange streicheln, ihre zarte Haut berühren — die zarteste, die ich jemals gefühlt habe —, mit meinen Fingerspitzen durch ihre Locken streichen, mir eine ihrer Haarsträhnen um die Finger wickeln und sie leidenschaftlich küssen, bis sie die Kontrolle verliert und es nur noch sie, mich und diesen Kuss gibt. Lippen, die füreinander bestimmt sind, die sich drängend und fordernd aneinanderschmiegen, die sich gegenseitig versiegeln und ein Band stärken, das seit der ersten Sekunde unseres Zusammentreffens geknüpft wurde. Daran denke ich und an nichts anderes, als wir uns auf den Weg machen und ich zwischen den beiden Polizisten auf meine persönliche Hölle zusteuere.

KAPITEL 19

Aileen

Nachdem Jay uns darüber in Kenntnis gesetzt hat, dass bei seinen Recherchen nicht wirklich viel herausgekommen ist, aber er nicht aufgibt, bin ich vollkommen resigniert nach oben in mein Zimmer gegangen. Ich habe mir eine Decke um den Körper gewickelt, mir eines meiner absoluten Lieblingsbücher geschnappt und mich nach draußen auf den Balkon gesetzt. Mir fällt auf, dass ich die letzte Seite des Kapitels bereits zum dritten Mal lese und dennoch kein einziges Wort meine Gedanken erreicht. Ich klappe das Buch seufzend zu, lege es auf meinen Schoß und richte den Blick in die Ferne. Es ist spät geworden, die Straßenlaternen sind bereits angegangen und die Häuser in der Ferne beleuchtet. Die Umgebung ist friedlich und ruhig. Lediglich das Geräusch der wenigen Autos, die noch unterwegs sind, unterbricht die Stille.

In meinem Kopf dreht sich alles um die Tatnacht und darum, wie alles zusammenhängen könnte. Es ist ein heilloses Durcheinander. Egal wie ich es betrachte, die Ereignisse ergeben keinen Sinn für mich. Hinzu kommt der ungeheuerliche Fakt, dass Maddox unter Drogeneinfluss stand in dieser besagten Nacht, als er Jay verprügelt hat, angeblich meinen Bruder ermordet und in der wir miteinander geschlafen haben. Ein Frösteln durchfährt mich, als mir klar wird, was das möglicherweise bedeutet. War Maddox in dieser Nacht überhaupt er selbst? Hätte er ohne die Wirkung der Drogen genauso gehandelt? Wäre es womöglich nie zu dem Streit mit Jay und zu der anschließenden Versöhnung mit mir gekommen, wenn er keine Substanzen im Blut gehabt hätte? Und wie sind diese Drogen überhaupt in seinen Blutkreislauf gelangt? Ich bin mir absolut sicher, dass Maddox niemals freiwillig zu solchen Rauschmitteln greifen würde, was die Sache weiter verkompliziert und deutlich schlimmer macht. Denn im Umkehrschluss bedeutet diese Erkenntnis, dass Maddox diese von jemandem, durch eine Person oder mehrere, verabreicht wurden, ohne, dass er es mitbekommen hat. Als ich darüber nachdenke, muss ich unweigerlich an Dr. Miller denken, der für Maddox' Medikation verantwortlich ist und regelmäßig im Haus war. Wer sonst sollte es gewesen sein? Ich bin mir nicht mal sicher, ob Maddox nur in dieser einen Nacht unter Drogeneinfluss stand oder schon länger. Glaube ich den Aussagen der anderen, hat sich sein Verhalten bereits in den letzten Wochen verändert. Ich seufze frustriert, denn das ergibt alles keinen Sinn, und je mehr ich darüber nachdenke, desto verwirrender und undurchsichtiger wird das Ganze. Ich brauche dringend einen Plan, um Maddox aus dem Gefängnis zu bekommen.

Ein Klopfen an meiner Tür lässt mich erschrocken zusammenfahren, so sehr war ich in meine Gedanken vertieft.

»Herein«, rufe ich und höre, dass sich kurz darauf die Tür öffnet.

Es ist Jay, der anschließend durch das Zimmer zu mir nach draußen auf den Balkon tritt, sich neben mich auf den Stuhl gesellt und sich eine Zigarette anzündet. Er nimmt einen Zug und schaut mir schließlich fest in die Augen. »Kommst du klar?«, erkundigt er sich und ich hülle mich für einen Augenblick in Schweigen.

Es fällt mir alles andere als leicht, diese Frage zu beantworten, denn ich bin innerlich zerrissen. Zum einen will ich nicht, dass die Dexters sich permanent um mich sorgen, denn mir ist bewusst, dass auch sie extrem unter dieser Situation leiden. Andererseits fühlt es sich vollkommen falsch an, die wenigen Menschen, die auf meiner Seite stehen und die dasselbe Ziel wie ich verfolgen, anzulügen oder ihnen etwas zu verschweigen. Ich bin all die Lügen, Geheimnisse und Intrigen leid.

»Nicht wirklich, denke ich«, erwidere ich daher nach einer Weile aufrichtig.

Jay nimmt einen weiteren Zug von seiner Zigarette und nickt. Er dreht seinen Stuhl zu mir, sodass wir uns gegenübersitzen, und schaut mir tief in die Augen. »Du musst diese Sache nicht allein durchstehen. Ich bin für dich da und unterstütze dich bei allem, was auf dich zukommt. Wenn du möchtest, begleite ich dich auch morgen früh zu dem Gespräch mit Cooper. Ich stehe fest an deiner Seite. Vergiss das nicht.«

Seine Worte bedeuten mir viel, berühren mich und haben dennoch nicht die Kraft, das beklemmende Gefühl in meinem Bauch aufzulösen. Resignierend schüttle ich den Kopf. »Ich weiß das wirklich zu schätzen, aber ich will euch kein Klotz am Bein sein. Es ist mir wichtig, dass ihr euch darum kümmern könnt, Maddox aus dem Gefängnis zu holen, beziehungsweise ihm Unterstützung zu liefern, damit er geschützt ist. Aus diesem Grund werde ich all die Dinge, die ich allein regeln kann, selbst erledigen. Dazu zählt auch das Gespräch mit Cooper. Es ist im Endeffekt etwas Harmloses und ich werde euch später berichten, was er bezüglich des Erbes meiner Familie zu mir gesagt hat.«

Jay rutscht noch etwas näher an mich heran und fast rechne ich damit, dass er mir seine Hand auf den Oberschenkel legt, aber er tut es nicht. »Ich weiß, dass du eine starke Frau bist, die stärkste, die mir jemals begegnet ist und ich weiß auch, dass du diese Angelegenheiten allein regeln kannst. Mir ist es nur wichtig, dass dir klar ist, dass ich da bin, sollte es einmal zu viel werden, du eine Schulter zum Anlehnen brauchst oder irgendetwas in der Art. Ich fühle mich verantwortlich für dich, solange Maddox nicht da ist. Ich werde alles tun, damit es dir gut geht.«

Ich hauche ein »Danke« und schenke ihm ein müdes Lächeln, auf das direkt ein Gähnen folgt.

»Hast du eine Ahnung wie spät es ist?«, will ich von ihm wissen und Jay schaut auf die Uhr an seinem Handgelenk.

»Ja, es ist fast ein Uhr.«

Ich reiße die Augen auf und erhebe mich prompt von meinem Stuhl. »Himmel, so spät? Ich habe völlig die Zeit vergessen beim Lesen und Pläneschmieden. Ich muss morgen früh zur Arbeit und davor noch zu Cooper. Ich sollte dringend schlafen«, sprudeln die Worte aus mir heraus.

Jay erhebt sich ebenfalls, nickt mir zu und begleitet mich nach drin. Er schließt die Balkontür und ist gerade dabei, mein Zimmer zu verlassen, als ich mich noch einmal an ihn wende. »Wie groß ist die Gefahr für Maddox aktuell wirklich?« Diese alles entscheidende Frage musste ich noch loswerden, sonst werde ich in dieser Nacht kein Auge zubekommen und keine einzige Sekunde Schlaf finden.

Jay dreht sich zu mir, verzieht gequält den Mund und

der Ausdruck in seinem Gesicht verrät mir bereits alles, was ich wissen muss. »Er ist in Lebensgefahr, Aileen. Jede Minute, die er im Gefängnis ist, ist eine zu viel. Wir haben vorhin bereits einige Leute abtelefoniert und sind gerade dabei, verschiedene Deals einzufädeln, damit er Unterstützung von einigen Gruppen erhält. So etwas zu regeln, bedarf aber Zeit und großen Verhandlungsgeschicks. Wir müssen aufpassen, dass wir nicht das Gegenteil bewirken und noch mehr Leute auf Maddox aufmerksam machen als nötig. Zeitgleich dürfen wir nicht kopflos handeln. Im Gefängnis gibt es genügend Penner, die nur darauf warten, uns auszunehmen, und egal für welchen Preis dann doch keinen Schutz liefern werden. Aber wir sind dran, denn wir sind uns allzu bewusst, wie gefährlich die Situation ist. Tut mir leid, Aileen. Ich wünschte, ich könnte dir etwas anderes sagen.«

Da sind sie wieder, diese alles einnehmende Leere und die Taubheit, die meinen gesamten Körper erfüllen. Jedes Wort von Jay zieht mich weiter in den bodenlosen Abgrund, in dem nichts außer Dunkelheit, Schmerzen und erdrückender Schwere existieren. Ich weiß nicht, warum ich ihm diese Frage stellen musste, deren grausame Antwort ohnehin klar war.

»Das Leben ist furchtbar«, stoße ich seufzend aus und setze mich auf mein Bett.

»Kann ich dich wirklich allein lassen?«, fragt Jay und in seiner Stimme klingt eine unterschwellige Hoffnung auf ein Nein meinerseits mit.

Mir wird klar, dass ich besonders vorsichtig sein muss, wie ich mit ihm spreche, welche Signale ich ihm sende und wie offen ich zu ihm bin. Auch wenn er es nicht will, ist mir nur allzu bewusst, dass er seine Gefühle zu mir lediglich unterdrückt, sie aber weiterhin da sind. In diesem Punkt kenne ich mich bestens aus, wenn ich an die Zeit nach der Trennung von Maddox zurückdenke. Auch ich habe in den vergangenen Wochen nichts anderes getan, als versucht, es zu verdrängen, zu vergessen, nicht mehr an unsere gemeinsame Zeit zu denken und nach vorne zu blicken. Und dennoch war er Dauergast in meinen Gedanken.

Mir klar, dass es nur eine Antwort auf Jays Frage geben kann, die noch immer den gesamten Raum einnimmt. »Ja, alles okay. Ich werde versuchen zu schlafen, damit ich den Arbeitstag und das Gespräch bei Cooper gut überstehe«.

»Okay, dann gute Nacht und wenn etwas ist, bin ich in deiner Nähe.« Mit diesen Worten verlässt Jay mein Schlafzimmer und zieht die Tür hinter sich zu.

Ich lasse mich zurück in die Kissen sinken und starre für einen Augenblick an die Zimmerdecke, bevor ich die Augen schließe.

Zahllose Bilder ziehen an mir vorbei und ich denke ein wenig darüber nach, wann das alles angefangen hat, mit welchem Ereignis mein Leben so kompliziert geworden ist. Bin ich ehrlich zu mir, wahrscheinlich schon am Tag meiner Geburt. Wäre ich keine Moreno, wäre all das hier nichts weiter als der Stoff für einen nervenaufreibenden Actionstreifen.

Das Klingeln meines Weckers reißt mich aus meinem unruhigen Schlaf. Ich taste nach meinem Handy und schiebe es prompt von dem kleinen Nachttisch, sodass es auf den Boden fällt und sein unnachgiebiges und sehr penetrantes Piepen weiter erklingt. »Was für ein grandioser Start in den Tag«, nuschle ich vor mich hin, während ich mich auf die Seite drehe, um auf dem Boden nach meinem Handy zu fischen. Endlich bekomme ich es zu fassen und schalte den Wecker aus. Ich schaue auf das Display und stöhne erneut frustriert, als die digitale Anzeige sechs Uhr verkündet. Diese Zeit fühlt sich alles andere als komfortabel an, vor allem nach den Ereignissen der vergangenen Tage und dieser kurzen Nacht. Aber alles Jammern hilft nichts. Ich habe mir fest vorgenommen, heute zur Arbeit zu gehen und mich wieder auf meinen geregelten Alltag zu konzentrieren, um nicht komplett durchzudrehen.

Also schwinge ich die Beine aus dem Bett und mache mich auf den Weg ins Badezimmer. Dort entledige ich mich meiner Kleidung und steige unter die Dusche. Ich stelle das Wasser relativ kühl ein, um irgendwie wach zu werden und richte den Wasserstrahl mitten auf mein Gesicht. Das kühle Nass hilft, um ein wenig dieser erdrückenden Müdigkeit hinwegzuspülen, aber die Taubheit, die meinen Körper erfüllt, und die tiefe Sorge, die sich als Knoten in meinem Magen festgesetzt hat, bleiben bestehen.

Ich steige aus der Dusche, wickle mich in ein Handtuch, wische mit der Hand den kondensierten Wasserdampf vom Spiegel und betrachte mich. Wenn ich ehrlich bin, sehe ich, dafür dass die letzten Tage wirklich der Horror gewesen sind, ganz passabel aus. Das freut und erschreckt mich zugleich. Ist es möglich, dass mich das Ganze nicht mehr so offensichtlich mitnimmt, weil grausame Ereignisse und schreckliche Schicksalsschläge zu meinem alltäglichen Leben dazugehören? Was für eine entsetzliche Vorstellung. Ich löse meine Haare aus dem Dutt und fahre mit den Fingern durch meine Locken, um sie einigermaßen zu bändigen. Im Anschluss putze ich mir routinemäßig die Zähne und trage eine getönte Tagescreme und etwas Mascara auf. Um frischer zu wirken, verwende ich sogar ein wenig Blush auf den

Wangen, der mir etwas Farbe verleiht. Als ich das Badezimmer verlasse und immer noch eingewickelt in mein
Handtuch mein Zimmer betrete, sehe ich schon ganz an-
sehnlich aus. Jetzt fehlt nur noch das passende Outfit.
Während ich zu meinem Kleiderschrank laufe, gleitet
mein Blick zu dem Umschlag auf meinem Schreibtisch,
in dem sich der Brief befindet, den ich gestern Abend für
Maddox geschrieben habe. Ich bin mir unsicher, ob ich
diesen Brief wirklich an Cooper übergeben soll. Ich war
mehr als durcheinander, als ich ihn verfasst habe. Auf der
anderen Seite spiegelt er wider, wie ich mich fühle und
enthält eine wichtige Botschaft, nämlich die, dass ich bedingungslos an Maddox' Seite stehe. Irgendwie glaube
ich, dass das Wichtigste neben all den zusammenhangs-
losen Wortfetzen, die ich niedergeschrieben habe, ist, dass
er davon erfährt. Es ist die Kernbotschaft, die Essenz
meiner Nachricht, die ihm Hoffnung spenden soll.

Ich richte den Blick wieder in Richtung meines
Schrankes und ziehe eines der dunkelfarbigen Kostüme
hervor. Im selben Augenblick wird die Tür zu meinem
Zimmer aufgestoßen. Perplex halte ich das verknotete
Handtuch an meiner Brust zusammen und drehe mich zu
dem Eindringling herum.

»Jay«, stoße ich empört aus, als ich ihn erblicke, und
verstehe nicht, wieso er ungebeten und ohne Vorankündi-
gung mein Zimmer betritt. Schließlich hätte ich auch
splitterfasernackt sein können.

Sein Blick wandert über meinen Körper und treibt
mir damit die Hitze in die Wangen. Seine intensive Musterung löst Unbehagen in mir aus.

Unsere Augen treffen aufeinander und Jay scheint zu
erkennen, dass ich mich mehr als unwohl dabei fühle,
halb nackt vor ihm zu stehen, denn er macht einen Schritt
zurück.

»Tut mir leid. Ich habe schon zweimal geklopft und du hast nichts geantwortet, deshalb wollte ich nachschauen, ob du wach bist. Tut mir wirklich leid«, wiederholt er und ich löse eine Hand von dem Knoten an meinem Handtuch, um mir über die Stirn zu fahren. War ich schon wieder so sehr in meinen Gedanken an Maddox versunken, dass ich das Klopfen überhaupt nicht wahrgenommen habe?

»Schon gut. Wie du siehst, bin ich wach und bereit, mich in den Tag zu stürzen«, erwidere ich deutlich entspannter, da Jay die Situation für mich aufgeklärt hat.

»Soll ich dich in die Stadt fahren oder möchtest du Maddox' Wagen nehmen?«, fragt er mich und mir entgeht nicht, dass er seinen Blick erneut meinen Körper hinabwandern lässt.

»Ich fahre alleine und muss mich jetzt wirklich anziehen«, stottere ich aufgrund der erneuten Musterung und drehe mich wieder in Richtung Kleiderschrank, um ihn zum Gehen zu bewegen.

»Alles klar. Der Wagenschlüssel und die Papiere liegen unten im Flur«, erwidert er und ich höre kurz darauf, wie die Tür geschlossen wird. Ich drehe mich wieder um und starre auf den Ort, an dem Jay bis eben gestanden hat. *Was war das denn?*, frage ich mich und schüttle den Kopf. Diese Begegnung war mehr als seltsam und mich beschleicht das Gefühl, dass ich wohl oder übel noch einmal mit ihm darüber sprechen muss, dass wir nur Freunde und nichts weiter sind.

Endlich widme ich mich wieder meiner Kleiderauswahl und schlüpfe in das ausgewählte Kostüm hinein. Ich zwänge mich in die schwarzen, engen Pumps, schnappe mir meine Arbeitstasche, in der ich den Brief an Maddox verstaue, und begebe mich kurz darauf nach unten in die Küche. Von den anderen scheint noch niemand wach zu sein, denn es ist vollkommen ruhig im Haus. Umso mehr verwundert es mich, dass Jay schon auf den Beinen ist und nach mir gesehen hat. Aber auch ihn treffe ich seltsamerweise nicht im Erdgeschoss. Ich verliere mich nicht weiter in den merkwürdigen Gedanken, sondern wappne mich innerlich für den bevorstehenden Tag.

In der Küche koche ich mir eine Tasse Kaffee und bereite mir ein Müsli zu, um gestärkt zu sein. Bereits nach zwei Löffeln bin ich satt und bekomme keinen weiteren Bissen hinunter. Zumindest der Kaffee schmeckt einigermaßen und ich gieße mir eine weitere Tasse ein. Nachdem ich fertig bin, stelle ich alles in den Geschirrspüler, nehme die Autoschlüssel samt der Papiere und begebe mich nach draußen. In der Auffahrt angekommen beschleicht mich ein ungutes Gefühl. Ich lasse den Blick über die Straße streifen und entdecke in einiger Entfernung tatsächlich drei dunkle Limousinen, bei denen es sich eindeutig um Zivilfahrzeuge der Polizei handelt.

War ja klar, dass wir beschattet werden, denke ich mir und öffne die Tür des Wagens. Ich gleite auf den Fahrersitz, schnalle mich an und starte den Motor. Bevor ich den Gang einlege, schließe ich für einen Moment die Augen und atme tief durch. Im Anschluss betrachte ich mich selbst im Rückspiegel und spreche mir Mut zu, dass ich diesen Tag irgendwie überstehen werde.

KAPITEL 20

Ich stehe draußen auf meinem Balkon und vergewissere mich, dass Aileen die Einfahrt verlässt und mit Maddox' Wagen davonfährt. Ein dunkler Wagen folgt ihr, was mich nicht weiter beunruhigt, denn es war klar, dass wir aktuell dauerhaft unter Beobachtung der Polizei stehen. Zumindest ist so auch für ihre Sicherheit gesorgt, selbst wenn wir nicht in ihrer Nähe sein können.

Ich fahre mit einer Hand durch die Haare und greife mir mit der anderen in den Schritt. Mein Schwanz wird sofort wieder hart, wenn ich an den Anblick denke, der sich mir eben geboten hat. Aileen ausschließlich eingehüllt in dieses knappe Handtuch, während ihr einige ihrer Locken ins Gesicht gefallen sind. Die Vorstellung, dass sie unter dem Frotteestoff nichts anhatte, erregt mich unglaublich. Als sie so vor mir stand und zu mir aufgeblickt hat, wäre ich am liebsten zu ihr hinübergelaufen, hätte den Knoten ihres Handtuchs gelöst, meine Hände an ihren Knackarsch gelegt und sie ganz fest an mich gedrückt. So fest, dass sie meine harte Erektion durch den Stoff meiner Jogginghose gespürt hätte und diese Tatsache ihrer Kehle womöglich ein sehnsüchtiges Wimmern entlockt hätte. Zwar war sie überrascht, dass ich einfach ihr Zimmer betreten und sie so fast nackt erblickt habe, aber sie hat nichts unternommen, um mich rauszuwerfen. Ich habe deutlich gesehen, wie sich ihre Wangen gerötet haben, als ihr klar geworden ist, dass ich gerade ihren Body abchecke. Der Drang, meine geheimen Fantasien mit ihr in die Tat umzusetzen, wächst stetig, denn ich bin verrückt nach dieser Frau. Da ich keinen Bock habe, den ganzen Tag mit einem Dauerständer herumzulaufen, entscheide ich mich, etwas zu tun, das vielleicht dem einen oder anderen pervers erscheint, aber sich gerade vollkommen richtig für mich anfühlt, und nur das zählt. Ich begebe mich zurück nach drinnen, durchquere mein Zimmer, öffne die Tür und lausche in den Flur hinein. Im Haus ist weiterhin alles ruhig und Connor und Finn schlafen anscheinend noch. Ausgezeichnet. Ich laufe auf Aileens Zimmer zu, drücke die Klinke nach unten, trete ein und schließe die Tür hinter mir. Ich nehme einen tiefen Atemzug und sauge augenblicklich ihren betörenden, unschuldigen Duft in mich auf. Diese blumige Frische, die sie allzeit umgibt, hat mich schon immer angezogen. Ich laufe zu ihrem Bett und lege mich in die Laken, in die sie bis vor einer Stunde noch eingewickelt war. Alles riecht nach ihr und ich fühle mich ihr in diesem Moment ganz nah. Um für Erleichterung zu sorgen und diesen Druck loszuwerden, fasse ich nach dem Bund meiner Hose und meiner Boxershorts, schiebe sie mir über meine Hüften und festige kurz darauf den Griff um meinen Schwanz. Ich schließe die Augen und habe augenblicklich das Bild der hübschen Aileen vor meinem inneren Auge. Meine Hand gleitet auf und ab, ich befriedige mich selbst und atme dazu ihren betörenden Geruch ein, der meine Lust weiter steigert. Ich umfasse meinen Schwanz noch etwas fester, beschleunige das Tempo und genieße, wie sich kurz darauf alles in mir zusammenzieht. Viel zu schnell und zu heftig, als dass ich es kontrollieren oder aufhalten könnte, spritze ich ab und verteile meinen Samen auf meiner Hand, meinen Leisten, meinem Oberschenkel und hinterlasse ein paar sündige Tropfen auf ihren Laken. Erleichtert bleibe ich einen Moment liegen und schwelge in der Vorstellung, wie es sich anfühlen würde, in ihr zu kommen, ihre Pussy mit meinem Schwanz in Besitz zu nehmen, sie zu küssen und in allen möglichen Stellungen zu nehmen. Was für eine geile Vorstellung. Der Gedanke daran, ihr die Kontrolle zu nehmen, ihren geilen Knackarsch zu erobern und sie zum Höhepunkt zu treiben, beflügelt mich mit neuer Energie. Ich bin mir sicher, dass es nicht mehr lange dauern wird, bis wir uns annähern, das spüre ich ganz deutlich. Auch wenn sie aktuell noch mit ihren Gedanken bei Maddox ist, werde ich sie überzeugen, dass ich der richtige Mann an ihrer Seite bin. Sie wird bei der Sache mit dem Erbe meine Hilfe brauchen. Sobald ihr klar wird, was alles auf sie zukommt, wie groß die Verantwortung ist und dass sie das alles unmöglich allein stemmen kann, wird sie eine starke Schulter brauchen, die ihr Halt gibt. Und das wird meine sein. Connor und Finn werde ich heute davon überzeugen, dass ich die beste Wahl bin, wenn es darum geht, Aileen in diesen Dingen zu unterstützen. Die beiden Trottel sollen weiterhin die Werkstatt am Laufen halten und ich kümmere mich um Aileens Familienerbe. Dieses Vorgehen bringt mir direkt zwei Vorteile: Zum einen verbringe ich mehr Zeit mit Aileen, kann sie weiter manipulieren, mich in ihren Gedanken breitmachen und sie für mich gewinnen. Zum anderen ermöglicht es mir einen Einblick in die Geschäfte der Moreno de Castillos sowie die aktuellen Zahlen, was mir dabei helfen wird, meine Ziele und Träume zu verwirklichen. Ich sehe es schon bildlich vor mir. Maddox gibt es nicht mehr und Aileen und ich stehen eines Tages gemeinsam an der Spitze in Brixton. Wir kämpfen für die richtige Sache und zerschlagen die Kartelle. Mit ihrem Vermögen bauen wir legale Geschäfte auf und schaffen neue Perspektiven. Dafür muss ich noch einige Opfer bringen und sowohl Connor als auch Finn langfristig aus dem Weg räumen. Danach aber werde ich auf den richtigen Weg zurückkehren. Ich bin mir sicher, dass ab jetzt alles genau so laufen wird, wie ich es geplant habe. Auch wenn ich Alex, meinen Verbündeten, verloren habe, lasse ich mich nicht aufhalten. Inzwischen bin ich so weit gekommen, dass es längst zu spät ist, um umzukehren.

Ich drehe mich ein wenig zur Seite, krame im Nachttisch von Aileen und finde glücklicherweise eine Packung Taschentücher. Ich nehme eines heraus und reibe grob meinen Samen von meinem Körper, dann ziehe meine Boxershorts und meine Hose wieder über meine Hüften und verlasse ihr gemütliches Bett. Für Sekunden verweilt mein Blick auf der Stelle, an der ich eben lag und an der wir eines Tages gemeinsam liegen werden. Aileen unter oder auf mir mit meinem Schwanz in ihrer Pussy. Allein bei dem Gedanken zuckt es erneut in meiner Hose und ich umschließe das Taschentuch in meiner Faust stärker.

Voller Euphorie durch diesen ausgezeichneten Start in den Tag begebe ich mich zurück in meinem Zimmer und mache mich auf den Weg unter die Dusche, um die Spuren meiner Lust und Hingabe vollständig zu beseitigen.

KAPITEL 21

Aileen

Ich treffe nach einer knapp vierzigminütigen Fahrt an der Kanzlei von Cooper ein. Obwohl ich mich überwiegend auf das Navigationssystem konzentriert habe, damit ich den richtigen Weg finde, ist mir nicht entgangen, dass mir tatsächlich eine der schwarzen Limousine gefolgt ist. Im Rückspiegel musste ich unangenehmerweise feststellen, dass es sich bei dem Fahrer des Wagens um Inspector Díaz handelt. Ich stelle den Motor ab, nachdem ich eine der Parkflächen an Coopers Kanzlei erreicht habe. Der andere Wagen parkt unmittelbar neben mir. Sollten die Beamten versucht haben, subtil zu arbeiten und mich so zu observieren, dass ich davon nichts mitbekomme, sind sie auf ganzer Linie gescheitert. Díaz schaut durch das Fenster des Wagens zu mir herüber und grinst süffisant. Ich verdrehe lediglich die Augen. Mittlerweile ist es mir egal, dass er einen hohen Dienstgrad hat und der leitende Ermittler im Verfahren gegen Maddox ist. Wenn er sich wie ein Idiot aufführt, erntet er dafür genau die Art von Reaktion von mir, die er verdient. Ich sehe es nicht ein, mich von ihm wie ein naives Mädchen behandeln zu lassen, mit dem er seine Spielchen treiben kann. Nachdem ich mir meine Tasche geschnappt und ausgestiegen bin, verriegele ich energisch den Wagen und mache mich auf den Weg zur Eingangstür der Kanzlei. Kurz bevor ich diese erreiche, höre ich, wie eine Wagentür zugeschlagen wird, und bin mir instinktiv sicher, dass es Díaz ist, der mir folgt. Ich wirble herum und pralle fast mit ihm zusammen, da er mir bereits viel näher ist, als ich vermutet habe. Um etwas Distanz zwischen uns zu schaffen, trete ich einen Schritt zurück und verschränkte die Arme vor der Brust.

Díaz mustert mich und lässt sich dafür unglaublich viel Zeit. Er inspiziert mich auf eine Art, die nichts Sexuelles an sich hat und dennoch unangenehm ist.

»Kann ich Ihnen irgendwie weiterhelfen, Inspector Díaz?«, frage ich genervt und funkle ihn herausfordernd an.

Er legt den Kopf schief und grinst. Diese Taktik hat er bereits bei unserem Verhör angewendet und ich bekomme so langsam das Gefühl, dass das sein Ding ist.

»Ein völlig anderer Mensch in diesem Outfit«, stellt er nüchtern fest und lässt seinen Blick noch einmal an mir hinabwandern.

Ich atme geräuschvoll aus und halte seinem intensiven Blick stand, der inzwischen wieder in meinem Gesicht gelandet ist. »Ja. Sie sehen womöglich auch völlig anders aus in Freizeitkleidung als in diesem Anzug«, entgegne ich forsch und lasse meinem Unmut freien Lauf.

Das Grinsen von Díaz wird daraufhin noch breiter und ich appelliere innerlich an meine Selbstbeherrschung und meine gute Erziehung im Mädcheninternat.

»Wissen Sie, was mir jetzt, wenn ich Sie in diesem Outfit sehe, klar wird, Aileen? Jeder von uns hat mehrere Identitäten, ist in der Lage in verschiedene Rollen zu schlüpfen, soweit dies erforderlich ist. Heißt das nicht im

Umkehrschluss, dass ihr liebenswerter und treuer Freund Maddox ebenso ein skrupelloser Killer sein könnte?«

Ein eiskalter Schauer durchfährt mich bei Díaz' Worten und ich entwickle einen zunehmend größeren Hass auf diesen Beamten. Die Selbstgefälligkeit, die in seinen Worten mitschwingt, so als ob er schon längst gewonnen hätte und Maddox als verurteilter Schwerverbrecher für ewig hinter Gittern sitzen würde, macht mich wütend.

»Ich weiß es nicht. Sie sind hier doch der grandiose, aufstrebende Ermittler. Das Genie, junge Talent, das mit Anfang dreißig bereits ganz oben an der Spitze des Polizeidezernats sitzt. Diese Frage sollten Sie sich also selbst beantworten und nicht einer jungen, naiven, dummen Frau stellen, die keine Ahnung hat, wie das Leben läuft, finden Sie nicht?«

Ein Schatten huscht über sein Gesicht und er bemüht sich nicht, seine Überraschung über meine klare Ansage zu verbergen. Stattdessen passiert etwas anderes. Seine Haltung entspannt sich ein wenig und ich frage mich, was da gerade passiert ist. Hat mein Ausbruch seine Meinung über mich geändert? Begreift er endlich, dass ich nicht dieses naive Mädchen bin, für das er mich hält? Die Tochter eines Mafiosos, die Prinzessin, die bisher nie etwas durchzustehen hatte in ihrem Leben. Ich hoffe es, denn vielleicht erleichtert das die ganze Angelegenheit.

»Da haben Sie recht, das ist meine Aufgabe. Was machen Sie beim Anwalt von Maddox Dexter?«, wechselt er das Thema, woraufhin ich die Brauen nach oben ziehe und ihn mit einem skeptischen Blick bedenke.

»Muss ich Ihnen diese Frage beantworten und mich rechtfertigen, warum ich den Anwalt meines Freundes besuche?«

»Sie müssen nicht, aber dann stellt sich mir natürlich die Frage, warum sie mir nicht mitteilen wollen, was Sie hier machen.«

»Ich bin hier, um über den Nachlass meiner Familie zu sprechen«, erwidere ich ehrlich, verschweige aber bewusst meinen Brief an Maddox. Ich sehe es nicht ein, diesem Inspector mitzuteilen, dass ich eine Nachricht für meinen Freund verfasst habe. Obwohl ich mir sicher bin, dass meine geschriebenen Worte auf jeden Fall durch seine Finger wandern werden, möchte ich jetzt nicht mit ihm darüber diskutieren, dass es diese Zeilen gibt.

»Ich verstehe. Der Anwalt wird Ihnen noch nicht viel sagen können, denn aktuell ist noch alles konfisziert. Niemand darf ins Haus außer uns und das wird auch noch eine Weile so bleiben. Schließlich ermitteln wir wegen eines Verbrechens, bei dem fünf Menschen ihr Leben verloren haben. Das ist keine kleine Sache, auch nicht in einem Stadtteil wie Brixton. Bis dieses Verbrechen restlos aufgeklärt ist, hat der Anwalt auch nur spärliche Informationen.«

»Vielen Dank für Ihre Ausführungen, Inspector Díaz. Ist es in Ordnung, wenn ich jetzt zu meinem Termin mit Mr Cooper gehe? Ich muss im Anschluss zur Arbeit«, entgegne ich selbstsicher und ernte im Gegenzug zusammengekniffene Augen.

»Sie gehen heute wieder zur Arbeit?« Echte Überraschung liegt in Díaz' Stimme und ich wundere mich, was so abwegig an dem Gedanken ist, dass ich versuche meinem geregelten Alltag nachzugehen.

»Natürlich arbeite ich wieder. Was soll ich denn Ihrer Meinung nach sonst tun? Zuhause rumsitzen und Däumchen drehen? Maddox wird es nicht helfen, wenn ich meinen Job verliere oder nichts tue, als auf irgendwelche Informationen zu warten. Ich versuche irgendwie mit der Situation klarzukommen und Ihnen Raum zu schaffen, damit Sie ihren Ermittlungen nachgehen und schnellstmöglich die Unschuld von Maddox beweisen können«, lege ich ihm die Beweggründe meiner Entscheidung dar und wundere mich im gleichen Atemzug, dass ich mich vor ihm rechtfertige.

»Die Unschuld von Maddox beweisen? Aileen, ich bin wirklich kein pessimistischer Mensch, aber aktuell sieht es rein gar nicht danach aus, als ob ihr Freund unschuldig wäre. Je mehr Informationen ich erhalte, desto klarer wird das Bild. Und auch alle Beweise, die bisher von der Forensik ausgewertet worden sind, deuten auf ihn.«

Meine Kehle wird eng, mein Magen zieht sich weiter zusammen und der Knoten darin ist mittlerweile dauerhaft präsent und sehr unangenehm. Trotzdem versuche ich stark zu bleiben, denn ich bin überzeugt davon, dass Maddox etwas angehängt werden soll.

»Das ist Ihre Sicht der Dinge und jetzt entschuldigen Sie mich bitte«, mit diesen Worten wende ich mich von ihm ab, straffe die Schultern und öffne die Tür zur Kanzlei des Anwalts der Dexters. Ich betrete das Bürogebäude und treffe am Empfang auf eine Sekretärin, die mich freundlich anlächelt.

»Sind Sie Miss Moreno?«, erkundigt sie sich sofort und ich schlucke das erneute Aufkeimen des Wunsches, dass auch sie mich mit meinem Vornamen anspricht, herunter.

»Ja, genau, das ist richtig«, erwidere ich stattdessen und schenke ihr ein aufgesetztes Lächeln, weil ich zu mehr gerade nicht fähig bin. Währenddessen wühle ich nervös in meiner Tasche nach dem Brief an Maddox und bin froh, als ich ihn schließlich in der Hand halte.

»Sehr gut. Mr Cooper erwartet Sie bereits. Sein Büro

ist die erste Tür links. Sie können einfach hinübergehen und anklopfen«, erläutert sie mir betont höflich das weitere Vorgehen.

»Vielen Dank«, entgegne ich, folge ihren Anweisungen und klopfe wenig später gegen die schwere Holztür neben dem Namensschild Anthony Cooper, Attorney, an der Wand.

»Kommen Sie rein«, ertönt es von drinnen und ich drücke die Klinke nach unten.

Ich betrete den Raum, schließe die Tür hinter mir und sehe Mr Cooper, der an seinem großen Mahagoni-Schreibtisch sitzt und von zahllosen Dokumenten umgeben ist. Das Büro ist in dunklen Farben gehalten, birgt eine gewisse Schwere in sich und passt damit ausgezeichnet zu ihm. Ich laufe auf den Anwalt zu, der sich erhebt, um mich zu begrüßen. Er streckt mir eine Hand entgegen und ich schüttle sie, bevor er mir mit einer Geste deutet, dass ich auf dem Stuhl ihm gegenüber Platz nehmen darf. Ich sinke darauf, stelle meine Tasche neben mir ab, schlage die Beine übereinander und lege den Brief, den ich immer noch in meiner linken Hand halte, vor mir auf den Tisch.

»Wie geht es Ihnen heute, Aileen?«, erkundigt sich der Anwalt und bemüht sich um ein Lächeln.

Ich erkenne, dass es nicht echt ist und bin mir sicher, dass wir in diesem Leben keine guten Freunde mehr werden. Aber das spielt keine Rolle. Laut Aussagen der Dexters soll er der beste Strafverteidiger der Stadt sein und seine Kanzlei durchgehend fähige Anwälte angestellt haben, nur das zählt. Also erwidere ich sein Lächeln.

»Es geht. Gibt es Neuigkeiten, was das Erbe und den Nachlass meiner Familie betrifft?«, komme ich direkt zur Sache, um keine unnötige Zeit zu verlieren und uns weiterhin mit Small Talk zu quälen, den wir beide nicht führen wollen.

Cooper nickt und klickt auf seinem PC herum, um vermutlich die Akte zu dem Fall zu öffnen. »Viel kann ich Ihnen noch nicht sagen. Die Polizei hält aktuell fast alles unter Verschluss, was Ihre Familie betrifft, da es noch zu viele ungeklärte Fragen gibt und die Beamten in alle Richtungen ermitteln. Das ist gut für uns, denn das bedeutet, sie fokussieren sich nicht ausschließlich auf Maddox. Sie suchen nach Hinweisen, ob es vielleicht eine Tat aus den eigenen Kreisen der Mafia gewesen ist. Aus diesem Grund kommen ich und mein Kollege aber nur mühsam an Information über das Erbe und zusätzlich sind auch die Konten eingefroren. Niemand hat aktuell Zugriff darauf«, erläutert mir Cooper den aktuellen Stand der Dinge.

»Das ist kein Problem. Ich bin ehrlich gesagt sogar froh darüber, wenn sich der ganze Prozess noch ein wenig hinzieht, denn ich weiß nicht recht, was ich mit diesem ganzen Vermögen und dem Imperium, das meine Familie mit Blut an den Händen aufgebaut hat, anfangen soll.«

Cooper nickt, geht aber nicht weiter auf meine Ausführungen ein. »Wir behalten das Ganze im Auge und sobald ich mehr Informationen habe und die Zugriffsrechte auf die Konten, überlegen wir uns, wie wir mit der Sache umgehen. Können Sie sich denn überhaupt vorstellen, die Unternehmen weiterzuführen? Soweit ich weiß, gab es auch legale Geschäfte, die, meiner Vermutung nach, dazu dienten, Geld zu waschen, aber grundsätzlich rechtens waren.«

»Von was für Geschäften reden Sie?«, erkundige ich mich, da ich keinerlei Einblicke in diese Dinge hatte.

»Immobilienfirmen, Bauunternehmen und mehrere

Werbeagenturen. Geschäfte eben, in denen sich Rechnungen gut verändern lassen, um Geld zu waschen.«

Ich runzle die Stirn. »Okay, das wusste ich nicht. Aktuell bin ich eigentlich sehr glücklich mit meinem Job und wirklich unsicher, ob ich die Verantwortung für Firmen, die mit dem Namen Moreno de Castillo in Verbindung stehen, übernehmen möchte. Andererseits müssen wir später vielleicht wirklich abwägen, wie viele Arbeitsplätze und Menschen daran hängen, wenn ich diese Unternehmen alle schließe«, lasse ich Cooper an meinen sich überschlagenden Gedanken teilhaben.

»Das ist in der Tat ein Punkt, den wir berücksichtigen sollten, aber wie gesagt, vorerst ist es nicht von Bedeutung und wir können uns auf den Fall und die Freilassung von Maddox konzentrieren.«

»Konnten Sie in dieser Sache schon etwas bewirken oder gibt es Neuigkeiten?«, möchte ich wissen, aber Cooper schüttelt den Kopf.

»Nein. So gern ich Ihnen etwas anderes mitteilen würde, gibt es noch nichts Neues. Die Ermittlungen sind zäh, da viele Zeugen widersprüchliche Aussagen liefern, vor allem, was die Nacht von Connors Geburtstag betrifft. Es muss wohl ziemlich viel Alkohol geflossen sein und die Aussagen passen alle nicht so richtig zusammen. Das behindert natürlich die Ermittlungen und sorgt für zusätzliches Misstrauen bei der Polizei. Ich behalte alles im Blick und werde Sie über jeden weiteren Schritt informieren.«

»Okay«, erwidere ich und lasse meinen Blick einen Moment auf die große Uhr an der Wand schweifen. Es wird höchste Zeit, mich auf den Weg zu machen, um nicht zu spät zur Arbeit zu kommen.

Ich greife nach dem Briefumschlag, den ich vor mir platziert habe, und schiebe ihn Cooper über den Tisch zu. »Das ist der Brief für Maddox. Ich würde mich sehr freuen, wenn Sie ihn schnellstmöglich an ihn übergeben.«

Cooper ergreift den Umschlag und streicht darüber. »Sie haben meine Worte in Erinnerung behalten, dass jedes einzelne Wort davon gelesen wird und dieses Stück Papier durch mehrere Hände geht, bevor es bei Maddox landet?«

Ich nicke. »Ja, dessen bin ich mir vollkommen bewusst und darin steht nichts, was verfänglich wäre oder einen falschen Eindruck vermittelt. Es geht lediglich darum, Maddox zu verdeutlichen, dass ich zu ihm stehe und er auf keinen Fall aufgeben soll.«

Cooper nickt und erhebt sich. »Gut, dann verbleiben wir so. Ich melde mich, sobald es Neuigkeiten gibt und übergebe Maddox den Brief bei meinem nächsten Termin.«

»Ich danke Ihnen«, entgegne ich, ergreife meine Tasche und erhebe mich ebenfalls von meinem Stuhl. Wir verabschieden uns per Händedruck und kurz darauf verlasse ich das Büro, um mich auf dem Weg zur Arbeit zu machen. Natürlich wieder begleitet von der dunklen Limousine.

KAPITEL 22

Aileen

W ährend ich durch die Kanzlei laufe, um meinen Arbeitsplatz zu erreichen, entgehen mir die Blicke meiner Kollegen sowie das Getuschel und Raunen, das das Büro erfüllt, nicht. Ehrlich gesagt, kann ich es keinem von ihnen verübeln. Ich arbeite in einer angesehenen Steuerkanzlei und die Mitarbeiter hier achten stets auf ihren Ruf und auch auf den der Kanzlei. Keiner von ihnen bewegt sich in kriminellen Kreisen oder pflegt Kontakte zur Mafia. Da die Yellow Press voll war mit Meldungen über den Mord an fünf Menschen und Maddox' Verhaftung, weiß wahrscheinlich wirklich jeder hier von dem Vorfall. Nach meiner Einstellung habe ich damals, ohne zu zögern, preisgegeben, dass ich nach meiner Rückkehr von der Uni für einige Zeit bei den Dexters gelebt habe und mit Maddox liiert war. Zu diesem Zeitpunkt habe ich nicht geahnt, dass mir diese Tatsache eines Tages zum Verhängnis werden würde. Aber es waren einige Fragen unter den Kollegen aufgetaucht, weil mich Connor damals zu meinem ersten Gespräch bei Kensey begleitet hat und ich wollte Gerüchten vorbeugen. Immerhin waren die Dexters ja auch Mandanten der Kanzlei, weshalb es keinen

Grund für mich gab, meine Beziehung zu ihnen zu leugnen. Wegen der neuesten Nachrichten ist das heute anscheinend anders und meine Kollegen schauen mich an, als ob ich selbst dieses Verbrechen begangen hätte. Sie berücksichtigen nicht, dass auch ich in diesen Strudel hineingeraten bin, ohne dass ich es wollte, ohne dass ich ein Mitspracherecht gehabt hätte. Es ist nicht so, dass ich mich als Opfer darstellen möchte, so will ich selbst mich nämlich auf keinen Fall sehen, aber es ist nicht meine Schuld, dass ich in diese Kreise hineingeboren wurde. Ich bin mir sicher, dass die Gerüchte verstummen werden, man auch in dieser Kanzlei irgendwann das Interesse daran verlieren und es neuen Tratsch geben wird. Spätestens wenn sich irgendjemand scheiden lässt oder eine neue Affäre ans Tageslicht kommt. Bis dahin werde ich die Tuscheleien, Gerüchte und bohrenden Blicke eben aushalten. Ich erreiche meinen Schreibtisch und spüre kurz darauf eine Hand auf meiner Schulter. Langsam drehe ich mich um und werde prompt von Isabella in eine innige Umarmung geschlossen.

»Da bist du wieder. Ich bin so froh, dass du dich trotz allem zur Arbeit traust.«

Auch wenn ich weiß, dass ihre Worte wirklich nett gemeint sind, verletzen sie mich.

»Dass ich mich zur Arbeit traue?«, stoße ich daher aus und löse mich ein Stück aus ihrer Umarmung.

Isabella bemerkt mein Unbehagen und schüttelt den Kopf. »Sorry, das klang dumm und war überhaupt nicht im Ansatz das, was ich dir eigentlich sagen wollte. Ich meine, ich bin einfach froh, dass du die Kraft gefunden hast, herzukommen und deinem Alltag nachzugehen, obwohl gerade alles so schwierig ist. Willst du reden?«

»Jetzt nicht. Ich möchte mich auf die Arbeit konzentrieren, zumindest versuche ich das, so gut es geht. Aber wenn du willst, können wir später gemeinsam zum Haus der Dexters fahren und reden. Ich bin mir sicher, dass Connor sich auch sehr freut, dich wiederzusehen.«

Isabella reibt sich über die Stirn und ihr scheint unbehaglich zu sein.

»Was ist?«, frage ich sie, um den Grund ihres Unwohlseins zu erfahren.

»Versteh mich bitte nicht falsch. Dass du in diese Sache hineingeraten bist, ist das eine. Weiterhin einen Mann zu treffen, der offensichtlich in irgendwelche kriminellen Machenschaften verwickelt ist, das andere. Du weißt, dass mir Connor wichtig ist, aber ich muss das erst einmal alles für mich verarbeiten und ein wenig darüber nachdenken. Kannst du das irgendwie nachvollziehen?«

Da haben wir es wieder. Die Oberflächlichkeit in unserer Gesellschaft, die sich leider allzu oft zeigt, wenn es einmal schwierig wird. Es erschreckt mich, dass auch Isabella zu dieser Art von Menschen zählt, die sich durch irgendwelche Gerüchte und haltlose Anschuldigungen beeinflussen lassen. Schlimmer noch, sie sieht Connor plötzlich mit anderen Augen, obwohl dieser rein gar nichts getan hat, außer mit Maddox befreundet zu sein, der noch dazu unschuldig ist. Wenn sie wüsste, wer ich wirklich bin und zu welcher Familie ich gehöre, würde sie kein Wort mehr mit mir wechseln. Es wundert mich, dass sie nicht längst herausgefunden hat, was der Name Moreno de Castillo bedeutet. Es ist, wie ich bereits zu Beginn meiner Tätigkeit in der Kanzlei festgestellt habe, fast so, als existiere Brixton nicht in diesem Stadtteil. Die Mafia und alle kriminellen Machenschaften erscheinen hier normalerweise so weit weg und bedeutungslos, dass es kaum zu glauben ist. Immer wieder fühle ich mich, als bewegte ich mich in einer Parallelwelt, die keiner außer mir sehen kann. Trotzdem erstaunt mich, dass ausgerechnet Isabella solche Vorbehalte hat.

»Findest du das nicht etwas hart? Connor hat nichts getan und ist ein guter Mensch«, verteidige ich meinen Freund, ohne ins Detail zu gehen.

Isabella beißt sich voller sichtlichem Unbehagen auf der Unterlippe herum und ich bemerke durchaus, dass sie einen Moment über meine Worte nachdenkt. Schließlich schüttelt sie aber wieder den Kopf und zuckt mit den Schultern. »Theoretisch weiß ich das alles und bin mir sicher, dass du recht hast. Praktisch möchte ich nicht wie du in etwas hineingezogen werden, aus dem es kein Entkommen mehr gibt. Aileen, du bist mir ans Herz gewachsen, seit du hier in der Kanzlei arbeitest, das meine ich komplett ehrlich, und ich versuche an deiner Seite zu stehen, damit du diese ganze Sache mit der Verhaftung und einer möglichen Verurteilung von Maddox durchstehst. Als Freundin rate ich dir aber, dich von Männern, die dich in einen Sumpf aus kriminellen Bandengeschichten hineinziehen, fernzuhalten.«

Ich merke, wie ein immer größer werdender Widerstand in mir wächst, lasse mir aber nichts davon anmerken. Aktuell kann ich es mir nicht leisten, meine einzige Freundin zu verlieren, und schweige deshalb, auch wenn sich das alles andere als richtig anfühlt. »Danke für deinen Rat. Wollen wir dann nach der Arbeit weiterreden?«, erkundige ich mich, um das Gespräch zum Abschluss zu bringen.

Isabella nickt und macht einen weiteren Schritt nach hinten. »Bevor du deinen PC hochfährst, sollst du noch bei Kensey im Büro vorbeischauen. Das hat er mir gesagt, als er vorhin angekommen ist«, informiert mich meine Freundin und ich seufze innerlich auf.

Ich hoffe inständig, dass Mr Kensey seine Meinung nicht plötzlich geändert hat und mich entlässt.

»Okay, danke. Ich gehe direkt zu ihm ins Büro«, teile ich Isabella mit und mache mich auf den Weg.

Mit einem mulmigen Gefühl im Bauch halte ich vor der Glastür des Büros meines Chefs inne. Als ich anklopfe, blickt er auf und bittet mich mit einer Geste herein.

»Aileen, schön, dass Sie heute wieder da sind. Ich hoffe, Sie hatten die Gelegenheit, sich ein wenig von den Ereignissen der vergangenen Tage zu erholen.«

»Ja, es geht mir gut und ich freue mich, wieder hier zu sein«, erwidere ich rasch, um direkt zu signalisieren, dass ich bereit bin zu arbeiten und mein Chef keinen Zweifel an meiner Leistungsfähigkeit haben muss.

»Das ist schön zu hören. Nehmen Sie doch einen Moment Platz«, bittet mein Chef und deutet auf den Stuhl vor sich.

Ich setze mich und instinktiv wird mir klar, dass er mir gleich etwas sagen wird, das mir nicht gefallen wird.

Er tippt mit dem Kugelschreiber auf seiner Schreibtischoberfläche herum und betrachtet mich eindringlich. »Seit Sie in der Kanzlei sind, machen Sie wirklich einen guten Job. Ich bin sehr zufrieden mit Ihrer Arbeit. Sie arbeiten gewissenhaft, hoch konzentriert, sind aufmerksam, motiviert und zuverlässig. Zudem wissen Sie, dass ich seit Jahren mit den Dexters zusammenarbeite und wir ein fast freundschaftliches Verhältnis pflegen. Ich habe Connor darüber in Kenntnis gesetzt, dass ich nicht an der Unschuld von Maddox zweifle, dennoch gibt es ein Problem. Es fällt mir schwer, das laut auszusprechen aber ...«

»Kommen Sie bitte einfach zum Punkt, Mr Kensey. Wenn Sie mich entlassen wollen, weil ich mit Maddox zusammen bin, sagen Sie es mir einfach. Dieses Drumherumreden ist nicht auszuhalten für mich. Sie müssen mich nicht mit Samthandschuhen anfassen. Sagen Sie mir einfach klar, was Sie denken, und ich werde Ihre Entscheidung akzeptieren«, platzen meine Gedanken aus mir heraus.

Mein Chef wirkt überrascht, legt den Kugelschreiber beiseite, faltet stattdessen die Hände vor sich und legt sie auf dem Schreibtisch ab. »Nein, ich will und werde sie nicht entlassen. Ich möchte keine qualifizierte Arbeitskraft wie Sie verlieren. Dennoch kann ich Sie aktuell nicht hier in der Kanzlei beschäftigen. Sie müssen verstehen, dass es für Unruhe bei den Kollegen und bei Klienten sorgt, wenn die Partnerin eines vermeintlichen Mörders bei uns arbeitet. Sie wissen, dass wir mit Unternehmern und wohlhabenden Mandaten zusammenarbeiten. In diesen Kreisen zählt mein Wort nicht, es geht nur ums Geschäft«, erläutert mein Chef und ich merke, wie innerlich etwas in mir zerbricht.

Das, was mich eben schon bei Isabella unvorbereitet getroffen hat, verletzt mich erneut. Wird es jetzt überall so sein, dass ich mit diesen Blicken und der Vorverteilung leben muss? Dass alle Menschen in mir nur noch die Freundin eines Mörders sehen? Gilt nicht das Unschuldsprinzip, bis das Gegenteil bewiesen ist? Ich bin vollkommen erschüttert und aufgewühlt, finde aber keine Energie, dem irgendetwas entgegenzusetzen. Ich resigniere und bin gleichzeitig erschrocken, dass ich an diesem Punkt angelangt bin. Maddox ist noch nicht lange inhaftiert und bereits jetzt merke ich, was für Hürden seine Verhaftung auch für mich mit sich bringt und was es wirklich bedeutet, loyal an seiner Seite zu stehen.

»Ich möchte Ihnen anbieten, dass Sie remote im Home-Office arbeiten. Ich stelle Ihnen dafür natürlich einen Arbeitslaptop zur Verfügung. Sie erhalten Ihr volles Gehalt, arbeiten Ihre regulären Mandanten und Buchungen ab. Der einzige Unterschied ist, dass Sie nicht präsent im Büro sind. Wir lassen das Ganze so laufen, bis sich die Angelegenheit mit Maddox aufgeklärt hat.«

»Also soll ich jetzt sofort wieder gehen?«, erkundige ich mich und ernte einen sehr mitleidigen Blick von meinem Chef, den ich absolut nicht sehen möchte.

»Ja. Tamara gibt Ihnen den Laptop und die notwendigen Zugangscodes. Bei Fragen oder Problemen können Sie mich jederzeit anrufen. Sobald sich etwas an der Situation verändert hat, beziehungsweise etwas Ruhe eingekehrt ist, können Sie selbstverständlich zurückkommen. Ihr Büroplatz hier bleibt erhalten. Darüber brauchen Sie sich keine Gedanken zu machen.«

»Ist das alles?«, frage ich und kann nicht verhindern, dass eine deutliche Enttäuschung in meinen Worten mitschwingt.

»Ja, vorerst und, Aileen, nehmen Sie das bitte nicht persönlich. Ich bin überzeugt von Maddox' Unschuld, aber ich muss an mein Unternehmen denken.«

Nickend schiebe ich meinen Stuhl zurück, stehe auf und blicke Mr Kensey fest in die Augen. »Ich kann Ihre Entscheidung wirklich nachvollziehen. Dennoch tut es weh, festzustellen, dass Maddox bereits vorverurteilt wird und ich einen Stempel aufgedrückt bekomme, den ich nicht verdient habe. Selbstverständlich werde ich aber mein Bestes geben, um auch von zu Hause ausgezeichnete Arbeit zu leisten«, entgegne ich und wende mich zum Gehen.

Mein Chef verabschiedet mich nicht und spricht auch sonst kein weiteres Wort, was ich ihm nicht verübeln kann. Ich habe in seinen Augen gesehen, dass ihm dieses Gespräch alles andere als leichtgefallen ist und zugegebenermaßen aus der Sicht eines Unternehmers verstehe ich komplett, dass er so handelt. Wieso sollte er seine Kanzlei, die er seit Jahrzehnten aufgebaut hat, durch Gerüchte, die eine neue Mitarbeiterin und ihren Lebenspartner betreffen, gefährden? Das ist völlig absurd, das ist auch mir klar. Während ich seine Tür hinter mir zuziehe und in den Gang hinaustrete, treffe ich den Entschluss, dass ich mich von all diesen Dingen nicht unterkriegen lassen werde. Auch wenn ich meinen Namen hasse und mich überhaupt nicht mit meiner Familie identifiziere, hat mir das Leben als Moreno eines beigebracht: Kämpfe und stehe für dich und deine Ziele ein, komme, was wolle. Und das tue ich. Ich bin eine starke Frau, die schon ganz andere Dinge gemeistert hat. Ich habe Alessio Benedetti überlebt, bin meinem Bruder entkommen und habe für die Liebe mit Maddox gekämpft. Dieser Kampf ist noch nicht zu Ende und ich werde mich keinesfalls von irgendwelchen Tuscheleien, haltlosen Gerüchten und einer Degradierung ins Home-Office verunsichern lassen.

Kurz danach nehme ich den Laptop, die Unterlagen und vorbereiteten Dokumente von Tamara, unserer Dame am Empfang, entgegen, schnappe mir meine Tasche und mache mich noch einmal kurz auf den Weg zu Isabellas Büroplatz.

Überraschung huscht über ihr Gesicht, als sie mich mit dem Laptop und den Akten unter dem Arm erblickt. Sie zieht die Brauen nach oben und legt den Kopf schief. »Was ist das?«, will sie wissen und deutet mit einem Nicken auf den Laptop.

»Kensey meint, es ist aktuell das Beste, wenn ich im Home-Office arbeite, um nicht für Unruhe im Büro zu sorgen und keine Mandanten zu verlieren«, fasse ich ihr kurz zusammen, was er mir eben gesagt hat.

»Das tut …«, setzt Isabella an und ich unterbreche sie mit einem Kopfschütteln.

»Nein. Es muss dir nicht leidtun. Es ist alles okay. Ich verstehe seine Entscheidung und respektiere sie. Aktuell wohne ich aber bei den Dexters. Das heißt, es wird schwierig, uns zu treffen, wenn du nicht zu ihnen kommen möchtest, da uns eine deutliche Entfernung trennt und wir uns nicht mehr auf der Arbeit sehen.«

»So war das alles nicht gemeint. Ich komme später vorbei und wir reden über alles in Ruhe.«

Plötzlich ist da wieder diese Wärme in ihrer Stimme, die ich seit unserer ersten Begegnung, nachdem der Todesblick überwunden war, an ihr schätze.

Ich schlucke die aufsteigenden Tränen und den Kloß in meinem Hals hinunter und spüre, dass ich dringend eine Umarmung brauche. Auch wenn ich stark bin, werde ich das alles nicht allein durchstehen, so viel steht fest. »Klingt nach einem guten Plan. Melde dich später bei mir«, erwidere ich und mache mich auf den Weg nach draußen.

Auf dem Rückweg durch die Büroräume halte ich jedem bohrenden Blick meiner Kollegen stand und erwidere ihn. Mit erhobenem Haupt und gestrafften Schultern verlasse ich die Kanzlei von Kensey, entriegle den Wagen und verstaue meine Arbeitsutensilien auf dem Beifahrersitz. Ich starte den Motor, drehe das Radio auf volle Lautstärke, lege den Gang ein. Einen Blick in den Rückspiegel vermeide ich, denn ich weiß genau, dass ich darin wieder die dunkle Limousine sehen würde. Doch das ist mir egal. Ich mache mich zurück auf den Weg nach Hause. Und obwohl es sich beim Haus der Dexters nicht um meine eigene Wohnung handelt, hat sich noch kein Ort in meinem Leben so sehr wie Heimat und Zuhause angefühlt wie das Haus der Biker.

KAPITEL 23

Maddox

Ich öffne die Augen und während ich langsam die Müdigkeit wegblinzle, bemerke ich, dass sich ein Schatten vor mir abzeichnet.

»Übrigens, mein Name ist Adam«, stellt sich mir mein Zellennachbar vor. Seit meiner Ankunft gestern hat er kein einziges Wort mit mir gesprochen.

Adam ist ein Typ, den man im Gefängnis definitiv nicht zum Feind haben möchte. Auf seinen Armen prangen Tätowierungen, die mir diesen Eindruck zusätzlich bestätigen. Er trägt einen krakeligen Schriftzug mit dem Wort *Todbringer* auf seiner Haut, der mein besonderes Interesse erweckt. Unmittelbar darunter befindet sich eine Strichliste mit siebzehn Linien. Ich bin mir fast sicher, dass es sich dabei um eine Aufzeichnung seiner Konflikte oder der Opfer, die er erledigt hat, handelt. Zusätzlich ist er das, was man im Allgemeinen einen Hünen nennt. Ich frage mich, ob es Absicht war, dass ich ausgerechnet zu ihm in die Zelle gelegt wurde oder purer Zufall. Obwohl sein Auftritt alles andere als harmlos ist und er mich hasserfüllt anstarrt, atme ich, nachdem ich meine intensive Musterung beendet habe, innerlich erleichtert auf. Denn ich habe weder auf den ersten Blick noch bei genauerem Hinsehen offensichtliche Gang-Tattoos entdeckt, die darauf hinweisen würden, dass er einer bestimmten Gruppe angehört. Nichtsdestotrotz ist mir vollkommen klar, dass dieser Mann gefährlich ist.

Ich habe es stillschweigend hingenommen, dass er bei meiner Ankunft kein Wort mit mir gesprochen und mich ignoriert hat. Im Gegenteil, es kam mir sogar gelegen, dass er nicht reden wollte, da auch mir nicht der Sinn danach stand.

Obwohl ich erst seit wenigen Stunden inhaftiert bin, ergreift ein lähmendes Gefühl der Lethargie zunehmend Besitz von mir. Die immer wiederkehrenden selben Fragen, die fehlende Aufgabe, der nicht vorhandene Kontakt zu den Menschen, die mir alles bedeuten, und das abwesende Gefühl von Freiheit zerstören mich, und das jede Minute ein Stückchen mehr.

Generell fühlt sich mein Aufenthalt im Gefängnis bereits jetzt wie eine Ewigkeit an. Die Zeit scheint an diesem Ort stillzustehen, Minuten fühlen sich wie Stunden an und Stunden wie Tage. Es ist unvorstellbar, hier länger zu verweilen als unbedingt nötig. Ich kann nur hoffen, dass meine Freunde und Cooper draußen alles tun, um mich so schnell wie möglich hier herauszuholen, denn jeder Tag hier drinnen ist einer zu viel. Eine Sache ist klar: Diejenigen, die mir das angetan haben und mir diese Tat unterjubeln wollen, werden dafür büßen müssen.

Schließlich setze ich mich auf und strecke meine verspannten Glieder, denn diese Pritsche ist alles andere als bequem und verdient keinesfalls die Bezeichnung ›Bett‹. Ich schaue meinem Gegenüber fest in die Augen und zeige nicht den geringsten Anflug von Schwäche.

»Ich bin Maddox«, stelle ich mich ebenfalls knapp vor und warte auf seine Reaktion.

Er nickt und tritt einen Schritt zurück. »Ja, das habe ich schon gehört«, fügt er an und unterzieht mich einer Musterung, die eine Ewigkeit dauert, die ich aber akzeptiere. »Maddox Dexter, der Frauenmörder«, sagt er schließlich und der Hohn in seiner Stimme entgeht mir nicht.

Dennoch bleibe ich gelassen und zucke mit den Schultern. »Wenn man sich das erzählt. Aber bist du etwa ein Mann, der etwas auf Gerüchte gibt?«, frage ich ihn im Gegenzug, ohne wirklich auf seine Aussage einzugehen, und studiere seine Gesichtszüge.

»Natürlich nicht, Gerüchte sind der Tod, ich glaube an Taten«, erwidert er. »Dennoch solltest du dir im Klaren darüber sein, dass es hier nicht gerade gut für dich aussieht. Ich habe gestern gehört, dass du sehr, sehr viele Feinde hier hast. Ich könnte dir Schutz bieten, aber das kostet natürlich.«

Seine Worte hallen in mir nach. Und ich gehe einen Moment in mich, um meine Optionen abzuwägen. Schnell wird klar, dass mir fast keine andere Wahl bleibt, als auf das Angebot von Adam einzugehen. Dass ich ohne jeglichen Schutz hier nicht lange überleben werde, ist mir bewusst. Dennoch könnte es auch unklug sein, sich sofort auf den allerersten Deal einzulassen, der mir angeboten wird. Ich lege den Kopf schief und verschränke die Arme vor der Brust. »Was kostet mich dein Schutz?«, frage ich deshalb gleichmütig und warte auf Adams Antwort.

Seine Lippen verziehen sich zu einem teuflischen Grinsen. »Ach, dies und das. Das kommt darauf an, wie viel Schutz du benötigst und wer es alles auf dich abgesehen hat. Zigaretten sind Mangelware, auch Guthaben fürs Handy, teilweise Medikamente, Schmerzmittel und natürlich Geld.«

»Okay, ich verstehe. Ich kläre das mit meinen Leuten draußen, aber die Bezahlung wird kein Problem darstellen«, entgegne ich selbstsicher.

»Das ist das, was ich hören wollte. Wir werden sehen, was ich tun kann, um dich hier drin am Leben zu erhalten«, erwidert er in rauem Ton und macht einen weiteren Schritt auf mich zu. »Bevor ich deinen Schutz übernehme, musst du mir aber eine Frage beantworten, und ich würde dir empfehlen, nicht zu lügen.«

Ich nicke, denn ich habe ohnehin nichts zu verbergen.

»Ist es wahr, dass du wehrlose Frauen getötet hast, Maddox? Versteh mich nicht falsch, auch ich habe Rache geübt und Menschenleben ausgelöscht, sogar so viele, dass ich aufgehört habe zu zählen. Es macht keinen Sinn, sich über Opfer Gedanken zu machen, die nicht mehr atmen und nur noch Staub unter der Erde sind. Aber selbst ich habe seit jeher eine Regel – keine unschuldigen Frauen und Kinder. Dem bin ich treu geblieben, bis heute. Solltest du also wirklich ein Frauenmörder sein, bin ich der Erste, der dir die Fresse poliert und anschließend jeden Knochen einzeln bricht.«

Man kann sagen, was man will, und von dem Auftreten dieses Hünen halten, was man möchte, aber zumindest in diesem Punkt sind wir einer Meinung – keine unbeteiligten Frauen und Kinder, egal was passiert.

Ich halte seinem intensiven Blick problemlos stand, blicke in die Dunkelheit seiner Seele, die unergründlich scheint, und liefere ihm schließlich die Antwort, die ich ihm schulde. »Wir vertreten die gleichen Prinzipien. Echt, ich verabscheue Männer, die Frauen misshandeln. Und ich selbst habe noch nie eine Frau gegen ihren

Willen angefasst, eher würde ich mir die Hände abhacken.«

Schweigen tritt ein und ich bin kurzzeitig tatsächlich nicht sicher, ob er mir glaubt oder ob er gleich ausholen und zuschlagen wird.

Schließlich atmet mein Zellengenosse geräuschvoll aus und lockert seine angespannte Haltung. »Gut, nachdem das geklärt ist, erläutere ich dir das weitere Vorgehen«, sagt er und wirkt deutlich weniger bedrohlich als bis vor wenigen Augenblicken. »Der erste Schritt wird sein, dass sich diese Kunde verbreitet. Das ist wichtig. Neben deinen ursprünglichen Feinden wollen dich aktuell auch alle Männer, die ein Problem mit Frauenmördern haben, tot sehen. Am besten verzichtest du heute auf den Ausgang im Hof und auch auf dein Mittagessen. Sobald sich das, was du mir gerade gesagt hast, unter den anderen verbreitet hat und ich alle davon überzeugt habe, dass du keine Frauen angegriffen hast, wird es etwas sicherer sein und dann kannst du mitkommen.«

»Verstehe. Und was kostet es, dass du diese Informationen verbreitest?«, erkundige ich mich, um ihm endlich konkrete Zahlen zu entlocken. Noch im selben Augenblick kann ich nicht fassen, was ich hier tue. Ich gehe gerade einen Deal mit einem Schwerverbrecher ein, um mein Leben zu schützen. *Wie zum Teufel kann mein Leben nur plötzlich so schieflaufen*, frage ich mich innerlich und werde plötzlich wieder von diesen unmenschlichen Kopfschmerzen übermannt, die mich seit Wochen plagen. Fest kneife ich meine Lider zusammen.

»Den Preis teile ich dir heute Abend mit«, erwidert Adam schließlich nüchtern und ich öffne meine Augen wieder. »Wie gesagt, er richtet sich immer danach, wie viele Leute ich überzeugen muss und was nötig ist, um für deine Sicherheit zu sorgen. Eine Sache noch: Solltest du ein Mann sein, der nicht zu seinem Wort steht, oder sollte ich herausfinden, dass du mich doch belogen hast, bist du tot. Dein Leben interessiert mich einen Dreck. Ich werde diesen Ort hier nie wieder verlassen, deshalb ist mir reichlich egal, was noch so passiert.«

Ich nicke ihm zu, erwidere aber nichts, denn ich habe keinerlei Zweifel daran, dass er seine Drohung wahr machen würde. Adam wendet sich von mir ab und ich sinke zurück auf die unbequeme Pritsche. Er geht zu seinem Bett, greift sich eines seiner Bücher und beginnt darin zu lesen.

Ich dagegen verschränke meine Arme hinter dem Kopf, nehme eine halbwegs bequeme Position ein und schließe die Augen. Das Summen und Dröhnen in meinem Schädel wird immer lauter, hinzu kommen in den letzten Stunden immer wieder auch Magenkrämpfe und Hitze- und Kälteschübe. Ich fühle mich elend und frage mich, was mit mir nicht stimmt. Brauche ich einen Arzt? Habe ich eine Grippe oder ist es etwas ganz anderes? Ich weiß selbst, wie naiv das klingt, aber auf keinen Fall kann ich mir eingestehen, dass es etwas mit den Substanzen, die in meinem Blut gefunden wurden, zu tun hat. Dass mir jemand Drogen eingeflößt hat, ohne, dass ich es bemerkt habe, kann ich mir immer noch schlichtweg nicht vorstellen. Ich versuche, mich also nicht zu sehr auf den aufkeimenden Schmerz zu konzentrieren und denke stattdessen an Aileen. Ihre Sommersprossen, ihre wunderschönen grünen Augen, ihr einnehmendes Lächeln, sie ist alles für mich. Doch selbst die Gedanken an sie verhindern nicht, dass der Schmerz immer weiter zunimmt und ich mich schließlich keuchend auf meiner Liege zusammenkrümme.

Adam schaut zu mir und schnaubt verächtlich.

»Alter, wenn du jetzt auch noch Drogen brauchst,

um hier durchzukommen, wird es unglaublich teuer für dich.«

Seine Worte fucken mich ab. Gleichzeitig beschleicht mich erneut das ungute Gefühl, dass er recht haben könnte. Sollte es wirklich so sein? Wenn tatsächlich synthetische Rauschmittel in meinem Blut waren, wie sind sie dorthin gelangt? Und ist das, was ich gerade durchstehe, dann ein kalter Entzug? Kaum zu Ende gedacht, erscheint mir dieser Gedanke vollkommen abwegig, denn ich habe diese ganze Scheiße noch nie in meinem Leben angerührt, geschweige denn konsumiert und kann mir keine Situation vorstellen, in der ich das jemals tun würde.

»Ich brauche keine Substanzen, zumindest nicht die, von denen du gerade ausgehst. Vor einigen Wochen hatte ich eine unschöne Auseinandersetzung mit zahlreichen Rippenbrüchen und einer tiefen Schnittverletzung. Die Nachwirkungen sind manchmal noch spürbar«, erwidere ich mit zusammengebissenen Zähnen und versuche, meine Schwäche nicht zu zeigen. Doch in dem Moment wird mir klar, dass ich genau das gerade tue, indem ich meinem Zellengenossen gestehe, dass ich vor Kurzem schwer verletzt wurde und immer noch angeschlagen bin. Das war mehr als dumm von mir und ich habe keine Ahnung, wieso ich das getan habe. Meine Gedanken sind wohl benebelt durch die Kopfschmerzen. Jetzt ist es ohnehin zu spät und die Worte sind ausgesprochen.

Adam zieht eine Augenbraue hoch und sagt nach einer Weile des Schweigens: »Glaub mir, Bro, es ist mir egal, auf was für einem Entzug du bist. Das interessiert mich einen Dreck. Mach, was du möchtest. Wie gesagt, bleib heute am besten in der Zelle und ich regle den Rest für dich. Solltest du doch Stoff benötigen, sag mir einfach

Bescheid. Wie gesagt, ich urteile nicht über dich, außer du hast dich an Frauen oder Kindern vergriffen.«

»Ich weiß dein Angebot zu schätzen«, erwidere ich knapp und drehe mich auf die Seite, um das Gespräch zu beenden.

Stunden vergehen, die sich wie eine Ewigkeit anfühlen. Nichts passiert, außer dass Adam neben mir in sein Buch vertieft ist und ich von Krämpfen und Schmerzen geschüttelt werde, die langsam verebben.

Irgendwann erklingen Schritte im Gang und ein Wärter tritt durch die blaue Zellentür ein. »Zeit für den Hofgang. Was lungert ihr hier drin herum? Es regnet nicht, also folgt mir nach draußen«, fordert der Wärter gelangweilt.

Adam erhebt sich, während ich auf meiner Pritsche verweile und damit seinem Ratschlag folge. Nach draußen zu gehen, macht für mich mit diesen Schmerzen ohnehin keinen Sinn.

»Mein Kollege hier kommt heute nicht mit«, verkündet Adam dem Wärter und ich sehe, wie er dafür einen sehr skeptischen Blick erntet.

»Ich wusste gar nicht, dass du seit Neustem für andere die Entscheidungen triffst, Adam«, erwidert der Wachmann in eisigem Ton, tritt einen Schritt weiter in die Zelle hinein und mustert mich. »Gibt es einen triftigen Grund dafür, dass du nicht rausgehen willst?«, will er von mir wissen und beobachtet mich aufmerksam.

»Mir ist nicht danach«, antworte ich knapp. Dass ich von Krämpfen geschüttelt werde und draußen um mein Leben fürchte, behalte ich lieber für mich, denn das geht ihn nichts an. »Tja, das ist leider kein Grund, hier in dieser Zelle zu verweilen. Der Hofgang ist wichtig, um euch soziale Kontakte zu ermöglichen und dafür zu sorgen, dass du nicht noch weiter durchdrehst, als du es ohnehin schon tust. Also komm auf die Beine, Kollege, und mach mir keine Probleme. Du bist neu hier, und ich habe keinen Bock, direkt mit dir aneinanderzugeraten«, sagt der Wärter bestimmt. Er fügt nach einer kurzen Unterbrechung hinzu: »Frag Adam, er weiß bereits, dass man sich besser nicht mit mir anlegen sollte.« Der Ton des Beamten und die Art, wie er seine Daumen in den schwarzen Ledergürtel seiner Hose einhakt, lässt keinen Zweifel daran, dass er nicht zögern würde, den Schlagstock oder andere Mittel einzusetzen, um mich dazu zu bringen, seinen Aufforderungen Folge zu leisten. Ich quäle mich vom Bett hoch und reibe mir mit den Fingern über die Stirn, die mit einem Schweißfilm bedeckt ist. Schließlich schaue ich zu Adam und bemerke, dass dieser kaum merklich den Kopf schüttelt. Ich frage mich, was ich seiner Meinung nach tun soll. Soll ich den Wärter etwa angreifen, um eine Bestrafung zu erhalten und dadurch möglicherweise in Einzelhaft gesteckt zu werden? Ich bin kein Feigling, noch nie gewesen, und ich entscheide mich, den Hofgang anzutreten. Sollen sie alle kommen, ich werde schon mit ihnen fertig.

»Geht doch, und jetzt raus mit euch«, fordert der Wärter, während ich mich auf ihn zu bewege.

Kurz darauf verlassen wir unsere Zelle, passieren den langen Gang vorbei an den endlos aneinandergereihten Zellen, nehmen eine Treppe abwärts, überwinden ein vergittertes Tor und befinden uns schließlich im Innenhof des Gefängnisses. Ich verschaffe mir einen Überblick und schlucke schwer. Es dauert keine drei Sekunden, da haben mich bereits die ersten Gruppen ins Visier genommen. Plötzlich scheint es mir nicht mehr so klug, mitgegangen zu sein. Vielleicht hätte ich doch besser riskieren sollen, den Wärter anzugreifen oder mich vehementer wehren sollen, um mir das hier zu ersparen.

»Genießt die fünfundvierzig Minuten Gefühl von Freiheit«, spottet der Wachmann, der uns nach draußen begleitet hat, und entfernt sich. Es sind einige weitere Beamte auf dem Freigelände positioniert und haben zumindest dem Anschein nach alles im Blick. Dennoch weiß ich nur zu gut, wie die Dinge hier laufen und geregelt werden. Das Team der Vollzugsbeamten, die hier arbeiten, ist vollkommen unterbesetzt. In einem solchen Umfeld passiert es häufig, dass die Gelegenheit genutzt und eine Scherbe, ein Stuhlbein oder eine andere selbstgebaute Waffe zum Einsatz kommt, um jemand anderen anzugreifen.

Ich bemerke außerdem schnell, dass auf dem Gelände ein Machtgefälle herrscht, das dem System in der Außenwelt ähnelt. In einer Ecke befinden sich die Männer, die im alltäglichen Leben als Außenseiter bezeichnet werden würden. Sie stehen dort, haben eine geduckte Haltung eingenommen, versuchen sich unsichtbar zu machen und haben mit Sicherheit ein schweres Los in dieser Umgebung. Ich möchte mir gar nicht ausmalen, was diese Kerle bereits alles während ihrer Inhaftierung ertragen mussten.

Dann gibt es die, die sich zu Grüppchen zusammengeschlossen haben, um einen Nutzen daraus zu ziehen und zu überleben. Sie stehen relativ loyal zueinander und unterstützen sich gegenseitig. Das sind auf den ersten Blick diejenigen, mit denen man eine Verbindung eingehen könnte, um die Zeit hier drin zu überstehen. Und dann gibt es die Machtinhaber, Anführer, die alles kontrollieren und überblicken, die über jeden neuen Häftling informiert werden und hier drin lenken, was alles passiert. Ich sehe auf Anhieb drei solcher Männer auf dem Innenhof, einen davon kenne ich sogar.

Ein kurzer Atemaussetzer durchfährt mich und ich zucke zusammen.

Marcelo Rodrigues, ein mächtiger Mann, der jahrelang für das Kartell der Morenos gearbeitet hat. Es müssten ungefähr drei Jahre vergangen sein, seit wir für seine Verurteilung gesorgt haben, nachdem wir einen seiner Deals versaut und ihn ins offene Messer laufen lassen haben.

Direkt ins Visier hat er mich genommen, sodass auch Adam, der immer noch neben mir verweilt, es bemerkt und einen Schritt auf mich zu macht.

»Hat Rodrigues etwa ein Problem mit dir?«, fragt er mich raunend.

Ich wende mich zu ihm und straffe die Schultern. »Und wenn es so wäre?«, antworte ich mit einer Gegenfrage.

»Dann ist der Preis für deinen Schutz gerade gestiegen. Rodrigues kontrolliert einfach alles in diesem Gefängnis. Ich komme gut mit ihm klar, aber so wie er dich anschaut, scheint es etwas Persönliches zwischen euch zu geben. Ich werde mit ihm reden und sehen, was ich machen kann. Siehst du den Tisch da hinten mit den fünf Typen und dem Glatzkopf?« Adam deutet in die Richtung eines Tischs, an dem mehrere Männer sitzen, die uns aufmerksam beobachten.

»Ja, ich sehe ihn«, antworte ich knapp.

»Das sind meine Männer. Geh zu ihnen und sag, dass ich dich geschickt habe. Erzähl ihnen irgendetwas, unterhalte dich mit ihnen und versuche, mit niemandem aneinander zu geraten. Besonders nicht mit Pete. Er ist mit Vorsicht zu genießen und leicht reizbar. Ich spreche währenddessen mit Rodrigues«, meint Adam, während er sich umsieht.

»Welcher von ihnen ist denn Pete?«, frage ich und Adam legt den Kopf schief.

»Das musst du selbst herausfinden, Maddox. Ich kann dir nicht alles auf dem Silbertablett präsentieren. Und jetzt geh endlich, so wie Rodrigues schaut, wird er nämlich jeden Moment den Befehl erteilen und seine Pitbulls auf uns hetzen.«

»Alles klar«, erwidere ich und mache mich langsam auf den Weg in Richtung des Tisches, an dem Adams Männer sitzen. Ich straffe noch einmal meine Schultern und mache mich so breit wie möglich, um Stärke auszustrahlen. Jeder Anflug von Schwäche könnte als Schuldeingeständnis interpretiert werden, und das bedeutet hier drin nichts als den Untergang.

»Maddox«, ruft Adam da, und ich drehe mich noch einmal zu ihm um.

»Ja?«

Er überwindet mit wenigen Schritten die Distanz zwischen uns und bleibt dicht vor mir stehen. »Wie viel Geld hast du zur Verfügung?«, fragt er mich leise.

»Ich werde bezahlen, was immer nötig ist«, antworte ich ruhig.

An den finanziellen Aspekten soll mein Schutz hier drin nicht scheitern. Wir Dexters haben seit Jahren für Fälle wie diesen vorgesorgt, uns war immer klar, dass wir mit einem Fuß im Knast stehen. Deutlich mehr als einmal haben wir uns strafbar gemacht. Für diesen Zweck haben wir große Summen zurückgelegt und gespart, falls jemals hohe Kautionszahlungen nötig werden sollten. Das heißt im Umkehrschluss, dass genügend Kapital vorhanden ist, um hier für meinen Schutz zu sorgen.

Adam nickt und läuft wieder in die Richtung von Ro-

drigues, während ich mich weiter auf seine Männer zubewege. Deren Gesichter verdüstern sich mit jedem Schritt,
den ich ihnen näher komme, und ich frage mich, was ich
in meinem Leben falsch gemacht habe, dass ich eine derartige Bestrafung verdiene. Soll es mein Schicksal sein,
hier draufzugehen?

KAPITEL 24

Aileen

Ich treffe bei den Dexters ein und fühle mich augenblicklich unwohl in dem großen Haus, in dem vollkommene Stille herrscht. Mein Plan war es, durch meine Arbeit abgelenkt zu werden und nicht allzu viel über Maddox nachzudenken. Damit mir das gelingt, wollte ich in eine andere Umgebung und nicht in seinem Haus festsitzen. Zusätzlich hatte ich die leise Hoffnung, dass meine Kollegen zu mir stehen und mich auf andere Gedanken bringen würden. Beides wurde mir verwehrt und ich finde mich in der Einsamkeit des Home-Office wieder.

Da ich die Situation aktuell nicht ändern kann und sie einfach akzeptieren muss, schalte ich das Radio ein, koche mir eine Tasse Kaffee und breite meine Arbeitsutensilien auf dem großen Esstisch aus. Ich widme mich, so gut es geht, der Arbeit und muss tatsächlich nach ein paar Stunden feststellen, dass es mir gelingt, meinen Fokus auf die Buchungen und die Mandanten zu legen und nicht mehr allzu sehr über Maddox nachzudenken.

Das Piepen meines Handys reißt mich aus meinem Arbeitsfluss und ein Lächeln stiehlt sich auf meine Lippen, denn es ist Isabella, die ihr Wort hält, und mich anruft. Auch wenn es mir einen Stich versetzt hat, dass sie mich dazu anhält, mich von Maddox loszusagen, und sie sich von Connor distanzieren möchte, weil er mit Maddox befreundet ist, ändert es nichts daran, dass ich eine Freundin wie sie gerade gut gebrauchen kann.

»Hey Lieblingskollegin«, begrüßt sie mich, als ich ihren Anruf entgegennehme.

Mein Lächeln wird breiter und ich grüße sie ebenfalls mit einem »Hey«.

»Bist du fertig mit der Arbeit und hast du Lust, dass ich etwas vom Thailänder mitbringe?«, erkundigt sie sich und ich grinse inzwischen über das gesamte Gesicht.

»Ja, ich werde gleich Schluss machen für heute. Mit den Buchungen bin ich durch. Du kannst sehr gern etwas mitbringen, ich würde mich freuen.«

»Okay, super. Dann mache ich mich direkt auf den Weg. Möchtest du wie üblich den Reis mit gebratenem Gemüse und extra Sojabohnen?«, will Isabella wissen und ich merke, wie mein Magen knurrt.

Himmel, bei der Arbeit im Home-Office ist mir gänzlich entfallen, etwas zu mir zu nehmen außer Kaffee und Wasser. »Ja, genau das nehme ich. Die Nummer einundsechzig müsste das sein«, erwidere ich und Isabella kichert am anderen Ende der Leitung.

»Ist das ein schlechtes Zeichen, dass wir die Karte unseres Lieblingsthai bereits auswendig können?«, erwidert sie und ich stimme in ihr Kichern mit ein. Ein kurzes Hochgefühl der Leichtigkeit überflutet mich und ich kann kaum fassen, dass bereits dieses kurze Telefonat mit ihr derart guttut.

»Wann wirst du ungefähr hier sein?«, frage ich, nachdem wir uns beide wieder beruhigt haben.

»Lass mich überlegen ... Ich fahre mitten durch den

Berufsverkehr und muss noch beim Thai vorbei. Sagen wir also in ungefähr fünfundvierzig Minuten?«

»Klingt sehr gut. Ich mache noch den Rest fertig und erwarte dich dann«, entgegne ich euphorisch und warte auf Isabellas Reaktion. Sie schweigt und für einen kurzen Moment vermute ich, dass unser Telefonat unterbrochen wurde. »Isabella? Bist du noch da?«, frage ich daher und höre, wie sie geräuschvoll die Luft ausstößt.

»Ja. Aileen, ist es okay, wenn wir uns dann ausschließlich in deinem Zimmer aufhalten? Ich möchte Connor nicht über den Weg laufen. Ich habe ihm geschrieben, dass ich dich heute besuche, aber zu keinem Gespräch mit ihm bereit bin.«

»Okay«, erwidere ich lahm, denn ihre Entscheidung tut mir unendlich leid für Connor. »Hat er dir denn geantwortet?«, möchte ich wissen und Isabella seufzt.

»Ja, das hat er und es ist kompliziert. Wir reden später darüber.«

»Geht klar. Ich freue mich auf dich«, antworte ich ehrlich und beende das Telefonat.

Es dauert deutlich länger als die geplanten fünfundvierzig Minuten, bis Isabella bei mir eintrifft. Es klingelt an der Tür und ich sehe auf dem Display der Überwachungskamera, die seit Kurzem über der Eingangstür angebracht ist, dass es Isabella ist. Voller Konzentration krame ich in meinem Kopf den Sicherheitscode hervor. Die Kombination zur Entriegelung des Türschlosses hat es wirklich in sich und ich tue mich immer noch schwer, sie auf Anhieb parat zu haben. Nach einer gefühlten Ewigkeit fällt mir die seltsame Aneinanderreihung von Buchstaben und Zahlen wieder ein und ich gebe sie in das Bedienfeld, auf dem sich Buchstaben, Sonderzeichen und Ziffern befinden, ein. Als das elektrische Surren ertönt, atme ich erleichtert auf. Hatte ich heute Morgen bei meiner Rückkehr keine Probleme mich an den Code zu erinnern, hat es mich eben vor eine echte Herausforderung gestellt. Umso größer ist die Freude, als ich nun endlich die Tür öffne, Isabella mit einem Kuss auf die Wange begrüße und ihr die Tüte von unserem Lieblingsthai abnehme. »Komm rein«, sage ich und verriegle die Tür hinter uns. »Es ist noch niemand da. Wollen wir unten essen und uns dann nach oben verziehen oder möchtest du direkt hochgehen?«, frage ich meine Freundin, um nicht für Unbehagen bei ihr zu sorgen.

»Lass uns gern sofort nach oben gehen. Ich möchte den Dexters wirklich nicht so gern begegnen.« Sie reibt sich mit den Händen angespannt über die Unterarme. Ich komme ihrer Bitte natürlich nach, besorge uns daher zwei Gabeln aus der Küche und wir begeben uns gemeinsam nach oben in mein Zimmer. Da das Wetter schön ist, beschließen wir, uns mit unseren leckeren Gerichten nach draußen auf den Balkon zu setzen und ein wenig die warmen Sonnenstrahlen auf der Haut zu genießen.

»Hmm, lecker. Mir kommt es glatt so vor, als ob ich das schon ewig nicht mehr gegessen hätte«, entfährt es mir, als ich die ersten Bissen meines Leibgerichtes vom Thailänder vertilgt habe.

Isabella lacht und stimmt mir mit einem überschwänglichen Nicken zu.

Während wir essen, herrscht eine angenehme Stille zwischen uns und wir scheinen uns beide innerlich für das bevorstehende Gespräch zu wappnen. Denn klar ist: Wir müssen wohl oder übel noch einmal über die aktuelle Situation sprechen, auch wenn ich es gern hinter uns lassen würde. Den Standpunkt, den Isabella offensichtlich vertritt, müssen wir erörtern, damit nichts zwischen uns steht und das unsere Freundschaft nicht gefährdet.

Früher als gedacht, kratze ich die letzten Reste Reis aus der Schale und auch Isabella lehnt sich seufzend in ihrem Stuhl zurück, nachdem sie die Gabel beiseitegelegt hat. Ich stehe auf, bringe die leergegessenen Plastikverpackungen in den Müll und trete im Anschluss wieder nach draußen zu Isabella auf den Balkon. Ich sinke auf den Stuhl neben ihr und schaue sie an. Durch die dunklen Gläser ihrer Sonnenbrille kann ich kaum ihre Augen erkennen und dennoch spüre ich mit jeder Faser meines Körpers, dass jetzt der Moment gekommen ist, in dem wir die Karten auf den Tisch legen und miteinander reden müssen. »Was belastet dich?«, platzt es schließlich aus mir heraus, da ich die merkwürdige Spannung zwischen uns nicht mehr aushalte.

Isabella seufzt und setzt sich aufrechter hin. Sie nimmt die Sonnenbrille von ihrer Nase und schaut mir fest in die Augen. »Aileen, ich will nicht diese oberflächliche Tussi sein, die dich verurteilt, weil dein Freund aktuell in Gewahrsam sitzt. Es ist nur so: Diese Dinge sind mir völlig fremd. Ich wurde bisher noch nie in meinem Leben mit Kriminalität und erst recht nicht mit Ermittlungen in einem Mordfall konfrontiert. Ich bin einfach heillos überfordert mit der Situation und möchte nicht in eine Sache hineingeraten, aus der ich möglicherweise nicht mehr herauskomme oder die mich selbst in Gefahr bringt. Das hat rein gar nichts damit zu tun, dass ich weniger für Connor empfinde oder du mir nicht mehr so viel bedeutest als Freundin. Im Gegenteil, ihr seid mir unglaublich wichtig und es fällt mir alles andere als leicht, mich von Connor fernzuhalten. Aber ich habe Angst. Es ist ja nicht so, dass Maddox wegen eines Kavaliersdelikts im Gefängnis sitzt. Er steht unter Mordverdacht, und wenn ich ehrlich bin, verwundert es mich etwas, dass du so loyal zu ihm stehst, obwohl er für den Tod deines Bruders verantwortlich sein soll. Zumindest ist es das, was die Yellow Press und der Bürotratsch verbreitet haben.«

Ich lauschte den Ausführungen meiner Freundin aufmerksam und muss zugeben, dass es aus ihrer Sichtweise absolut nachvollziehbar ist, sich zurückzuziehen. Für einen Normalbürger, der noch nie etwas mit kriminellen Geschäften und der Polizei zu tun hatte, ist diese Welt der Mafia völlig fremd, und ich kenne keinen Außenstehenden, der ein Bedürfnis verspürt, dort hineinzugeraten. Bei mir verhält es sich anders. Ich bin mir nicht sicher, wie viel ich meiner Freundin erzählen soll, damit sie nachvollziehen kann, warum ich so handle, wie ich es tue.

»Ich verstehe dich und das meine ich komplett ehrlich. Es ist so: Ich bin nicht bei meiner Familie hier in Brixton aufgewachsen. Wie ich dir schon einmal gesagt habe, wurde ich mit sechs Jahren ins Mädcheninternat nach Schottland geschickt und war anschließend dort auf einem Elitecollege. Dementsprechend habe ich mich auch emotional völlig von meiner Familie entfernt. Nach dem Tod unserer Eltern hatte ich kaum mehr Kontakt zu meinem Bruder. Er hängt, ich meine, er hing an alten Familienstrukturen und hatte nach meiner Rückkehr ganz eigene Pläne für mich. Er wollte, dass ich in seine Geschäfte einsteige und mich mit einem seiner engsten Partner verkuppeln. Das wollte ich aber nicht. Mir war schon immer klar, dass ich eines Tages meinen eigenen Weg gehen werde, mich von der Familie löse und meine beruflichen Ziele verwirkliche. Aus diesem Grund habe ich mich mit Hunter zerstritten und bin kurz darauf Maddox über den Weg gelaufen. Er hat mich vor meinem Bruder beschützt und auf mich aufgepasst, damit ich nicht in dessen Angelegenheiten hineingezogen werden. Auch wenn es als Außenstehende für dich schwer zu begreifen und vielleicht nicht ganz so offensichtlich ist wie für mich, ist aber trotzdem klar, dass Maddox diese Tat nicht begangen hat. Ja, er hasst meinen Bruder, aber das, was ihm vorgeworfen wird, hat er nicht getan. Dazu wäre er niemals fähig.«

Isabellas Augen weiten sich während meiner Ausführungen und ich bin selbst erschrocken, wie leicht mir diese Geschichte, die nur einen geringen Teil der Wahrheit und dessen, was ich erlebt habe, preisgibt, mittlerweile über die Lippen kommt. Waren mir früher Werte wie Ehrlichkeit absolut wichtig, bin ich heute ein völlig anderer Mensch. Wann immer es erforderlich ist, würde ich zu Lügen greifen, Geschichten erfinden, die Story verdrehen, die Tatsachen ändern, wenn es darum geht, einen Menschen, der mir nahesteht, oder mich selbst zu schützen. Aber wie sollte ich anders handeln, wenn ich Isabella mitteilen würde, dass ich zur Mafia gehöre, falls ihr das nicht ohnehin schon klar ist und sie nicht längst zu meinem Nachnamen recherchiert hat, möchte ich lieber nicht zu viel meines völlig verkorksten Lebens preisgeben.

»Ich verstehe, was du sagst, aber wie meinst du das, dass Maddox dich vor deinem Bruder beschützt hat? Hat er dich etwa bedroht?« Empörung liegt in Isabellas Worten und mir wird klar, dass ich mittlerweile richtig in der Bredouille stecke. Ich räuspere mich und sortiere kurz meine Gedanken. »Sagen wir es so: Er wollte um jeden Preis seinen Willen durchsetzen und ich habe mich mit aller Macht dagegen gewehrt. Dadurch sind wir immer wieder aneinandergeraten und eins führte zum anderen. Letztlich war es unmöglich, dass wir unter einem Dach wohnen und ich bin gegangen. Das war das Beste für uns alle. Mein Bruder hat das anders gesehen und deshalb hat Maddox auf mich aufgepasst.«

Isabella entfährt ein anerkennender Pfiff, der nicht wirklich in die angespannte Situation passt und mich sehr verwundert. Sie wirkt mit einem Mal völlig verändert und klopft mit ihren Händen auf meine Oberschenkel. »Wow, das ist ja wie in einem Actionfilm, total aufregend. Also war Maddox dein Retter in der Not? Das erklärt natürlich, warum du loyal zu ihm stehst. Bist du dir absolut sicher, dass er unschuldig ist? Wieso sollte ihm jemand den Tod deines Bruders anhängen? Und bist du gar nicht traurig, dass Hunter tot ist?« Bei ihren letzten Worten legt sich ihre freudige Stimmung abrupt und schwenkt in Mitgefühl um.

Ich lege meine Hände auf ihre, die auf meinen Oberschenkel zur Ruhe gekommen sind. »Es ist auf keinen Fall so, dass es mir egal ist, dass Hunter nicht mehr am Leben ist. Ich möchte auch, dass die Polizei aufklärt, wer ihn ermordet hat. Maddox war es nämlich nicht. Ich kann dir keine vollständige Erklärung liefern, weil alles schrecklich kompliziert ist, aber ich bin mir vollkommen sicher. Maddox kämpft seit Jahren gegen die Kriminalität in Brixton und hat sich dadurch viele Feinde gemacht. Wir vermuten, dass einer von ihnen alles Menschenmögliche getan hat, um es so aussehen zu lassen, dass Maddox der Schuldige ist.«

Isabella lauscht mir aufmerksam und nickt verstehend. »Ich finde es unglaublich stark und bewundernswert, wie du mit dieser Situation umgehst.«

»So tough bin ich nicht. Wenn ich ehrlich bin, würde ich das ohne die Unterstützung von Connor und den anderen keinen einzigen Tag überstehen. Sie spenden mir Kraft, sind für mich da und unterstützen mich, um die Unschuld von Maddox zu beweisen.«

Isabella senkt den Kopf, unterbricht unseren Blickkontakt und denkt einen Moment nach. Ich streiche über ihre Handrücken, um sie zu ermuntern, mir zu mitzuteilen, was sie beschäftigt.

»Vielleicht sollte ich doch mit Connor reden. Seit ich von der Verhaftung gehört habe, habe ich ihn komplett ignoriert und ihn für etwas bestraft, für das er überhaupt nichts kann. Ich fühle mich furchtbar deswegen, aber ich konnte nicht anders. Ich wusste bis eben nicht, wie ich damit umgehen soll«, lässt sie mich an ihren Gedanken teilhaben.

»Und jetzt weißt du es?«

»So würde ich das jetzt auch nicht sagen, aber zumindest sehe ich jetzt alles ein wenig klarer. Was für eine schlechte Freundin wäre ich, wenn ich dich ausgerechnet jetzt, wo du mich am dringendsten brauchst, hängenließe, nur um meinen eigenen Ruf nicht zu gefährden. Das klingt schrecklich egoistisch. Wenn du Unterstützung brauchst und reden möchtest, bin ich für dich da. Das Einzige, was ich mir von dir wünsche, ist, dass ich nicht in irgendetwas hineingezogen werde, aus dem ich nicht mehr herauskomme oder das mich in Gefahr bringt. Kannst du mir das versprechen?« Die letzten Worte meiner Freundin sind so eindringlich, dass sie mir eine Gänsehaut bescheren. Kann ich ihr das versprechen? Bin ich in der Lage, sie vor unbekannten Feinden zu schützen, deren Namen ich selbst nicht kenne? Ist die Gefahr bereits vorüber, weil die Gegner meinen, ihr Ziel erreicht zu haben, wenn Maddox hinter Gittern sitzt oder lauert da draußen weiterhin eine unkontrollierbare Gefahr, die ich überhaupt nicht einschätzen kann? Die Fragen in meinem Kopf überschlagen sich und mein Schweigen ist anscheinend Antwort genug für Isabella, denn sie schüttelt den Kopf.

»Sag nichts. Ich will dich nicht zu einer Lüge oder etwas anderem verleiten. Wenn du mir dieses Verspre chen nicht geben kannst, ist das so, und ich werde heute Nacht noch einmal darüber nachdenken, wie ich damit umgehe. Gib mir nur bitte etwas Zeit.«

Ich drücke noch einmal fest ihre Hände und halte sie weiter, während ich mich erhebe. »Natürlich. Wollen wir noch einen Film zusammen schauen oder etwas anderes machen?«, frage ich hoffnungsvoll, obwohl mir deutlich auffällt, dass Isabella in Aufbruchstimmung ist und weiterhin innerlich mit sich ringt, wie sie mit der Situation umgehen soll.

»Sei mir nicht böse, aber für heute würde ich gehen. Es ist alles so verwirrend und ich möchte meine Gedanken sortieren, damit ich allem klarer gegenübertreten kann«, sagt sie schließlich.

»Sicher. Wir können später oder morgen noch einmal telefonieren«, erwidere ich und versuche meine Enttäuschung bestmöglich zu verbergen.

Sie nickt, steht ebenfalls auf und wir machen uns gemeinsam auf den Weg in Richtung Haustür. Im Erdgeschoss treffen wir auf Finn, Jay und Connor, die gerade von der Arbeit zurückkommen.

Finn und Jay grüßen uns mit einem knappen »Hi« und verschwinden direkt nach oben. Connor hingegen versperrt uns den Weg und stellt sich mit verschränkten Armen vor uns. Er schaut auf Isabella herab und ich sehe, dass er verletzt und enttäuscht ist. Während er sie mit seinen Augen förmlich durchleuchtet, röten sich ihre Wangen und ich fühle mich plötzlich sehr überflüssig an ihrer Seite. Die beiden sollten dringend miteinander reden, so viel steht fest.

»Du gehst schon?«, fragt Connor in dem Moment rau und intensiviert seinen Blick auf Isabella.

»Ja. Das hatte ich zumindest vor«, erwidert sie kleinlaut.

»Dann will ich dich nicht aufhalten. Nur lass mich noch eine Sache loswerden. Du solltest wissen, dass ich enttäuscht bin, denn ich habe etwas anderes in dir gesehen«, sagt Connor zum Abschluss und macht sich mit diesen Worten auf den Weg in sein Zimmer.

Ich drehe mich zu meiner Freundin, die mit offenem Mund dasteht und in deren Augen sich Tränen sammeln.

»Das hat er gerade nicht wirklich gesagt? Wenn es seine Absicht war, mich zu verletzen, ist ihm das grandios gelungen.« Wut und Schmerz liegen in ihren Worten und ich verziehe gequält den Mund. Was für eine verzwickte Situation.

»Weißt du, auch Connor ist verletzt«, rechtfertige ich seine Ansage von eben, aber Isabella schüttelt nur vehement den Kopf. Ich sehe die flammende Wut in ihren Augen, die sich verdunkelt haben. Dass ihr Temperament überkocht und sie kurz davor ist, zu explodieren, merke ich nur zu gut und trete instinktiv einen Schritt nach hinten.

»Weißt du, Aileen, so lasse ich nicht mit mir reden. Klar, ich verhalte mich in seinen Augen auch nicht korrekt. Tut mir leid, dass ich keine Ahnung habe, wie man sich in so einer Situation richtig verhält, in der der beste Freund meines Freundes plötzlich unter Mordverdacht steht. Ich kenne mich in diesen Dingen nicht aus und bin verwirrt. In der einen Sekunde will ich dich in den Arm nehmen und auch für Connor da sein, an seiner Seite stehen und dieses Gang-Ding durchziehen. Im nächsten Moment sind da nichts außer Zweifel und ich denke an mein Leben, meine Sicherheit und meinen Ruf. Ihr wisst nicht, wie hart ich gekämpft habe, um heute dort zu stehen, wo ich bin. Es ist alles andere als leicht, als Latina hierherzukommen und mit Migrationshintergrund eine Stelle bei Kensey zu ergattern.«

Isabella redet sich immer weiter in Rage und ich verstehe ihr Verhalten mit jedem Wort besser. Es gibt immer mehrere Perspektiven, nicht nur richtig und falsch. So viele Abstufungen dazwischen, die auch ich bisher ignoriert habe.

»Ich verstehe dich, wirklich«, erwidere ich.

»Das ist gut, denn du könntest mich von dem, was ich gleich vorhabe, sowieso nicht abhalten. Ich gehe jetzt zu diesem Vollidioten, rede mit ihm und sage ihm, was ich von seinem Verhalten von eben halte. So lasse ich nicht mit mir umgehen.« Mit diesen Worten dreht sich Isabella wieder Richtung Treppe und stapft hinauf zu Connors Zimmer.

Ich bleibe perplex im Flur stehen, reibe mir mit dem Zeige- und Mittelfinger über die Stirn und schüttle den Kopf.

Was für ein Tag, denke ich, während ich meiner Freundin hinterherschaue.

KAPITEL 25
Connor

Ich knalle meine Zimmertür hinter mir zu, greife nach der Fernbedienung meiner Musikanlage und drücke auf Play. Ich drehe die Lautstärke auf, um mich mit dem Beat zu betäuben. Das Aufeinandertreffen mit Isabella hat mich mehr aufgewühlt, als ich es für möglich gehalten hätte. Sie bedeutet mir etwas, umso mehr verletzen mich ihr Verhalten und der aufgezwungene Abstand. Seit sie von Maddox' Verhaftung erfahren hat, distanziert sie sich von mir. Die Krönung bildet die Textnachricht, die sie mir heute geschrieben hat und in der steht, dass ich ihr aus dem Weg gehen soll, sollten wir aufeinandertreffen. Ich schnaube wütend. Dass ich nicht lache, sind wir im Kindergarten? Außerdem kann ich rein gar nichts dafür, dass Maddox unschuldig im Knast sitzt. Ich hätte mehr von ihr erwartet. Dass sie haltlosen Gerüchten Glauben schenkt und aufgrund dessen Abstand zu mir nimmt, wird ihr nicht gerecht. Ich ziehe mir mein ölverschmiertes Shirt über den Kopf, da ertönt ein trotz der Musik unüberhörbar lautes, schepperndes Geräusch hinter mir. Ich wirble herum und erblicke Isabella. Sie steht mit flammenden Augen da und hat anscheinend eine meiner Vasen auf dem Fußboden zerbersten lassen. Wütend funkelt sie mich an und ich kann es nicht fassen. Isabella ist wütend? Ich knülle mein Shirt, das ich inzwischen vollständig ausgezogen habe, in meiner Hand zusammen und werfe es ebenfalls zu Boden. Mit zwei Schritten bin ich bei ihr, was sie zurückweichen lässt. Unwillkürlich versetzt mir das einen Stich. Ich würde dieser Frau niemals wehtun, egal, wie wütend ich bin. Oder interpretiere ich ihre Reaktion etwa falsch? Mir entgeht nicht, wie ihr Blick meinen Oberkörper hinab wandert und am Bund meiner Hose etwas zu lang hängen bleibt. *Ach, so ist das also.* Sie geht mir aus dem Weg und ist sauer, aber in Gedanken hat sie wahrscheinlich gerade hemmungslosen Sex mit mir. Alles klar, die Vorstellung gefällt mir. Ich nähere mich ihr weiter, was sie dazu bringt, sich rückwärtszubewegen, bis sie mit dem Rücken gegen die Tür hinter sich stößt. Ihre Augen verdunkeln sich und zu dem wütenden Funkeln gesellt sich etwas anderes – Verlangen.

Ich will sie ebenso und nehme sie mit meinen Augen und einem intensiven Blick gefangen. Langsam überwinde ich die letzte Distanz zwischen uns, um ihr ganz nah zu sein. Ihre Augen zeigen mir deutlich, dass sie mich begehrt, und ich handle sofort. Blitzschnell umfasse ich mit beiden Händen ihre Hüfte und presse mich gegen sie. Isabella schnappt nach Luft. Damit hat sie wohl nicht gerechnet.

Sie legt ihre Hände an meine Brust, nicht als Widerstand, sondern als Einladung.

»Was wird das hier, Isabella? Wolltest du mir nicht aus dem Weg gehen und nichts mehr mit mir zu tun haben?«, frage ich sie herausfordernd und sie beißt sich daraufhin verlegen auf die Unterlippe. Wie gern würde ich diese jetzt zwischen meine Zähne nehmen und daran saugen. Ich halte mich jedoch zurück und warte geduldig auf Isabellas Antwort.

»Ich bin unglaublich wütend auf dich«, stößt sie schließlich mit bebender Stimme aus und ich bin mir sicher, dass das nicht die ganze Wahrheit ist. Denn ihre Wut ist zweifelsfrei nicht der Grund, warum sich ihr Atem beschleunigt hat und sich ihre Pupillen verdunkelt haben. Trotzdem gehe ich darauf ein.

»Ach ja? Und wieso genau bist du wütend auf mich?«, raune ich und dränge mich weiter gegen sie.

»Wie du eben mit mir geredet hast, das geht gar nicht.« Ihre Stimme ist ein Hauchen, denn sie hat ihren kläglichen Widerstand längst aufgegeben.

Womöglich war es ihr Plan, mir eine richtige Ansage zu machen, aber dann ist etwas passiert, womit sie nicht gerechnet hat. Nämlich, dass ich mit nacktem Oberkörper vor ihr stehe und sich bei ihr plötzlich ganz andere Instinkte melden.

»Und wenn du wütend bist, zerstörst du Dinge, die dir nicht gehören?«, fordere ich sie weiter heraus und sie schluckt schwer. Ich löse eine Hand von ihrer Hüfte, platziere sie an ihrer Kinnpartie und gleite mit dem Daumen von dort hinab, ihren Hals entlang, passiere ihr Schlüsselbein, fahre einen Bogen und halte zwischen ihren prallen Brüsten inne. Sie öffnet leicht ihre Lippen und versucht ihre Schenkel zusammenzudrücken, was ich verhindere, indem ich mein Knie dazwischenschiebe.

»Es tut mir leid. Ich wollte diese Vase nicht zerstören«, wispert sie.

»Doch das wolltest du«, halte ich dagegen und nehme sie mit meinem Blick gefangen.

Sie schluckt hart. »Ja, du hast recht und eigentlich

wollte ich überhaupt nicht mit dir reden, also nicht auf diese Art.«

»Ist das so?«, frage ich rau und gleite parallel mit meinen Fingern tiefer in ihren Ausschnitt, unter den Stoff ihres weichen BHs und umfasse sanft ihre rechte Brust. Ihr Nippel ist steinhart, was mir noch einmal bestätigt, wie sehr sie mich will.

»Was machen wir jetzt mit dieser verworrenen Situation? Eine Idee, wie wir das lösen können? Du bist wütend auf mich und ich sauer auf dich, weil du diese Vase zerstört hast, die mir unglaublich viel bedeutet hat und weil du nicht bei mir bleibst, wenn mein bester Freund in Schwierigkeiten steckt.« Für meine Aussage ernte ich einen Klaps auf meine Brust und muss lachen. Ich ziehe meine Hand zurück, umfasse Isabellas wunderschönes Gesicht und schaue ihr tief in die Augen. »Was willst du, Isabella? Willst du mich anschreien, mich bestrafen und verurteilen, weil mein bester Freund in Gewahrsam sitzt, oder willst du Sex mit mir?«

Isabella fährt sich mit der Zunge über die Lippen und tut gleich darauf etwas, das mich überrascht. Sie löst eine ihrer Hände von meiner Brust und fasst mir beherzt in den Schritt. Diese Frau hat es faustdick hinter den Ohren und ich bin vollkommen verrückt nach ihrem Temperament. Oder ich würde fast behaupten, dass ich so etwas in der Art wie verliebt bin. Dieses Gefühl ist mir alles andere als bekannt oder üblich für mich.

»Ich denke, jetzt ist nicht der richtige Zeitpunkt, um zu reden. Ich bin dafür, dass du diese Hose ausziehst. Da sind nämlich auch Ölflecken drauf«, sagt Isabella frech und zwinkert mir verheißungsvoll zu.

Ich lege den Kopf schief und grinse sie verschmitzt an. »Ist das so, dass auf meiner Hose Flecken sind?«

»Oh ja«, erwidert sie energisch und klimpert dabei mit ihren langen, schwarzen Wimpern. Gleichzeitig löst sie ihre restlichen Finger von meiner Brust und führt sie ebenfalls zu meiner Hose. Mit ihren zarten Händen öffnet sie geschickt den Knopf und den Reißverschluss und schiebt dann eine unter den Stoff meiner Boxershorts. Sie umfasst meinen Schwanz, der hart und prall ist und wirklich dringend befreit werden sollte. Ihre andere Hand streicht wieder aufwärts und zieht mit den Fingerspitzen kleine Kreise entlang meiner Bauchmuskeln, die sich unter den Berührungen anspannen.

Ich löse meine Hände von ihrem Gesicht und schiebe meine Hose samt Boxershorts nach unten zu meinen Knöcheln, sodass ich splitterfasernackt vor Isabella stehe, die genüsslich ihren Blick an mir hinab wandern lässt.

Sie betrachtet meinen Schwanz eine gefühlte Ewigkeit, als sie beginnt ihn langsam, fast andächtig zu massieren, bevor unsere Blicke wieder aufeinandertreffen.

»Küsst du mich jetzt endlich?«, fragt sie frech, kneift mir mit ihrer anderen Hand in die Flanke und entlockt mir damit ein Knurren. Ich greife am Hinterkopf in ihr Haar, ziehe ein wenig daran, presse meine Lippen auf ihre, versiegle ihren Mund mit meinem und nehme mir von ihr alles, was ich brauche. Ich intensiviere unseren Kuss, der sekündlich leidenschaftlicher wird und ich habe das Gefühl, mich in einer Art Rauschzustand zu befinden, aber in einem der guten Sorte, einem ohne das Katergefühl am nächsten Morgen. Isabella verdreht mir förmlich den Kopf und ich fühle mich leicht und schwerelos. Wenn ich bei ihr bin, nimmt dieses Hochgefühl mich ein und es gelingt mir gerade sogar, die Gedanken und die Sorge um Maddox in den Hintergrund zu drängen.

Isabellas zarte Fingerspitzen finden wieder an meine Brust und sie drückt mich ein Stück zurück, sodass ich meinen Kopf anhebe. Ich bin verwundert, dass sie unseren Kuss unterbricht, bis ich begreife, warum sie das tut. Sie stellt sich auf die Zehenspitzen, streift mit ihren weichen Lippen über meine Bartstoppeln nach unten, bedeckt meine Brust mit Küssen und geht langsam in die Knie. *Gott, diese Frau.* Mein Schwanz zuckt und war schon seit Ewigkeiten nicht mehr so hart wie in diesem Augenblick.

Isabella legt ihre Finger erneut um meinen Schaft, beginnt sie auf und ab zu bewegen und entlockt mir damit ein tiefes Stöhnen. Kurz darauf spüre ich ihre sanften, weichen Lippen an meiner Eichel. Sie zieht langsame Kreise mit ihrer Zunge und umschließt meinen Schwanz schließlich mit ihrem Mund. Ich lege meine Hände an ihren Hinterkopf und drücke ihr meine Hüfte entgegen, damit sie ihn noch tiefer nimmt. Ich dirigiere ihre Bewegungen und genieße, dass sie es duldet. »So ist gut, Babe. Gib mir mehr davon. Ja, genau so«, keuche ich abgehackt, um ihr zu verdeutlichen, wie gut sie das macht. Ich stütze mich mit einer Hand am Türblatt hinter ihr ab, während die andere in ihr Haar verkrallt ist und ihren Kopf schneller bewegt.

Isabella nimmt ihre zweite Hand zu Hilfe, spielt mit meinen Eiern und knetet sie sanft.

»Wenn du willst, dass ich dich noch richtig ficke, müssen wir jetzt aufhören, Babe«, stoße ich knurrend aus, da ich drohe die Kontrolle zu verlieren. Der Blowjob ist einfach zu geil. Ich verringere das Tempo, in dem ich ihren Kopf dirigiere und lockere den Griff in ihrem Haar.

Isabella zieht sich zurück, löst ihre Hände und ich lasse es zu. Denn auch wenn das Gefühl ihrer weichen

Lippen um meinen Schwanz unglaublich gut ist, sehne ich mich danach, in ihr zu sein und sie zum Höhepunkt zu bringen.

Sie kommt auf die Beine und sofort drehe ich sie mit dem Gesicht zur Tür. Ich führe ihre Arme an den Handgelenken nach oben, pinne sie mit meiner Hand über ihrem Kopf fest und schiebe anschließend mit der anderen den Rock ihres Kostüms nach oben und ihren Tanga beiseite. Sie steht entblößt vor mir und ich kann es kaum abwarten, sie endlich zu spüren.

»Ich will, dass du mich so vögelst. Ich nehme die Pille«, wispert Isabella und ich halte einen Augenblick inne. Klar, der Gedanke, sie ohne Gummi zu nehmen, ist absolut erregend, gleichzeitig ist mir bewusst, dass es vollkommen leichtsinnig ist, weil wir uns noch nicht allzu lange kennen. Doch schon vom ersten Moment an habe ich diese Verbindung zwischen uns gespürt und ich weiß, dass Isabella etwas Besonderes ist. Etwas ganz Besonderes für mich. Nicht nur äußerlich ist sie meine Traumfrau, sondern ich merke immer mehr, dass sie mir ebenbürtig ist und Gefühle in mir weckt, die ich lange nicht mehr hatte. Wie wäre es mir also möglich, dieses Angebot von ihr, mit dem sie mir ihr volles Vertrauen schenkt, abzulehnen?

Ich trete näher sie heran, umfasse mit meiner freien Hand meinen Schwanz und kreise mit meiner Spitze an ihrem Eingang. Sie ist so nass, dass ich aufstöhne, mich nicht mehr beherrschen kann und mich mit einem einzigen tiefen Stoß in ihr versenke. Isabella keucht auf, denn damit hat sie anscheinend nicht gerechnet, gleichzeitig spüre ich, wie sich ihr gesamter Körper entspannt, weil sie sich bestimmt genau wie ich so unglaublich danach gesehnt hat. Ich lege meine Hand an ihre Hüfte, genieße das Gefühl, in ihr zu sein, in vollen Zügen und beginne sie voller Leidenschaft von hinten zu vögeln.

Als Isabella mir mit ihrem Becken immer mehr versucht entgegenzukommen, verlangsame ich meine Stöße und löse meine Finger um ihre Handgelenke. Ich streiche über ihren Rücken, führe ihre Hüfte mit der anderen Hand und ihr Oberkörper sinkt weiter an der Tür herab.

»Wechseln wir die Position? Ich habe Bock auf Doggy«, keucht sie schließlich und ich grinse breit. *Sie ist der absolute Wahnsinn!* Ich ziehe mich kurz aus ihr zurück, dirigiere sie zum Bett und dort auf alle Viere. Anschließend verpasse ihr einen Klaps auf ihren geilen Arsch, den sie mir auffordernd entgegenstreckt. Als sie aufkeucht, stoße ich mich wieder in sie und genieße die Intensität, die diese Stellung mit sich bringt. Immer schneller werdend bewege ich mich vor und zurück, bis Isabella meinen Namen so laut schreit, dass er von meinen Zimmerwänden widerhallt und ihre Muskeln sich fest um mich schließen. Jetzt halte auch ich es keine Sekunde länger aus und spritze hart in ihr ab. Ich spüre das Pumpen meines Schwanzes, genieße das Gefühl, wie ihr Orgasmus langsam abebbt.

Dass unser Streit sich in diese Richtung entwickelt, hätte ich nicht geahnt.

Als der Rausch unseres gemeinsamen Höhepunktes langsam vergeht, ziehe ich mich aus ihr zurück und Isabella dreht sich zu mir um, während sie ihren Hintern auf der Matratze absetzt, sodass ihre Füße von der Bettkante baumeln. »Gehen wir jetzt zusammen duschen, oder was? Du hast immer noch Motoröl in deinem Gesicht«, sagt sie frech.

Ich greife nach ihren Händen, ziehe sie auf die Beine, presse sie gegen mich und umfasse mit beiden Händen ihren Po. »Dann sollten wir das schleunigst ändern und uns waschen«, raune ich ihr zu.

Sie strahlt mich an, ich beuge mich hinab und küsse sie.

Mir wird in diesem Augenblick bewusst, dass es neben all der Schwere etwas Gutes in meinem Leben gibt, und das ist Isabella.

KAPITEL 26

Aileen

Als ich am nächsten Morgen aufwache, aus dem Fenster schaue und Isabellas Wagen immer noch in unserer Einfahrt stehen sehe, legt sich ein Schmunzeln auf mein Gesicht. Ich habe fast vermutet, dass sie es nicht schafft, Connors Charme zu widerstehen, und die beiden sich aussprechen, auf die ein oder andere Weise. Freude macht sich in mir breit, denn ehrlich gesagt, hat es mich ziemlich traurig gemacht, dass sich sie sich von ihm abwenden wollte. Die beiden sind ein zauberhaftes Paar und ich wünsche mir immer noch ein Happy End für sie. Wenn das Leben *mir* schon so übel mitspielt und mir mein Glück mit Maddox verwehrt, soll es zumindest den Menschen, die mir nahestehen und mir wichtig sind, gut gehen.

Nach einer Dusche und meiner Morgenroutine schlüpfe ich in einen bequemen Hoodie und eine locker sitzende Jeans. Da ich sowieso dazu verdammt bin, hier im Home-Office zu versauern, ist es unnötig, mich in ein unbequemes, enges Kostüm zu zwängen und Pumps zu tragen. Mit meinem Arbeitslaptop unter dem Arm und einigen Mandantenakten bewaffnet, mache ich mich auf den Weg nach unten. Am Esstisch treffe ich auf Jay, Finn,

Connor und Isabella, die mich mit Unschuldsmiene anschaut.

»Guten Morgen. Ich wusste gar nicht, dass wir einen Übernachtungsgast haben«, sage ich keck in die Runde und ernte den berühmten Todesblick von Isabella und ein Auflachen von Finn und Connor. Nur Jay bleibt ernst und ich frage mich, ob ihn etwas bedrückt oder er etwas auf dem Herzen hat. Sobald sich die Gelegenheit ergibt, werde ich ihn darauf ansprechen.

Ich setze mich zu den anderen, greife nach der Kanne mit Kaffee und schenke mir ein.

»Wie lief eigentlich dein Gespräch bei Cooper gestern?«, erkundigt sich Finn und ich schüttle den Kopf. Es ist mir unangenehm, darüber zu sprechen, wenn Isabella dabei ist, das muss ihm doch klar sein. Er kann nicht erwarten, dass ich über die Angelegenheiten meiner verkorksten Familie spreche, wenn sie mit am Tisch sitzt. Ich hoffe, dass er meinen Blick richtig interpretiert, nehme einen Schluck aus meiner Tasse und schaue ihn an, als ich sie wieder absetze. »Er hat nichts weiter gesagt. Es wird wohl alles noch eine Weile dauern.« Diese Antwort ist nicht mal gelogen, denn viel mehr hat Cooper mir wirklich nicht mitgeteilt. Trotzdem werde ich, nachdem ich die Worte ausgesprochen habe, wieder von dieser lähmenden Schwere eingehüllt und bedaure fast, dass Finn dieses Thema angesprochen hat. Im gleichen Moment, als mich dieser Gedanke ereilt, verachte ich mich dafür. Ist es mein Ernst, dass ich lieber verdrängen möchte, dass Maddox im Gefängnis sitzt, mein Bruder tot ist und dieses verfluchte Familienerbe über mir wie ein Damoklesschwert hängt?

Ich schüttle den Kopf, was Jay nicht entgeht.

»Ist alles in Ordnung?«, fragt er mich und ich nicke.

»Ja, alles bestens. Ich habe nur eben an einen schwierigen Mandanten gedacht, um dessen Buchhaltung ich mich kümmern muss.« Mein Blick fällt auf Isabella. »Hast du heute eigentlich frei?«, wechsle ich das Thema.

Sie kneift die Augen zusammen, als ob sie meine Frage nicht verstanden hätte. Deshalb konkretisiere ich diese. »Ich meine, es ist schon fast neun Uhr und ...«

Isabella springt prompt von ihrem Stuhl auf. »Was, fast neun? Himmel, ich habe total die Zeit vergessen. O mein Gott, ich muss los.« Sie drückt Connor rasch einen Kuss auf die Wange, lächelt den Rest von uns an, winkt und sprintet förmlich in Richtung Flur.

Connor schüttelt den Kopf, erhebt sich und folgt ihr.

Allein kann Isabella ohnehin nicht die Tür öffnen, da sie mit dieser fast unüberwindbaren Sicherheitskombination verriegelt ist. Ich habe mehrere Anläufe und Tage dafür gebraucht, mir die verschiedenen Zahlen und Buchstabenkombinationen einzuprägen, und habe trotzdem immer wieder Probleme damit.

»Mach doch nicht so eine Welle, Babe. Dann kommst du eben mal etwas später zur Arbeit.« Ich höre, wie Connor beruhigend auf sie einredet, und beuge mich ein Stück zur Seite, um in den Flur sehen zu können.

Isabella fährt mitten in ihrer Bewegung zu ihm herum und tippt ihm wütend mit ihrem Zeigefinger gegen die Brust. »In deiner Welt funktioniert das vielleicht, Connor Harrison. In meiner nicht. Ich habe einen strengen Chef, wie du weißt, und er mag es gar nicht, wenn seine Angestellten zu spät kommen. Hätte ich nicht so lange mit dir im Bett ...« Bevor sie weitersprechen kann, presst Connor seine Lippen auf ihre und bringt sie damit zum Schweigen.

Finn und ich lachen, nur Jay verzieht keine Miene. Irgendetwas beschäftigt ihn und ich hoffe, dass ich später wirklich noch die Gelegenheit bekomme, ihn darauf anzusprechen.

Connor löst sich von Isabella, fasst nach ihrer Hand und begleitet sie schließlich nach draußen.

Kurz darauf kommt er zurück zu uns an den Tisch und fährt sich mit beiden Händen durch das blonde Haar. Er grinst breit und strahlt mich an. »Boah, Aileen. Ich bin echt froh, dass ich das mit Isabella klären konnte«, stößt er aus und strahlt über das gesamte Gesicht.

»Das sehe ich«, erwidere ich und lächle ihn ebenfalls an. »Wollen wir uns dann auf den Weg machen? Wir haben heute echt viel zu tun in der Werkstatt«, wechselt Connor das Thema, während er in die Runde blickt, und Finn kippt daraufhin den letzten Schluck Kaffee in sich hinein.

»Ich bleibe heute hier. Ich habe mir die Papiere, die Aileen bei uns in der Werkstatt vorsortiert und abgeheftet hat, mitgenommen und werde einige Kundenanfragen abarbeiten, Telefonate führen und Angebote schreiben«, sagt Jay und erntet dafür einen skeptischen Blick von Connor.

»Okay. Und warum machst du das hier und nicht im Büro?«

»Connor es nervt mich, dass du in letzter Zeit jeden Schritt, den ich tue, hinterfragst. Ich habe mich dafür entschieden, weil Aileen auch im Home-Office arbeitet und ich sie nicht permanent allein lassen will. Außerdem habe ich auch in der Vergangenheit öfter von zu Hause aus gearbeitet. Also, was soll das?«

Ich bin verwundert über die Wut, die in Jays Worten mitschwingt und Connor scheint es ähnlich zu gehen, denn er zieht die Brauen nach oben und hebt abwehrend die Hände.

»In meiner Frage lag keinerlei Vorwurf oder Missbilligung. Ich wollte es nur verstehen, da wir aktuell so viele Aufträge in der Werkstatt haben und der Papierkram bisher immer zweitrangig war. Aber wenn du meinst, dann kümmere dich drum. Ich rufe ein paar der Jungs an, damit sie uns heute unterstützen, alles kein Thema.«

Jay erwidert nichts auf die Ausführungen von Connor und schenkt ihm lediglich ein knappes Nicken.

»Gibt es irgendetwas, das du uns sagen möchtest, Jay?«, fragt Finn und legt den Kopf schief.

»Jetzt fang du nicht auch noch an, Finn!«, erwidert Jay vollkommen genervt, erhebt sich, verlässt den Raum und macht sich auf den Weg nach oben. Wir schauen ihm hinterher, drehen uns wieder zueinander und zucken quasi gleichzeitig mit den Schultern.

»Vielleicht kommst du an ihn ran«, seufzt Connor schließlich resigniert. »Ich weiß nicht, was los ist. Vielleicht belastet ihn die Situation mit Maddox mehr, als ich vermutet habe. Vor der Verhaftung ist er immer wieder mit ihm aneinandergeraten und hat vielleicht deshalb ein schlechtes Gewissen und fühlt sich mitverantwortlich, oder was weiß ich.« Noch einmal zuckt er mit den Schultern. »Redest du mit ihm?«, fügt er schließlich hinzu.

»Ich versuche es. Macht euch keinen Kopf. Ich bin da und passe auf ihn auf, damit er keinen Mist baut. Kümmert ihr euch um die Werkstatt und eure Aufträge. Außerdem erledige ich das hier«, erwidere ich und mache eine ausschweifende Handbewegung über den Esstisch, der immer noch reichlich gedeckt ist.

»Vielen Dank, dann bis später«, entgegnet Connor und wendet sich zum Gehen.

»Ach, Aileen, hat Cooper wirklich keine Neuigkeiten für dich gehabt?«, greift Finn seine Frage von vorhin noch einmal auf und ich schüttle den Kopf.

»Nein. Das Einzige, was vielleicht zu erwähnen wäre,

ist, dass mich Díaz vor der Kanzlei von Cooper abgefangen hat.«

Connor und Finn machen unabhängig voneinander instinktiv wieder einen Schritt auf mich zu.

»Was, und das sagst du erst jetzt?«, platzt es aus Connor heraus.

»Na ja, wir haben uns gestern nicht wirklich gesehen und es war nichts Ungewöhnliches daran. Er hat mir lediglich einige Fragen gestellt und mir klargemacht, wie schlecht es für Maddox aussieht. Das wars. Ganz ehrlich, ich habe keine Angst vor diesem Typen.«

Connor scheint zufrieden mit dem Gesagten, denn er nickt und ich sehe in seinen Augen, dass er mir das glaubt und auch zutraut. »Gut. Ich habe mich auch noch einmal über Díaz erkundigt und allem Anschein nach hat er eine reine Weste und ist nicht in irgendwelche anderen Dinge verwickelt. Aber sollte er dir zu nahe treten, sind wir trotzdem für dich da.« Er nimmt mich einmal in den Arm und drückt mich an sich. »Jetzt müssen wir aber wirklich los. Bis später!«

»Ja, bis später«, erwidere ich und wende mich dem Esstisch zu. Kurz darauf höre ich, wie Finn und Connor durch die Haustür verschwinden.

Nachdem ich abgeräumt habe, widme mich schließlich meiner Arbeit. Es fällt mir schwer, mich zu fokussieren, denn ich muss immer wieder an die Situation von vorhin denken und an Jays merkwürdigen Abgang. Da ich ohnehin keine qualitativ hochwertigen E-Mails, geschweige denn korrekte Buchungssätze zustande bekomme und ich anscheinend vergessen habe, wie man die einfachsten Geschäftsvorgänge bucht, logge ich mich aus dem Programm der Kanzlei aus, klappe den Laptop zu und koche in der Küche zwei Tassen Kaffee. Mit den heißen Getränken in der Hand mache ich mich auf den

Weg nach oben zu Jay. Seine Tür ist geschlossen und ich klopfe mit meinem Fuß dagegen, drauf achtend, nichts zu verschütten.

»Komm rein«, erklingt seine Stimme und ich versuche unbeholfen mit meinem Ellbogen die Türklinke zu erwischen, ohne mich mit dem heißen Kaffee zu begießen.

Als es mir nicht gelingt, die Tür zu öffnen, seufze ich resigniert und mache einen Schritt zurück. »Kannst du bitte aufmachen?«, frage ich ihn und kurz darauf steht er vor mir. Seine skeptische Miene erhellt sich, als er mich mit den beiden Kaffeetassen erblickt. Ich strecke ihm meinen rechten Arm entgegen und überreiche ihm eine Tasse.

»Womit habe ich das denn verdient?«, fragt er und macht einen Schritt zur Seite, damit ich eintreten kann.

Ich folge seiner stummen Aufforderung und betrete sein Zimmer, ohne auf seine Frage einzugehen. Auf seinem Schreibtisch liegen zahlreiche Papiere und sein Arbeitslaptop ist aufgeklappt.

»Darf ich?«, frage ich und deute mit dem Kopf auf den Stuhl an seinem Schreibtisch.

»Klar. Setz dich«, bietet er mir an und nimmt selbst auf dem kleinen Sofa in seinem Zimmer Platz.

Ich drehe mich mit dem Stuhl zu ihm, nehme einen Schluck von meinem Kaffee und schaue ihn einfühlsam an. »Magst du darüber reden, was vorhin los war?«, frage ich vorsichtig, während Jay ebenfalls einen Schluck von seinem Kaffee nimmt.

»Keine Ahnung. Es ist alles etwas …«

»Viel?«, beende ich seinen Satz und er nickt.

»Ja. Ich habe das Gefühl, alles dreht sich im Kreis. Maddox ist noch nicht lange in Haft, aber trotzdem kommt es mir wie eine Ewigkeit vor. Hat dir Connor von unserem Telefonat mit Cooper erzählt?«, wechselt er das Thema und ich bin ernsthaft überrascht, denn davon habe ich nichts mitbekommen. Haben Finn und Connor vorhin nicht völlig unschuldig getan, als ob sie auch nichts von Cooper gehört hätten?

»Von was für einem Gespräch redest du?«, erkundige ich mich daher voller Neugier.

»Wir haben gestern Abend noch mit ihm telefoniert. Er hat gesagt, dass Maddox um Geld und andere Dinge gebeten hat. Er braucht sie, um Schutz zu bekommen. Cooper meinte, es wird schwierig, die Sachen in den Knast zu schmuggeln, da wir unter extremer Beobachtung stehen. Sollte Cooper erwischt werden, besteht die Gefahr, dass er seine Zulassung verliert, und das käme einer weiteren Katastrophe gleich. Er ist der einzige Anwalt, dem wir wirklich vertrauen. Die Cops sind misstrauisch, was seine Beziehung zu uns betrifft und deshalb sehr wachsam. Wir müssen uns jeden weiteren Schritt genau überlegen, um die Verteidigung von Maddox nicht zu gefährden.«

Ich folge Jays Ausführungen aufmerksam, wobei mir mit jedem weiteren Wort mehr bittere Galle in die Kehle steigt.

»Was heißt das für Maddox?«, wispere ich kaum hörbar.

»Er hat Cooper informiert, dass er jemanden gefunden hat, der vorerst dafür sorgt, dass andere üble Typen nicht auf ihn losgehen, aber auch dieser wird irgendwann eine Bezahlung verlangen. Aktuell kann Maddox vortäuschen, dass diese fließen wird und etwas Zeit schinden, aber die Uhr läuft gegen uns. Die Zeit rinnt uns durch die Finger wie Sand.«

Bei seinen letzten Worten wird meine Kehle staubtrocken und es fällt mir immer schwerer, zu sprechen und gleichmäßig zu atmen. »Was können wir dagegen unternehmen?«, frage ich beunruhigt, woraufhin er die Tasse auf dem Tisch vor sich abstellt, die Ellenbogen auf seinen Knien abstützt und sich mit den Fingern über die Stirn streicht.

Ich sehe, dass es ihm schlecht geht und ihm die Situation mindestens genauso sehr wie mir zu schaffen macht. Aus einem Impuls heraus lasse ich meine Tasse ebenfalls auf dem Schreibtisch zurück, stehe auf und setze mich zu ihm. Ich lege ihm eine Hand auf die Schulter und streiche ihm vorsichtig über den Rücken, da er anscheinend unfassbar leidet. Er hebt den Kopf und schaut mich eindringlich an.

»Sollte es nicht eher andersrum sein?«, fragt er mich und ich ziehe fragend eine Braue hoch.

»Was meinst du? Was sollte anders sein?«

»In Normalfall sollte ich dich trösten und dich in meine Arme schließen. Schließlich ist Maddox dein Freund«, erklärt er mir seinen Gedankengang.

»Ja, und einer deiner besten Freunde«, entgegne ich energisch und drücke seine Schulter noch einmal. »Es ist okay. Es geht uns allen nicht gut und wir versuchen irgendwie das Beste aus der Situation zu machen, soweit das möglich ist«, füge ich hinzu, woraufhin es jetzt Jay ist, der die Brauen nach oben zieht.

»Ich bin begeistert. Scheinbar hast du deine Positivität und deinen Optimismus wiedergefunden«, sagt er, versucht sich an einem Lächeln und stößt mich leicht mit der Schulter an, sodass ich meinen Arm sinken lasse.

Ich lächle und zucke mit den Schultern. »Ja, ich habe für mich entschieden, dass es keinen Sinn macht, nur Trübsal zu blasen und den Kopf in den Sand zu stecken. Damit helfen wir Maddox nicht. Ich habe das Gefühl, dass es für alle besser ist, wenn wir positiv denken und uns darauf konzentrieren, dass es eine echte Chance gibt, ihn da rauszuholen, auch wenn das noch eine Weile dauert. Wir können aktuell nur das Beste hoffen, täglich neue Infos von Cooper einholen und abwarten, was Díaz' nächste Schritte sind«, spreche ich Jay Mut zu und stärke mich damit auch selbst.

»Du hast recht«, nickt er und sieht mir dann fest in die Augen. »Ich weiß, dass Finn schon gefragt hat, aber vorhin beim Frühstück hast du befangen gewirkt. Also ... wie lief denn dein Gespräch mit Cooper gestern wirklich?«

»Es gibt noch nichts Neues zu dem Erbe. Das Anwesen ist versiegelt, die Konten eingefroren und Cooper konnte mir keinerlei Auskünfte geben. Ich bin aber ehrlich gesagt nicht böse darüber«, beichte ich ihm meine wahren Gedanken zu dem Nachlass meiner Familie.

Jay setzt sich aufrechter hin, schaut mir erneut tief in die Augen und ich sehe plötzlich wieder dieses leuchtende Funkeln in seinen bernsteinfarbenen Iriden, das ich fast verloren geglaubt habe. »Weißt du, ich bin nicht sicher, ob das jetzt der richtige Moment ist, oder ob der jemals kommen wird, aber ich habe mir auch so meine Gedanken gemacht, was das Erbe deiner Familie betrifft«, beginnt er und ich lege neugierig den Kopf schief.

Mich interessiert wirklich, was seine Gedanken zu diesem Thema sind.

»Ich habe mir gedacht, dass wir das Ganze in etwas Gutes umkehren. Indem wir die Firmen, die vorhanden sind, und das Kapital in legale Unternehmen stecken, alles neu strukturieren und den Menschen, die aus Angst deinem Bruder gefolgt sind, eine echte Perspektive bieten. Echte Jobs, mit denen sie Geld verdienen und ihre Familien ernähren können, ohne Angst, dass ihnen bei einem kleinen Fehler ein Finger abgehackt wird, sie halbtot geprügelt oder erschossen werden.«

Mit jedem Wort ist er euphorischer geworden und hat mich förmlich mit seiner Motivation angesteckt.

»So habe ich das tatsächlich noch nie gesehen, Jay. Das klingt großartig. Vielleicht gibt es wirklich eine Möglichkeit, etwas Besseres aus dem zu machen, was meine Familie mir hinterlassen und aufgebürdet hat. Möglicherweise gelingt es mir sogar, den Namen Moreno in ein anderes Licht zu rücken. Du bist genial!«, platzt es aus mir heraus, ohne dass ich es verhindern kann.

Als Reaktion legt mir Jay eine Hand an die Wange und ich befürchte fast, dass er sich mir nähern und mich küssen will, aber das tut er nicht. Stattdessen streicht er hauchzart über mein Gesicht, schnappt sich eine verirrte Locke und klemmt sie hinter mein Ohr. »Heißt das, wir haben einen Plan?«, fragt er, legt den Kopf schief und lächelt. Es ist ein einnehmendes, hoffnungsvolles Lächeln, das mich trotzdem irgendwie beunruhigt.

Auch wenn ich seine Ideen unglaublich gut finde und dankbar bin, dass er sie mit mir geteilt hat, fühlt sich diese Situation gerade nicht richtig an. Mich beschleicht das Gefühl, dass jede Berührung, jedes Gespräch, das wir miteinander führen, für Jay eine ganz andere Bedeutung hat als für mich. Ich muss unbedingt noch einmal klarstellen, dass er für mich nur ein Freund ist. Es wurden in der Vergangenheit bereits genug Menschen meinetwegen verletzt. Das muss endlich aufhören.

»Jay, ist es wirklich okay für dich, dass ich mit Maddox zusammen bin und wir beide nur gute Freunde sind?«, höre ich mich fragen und sehe, wie er gequält den Mund verzieht.

»Ja«, erwidert er dennoch energisch, weicht ein Stück zurück und schüttelt den Kopf. »Natürlich ist das okay für mich. Die Frage ist wohl eher, ob es okay für dich ist. Was ist passiert, dass ich dich nicht mal mehr an der Wange berühren oder dir eine Haarsträhne hinters Ohr klemmen darf? Sind wir so nicht bisher auch miteinander umgegangen? Und ist es nicht auch genau das, was Finn und Connor tun? Darf ich das nicht mehr, nur weil ich diesen einen Fehler begangen und dir gesagt habe, dass ich Gefühle für dich habe? Aileen, ich habe mich im Griff und verstanden, dass ich nichts weiter für dich bin als ein Freund. Vielleicht ist es besser, wenn du jetzt gehst.«

Wow, die Ansage hat gesessen. Bin ich diejenige, die die Sache falsch gesehen hat, denn Jay wirkt vollkommen aufrichtig und klar bei seinen Worten. Ohne darüber nachzudenken, greife ich nach seiner Hand, die er inzwischen auf seinem Oberschenkel platziert hat, umfasse und drücke sie einmal kurz. »Es ist mehr als okay für mich. Du bist einer der besten Freunde, die man sich wünschen kann, das weißt du. Ich bin froh, dass ich dich habe«, sage ich und erhebe mich. »Ich mache mich mal wieder an die Arbeit. Wenn etwas ist, bin ich unten«, informiere ich ihn im Gehen und schnappe mir meine Kaffeetasse.

»Darf ich dir noch eine letzte Frage stellen, bevor du gehst?«, höre ich Jay hinter mir fragen.

Ich drehe mich noch einmal zu ihm und schaue ihn an. »Natürlich.«

»Was wäre, wenn es eine Welt gebe, in der es ...«

Eine Pause entsteht und seine unausgesprochenen Worte hängen so dicht im Raum, dass es mich schlucken lässt.

»Ach, ist egal.«

Ich kneife die Augen zusammen, sehe aber die Entschlossenheit in Jays Gesicht und bin mir sicher, dass er diesen Satz nicht beenden wird. »Okay«, erwidere ich gedehnt und drehe mich langsam wieder in Richtung Tür. »Dann geh ich jetzt«, sage ich und akzeptiere damit seine Entscheidung, um nicht etwas ans Tageslicht zu holen, das vielleicht besser verborgen bleiben sollte. Völlig durcheinander mache ich mich wieder auf den Weg nach unten, denn dieses Gespräch hat mich aufgewühlt und neue Fragen aufgeworfen. Ich bin unsicherer denn je, wie Jay wirklich zu mir steht. Interpretiere ich alles falsch oder führt er die ganze Zeit einen inneren Kampf und unterdrückt seine Gefühle mir gegenüber? Die Antwort auf diese Fragen kennt nur er. Ich werde einfach weiterhin wachsam und vorsichtig sein und ihn genau im Blick behalten, damit nicht alles außer Kontrolle gerät.

Mein Instinkt sagt mir, dass irgendwo noch eine bisher unsichtbare Gefahr lauert. Und im Moment fühlt es sich sogar so an, als ob sie von Jay ausginge, egal wie abwegig das klingt.

KAPITEL 27

Jay

Als Aileen wieder aus meinem Zimmer verschwunden ist, steht mir der Sinn danach, irgendetwas zu zerstören, und ich beschließe, mich in meine Sportkleidung zu schmeißen, nach unten in den Keller zu gehen und den Boxsack zu verprügeln.

Dort angekommen stelle ich die Musik, die durch meine Kopfhörer an die Ohren dringt, auf volle Lautstärke und lasse die dumpfen Bässe meine Ohren beschallen. Dann wärme ich mich mit einigen Luftschlägen, Klimmzügen und Liegestützen auf. Und widme mich im Anschluss dem Boxsack. Ich prügle mit voller Wucht auf ihn ein, bis mir der Schweiß von der Stirn über das Gesicht rinnt. Aber es hilft alles nichts. Egal, wie heftig und oft ich zuschlage, es ändert nichts. Nichts läuft, wie es sollte. Alles ist komplett beschissen! Ich drehe noch durch, weil ich niemanden mehr habe, mit dem ich über diese Dinge reden kann. Erst jetzt wird mir klar, welch wichtige Rolle Alex in der ganzen Angelegenheit gespielt hat. Er war nicht nur ein Informant, muss ich mir wohl oder übel eingestehen. Alex ist über all die Jahre, in denen ich meinen Plan geschmiedet habe, ein Freund geworden, ein fester Bestandteil in meinem Leben, mit dem ich mich regelmäßig ausgetauscht habe, und diese Säule ist plötzlich weggefallen. Jetzt bin ich viel zu oft allein mit mir und meinen kreisenden Gedanken, was mich leichtsinnig macht. So leichtsinnig, dass ich Aileen vorhin beinahe die Frage gestellt hätte, ob es in einer Welt, in der Maddox nicht existiert, anders für uns gelaufen wäre. Ich muss mich wirklich zusammenreißen. Zwar habe ich das Gefühl, dass wir uns vorhin auf irgendeiner Art wieder ein wenig angenähert haben, gleichzeitig drohe ich sie mit jedem falschen Wort zu verlieren. Ich muss achtsamer sein und darf mir keine Fehler erlauben. Aileen ist klug und äußerst empathisch. Ihr Einfühlungsvermögen, das, was mich so zu ihr hinzieht, wird jetzt zu einer großen Gefahr für mein Vorhaben. Denn dadurch drohe ich aufzufliegen. Ich bin mir sicher, wenn ihr klar wird, dass ich alles andere als ihr *Freund* sein will, wird sie sich von mir abwenden. Das muss ich um jeden Preis verhindern und wieder mein Pokerface aufsetzen.

Mich belastet es, dass alles so langsam vorangeht. Zwar war mir klar, dass ein Verfahren wegen Mordes nicht von heute auf morgen abgehandelt sein wird und sich die Ermittlungen lange hinziehen, dennoch packt mich täglich mehr die Ungeduld. Alles in mir drängt danach, endlich die Geschäfte der Morenos zu übernehmen und gemeinsam mit Aileen ein Imperium aufzubauen, Brixton aus dem Sumpf zu ziehen und uns an die Spitze zu katapultieren. Langsam formt sich auch ein immer klarer werdendes Bild davon, wie ich Connor und Finn loswerde. Doch diese Gedanken halte ich noch verschlossen. Ich muss chronologisch planen und klug vorgehen. Das bedeutet, ich muss versuchen, näher an Aileen heranzukommen, und mich in Geduld üben, bis Maddox endlich komplett Geschichte ist. Danach kann ich von vorn beginnen. Sobald Connor und Finn ebenfalls beseitigt sind, steht einer glücklichen Zukunft an der Seite meiner Traumfrau nichts mehr im Weg. In einigen Jahren werden die Dexters nur noch eine verblasste Erinnerung sein und wir ein glückliches Leben führen. Wer weiß, vielleicht werden wir sogar zwei oder drei Kinder zusammen haben. Aber auf jeden Fall wird es gut und auf diese Vision muss ich mich konzentrieren. Ich darf nicht anfangen, mich in Negativität zu verlieren, auch wenn das aktuell schwer ist.

Das Display meines Handys, welches auf der Bank in unserem Trainingsraum liegt, leuchtet auf, wie ich aus dem Augenwinkel bemerke, und zeigt damit einen eingehenden Anruf an. Ich nehme die Kopfhörer ab, ziehe die Boxhandschuhe aus und genehmige mir noch schnell einen großen Schluck Wasser. Mich überrascht es ein wenig, dass ›Unbekannter Teilnehmer‹ auf dem Display steht. Ist es etwa Alex, der es sich anders überlegt hat und zurückkommen möchte? Das wäre ein echter Glücksfall. Hastig nehme ich den Anruf entgegen. »Ja?«, melde ich mich und höre nicht mehr als ein Knacken in der Leitung. »Hallo?«, frage ich lauter und warte auf eine Reaktion des Anrufers.

»Jay, hier ist jemand, der dich warnen möchte. Ich kenne die Wahrheit, weiß, was wirklich in der Nacht von Connors Geburtstag passiert ist und kenne deine dunklen Gedanken.«

»Wer zur Hölle ist da?«, frage ich und packe mit der freien Hand den Kragen meines Shirts an meinem Hals, um ihn zu lockern, da ich das Gefühl habe, zu ersticken.

»Jemand, der sich jetzt noch nicht zu erkennen geben möchte«, erwidert der Anrufer kryptisch.

»Was willst du von mir?«, presse ich durch zusammengebissene Zähne hervor und schließe die Augen, um mich auf die Stimme zu konzentrieren. Ich hoffe, dass ich

Nuancen oder einen Akzent darin wiedererkenne und dann einer Person zuordnen kann.

»Im Moment wollte ich dir nur die kleine Botschaft überbringen, dass es Menschen gibt, die die Wahrheit kennen. Wir beobachten dich und jeden deiner Schritte. Aktuell spielst du uns gut in die Karten. Wir finden es ausgezeichnet, dass dieser Wichser Maddox endlich hinter Gittern ist und die Ära dieser Plage endet. Das kommt uns mehr als gelegen. Es gibt wiederum andere Teile deines Plans, die uns nicht gefallen«, erläutert der Anrufer und ich muss an mich halten, damit ich ihn nicht wutentbrannt anschreie.

Mir unterschwellig zu drohen, ohne sich zu erkennen zu geben, ist mehr als feige und ich hasse fast nichts mehr als Feiglinge.

»Ach ja? Und welche Teile sind das?«, will ich barsch wissen und habe die Stärke in meiner Stimme wiedergefunden.

»Kannst du dir das nicht denken? Sei wachsam, Jay! Überleg dir, was du tust, mit wem du sprichst und dreh dich immer mal wieder um, wenn du draußen unterwegs bist. Man weiß nie, was einen so hinter der nächsten Ecke erwartet.«

Mit diesen Worten wird das Telefonat beendet.

Einen Augenblick starre ich auf mein Smartphone, drücke es fest in meiner Hand zusammen und fluche wüst. Ich kann nicht glauben, was da gerade passiert ist. Der einzige Mensch, der meinen Plan vollends kennt, ist Alex. Hat es dieser Bastard etwa gewagt, sich gegen mich zu wenden und einen Deal mit jemand anderem gemacht? Die Stimme des Anrufers kam mir nicht bekannt vor und auch die wirren Drohungen ergaben in meinen Augen keinen Sinn. Ich gehe einen Moment in mich und wäge meine Optionen ab. Die Lage spitzt sich zu und womöglich muss ich bald zu anderen Mittel greifen, um meine Ziele zu erreichen.

Dann wäre da auch noch der Zeuge, denn mit ihm steht und fällt alles. Seine Identität ist mir längst bekannt. Schließlich war ich selbst es, der Alex beauftragt hat, sie ins Boot zu holen und mit einer beachtlichen Summe zu entschädigen. Dass ich der Drahtzieher hinter der Angelegenheit bin, weiß die Zeugin natürlich nicht. Sollte sie ihre Aussage jedoch revidieren, habe ich ein ernsthaftes Problem.

Um mich selbst zu beruhigen, treffe ich eine Entscheidung.

Schnell packe ich meine Sachen zusammen und mache mich auf den Weg nach oben, um zu duschen.

Frisch eingekleidet, finde ich mich kurze Zeit später in unserem Pub ein.

Kate wirkt überrascht, als sie mich erblickt, kommt aber schließlich auf mich zu und schließt mich in eine herzliche Umarmung. »Hey. Mit dir habe ich nicht gerechnet«, stößt sie aus und ich ziehe skeptisch eine Braue nach oben.

»Und wieso? Hast du vergessen, dass das unser Laden ist?«, frage ich spitz, um sie herauszufordern.

Sie schüttelt den Kopf. »Nein, so habe ich das nicht gemeint. Ich dachte nur, dass ihr wegen der Verhaftung von Maddox anderweitig beschäftigt seid«, erklärt sie ihre seltsame Reaktion auf meinen Besuch. Sie ist eine grauenvolle Lügnerin und ich frage mich, wie es ihr bei den Cops gelungen ist, sich perfekt zu verstellen, denn offenbar glauben sie ihr. Doch ich lasse mir meine Gedanken nicht anmerken.

»Ja, sind wir auch und trotzdem steht mir der Sinn nach einem Kaffee«, entgegne ich.

»Wird erledigt«, erwidert Kate und ist völlig verunsichert.

Ich sehe in ihren Augen, dass ihr schlechtes Gewissen sie fast umbringt, und könnte kotzen. Wenn sie schon die Fassung verliert, wenn *ich* vor ihr sitze, ohne, dass sie ahnt, dass ich weiß, dass sie die Zeugin ist, die Maddox angeblich am Tatort gesehen hat, wie will sie dann einem Kreuzverhör standhalten? Mir wird zunehmend bewusst, dass, egal, wie lange man etwas überdenkt und vorbereitet, immer unvorhersehbare Dinge dazwischen kommen können, die alles über Bord werfen und selbst den besten Plan ins Wanken bringen. Aufmerksam beobachte ich Kate, während sie andere Gäste bedient und beschließe, sie nicht weiter zu quälen. Ich werde meinen Kaffee trinken und wieder verschwinden. Vielleicht ist sie auch nur bei mir so nervös, weil sie weiß, dass ich ein extrem guter Menschenkenner bin und Lügner auf kilometerweite Entfernung entlarve. Wenn sie wüsste, dass ich selbst derjenige bin, der Alex zu ihr geschickt hat, um sie mit dieser Idee anzufixen, würde sie keine Angst vor mir haben, oder vielleicht erst recht? Es wundert mich ohnehin, dass sie ihren Job hier im Pub nicht direkt hingeschmissen hat, denn schließlich hat sie vor Kurzem 25.000 Pfund kassiert. Das ist nicht die Welt, aber mehr hat sie nicht verlangt und es reicht aus, um irgendwo neu anzufangen. Das zusätzliche Kapital hat ihr eigentlich die Möglichkeit verschafft, diesen gottverdammten Stadtteil zu verlassen. Doch sie ist noch immer hier. Ich beschließe, sie in den kommenden Tagen im Auge zu behalten und einen meiner Bekannten aus dem Untergrund damit zu beauftragen, sie unauffällig zu observieren, um zu sehen, ob sie etwas anderes tut, außer zu arbeiten und ihr Leben zu leben. Wenn ich sie mir so anschaue, ist sie eigentlich absolut erbärmlich. Sich aufgrund eines verletzten Egos an dem Mann, den sie angeblich seit Jahren unsterblich liebt, zu rächen und ihn ans Messer zu liefern, ist harter Tobak und alles andere als ehrenwert. Aber so sind die Menschen. Falsch und hinterhältig. Man kann niemandem trauen, egal wie lange man sich kennt. Sobald Emotionen und Gefühle ins Spiel kommen, ist kein rationales Denken mehr möglich und alles spielt verrückt. In Situationen wie diesen sind Menschen zu unglaublichen Dingen fähig. Ich habe es selbst erlebt, als ich damals auf eigene Faust wegen Mia ermittelt habe. Wie weit ich damals gegangen bin, um an Informationen zu gelangen und was ich durchgestanden habe, ist heute kaum mehr vorstellbar für mich.

Nicht weniger beunruhigt verlasse ich kurze Zeit später das Pub und mache mich zurück auf den Weg nach Hause, zu dem Haus, das schon sehr bald mir allein gehören wird.

KAPITEL 28

Aileen

Inzwischen sind drei unendlich lange Wochen seit Maddox' Verhaftung vergangen. Bis zum heutigen Tag gibt es keine maßgebliche Veränderung und die Ermittlungen ziehen sich ewig hin. Das Rechtssystem ist überlastet und es kommt immer wieder zu Verzögerungen. Auch wenn die Situation unerträglich ist, hat sich eine Art neuer Alltag entwickelt. Wir alle gehen unseren Jobs nach. Ich arbeite immer noch im Home-Office und die Dexters halten die Geschäfte außerhalb am Laufen. Isabella ist oft zu Besuch und mittlerweile richtig mit Connor zusammen. Die beiden sind glücklich und ab und an ertappe ich mich tatsächlich dabei, dass es mich runterzieht, sie zusammen zu sehen, da ich mir das Gleiche so sehr für Maddox und mich wünsche.

Ihm habe ich mittlerweile schon über zwanzig Briefe geschrieben und nie eine Antwort erhalten. Cooper hatte nichts weiter für mich außer der Aussage, dass ihm Maddox keinen Brief für mich mitgegeben hat, obwohl er ihm meine Nachrichten immer übermittelt. Es zerreißt mich innerlich, da ich die Befürchtung habe, dass er sich schon wieder von mir abwendet. Ich verstehe das nicht.

Gerade in so einer Situation wie dieser braucht er Rückhalt und ich würde so gern für ihn da sein. Es ist mir unbegreiflich, dass er mich erneut von sich wegstößt, und ich befürchte, ihn diesmal endgültig zu verlieren. Dieser Gedanke quält mich und sucht mich immer wieder heim, so wie auch jetzt. Hörbar seufze ich auf und rühre weiter in meiner Kaffeetasse. Als plötzlich mein Handy ertönt, zucke ich regelrecht zusammen. Ein Blick auf das Display zeigt mir: Es ist die Polizeistation. Mein Herz beginnt zu rasen, als ich das erkenne und schnell nehme ich den Anruf entgegen. »Ja?«, melde ich mich und meine Stimme klingt selbst in meinen Ohren schrill.

»Miss Moreno, Detective Smith hier, haben Sie die Möglichkeit aufs Revier zu kommen? Inspector Díaz möchte mit Ihnen sprechen. Es ist dringend«, verkündet der Anrufer ohne weitere Begrüßung.

»Ja, natürlich. Ich mache mich sofort auf den Weg. Geht es Maddox gut?«, frage ich und werde von einer lähmenden Angst erfüllt.

»Dazu kann ich Ihnen keine Auskunft geben. Der Inspector möchte Ihnen etwas mitteilen, da es neue Erkenntnisse im Fall gibt und hat dazu auch einige Fragen an Sie.«

»Ich mache mich sofort auf den Weg und werde in zirka einer halben Stunde da sein.«

»Sehr gut. Ich informiere Inspector Díaz darüber.«

»In Ordnung, vielen Dank«, erwidere ich und beende den Anruf.

Direkt danach wähle ich Connors Namen aus meinen Kontakten aus.

»Aileen, ist alles in Ordnung?«, meldet er sich und ich seufze. Es ist schlimm, dass wir alle derart von Sorgen zerfressen sind, dass die Möglichkeit, der Anruf könnte einen normalen Grund haben, überhaupt nicht existiert.

»Ja. Ich wollte euch nur kurz Bescheid geben, dass Díaz mich sehen möchte und ich jetzt zum Polizeirevier fahre.«

»Was will er von dir?«, fragt Connor deutlich entspannter.

»Ich weiß es nicht. Das hat der Cop am Telefon nicht gesagt. Díaz hat wohl neue Erkenntnisse und dazu auch Fragen an mich.«

»Kommst du klar oder soll einer von uns auch zum Revier fahren?«, will Connor wissen und ich schüttle den Kopf, auch wenn er das nicht sehen kann.

»Nein, es ist alles okay. Ich bekomme das hin und melde mich umgehend bei euch, wenn ich dort fertig bin.«

»Pass auf dich auf, kleine Lady«, erwidert Connor sanft.

»Das mache ich«, entgegne ich und lege auf.

Ich atme einmal durch und werde plötzlich von einer inneren Unruhe ergriffen. Auf keinen Fall möchte ich noch mehr Zeit verlieren, denn ich muss unbedingt erfahren, was Díaz mir zu sagen hat. Deshalb packe ich ohne Umschweife meine Sachen vom Tisch zusammen, greife nach dem Autoschlüssel auf der Kommode im Flur und renne nach der Eingabe der Codes förmlich nach draußen. Ich überwinde die Auffahrt, steige in den Wagen, starte den Motor und presche los. Die Fahrt durch den Berufsverkehr ist die Hölle. Es ist unglaublich viel los und ich werde mehr als einmal angehupt, da ich riskante Manöver starte, um keine Zeit zu verlieren. Ich rede mir selbst ein, dass es ein positives Zeichen ist, dass ich erneut auf das Revier beordert werde und spüre diese winzige Flamme der Hoffnung, die in mir entfacht ist. Vielleicht teilt Díaz mir gleich mit, dass es entlastende Beweise gibt, die aufgetaucht sind, und Maddox freikommt. Dass seine

Unschuld bewiesen wurde und er mich zu möglichen anderen Verdächtigen befragen möchte. Sollte das gelungen sein, hätte die Polizei grandiose Arbeit geleistet, denn der Privatdetektiv, den die Dexters engagiert haben, hat bisher nichts gefunden, hat uns aber eine Unsumme Geld gekostet.

Auch als ich den Parkplatz vor dem Polizeigebäude erreiche, habe ich die Hoffnung noch nicht aufgegeben, dass sich alles zum Guten wendet. Ich stelle den Wagen ab und rausche dann förmlich durch die Türen hinein.

»Guten Tag, ich bin Aileen Moreno de Castillo. Inspector Díaz wollte mich sprechen«, stelle ich mich dem Officer am Empfang vor.

Er nickt mir zu, hebt den Hörer des Telefons ab und kündigt kurz darauf der anderen Seite mein Eintreffen an.

Díaz ist in den vergangenen Wochen zu einem festen Bestandteil in unserem Leben geworden, sodass ich mir fast keinen Tag mehr ohne ihn vorstellen kann. Sehr häufig übernimmt er selbst die Observation vor unserem Zuhause und begleitet uns auf Schritt und Tritt. Mittlerweile fallen mir die Schatten hinter mir schon gar nicht mehr auf. Ob beim Einkaufen oder in der Stadt, sie sind immer da. Auch wenn es absurd klingt, spenden sie mir auch einen Teil Sicherheit. Es ist erschreckend, dass, obwohl mir vollkommen klar ist, dass sowohl Alessio als auch mein Bruder tot sind, ich mich immer noch häufig verfolgt fühle und Angst habe, dass mich jederzeit jemand schnappen und verschleppen könnte.

Die Tür eines der Büros geht auf und Díaz tritt nach draußen. Er bittet mich mit einer Geste zu sich und ich gehe auf ihn zu. Seine Miene verrät mir, dass es nichts Gutes ist, über das er mit mir sprechen will, und meine

Hoffnung fällt wie ein Kartenhaus in sich zusammen. Díaz sieht angespannt aus, dazu liegen dunkle Ringe unter seinen Augen und seine Haut ist blass, wie mir auffällt.

»Schön, dass Sie es so schnell einrichten konnten. Kommen Sie rein«, begrüßt er mich und nickt mit dem Kopf in sein Zimmer.

Ich folge ihm und nehme auf dem Besucherstuhl Platz.

Díaz setzt sich mir gegenüber und schaut mich eindringlich an.

»Also ... Was wollen Sie von mir?«, frage ich ungeduldig, während der Inspector weiterhin nichts tut, außer mich anzustarren.

»Mit Ihnen reden, denn es gibt Neuigkeiten.«

Mein Herz schlägt mir bis zum Hals. »Was haben Sie herausgefunden?«, frage ich aufgeregt.

»Es sind Hinweise aufgetaucht, die vermuten lassen, dass Ihr Freund in der Nacht nicht allein gehandelt hat.«

Ich ziehe die Brauen nach oben und beuge mich über den Tisch. »Was bedeutet das?«

»Unsere neusten Indizien deuten darauf hin, dass es zwei Täter gab und nicht nur einen.«

»Also ist Maddox entlastet?«, frage ich hoffnungsvoll, aber Díaz schüttelt den Kopf.

»Nein, ganz und gar nicht. Das habe ich nie gesagt. Wir haben Hinweise erhalten, dass noch ein weiterer Mann für den Tod ihres Bruders verantwortlich ist. Haben Sie eine Idee, wer dieser Mann sein könnte?«, will er wissen und Enttäuschung macht sich in mir breit.

»Wer hat Ihnen diese Information denn jetzt plötzlich nach Wochen geliefert?«, entgegne ich, ohne auf seine Frage einzugehen. Mein Ton klingt so deutlich frustriert, dass es dem Inspector nicht entgehen kann, aber ich bemühe mich schon längst nicht mehr, meine wahren Emotionen vor ihm zu verbergen.

»Das darf ich Ihnen natürlich nicht sagen. Ich wollte Ihre Theorie zu dem Ganzen hören. Wer könnte diese Tat mit Ihrem Freund zusammen begangen haben?«

Ich schüttle den Kopf und schnaube verächtlich. »Erstens hat mein Freund diese Tat nicht begangen und zweitens kenne ich niemanden, und ich meine damit wirklich niemanden, der zu so einer abscheulichen Tat fähig wäre. Konzentrieren Sie sich lieber einmal darauf, was die Dexters in den vergangenen Jahren für einen positiven Beitrag für Brixton und eigentlich für ganz London geleistet haben. Seit Jahren kämpfen sie gegen Verbrechen, gegen die Mafia und den Drogenhandel in diesem Stadtteil. Sie beschützen Menschen, die in Gefahr sind. Wieso sollten sie plötzlich alle ihre Werte, alles, für das sie stehen, über Bord werfen und sich derart schrecklich verhalten?«, empöre ich mich, während mir Díaz aufmerksam lauscht und mit seinem Kugelschreiber spielt.

»Nun ja, Aileen, verstehen Sie mich nicht falsch, aber aus der Sicht Ihrer Freunde ist die Ermordung Ihres Bruders keine abscheuliche Tat und nichts Falsches. Ich bin mir sicher, dass es genau das ist, was sie in den vergangenen Jahren auch getan haben. Natürlich sind viele Verbrecher durch sie im Gefängnis gelandet, aber machen wir uns nichts vor. An den Händen der Dexters klebt Blut und sie haben nicht nur ein Menschenleben auf dem Gewissen«, führt Díaz in ruhigem Ton aus.

Zu dieser Aussage äußere ich mich lieber nicht. Zum einen ist sie bestimmt wahr und auch wenn es Verbrecher waren, die Jay, Connor, Finn und Maddox getötet haben, waren es trotzdem Menschen. Sie sind also ebenso Mörder, wie ich es bin, und das wird mir in dieser Situation wieder einmal deutlich klar. Im Endeffekt spielt es keine Rolle, wer derjenige ist, dessen Leben man nimmt, denn wir sind alle Menschen, und auch ich habe einen davon erschossen. Diese Tat wird mich den Rest meines Lebens verfolgen. Vielleicht gehöre ich dafür auch hinter Gitter, wer weiß das schon.

»Keine Bemerkung dazu?«, fragt Díaz nach einer Weile und legt den Kopf schief.

»Nein, und ich bin mir ehrlich gesagt auch nicht ganz im Klaren darüber, warum Sie mich hierher zitiert haben. Nur, um mir diese schwammigen Informationen zu liefern? Toll, ein zweiter Mann soll an der Tat beteiligt gewesen sein? Dann befragen Sie ihn. Ich weiß nicht, was Sie von mir hören wollen.«

Díaz fährt sich durch sein schwarzes Haar. »Aileen, ich tue seit Wochen nichts anderes, als Leute zu verhören. Ich bin es leid, mir die ganzen Lügen anzuhören. Ständig kommt es zu widersprüchlichen Aussagen, nichts passt zusammen, und nun taucht ein neuer Zeuge auf, der sich erst jetzt meldet, weil er angeblich zu große Angst hatte, uns aber auch nichts Konkretes liefern kann. Wieso erlösen Sie uns nicht alle und sagen mir die Wahrheit? Geben Sie zu, dass Ihr Freund ein Drogenproblem hatte und in dieser Nacht die Kontrolle verloren hat, um Sie zu beschützen. Sie würden es uns allen so viel leichter machen und dieser ganze Albtraum wäre für Sie vorbei. Sie könnten endlich von vorne anfangen. Ein Mörder landet hinter Gittern, vielleicht sogar zwei. Zwei Kriminelle weniger in dieser Stadt, wie klingt das für Sie?«

Ich lehne mich noch weiter über den Tisch, lege meine Hände vor mir ab und den Kopf schief. Dazu werfe ich Díaz einen vernichtenden Blick zu. »Fordern Sie mich gerade dazu auf, zu lügen? Denn diese Geschichte, die sie gerade vorgetragen haben, ist eine Vision, die sich in ihrem Kopf entwickelt hat, aber keinesfalls der Realität entspricht. Die Wahrheit ist, dass Maddox niemals freiwillig Drogen zu sich genommen hätte, und die Wahrheit ist auch, dass er lieber sterben würde, als unschuldigen Frauen Gewalt anzutun. Glauben Sie mir, ich weiß, wovon ich spreche. Er hat mich beschützt und vor jedem Unheil bewahrt. Wenn Sie das nicht endlich erkennen, Ihre Gedanken nicht neu sortieren und aufhören, in Schubladen zu denken, werden Sie niemals zur Lösung dieses Falls kommen, dessen bin ich mir absolut sicher. Sie verschwenden unsere Zeit, weil Sie sich viel zu schnell auf Maddox fixiert und alles andere vollkommen aus den Augen verloren habe. Das Offensichtliche ignorieren Sie. Denn sind wir einmal ehrlich: Sie haben bereits herausgefunden, dass kein Wagen in dieser Nacht bewegt wurde. Komisch, oder? Hat Maddox sich also ein Taxi gerufen, um zum Haus meines Bruders zu gelangen? Wo wäre dann dieser Taxifahrer, wo sind die Spuren, irgendwelche Hinweise? Wieso wurde keine Waffe bei ihm gefunden? Und wo befindet sich dann die Waffe, mit der er fünf Menschen erschossen haben soll? Hat sie sich in Luft aufgelöst? Er hätte keine Zeit gehabt, Dinge wie seine Kleidung zu beseitigen, denn da war er längst wieder auf der Party, ist mit Jay aneinandergeraten und hat danach die Nacht mit mir verbracht. Es ist so offensichtlich, dass nichts an dieser Geschichte stimmt, dass es mir wehtut, dass Sie es nicht sehen können. Haben Sie nicht einmal einen Eid geschworen, dass Sie für Gerechtigkeit sorgen?« Tief hole ich Luft. Ich habe mich so in Rage geredet, dass ich erst jetzt bemerke, wie mir heiße Tränen über die Wangen laufen.

Etwas in Díaz Ausdruck hat sich verändert und ich

habe das Gefühl, dass er mir das erste Mal, seit wir uns begegnet sind, richtig zugehört hat.

Als er antwortet, klingt seine Stimme vollkommen ruhig. »Sie liegen falsch mit Ihrer Annahme, dass ich nicht in alle Richtungen denke und ermittle. Nur kann ich auch nicht die Augen vor den handfesten Beweisen und Zeugenaussagen verschließen. Es wurden eindeutige DNA-Spuren am Tatort gefunden und der einzige Zeuge, der sich bisher noch nicht widersprochen hat, ist der, der ihren Freund identifiziert hat«, entgegnet Díaz und überrascht mich mit seinen Worten.

»Wenn das so ist, unterbrechen Sie zumindest die Folter und lassen Sie mich endlich zu ihm«, flehe ich und hoffe inständig, dass ich Maddox sehen darf. Díaz kneift die Augen zusammen und legt den Kopf schief.

»Was reden Sie da? Maddox darf bereits seit acht Tagen Besuch empfangen. Ich habe die Sperre aufgehoben, da die Befragung aller Zeugen abgeschlossen ist. Ich habe Ihren Anwalt direkt darüber in Kenntnis gesetzt. Hat er diese Information nicht an Sie weitergegeben?«, fragt Díaz und ein immer lauter werdendes Rauschen erklingt in meinen Ohren. Mir stockt der Atem und ich sinke nach hinten gegen die Lehne des Stuhls. Anscheinend habe ich Maddox längst verloren, schon wieder. Um mich herum dreht sich alles und ich frage mich, wie er mir das antun kann. Er weiß genau, wie sehr es mich damals verletzt hat, dass er vorgetäuscht hat, ohne Bewusstsein zu sein nach unserer Rückkehr aus dem Safe-Haus. Sein Handeln wiederholt sich, wenn er mir jetzt verheimlicht, dass ich ihn besuchen darf. Er schließt mich aus und stößt mich von sich. In meiner Brust wird es eng, als mein Herz droht zu zerbersten. Es tut so verdammt weh. Wie tausende Messerstiche, die sich hineinbohren, und jeder einzelne hinterlässt eine klaffende Wunde.

Auch wenn ich inzwischen die Gründe für Maddox' Verhalten kenne, verletzt es mich nicht weniger, dass er mich immer wieder wegstößt, obwohl ich nichts anderes möchte, als für ihn da zu sein. Es ist ein unbeschreiblicher Schmerz, der von meinem gesamten Körper Besitz ergreift und sich in jede Zelle schleicht.

»Nein, das wusste ich nicht. Das muss Mr Cooper vergessen haben zu erwähnen«, presse ich nach einer Ewigkeit hervor und ernte einen fast mitleidigen Blick von Díaz.

»Aileen, es scheint mir fast so, als ob Ihr Freund Sie nicht sehen will, und egal, was die Gründe dafür sind, sehen Sie es als Chance, noch einmal von vorn anzufangen. Lassen Sie das alles hinter sich. Sie sind eine junge Frau mit einer großen inneren Stärke, wie sie die Wenigsten besitzen. Umso schwerer ist es für mich als Außenstehender, zu beobachten, wie Sie ihr Leben verschwenden, indem Sie auf einen Mann warten, der Ihre Loyalität scheinbar nicht schätzt«, redet er eindringlich auf mich ein.

Ich schlucke gegen die aufsteigende Galle in meinem Hals an, denn mir ist plötzlich einfach nur schlecht. Ich kann nicht fassen, dass Maddox, das alles schon wieder tut und finde nicht die Kraft auf die Anmerkungen von Díaz einzugehen.

»Sind wir hier fertig oder gibt es noch weitere Fragen?«, möchte ich daher lediglich wissen und Díaz schüttelt den Kopf.

»Sie können gehen. Ich wollte nur abklären, ob Sie eine Ahnung haben, wer der zweite Verdächtige sein könnte.« Er blickt auf den Kugelschreiber in seiner Hand, fixiert mich dann aber noch einmal. »Ich wollte Sie mit meiner Ausführung von eben nicht verletzten. Bitte entschuldigen Sie, sollte ich Ihnen zu nahe getreten sein«, fügt er sanft hinzu und ich sehe in seinen Augen, dass er es ernst meint.

»Das weiß ich zu schätzen«, erwidere ich matt und völlig tonlos. Meine Sicht auf Díaz hat sich seit meiner ersten Befragung geändert. Denn ich weiß inzwischen: Auch wenn er hart ist, handelt er stets fair.

KAPITEL 29

Ich verlasse das Polizeirevier, kauere mich auf dem Bordstein davor zusammen und ziehe die Knie an die Brust. Ich weiß nicht, wo dieser plötzliche Zusammenbruch herkommt, aber ich kann ihn nicht verhindern. Obwohl ich bereits weitaus unangenehmere Gespräche mit Díaz in der Vergangenheit geführt habe, hat mich dieses vollkommen erschüttert und aus der Bahn geworfen. Wie kann Maddox mir das antun? Noch einmal?

Ich weine eine kleine Ewigkeit, schicke etliche Passanten weg, die mich fragen, ob ich Hilfe benötige und ob es mir gut geht, und endlich finde ich die Kraft wieder, aufzustehen und meine Tränen wegzuwischen.

Neben Maddox gibt es für mich eine weitere schuldige Person in dieser Angelegenheit und genau zu dieser werde ich mich jetzt auf den Weg machen. Ich steige in Maddox' Wagen, starte den Motor und gebe die Adresse von Coopers Kanzlei in das Navigationssystem ein. Mit brennenden Augen und voller Wut im Bauch, in die meine Traurigkeit inzwischen umgeschwenkt ist, mache ich mich auf den Weg zum Anwalt der Dexters.

Da alle gekennzeichneten Parkflächen belegt sind,

parke ich den Wagen im Halteverbot und es ist mir vollkommen egal. Ich will diese Konfrontation, und zwar jetzt, und lasse mich daher auch nicht von irgendwelchen fehlenden Parkplätzen abhalten. *Sollen sie doch diesen verdammten Wagen abschleppen*, denke ich mir und trete mit voller Wucht gegen einen der Reifen.

Kurz darauf stürme ich in die Kanzlei und ernte einen überraschten Blick der Empfangsdame, die bisher immer sehr freundlich zu mir war.

»Ich muss sofort mit Mr Cooper sprechen!«, platzt es aus mir heraus, ohne dass ich sie begrüße.

Sie scrollt mit der Maus herum und betrachtet angestrengt den Monitor vor ihr. »Sie stehen aber nicht im Kalender, Miss Moreno. Sie haben keinen Termin, oder?«, fragt sie und bemüht sich um einen ruhigen Tonfall.

»Nein, ich habe keinen Termin, aber es ist absolut dringend und diese Angelegenheit duldet keinerlei Aufschub.« Ich weiß, dass die Sekretärin es nicht verdient hat, dass ich sie derart harsch anrede, aber ich kann nicht anders. Ich bin so in Rage und von Wut getrieben, dass die Worte ungefiltert aus mir herausprudeln.

»Es tut mir leid, Miss Moreno. Ohne Termine darf ich niemanden zu ihm lassen«, sagt sie eindringlich und ich schüttle den Kopf. *Scheiß drauf!* Ich habe mich schon so lange zurückgehalten, immer an meine Erziehung im Internat gedacht und mich daran gehalten, was die gesellschaftlichen Normen von einer jungen Frau wie mir erwarten, doch damit ist jetzt Schluss.

»Cooper, hier ist Aileen Moreno de Castillo!«, schreie ist durch die ganze Kanzlei und sehe, wie die Empfangsdame immer weiter auf ihrem Stuhl zusammensinkt. Ihre Wangen röten sich und mir ist klar, dass sie sich fremdschämt für mein unmögliches Verhalten. Ganz ehrlich, es ist mir egal, was diese Frau von mir hält, was Cooper von mir denkt, was überhaupt irgendein Mensch in dieser verdammten versnobten Kanzlei denkt und fahre in derselben Lautstärke fort: »Ich muss dringend mit Ihnen reden und ich schwöre, ich bleibe so lange in Ihrer Kanzlei und werde Ihren Namen rufen, bis Sie rauskommen und mit mir sprechen. Sie schulden mir dieses Gespräch.«

Die Tür zu Coopers Büro geht auf und der Anwalt streckt seinen Kopf hindurch. »Aileen, kommen Sie rein. Ich dachte mir schon, dass wir bald in diese Situation geraten würden«, entgegnet er vollkommen gelassen und ich würde am liebsten noch einmal laut schreien. Immer noch vor Wut kochend stapfe ich an der Empfangsdame vorbei und betrete Coopers Büro. Er verschließt die Tür hinter mir und deutet auf den Stuhl vor seinem Schreibtisch.

Ich schüttle den Kopf. »Nein! Ich werde mich nicht hinsetzen. Können Sie mir erklären, warum Sie uns wichtige Informationen, wie zum Beispiel, dass wir Maddox schon längst im Gefängnis besuchen und mit ihm sprechen können, verschweigen? Ist es nicht Ihre Aufgabe als Anwalt, diese Informationen mit uns zu teilen und uns darauf hinzuweisen, wenn es Veränderungen in dem Fall gibt?«, zetere ich und rede mich dabei immer weiter in Rage.

Cooper umrundet derweil den Tisch und setzt sich auf seinen Lederdrehstuhl.

Ich bin gerade so unglaublich sauer auf ihn, dass ich ihn am liebsten mit irgendetwas bewerfen würde, aber nichts in greifbarer Nähe finde. Natürlich möchte ich ihn nicht wirklich verletzen, aber diese gesamte Situation nervt mich unheimlich und ich bin einfach enttäuscht.

Seelenruhig mustert er mich und nickt schließlich. »Das ist richtig, Aileen, aber Sie müssen auch begreifen, dass es immer noch Maddox ist, der in diesem Fall mein Mandant ist, und nicht die Dexters im Allgemeinen. Und wenn mein Mandant mir aufträgt, vielmehr mich eindringlich darum bittet, dass ich diese Information niemandem weitergeben soll, halte ich mich daran, denn sein Wort ist für mich Gesetz. Es steht mir nicht zu, mich über seine Entscheidung hinwegzusetzen. Was wäre ich für einen Anwalt, wenn er mir nicht vertrauen könnte?«, führt Cooper aus und auch wenn mir zunehmend klar wird, dass er recht hat, kocht immer noch die Wut in meinem Bauch. Daher entfährt mir ein verächtliches Schnauben.

»O ja, verstecken Sie sich ruhig hinter dem Deckmantel der Loyalität. Ist schon klar. Können Sie mir auch eine Erklärung dafür liefern, warum zum Teufel Maddox uns nicht sehen will? Wieso möchte er nicht, dass wir ihn unterstützen und besprechen, wie es weitergeht?«

»Genau diese Fragen habe ich ihm auch gestellt und keine Antwort darauf erhalten, außer, dass es seine Entscheidung ist und es mich nichts angeht. Ich habe es akzeptiert. Maddox verschließt sich Tag für Tag mehr. Bevor ich ihn ganz verliere, akzeptiere ich es.«

Frustriert werfe ich die Hände in die Luft. »Und das war's jetzt? Es ist so, dass wir Maddox theoretisch besuchen dürfen, machen es aber nicht, weil er das nicht will? Ich kann das alles nicht glauben«, teile ich meine Gedanken mit Copper, während ich mich langsam wieder beruhige. Die Wut verebbt endgültig und weicht grenzenloser Enttäuschung und Unverständnis.

Cooper lehnt sich grübelnd zurück in seinem Sessel. »Sagen Sie mir eins, Aileen, wer hat diese Informationen mit Ihnen geteilt?«

»Spielt das eine Rolle?«, frage ich und seufze frustriert.

»Ja, denn mir scheint, als ob jemand sie bewusst aus der Fassung bringen wollte, denn auch ich hatte heute vor, sie zu kontaktieren, um Ihnen wichtige Informationen mitzuteilen.«

Ich entscheide mich nun doch, mich auf den Stuhl zu setzen, atme tief durch und fahre mir mit beiden Händen übers Gesicht. »Inspector Díaz hat mir diese Information zukommen lassen und mich darüber informiert, dass es angeblich einen neuen Zeugen gibt, der behauptet, dass Maddox nicht allein gehandelt haben soll«, gebe ich ihm kurz mein Gespräch von vorhin wieder.

Cooper nickt. »Ja. Diese Information habe ich auch erhalten und Connor eben darüber informiert. Hat Inspector Díaz noch etwas anderes gesagt, was das Erbe Ihrer Familie betrifft?«

Irritiert schüttle ich den Kopf. »Nein, er hat nur irgendetwas davon gesagt, dass ich mich von Maddox abwenden und nach vorne schauen sollte, aber nichts Konkretes. Wieso?« Coopers Worte haben die Neugier in mir geschürt, sind gleichzeitig eine willkommene Ablenkung und bilden einen seltsamen Kontrast zu der Hiobsbotschaft, dass Maddox mich nicht sehen will.

»Ich habe heute die Schlüssel zu dem Haus Ihres Familienanwesens erhalten. Es wurde endlich freigegeben. Die Spurensicherung darin ist vollständig abgeschlossen. Wenn Sie schon einmal da sind, möchten Sie die Schlüssel dann sofort entgegennehmen?«, fragt Cooper und meine Hände beginnen zu zittern.

Ich zögere einen Moment, während mein gesamter Körper von einer Gänsehaut überzogen wird. Passiert das gerade wirklich? Erhalte ich jetzt tatsächlich Zugang zu unserer Familienvilla? Will ich das überhaupt? Die Fragen in meinem Kopf überschlagen sich und mein Herzschlag beschleunigt sich vor Aufregung. Nach einem kurzen Moment des Zögerns treffe ich eine Entscheidung. »Ja, Sie können mir den Schlüssel geben. Ich weiß zwar noch nicht wirklich, was ich mit dem Haus anfangen werde, aber den Schlüssel nehme ich erst mal.«

Cooper öffnet eine Schublade, holt einen Schlüsselbund hervor und legt ihn auf dem Tisch vor mir ab.

»Wenn ich Ihnen einen Rat geben darf, Aileen. Besuchen Sie das Haus das erste Mal nicht allein. Dort sind so viele Dinge passiert. Ihr Bruder hat dort sein Ende gefunden und ich weiß nicht, wie die Ermittler und die Forensik das Haus hinterlassen haben. Es ist möglich, dass die Tatortreiniger nicht alle Spuren beseitigt haben und es noch immer Rückstände gibt, die auf die Tat hindeuten und komplettes Chaos herrscht. Nehmen Sie die Dexters mit. Wenn Sie das Haus loswerden wollen, reden Sie mit mir. Ich habe gute Kontakte zu zahlreichen Immobilienbüros. Es wird aufgrund der Umstände zwar eine Weile dauern einen Käufer für das Objekt zu finden, aber mit etwas Geduld, wird auch das gelingen«, führt Cooper aus und ich schweife mit jedem Wort, das er sagt, weiter mit meinen Gedanken ab.

»Danke«, erwidere ich schließlich matt und spüre, wie mein Adrenalinpegel langsam absinkt. Erschöpft reibe ich mir über das Gesicht und richte meinen Blick anschließend wieder auf den Anwalt vor mir. »Können Sie Maddox noch eine Nachricht von mir überbringen?«

»Meinen Sie einen Brief?«, erkundigt sich Cooper und ich schüttle den Kopf.

»Nein, diesmal keinen Brief, den er womöglich sowieso nicht liest. Erinnern Sie ihn bitte an das Versprechen, das er mir in der Nacht vor seiner Verhaftung gegeben hat. Wir wollten ab sofort ehrlich zueinander sein und von vorn anfangen. Fragen Sie ihn bitte, ob er das vergessen hat, oder ob aus ihm inzwischen ein Mann geworden ist, der nicht mehr zu seinem Wort steht.«

Damit ergreife ich den Schlüsselbund, der noch immer auf dem Tisch liegt, erhebe mich und wende mich ab.

»Passen Sie auf sich auf, Aileen«, sagt Cooper hinter mir noch, während ich dabei bin, sein Büro zu verlassen.

KAPITEL 30

Aileen

Draußen angekommen breche ich zusammen und sinke auf die Knie. Es ist zu viel und ich kann nicht mehr. Habe ich bis eben gedacht, dass ich all meine Tränen bereits vor dem Polizeirevier vergossen habe, beweist mir mein Körper nun das Gegenteil. Neue Tränen treten jetzt heiß und salzig an die Oberfläche und ergießen sich in Sturzbächen über meine Wangen. Ich schluchze hemmungslos und lasse Emotionen, die ich viel zu lange unterdrückt habe, endlich heraus. Ich akzeptiere es, gebe mich meiner Traurigkeit einen Moment hin und halte die Situation aus. Es ist schlichtweg unbegreiflich für mich, dass Maddox es schon wieder getan hat. Hat er aus der Vergangenheit und seiner Lüge nach unserer Rückkehr aus dem Safe-Haus überhaupt nichts gelernt? Ist ihm immer noch nicht bewusst, dass ich ihn bedingungslos liebe und es für mich überhaupt keine Rolle spielt, ob er wegen Mordverdachts hinter Gittern sitzt? Ich weiß, dass er diese Tat nicht begangen hat, und nur das zählt für mich. Umso mehr enttäuscht es mich, dass er mir anscheinend nicht dasselbe Vertrauen entgegenbringt, wie ich es bei ihm tue. Ich wiege mich selbst umschlungen von meinen eigenen Armen eine Ewigkeit auf dem Gehsteig vor der Kanzlei vor und zurück, bis ich keine Tränen mehr habe, meine Wangen glühen und meine Augen brennen, aber das ist egal.

Nachdem ich mich schließlich etwas beruhigt habe, beschließe ich entgegen Coopers Rat zum Anwesen meiner Familie zu fahren. Am liebsten würde ich es niederbrennen, aber natürlich werde ich das nicht. Ein inneres Verlangen treibt mich an, mich sofort auf den Weg zu machen und diesen Ort, der früher einmal mein Zuhause war, aufzusuchen. Ich muss das tun, um die aktuelle Situation wirklich zu begreifen und die Kontrolle über alles zurückzugewinnen.

Langsam rapple ich mich auf und halte einen Augenblick inne, um das leichte Schwindelgefühl abzuschütteln, das mich erfasst. Das viele Weinen, die unzähligen neuen Fragen, die Coopers Worte ausgelöst haben und das seit Wochen unregelmäßige Essen haben meinen Kreislauf beeinflusst und mir ist schwindelig. Doch der Moment geht vorüber und ich mache mich auf den Weg zu Maddox' Wagen, der glücklicherweise noch nicht abgeschleppt wurde. Nicht einmal einen Strafzettel habe ich bekommen, obwohl ich im absoluten Halteverbot stand.

Im Wagen starte ich den Motor und starre für einen Augenblick, der sich wie eine Ewigkeit anfühlt, auf mein Smartphone, das neben mir auf dem Beifahrersitz liegt. Sollte ich zumindest einen der Dexters informieren, dass ich mich auf den Weg ins Anwesen meiner Familie mache?

Ich entscheide mich dagegen und widme mich stattdessen dem Navigationssystem des Autos, um die schnellste Route zu planen. Was sollte es schließlich ändern, wenn sie mit dabei wären? Ich möchte diesen Moment für mich, beschließe ich. Wenn ich sie informieren würde, würden sie ohnehin versuchen mich aufzuhalten oder direkt alle auf der Matte stehen, und das ertrage ich gerade nicht. Meine größte Befürchtung ist momentan außerdem, dass Cooper mich angelogen hat und die Dexters längst wissen, dass Maddox Besuch empfangen darf, und sie mich von diesem Wissen ausgeschlossen haben, um mich vor weiterem Schmerz zu bewahren. Ich sehe in ihren Augen, dass sie sich ständig um mich sorgen und kann mir daher gut vorstellen, dass sie Dinge über meinen Kopf hinweg entscheiden, weil sie es für richtig halten. Das wäre der absolute Horror. Sollten sie mich alle auf diese Art hintergangen haben, bin ich mir nicht sicher, ob ich ihnen noch einmal verzeihen könnte. Connors Verrat habe ich ihm damals vergeben, aber das hier ist etwas anderes. Seit Wochen dreht sich mein gesamtes Leben um Maddox' Befreiung. Ich grüble bis tief in die Nacht hinein, bekomme kaum mehr ein Auge zu, schleiche ruhelos und rastlos durch das Haus, stehe im ständigen Kontakt mit der Polizei oder dem engagierten Privatdetektiv, nur um immer wieder dieselben unbefriedigenden Antworten zu erhalten.

›Es tut uns leid, Miss Moreno, es gibt noch keine Neuigkeiten.‹ Ich kann diesen Satz nicht mehr hören und bin es leid, dass die Ermittlungen stagnieren. Und ausgerechnet in dieser Situation zu erfahren, dass ich Maddox längst hätte besuchen dürfen, um persönlich mit ihm zu sprechen, wühlt mich innerlich auf und verunsichert mich. Es kommen Zweifel in mir auf, die so noch nie dagewesen sind, und besetzen meine Gedanken. Bin ich wirklich auf dem richtigen Weg oder ist das womöglich doch ein riesengroßer Fehler, dass ich mein ganzes Leben auf Maddox' Freilassung ausrichte? Sollte ich mich lieber auf mich selbst konzentrieren? Eine weitere einzelne Träne verlässt meinen Augenwinkel, als mir klar wird, was ich eben gedacht habe. Ich werde Maddox nicht aufgeben, noch nicht, auch wenn es hart ist. Ich habe seit unserer ersten Begegnung gewusst, spätestens als ich zum ersten Mal in seine eisblauen, unergründlichen Augen geschaut habe, dass, sollte ich diesem Mann näherkommen, es alles andere als leicht wird, und genau das ist eingetreten. Umso schlimmer wäre es, ihn ausgerechnet jetzt hängenzulassen. Vielleicht finde ich in meinem Elternhaus ein Indiz, einen Hinweis darauf, was in der Tatnacht passiert ist. Vielleicht hat die Polizei nicht auf die kleinen Dinge geachtet oder etwas übersehen. Mit neuer Motivation im Bauch streiche ich mir die Träne von der Wange und mache mich auf den Weg. Schon wenig später treffe ich in Brixton ein. Ich parke den Wagen in der Straße, in der sich das Anwesen befindet. Alles ist ruhig und friedvoll, zusätzlich dämmert es bereits, was mich erschaudern lässt, da es insgesamt doch eine seltsame Atmosphäre schafft. Es sind keine Sicherheitsmänner auf unserem Grundstück, auch keine schwarzen SUVs in der Auffahrt, da ist nichts und niemand. Die Villa sieht aus wie ein ganz gewöhnliches Luxusanwesen, das immer noch nicht an diesen Ort passt, aber auch nicht den Anschein erweckt, dass hier jemals etwas Schlimmes passiert sein könnte. Ich verharre eine gefühlte Ewigkeit in Maddox' Wagen und starre aus dem Seitenfenster, da ich mir plötzlich nicht mehr ganz so sicher bin, ob es eine gute Idee ist, im Alleingang das Haus meiner Familie zu inspizieren. Bin ich wirklich stark genug, um diesen Schritt zu gehen? Ich schaue mich im Rückspiegel des Wagens an und sehe eine Entschlossenheit in meinen Augen, die ich nicht fühle, die aber anscheinend in mir steckt.

»Also gut, Aileen«, spreche ich mir selbst Mut zu, löse den Gurt und öffne schließlich die Wagentür. Den

Schlüsselbund halte ich fest umklammert, während ich mich auf die Eingangstür zubewege. Auf dem Weg dorthin schaue ich mich immer wieder um, werde mit jedem weiteren Schritt nervöser und weiß nicht recht, warum.

Mit zittrigen und schwitzigen Fingern entriegle ich schließlich das Schloss und öffne die Tür zu meinem ehemaligen Zuhause. Habe ich in der Nacht, in der ich geflohen bin, sowie nach dem schrecklichen Zusammentreffen mit meinem Bruder, als ich meinen Pass gesucht habe, noch gedacht, dass ich nie wieder an diesen Ort zurückkehre, bin ich nun freiwillig hier. Aber seitdem hat sich so vieles verändert.

In der Eingangshalle angekommen schalte ich über die Hausanlage direkt alle Lichter ein, um mich sicherer zu fühlen. Auf leisen Sohlen schleiche ich durch das Erdgeschoss und lausche auf jedes Geräusch. Ich befürchte, dass irgendwo jemand aus einer Ecke hervorgesprungen kommt. Meine Kehle ist zugeschnürt und mein Herz klopft laut und wild gegen meine Rippen, als ich mich in die Richtung des Wohnzimmers bewege. Laut Polizei soll sich die grausame Tat an unserem opulenten Esstisch ereignet haben.

Dort angekommen, halte ich in meiner Bewegung inne und blicke mich um. Was sich vor mir abbildet, nimmt mir die Luft zum Atmen. Ich stütze mich an der hohen Kommode, die neben mir steht, ab, um nicht den Halt zu verlieren. Alles um mich herum dreht sich und ich verstehe überhaupt nichts mehr.

KAPITEL 31

Maddox

Seit Wochen bin ich an diesem finsteren Ort und ich habe das Gefühl, dass es mit jeder weiteren Stunde, die ich hier verbringe, schlimmer wird. Cooper hat mich vor einigen Tagen darüber informiert, dass die Besuchssperre aufgehoben ist und mich die Jungs und auch Aileen besuchen dürften. Ich habe aber nur mit einem einzigen von ihnen geredet, seit ich das weiß. Die anderen sollen nichts davon erfahren.

Als Jay bei mir war, musste er mir schwören, kein Wort davon gegenüber Aileen oder den anderen zu verlieren. Auch wenn ich vor meiner Inhaftierung meine Differenzen mit ihm hatte, ist er einer der wenigen, denen ich in diesen Punkten vertraue. Connor musste schon einmal für mich lügen und ich bin mir sicher, dass er das nicht erneut tun würde, und Finn ist bei solchen Angelegenheiten komplett raus. Ich habe Jay noch um etwas anderes gebeten, als bloß darum, zu verheimlichen, dass ich Besuch empfangen darf. Ich habe von ihm verlangt, dass er Aileen einredet, dass sie mich endlich aufgeben soll. Sie soll aufhören, ihr Leben zu verschwenden für einen Mann, der diesen Ort hier wahrscheinlich nie wieder verlassen wird. Ich weiß, dass Ermittlungen lange dauern und Verfahren sich hinziehen, ich weiß aber auch, dass meine Zeit hier drin langsam, aber sicher abläuft. In den vergangenen Wochen wurde ich verschont. Klar, es gab ab und an hier einen Rempler, da einen Schlag oder ein ausgestrecktes Bein, wirklich etwas passiert, ist aber bisher noch nicht. Das wird sich bald ändern.

In den unzähligen Stunden der Stille in dieser Zelle gab es viel Zeit, um nachzudenken. Dadurch ist mir klar geworden, dass es besser ist, wenn Aileen endlich weiterzieht. Wollte ich bei meiner Festnahme noch, dass sie unbedingt zu mir steht und für mich kämpft, habe ich nun begriffen, dass ich, seit ich sie kenne, stets vollkommen egoistisch gehandelt habe, und damit ist jetzt Schluss. Sie hat einen Mann verdient, der sie besser behandelt, und vor allem einen, der bei ihr ist und nicht im Gefängnis verrottet. Bei seinem Besuch habe ich deshalb Jay sogar die Erlaubnis erteilt, dass er, wenn er sie immer noch liebt, versuchen kann, ihr Herz zu gewinnen. Dass er das tut, ist mir klar, ohne dass er es jemals aussprechen musste. Und ich weiß außerdem, er ist ein guter Mann.

»Zahltag!«, knurrt Adam, der gerade vor mir aufgetaucht ist und reißt mich aus meinen Gedanken. Mein Zimmergenosse hat die letzten Wochen alles getan, damit ich heute noch atme und mir Schutz gewährt. Der Preis dafür ist jeden Tag gestiegen und ich habe immer wieder neue Ausreden gefunden, um Zeit zu gewinnen. Er hat mir eine Art Kredit für meine Sicherheit angeboten und dieser ist heute fällig. Wahrscheinlich hat das nahende Fristende meine Entscheidungen maßgeblich beeinflusst, denn es gibt keine Hoffnung mehr. Ich habe die geforderte Entlohnung nicht, denn es war für Cooper unmöglich, sie in das Gefängnis einzuschleusen. Wir haben alles versucht, wollten andere Kontaktmänner dazu bringen, es für uns hier hereinzuschmuggeln. Keine Chance. Die meisten haben nicht vergessen, auf welcher Seite ich bis vor Kurzem stand und dem Rest war das Risiko zu groß.

Ich schließe das Buch, das ich bis eben gelesen habe, setze mich auf der Pritsche auf, lege es neben mich und komme schließlich auf die Beine. Entschlossen stelle ich mich vor Adam und schaue ihm fest in die Augen.

»Ich habe es nicht«, verkünde ich ehrlich und meinem Gegenüber entweicht alle Luft aus den Lungen.

»Du hast es nicht?«, zischt er und ich rechne fest damit, dass ich gleich seine riesige Faust in meinem Gesicht spüren werde.

»Und wann kommt es?«, fragt er stattdessen und verblüfft mich damit.

»Ich weiß es nicht. Aktuell sieht es nicht danach aus, dass wir es schaffen, es einzuschleusen. Es ist nicht so, dass es am Kapital scheitert, nur der Weg hier rein ist ein Problem«, erkläre ich ihm den Sachverhalt in einem ruhigen Ton.

»Und das sagst du mir jetzt, nachdem ich dir vier Wochen Schutz gewährt habe? Findest du das fair? Leistung ohne Bezahlung?«

Die Wut in seiner Stimme ist deutlich hörbar und schwingt in jedem Wort mit. Auf eine Art verstehe ich ihn sogar, denn er hat wirklich ausgezeichnete Arbeit geleistet und mich in den letzten Wochen vor jeglichem Schaden bewahrt. Immer waren mehrere seiner Männer in meiner Nähe, wollte mir eine verfeindete Gang zu nahe kommen und mich ausschalten.

»Weißt du noch, Maddox, was ich bei unserem ersten Gespräch zu dir gesagt habe? Dass es mir egal ist, wenn du stirbst? Daran hat sich nichts geändert und trotzdem werde ich es jetzt nicht zulassen. Wirst du umgebracht, werden deine Schulden nicht beglichen. Definitiv hast du für deine dreiste Lüge eine Abreibung verdient, aber ich werde mir nicht die Hände an dir schmutzig machen, das werden ganz andere Leute für mich übernehmen.«

Kaum hat Adam die Worte ausgesprochen, wird unsere Zellentür geöffnet und wir werden zum Hofgang gerufen. Ich ahne bereits, was als Nächstes kommt, auch wenn ich nur allzu gern darauf verzichten würde.

Ich liebe dich, schicke ich in Gedanken an Aileen, bevor ich dem Wärter folge und meinem Schicksal entgegentrete.

Auf dem Hof angekommen, distanziert sich Adam direkt von mir, was anscheinend eine Art Code ist. Mehrere Gangs nehmen mich sofort ins Visier und schließlich kommen drei von Rodrigues' Männern auf mich zu. Ich wappne mich für den bevorstehenden Kampf. Mal wieder sind es viel zu wenige Wärter, die Hofaufsicht haben, sodass es jede Menge unbeobachteter Ecken gibt.

»Na, sieh mal einer an. Maddox Dexter allein. Was ist passiert? Hast du den guten Adam verärgert?«, fragt mich einer von ihnen voller Hohn in der Stimme.

»Nein. Ich habe gesagt, ich habe keinen Bock mehr, mich hinter ihm zu verstecken«, erwidere ich und straffe die Schultern. Mein Gegenüber lacht kurz auf, während der Mann neben ihm einen Schritt näher auf mich zutritt und zum Schlag ausholt. Gekonnt ducke ich mich weg, denn ich habe in den vergangenen Wochen fast nichts anderes getan, als wieder zu meiner alten Form zurückzufinden und an meiner körperlichen Stärke und Reaktionsfähigkeit zu arbeiten. Das zahlt sich jetzt aus, denn auch der nächste Schlag verfehlt mich. Auch zwei weiteren Angriffen kann ich ausweichen, aber dann ist es zu spät. Ich werde am Arm gepackt und von zwei Männern festgehalten, während der Dritte beginnt auf mich einzuschlagen.

Ich schließe die Augen. Die Stellen, die er an meinen

Rippen trifft, sind exakt die, die vor Monaten von Alessios Männern malträtiert wurden. Der Schmerz, der mich durchzuckt, ist trotzdem nichts gegen den inneren Konflikt, den ich seit Wochen in mir austrage, und den Verlust von Aileen. Nach einigen heftigen Schlägen gegen meinen Oberkörper wendet er sich schließlich meinem Gesicht zu und ich spucke kurz darauf einen Schwall Blut aus. Sterne tanzen vor meinen Augen und ich vernehme schnelle Schritte, die sich nähern. Plötzlich werde ich losgelassen, gehe zu Boden, pralle auf dem harten Untergrund auf, sehe die Wärter über mir, die sich seltsam drehen und werde schließlich von der Ohnmacht übermannt.

KAPITEL 32

Aileen

I ch verharre regungslos in meiner Position, stütze mich weiterhin auf der Kommode ab, um Halt zu finden, und schüttle unentwegt den Kopf. Dieser Ort ist kein Tatort. Nichts deutet darauf hin oder erinnert daran, dass hier ein Mord geschehen sein soll. Es sind keine Flecken am Boden oder irgendwo anders, keine Schränke sind durchwühlt, alles ist blitzblank poliert und makellos. Kein Anzeichen einer Gräueltat ist zu finden. Dieses Bild des unversehrten Wohnzimmers vor mir macht die Geschehnisse der letzten Wochen noch surrealer als ohnehin schon.

Ich setze einen weiteren Schritt Richtung Esstisch, um diesen genauer inspizieren zu können, da höre ich etwas. Augenblicklich schlägt mir das Herz bis zum Hals und ich halte prompt in meiner Bewegung inne. Mit angehaltenem Atem konzentriere ich mich und bin schließlich vollkommen überzeugt: Es ist noch jemand außer mir im Haus und dieser Jemand nähert sich über den Flur dem Esszimmer, in dem ich mich befinde. Panisch lasse ich den Blick durch den Raum zucken, um nach etwas, das mir als Waffe dienen könnte, Ausschau zu halten, aber erblicke nichts in greifbarer Nähe. Ein eiskalter

Schauer durchfährt mich und die Panik droht mich zu übermannen. Instinktiv lege ich mir eine Faust an die Brust und reibe über die Stelle, an der mein Herz wild gegen meine Rippen pocht. Die Schritte sind inzwischen ganz nah und ich weiß, dass es kein Entkommen mehr für mich gibt.

Wie in Zeitlupe drehe ich mich um und dann passiert etwas, mit dem ich nie im Leben mehr gerechnet habe.

Ich sehe mich meinem Bruder gegenüber.

Sprachlos und völlig perplex löse ich die Faust von meiner Brust und reibe mir mit beiden Händen über die Augen. *Ist das ein Albtraum? Ein schlechter Scherz? Bin ich dabei, den Verstand zu verlieren, oder wie kann das hier wirklich real sein?* Ich stolpere einige Schritte nach hinten, bis ich den Esstisch im Rücken spüre. Meine Hände fallen zu meinen Seiten herab und krallen sich in die Tischplatte.

An Hunters Seite steht ein weiterer Mann, den ich noch nie zuvor gesehen habe, und betrachtet mich.

»Schwesterchen, wer hätte gedacht, dass ich dich ausgerechnet hier so allein und schutzlos antreffe?«, zischt mein Bruder.

»Du bist nicht echt! Du bist nicht echt, du bist tot«, wiederhole ich in Endlosschleife, da das vor mir ein Trugbild sein muss. Eine Halluzination.

»Nein. Wie du siehst, geht es mir ausgezeichnet«, entgegnet Hunter schlicht und deutet dabei mit einer Hand an sich auf und ab. »Mir kam es für meinen Plan gelegen, dass Maddox Feinde hat und er von der Bildfläche verschwinden sollte. Durch die Vortäuschung meines Todes bin ich diesen Versager leichter als gedacht losgeworden. Aber wir werden später noch Zeit für Erklärungen haben, denn jetzt wirst du erst einmal mit mir kommen. Wir haben so vieles zu besprechen und nachzuholen.«

Ich schüttle den Kopf. »Wir haben überhaupt nichts zu besprechen! Maddox sitzt deinetwegen unschuldig im Gefängnis und jetzt stehst du hier vor mir und grinst mich selbstgefällig an. Du kannst dir nicht vorstellen, wie sehr ich dich hasse und verachte«, schreie ich meinen Bruder an.

»Doch das kann ich, denn ich hasse dich mindestens genauso sehr dafür, dass du unsere Familie verraten und das Erbe unseres Vaters mit deinem unüberlegten Verhalten beschmutzt.«

»Ich werde nicht mit dir kommen, lieber sterbe ich!«, stoße ich aus und plötzlich scheint alles gleichzeitig zu passieren.

Hunter will mich schnappen, macht einen Satz nach vorne, ist aber nicht schnell genug und bekommt mich nicht. Ich umrunde den Tisch, werfe einige der Stühle hinter mir um und gewinne dadurch Zeit. Mit wild klopfendem Herzen und rasendem Puls flüchte ich mich in den Flur. Im nächsten Augenblick ertönen laute Stimmen, die Befehle von sich geben, und Schritte nähern sich. Zahlreiche Polizisten stürmen anscheinend das Haus und sind eindeutig in Richtung des Esszimmers unterwegs. Ihnen entgegen sehe ich Männer kommen, die eindeutig für das Kartell meines Bruders tätig sind.

Schnell ducke ich mich in die Ecke hinter einem Schrank, um nicht in die Schusslinie zu geraten, und nur Millisekunden später bricht die Hölle los. Schüsse fallen, lautes Geschrei ertönt um mich herum, Körper gehen zu Boden und überall spritzt Blut.

Nein, das ist nicht wahr. Das passiert nicht wirklich, wiederhole ich immer wieder in meinen Gedanken. Doch egal, wie oft ich meine Augen schließe, die grausamen Bilder bleiben die gleichen, sobald ich sie wieder öffne. Mein Bruder liefert sich, unterstützt durch die Anhänger des Kartells, einen erbitterten Kampf mit der Polizei.

Aus einem Impuls heraus drehe ich leicht den Kopf, denn ich spüre ein Kribbeln in meinem Nacken. Als ich mich umdrehe, traue ich meinen Augen nicht. Völlig unter Schock und um mich zu vergewissern, dass ich mich nicht irre, blende ich alles um mich herum aus und gebe viel zu leichtsinnig meine Deckung auf, doch ich kann nicht anders. Alles in mir drängt mich herauszufinden, ob er es wirklich ist, denn mein Verstand schreit mich laut an, dass das unmöglich ist. Umso länger unser Blickkontakt dauert, desto sicherer bin ich mir, dass auch er real ist.

Alessio.

Es ist Alessio, der dort hinten steht und mich mit einer Waffe in der Hand diabolisch angrinst.

Ich muss im schlimmsten Albtraum gefangen sein, den ich je hatte, als ich sehe, wie Alessio mit den Lippen »Bis bald, meine Sonne« formt.

In diesem Moment erscheint mir Sterben nicht mehr schlimm, denn diesem Monster will ich nie wieder in die Hände fallen. Ein Schauder durchfährt mich und lässt meinen Körper erbeben. Ich kann nicht fassen, dass er vollkommen unversehrt hier steht, schließlich ist er durch meine eigene Hand gestorben.

Nur wenige Sekunden später bin ich wieder im Hier und Jetzt und schlage mir die Hände auf die Ohren, als weitere Schüsse fallen, damit ich nicht durchdrehe. Um der Situation gänzlich zu entfliehen, schließe ich erneut die Augen, da ohnehin Sterne vor ihnen tanzen.

Als ich sie das nächste Mal öffne, ist Alessio weg und jemand zerrt grob an meinem Arm, um mich auf die Beine zu ziehen. Starke Arme umschließen mich und ich erkenne an der Uniform, dass der Mann, der mich festhält, Polizist ist. Ich hebe den Kopf und schaue in die grünen Augen von Inspector Díaz.

Er legt schützend einen Arm um meine Schulter und bringt mich mit noch immer gezogener Waffe zur Haustür. Draußen steuern wir auf einen Streifenwagen zu, an den ich mich lehne, sodass Inspector Díaz mich loslässt. Er schaut mir fest in die Augen und ich sehe, wie sich seine Lippen bewegen, doch ich verstehe ihn nicht. Nur undeutlich dringen seine Worte an meine Ohren und es vergeht eine gefühlte Ewigkeit, bis mir bewusst wird, dass er nur immer wieder meinen Namen wiederholt.

»Ja«, erwidere ich schließlich matt und taumle, als Schatten, die sich mit Lichtpunkten abwechseln, vor meinen Augen tanzen.

»Fuck!«, stößt Inspector Díaz aus, packt mich im nächsten Moment und hebt mich auf seine Arme. Er rennt und ich verstehe zunächst nicht, was passiert. Nur am Rande nehme ich wahr, dass wir bei einem Krankenwagen ankommen.

»Sie braucht dringend Hilfe!«, stößt er aufgebracht aus und legt mich behutsam auf eine Krankenliege.

Ich möchte fragen, was los ist, lasse kurz meinen Blick nach unten schweifen und sehe auf einmal, dass sich auf meinem T-Shirt ein dunkelroter Fleck ausbreitet und den Stoff durchtränkt. *Wem gehört dieses ganze Blut?*, sind die letzten Gedanken, die mir kommen, bevor alles um mich herum schwarz wird und mich eine friedliche Stille umfängt.

Special

An: Maddox Dexter

Ich habe das Gefühl, nicht die richtigen Worte zu finden, egal, wie oft ich diese Zeilen beginne. Deshalb habe ich jetzt beschlossen, dieses Stück Papier nicht mehr zu zerknüllen und in den Mülleimer zu werfen, wie die zahllosen Seiten davor ...

Ich muss gerade immer wieder an unser erstes Zusammentreffen denken. Es war vielleicht alles andere als romantisch, dafür aber unvergesslich. In dem Moment, als ich gegen dich geprallt bin und kurz darauf in deine Augen geblickt habe, wusste ich es. Mir war sofort klar, dass du ein außergewöhnlicher Mann bist und dass du es bist, der mich beschützen kann. Wenn ich mir überlege, was seit diesem Zeitpunkt alles passiert ist und was für Hürden und Qualen wir bereits gemeinsam durchgestanden haben, breitet sich Stolz in mir aus. Wir sind ein unglaublich starkes Team und können uns in schwierigen Situationen aufeinander verlassen, komme, was wolle. In deiner Nähe fühle ich mich geborgen und finde die Kraft, über mich hinauszuwachsen. Du hast Punkte in meinem Innersten berührt und Gefühle in mir ausgelöst, deren Existenz mir bisher verborgen gewesen waren. Maddox, du gibst mir das Zuhause, das ich in meinem Leben bisher nie hatte und das ich mir schon immer gewünscht habe. Danke, dass durch dich so viele wundervolle Menschen in mein Leben getreten sind und du mein Fels bist, der mich vor Unheil bewahrt.

Ich verstehe heute viele deiner Entscheidungen besser und begreife endlich, dass du immer alles getan hast, um mich zu beschützen. Es steht nichts mehr zwischen uns und jetzt ist es an der Zeit, dass ich für dich, deine Freilassung und unsere Liebe, kämpfe. Ich habe keinen Zweifel daran, dass wir auch dieses Hindernis überwinden werden und eines Tages Hand in Hand durch die Straßen von London laufen und unser Glück genießen können. Versprich mir, dass auch du den Glauben und die Hoffnung daran niemals verlierst, egal, wie lange ich brauche, um dich aus dem Gefängnis zu holen.

Du bist meine Gegenwart und sollst meine Zukunft sein. Dafür werde ich alles geben.

In meinen Gedanken bin ich jede Sekunde bei dir.

In Liebe deine Princess

Danksagung

Ein Buch ist wie ein Abenteuer, das wir Seite für Seite durchleben. Mit jeder Geschichte beginnt eine neue Reise, die uns an fremde Orte entführt und verzaubert.

Ist es denn zu fassen, dass ich bereits die vierte Danksagung schreiben darf? 2023 ist eines der turbulentesten, ereignisreichsten, schönsten, aber auch anstrengendsten Jahre in meinem Leben. Die Grenzen zwischen unendlichem Glück und Freudenemotionen vermischen sich mit Zeitdruck und dem stetig steigenden Anspruch an sich selbst. Wie ich es schaffe, diese intensive Zeit zu überstehen? Mit dem besten Team und den großartigsten Menschen, die mich auf meinem Weg begleiten und unterstützen.

Inzwischen ist das Band zwischen meinen wundervollen Testleserinnen und mir noch um einiges enger geworden. Habe ich mit einer von ihnen, Milena, ein eigenes Unternehmen gegründet? JA! War ich bei Luisa auf der Hochzeit, die unglaublich ergreifend und unvergesslich war? JA! Starte ich mit Eleonora & Luisa bald einen Podcast über Bücher? Schon wieder JA! Was ich euch damit sagen möchte, ist, dass, wenn ihr es zulasst, sich wundervolle Türen in eurem Leben öffnen und es zu Gelegenheiten kommt, an die ihr vielleicht nicht einmal im Traum gedacht habt. Habt keine Angst neue Wege zu gehen und verfolgt eure Träume, egal, wie groß die Zweifel manchmal sind.

Meine Mädels, ich weiß nicht, wie ich beschreiben soll, wie wichtig ihr seid und wie viel mir unser Austausch und unsere Gruppe bedeuten. So viel Positivität, Verständnis, gegenseitige Wertschätzung und Humor, habe ich selten erlebt.

Ein ganz großes DANKESCHÖN an euch! Ich behalte euch oder in den Worten von Maike: Angeleckt meins.

Fühlt euch ganz fest gedrückt von mir: Nina, Luisa, Eleonora,

Franzi, Vici, Lisa J., Milena, Julia, Tammy, Alina, Maike, Caroline,

Melina, Jana, Tutku, Diana, Jacky, Denise und Viv.

Danke an Crysefilms für den unglaublich tollen Buchtrailer und dass du deine Stimme für Maddox zur Verfügung gestellt hast, Cedrick. Auch vielen Dank an deinen Dad und dich, dass ihr mich bei der Bekämpfung meiner Foto- und Videophobie unterstützt. Damit habt ihr echt einen großen Stein ins Rollen gebracht.

Des Weiteren möchte ich mich von Herzen bei dem gesamten Verlagsteam bedanken, das mir mit jedem neuen Projekt weiter ans Herz wächst. Was ihr an Unterstützung und Motivation leistet, ist wirklich großartig und ich schätze euren Rückenwind von ganzem Herzen. Ganz besonders möchte ich die stets wertschätzende Zusammenarbeit mit Christina und Eva hervorheben. Ich danke euch, dass ihr immer eine Lösung findet und wir über alles sprechen können. Danke an die wundervolle Nikolina, die sich bei diesem Cover ein weiteres Mal übertroffen hat, und an unser Marketing rund um Esther. Jeder einzelne Beitrag und jede Story sind so liebevoll erstellt, dass ich komplett begeistert bin.

Ein herzliches Dankeschön an meine neue Korrektorin Hannah, die mich bei Band zwei begleitet und unterstützt hat.

Ein unbeschreiblich großes Dankeschön richtet sich an meine wundervolle Community, die mich unermüdlich unterstützt und meine Geschichten bekannt macht. Was ihr leistet, ist der absolute Wahnsinn und ich bin jedem von euch unglaublich dankbar. Ihr überwältigt mich mit eurem Support und leistet einen großen Beitrag, damit ich meinen Traum leben kann. Danke von Herzen für eure zahlreichen Beiträge, Videos, Storys und Rezensionen. Das bedeutet mir die Welt.

Zum Abschluss gilt mein Dank noch meinem gesamten Umfeld und meiner Familie. Trotz meiner wenigen Zeit seid ihr immer an meiner Seite und stärkt mir den Rücken. Auch wenn ich mich manchmal Tage oder Wochen nicht melde, seid ihr jede Sekunde in meinem Herzen.

Ganz viel Liebe für euch.
Eure Melodie

Triggerwarnung

(ACHTUNG SPOILER!)

Das Buch / die Reihe enthält folgende explizite Triggerthemen:

Sexuelle Übergriffigkeit, explizite Sexszenen, Gewalt gegenüber Frauen, Entführung, Zwangsehe, Freiheitsberaubung, Folter, Gewalt im Allgemeinen, Drogenkonsum oder -missbrauch, traumatische Kindheit, toxische Beziehung, Mord, Gebrauch von Schusswaffen und Messern, Handel mit Drogen und Waffen, obszöne Ausdrücke, Beleidigungen und derbe Sprache, Alkoholkonsum, kriminelle Handlungen.